影响与接受

中英浪漫主义诗学的发生与比较

范丽娟 著

中国社会科学出版社

图书在版编目(CIP)数据

影响与接受：中英浪漫主义诗学的发生与比较／范丽娟著．—北京：中国社会科学出版社，2017．2
ISBN 978－7－5161－9795－0

Ⅰ．①影… Ⅱ．①范… Ⅲ．①浪漫主义—诗歌研究—中国②浪漫主义—诗歌研究—英国 Ⅳ．①I207．22②I561．072

中国版本图书馆 CIP 数据核字(2017)第 015298 号

出 版 人　赵剑英
责任编辑　周晓慧
责任校对　无　介
责任印制　戴　宽

出　　版　中国社会科学出版社
社　　址　北京鼓楼西大街甲 158 号
邮　　编　100720
网　　址　http://www.csspw.cn
发 行 部　010－84083685
门 市 部　010－84029450
经　　销　新华书店及其他书店

印　　刷　北京明恒达印务有限公司
装　　订　廊坊市广阳区广增装订厂
版　　次　2017 年 2 月第 1 版
印　　次　2017 年 2 月第 1 次印刷

开　　本　710×1000　1/16
印　　张　16
插　　页　2
字　　数　252 千字
定　　价　58．00 元

序　言

范君丽娟是我调往南开大学的2006年在哈尔滨师范大学招收的最后一位博士生。因为地域空间的阻隔，和“伤筋动骨”的迁徙所造成的心理调整，我给她直接讲授的专业知识和方法并不多，这一点有违我始终恪守的教书原则，至今想来仍觉愧疚。好在那时丽娟已经是副教授、硕士研究生导师，不仅在任职的西语学院的课上得出色，在师生中有极佳的口碑；而且此前和在读期间曾经数度留洋，到英国与加拿大等国家研修过外国文学及语言，早就培养出一种宽阔的学术视野，所以攻读博士学位对她来说，只是难度不大的“锦上添花”之事。

大约在博士二年级上半年的时候，我们之间有一次比较充分的学术对话。从彼此深入的话语交锋中，我理清了丽娟熟悉的视阈和兴趣中心，于是结合她的专业积累，建议她在中外诗学的关系方面确立学位论文选题。不久，她告诉我，她想以《影响与接受：中英浪漫主义诗学的发生与发展》为题，我稍加思索便答应了她。因为我清楚，带着引发模式特征的中国新诗和西方诗歌之间具有密切的思想、艺术关联，至于中国和英国的浪漫主义诗学二者更是不可或分。一方面，许多中国现代作家、诗人的英国体验对中国现代文学影响巨大，另一方面，英国的文学、文化和中国现代文学存在着直接的交流与渗透，丽娟从比较诗学和接受美学的研究视角，将中国和英国的浪漫主义诗学并置一处，加以系统、扎实、深入的研讨、论证，论题的学术价值自不待言，也体现出了可贵的学术眼光。所以我在同意她选题的同时，鼓励她不必受太多的拘束，可以大胆地放开手脚写作。

中经几番往复，答辩前近两个月，丽娟按期交上论文全稿，我仔细阅读后，心里感觉更踏实了。论文先将浪漫主义置于同古典主义、现代主义以及后现代主义的关系语境中，探讨其思想理念的内在传承和当下意义，进而比较剖析中英浪漫主义诗学的渊源、特质、价值和局限，对中英浪漫主义诗学在自然观、语言观、诗人观、表现现实方式诸方面相似点和差异性的整体把握，不仅符合研究对象的实际，并且彰显出了她的学术特色。一是由于丽娟对浪漫主义文学历史的理论，对中国、英国文化文学的熟悉，在英国浪漫主义和女性文学的研讨方面能够厚积薄发，出入裕如，不论是宏观的俯瞰还是文本的细读，常常有她的发现。如指认英国浪漫主义是要“返回中世纪”文学的民谣，而且以一系列的实践发掘了民谣的魅力和价值，其中无论是华兹华斯倡导使用“人们真正使用的语言”，还是彭斯引导人们认识民谣和方言的价值，都使英国浪漫主义开创了一种朴素、清新、自然、洗尽铅华的语言风格。这种通过形式因素介入文本内蕴和流派历史的分析，在为读者打开异域文化窗口的同时，也提供了一定的方法论启迪，可以说已经探究到了浪漫主义诗学的骨髓所在。二是丽娟在行文过程中注意分寸，体现了一个研究者特有的冷静、客观和实事求是的学风。她在从文学功利角度勘察中英浪漫主义诗学的政治性和革命性特质时，认定无论英国还是中国的浪漫诗学都具有丰富的内涵，但也都无法摆脱其历史叙事和社会话语的宿命，这种学术判断就把对象看得十分透彻，标识出了中英浪漫主义诗学优长和误区所在，准确而辩证。三是论文对中英浪漫主义诗学的研究力求避开流行、规矩却俗套的研究路数，注重文本的新阐释，其中翻译视角的引入，提供了以往人们很少留意的鲜活资料，对中外文学关系研究对翻译环节重视不够的弊端是一种矫正。如在探讨雪莱的诗歌和诗学理论的过程中，就把它放在苏曼殊、陈南士、周作人、宗白华、成仿吾、朱湘、李唯建、梁宗岱等人翻译的“场”里，特别是把它和郭沫若的翻译对接，使雪莱对中国浪漫诗学的影响被凸显得清晰而深邃。也正因如此，丽娟的论文在答辩时受到一致好评，就完全在我的意料之中了，它的确达到了比较文学论文所应达到的“一加一大于二”的理想效果，能够给人以更多的启发。

丽娟毕业以后，差不多每年我们都能见上一两面，或是参加学术会议，或是在罗诗门的聚会上，每一次丽娟都一如既往地从容如风，优雅似兰，脸上挂着平静恬淡的微笑，说话柔声细气，娓娓道来，一副大家闺秀的样子。我想那种优雅与沉静并非有意为之，而是内心经验、阅历和眼界玉成的自信气质的一种自然流露，一个见过山外之山、人外之人，经历过大世面的人，对这个世界和世界上的人，更多的时候表现出来的可能就是这种有修养做底色的谦卑和恭敬吧。丽娟曾经长时间研究女性文学，却从来都是女人味儿十足，没有那种女权主义的乖戾和激烈，反倒一直彬彬有礼、温柔端庄有加。在单位，这个“弱女子”懂得承担，工作拿得起放得下，在家里，则是标准的淑女、贤妻和良母，丈夫和儿子都十分优秀，全家其乐融融。人们不时感叹，如今的女性事业和家庭常常矛盾对立、不能兼得，丽娟的成功在一定程度上打破了这种迷信。

对于一个教师来说，没有什么比看到自己学生的成长更值得自豪的了。感谢丽娟，在这个寒冷的季节里，给了我又一次分享快乐的机会。愿她在幸福、学术的路上越走越沉稳，越走越精彩。

罗振亚

2016年12月6日于天津阳光100寓所

目　录

绪　论

比较诗学视阈下的浪漫主义研究

一　诗学、比较诗学与浪漫主义

海德格尔说："人，诗意地安居。"[①] 这句话精辟地阐释了诗意与诗性是人类区别于动物而生存的本质特征，诗是人类灵魂安居的真正所在。尼尔·路西说："诗之思就是一种诗意的生存，当一个人诗兴地思考（饮酒、做梦、产生幻觉与试验）时，就有一种强化了的生存感。"[②]

在社会日益机械化、工业化的今天，高度发达的物质文明与岌岌可危的精神荒原形成了惊人的不协调，后现代图景不仅标志着上帝已死，还预言作者也死了。人们不禁要问：是文学终结了，还是人类的本性与天性物化了？后现代充满了终结者，同时也呼唤着人类的拯救者，而最终证明人类的拯救者是人类自己，人类还要靠自己拯救自己，人类自己才是真正的拯救者。"诗人是世间卫冕的立法者。"诗是人类的精神皈依。而我认为，诗学研究并不仅仅局限于诗歌研究，以英国浪漫主义为例，诗歌创作和诗歌理论批评是其主要成就。但其诗歌创作理论一方面引导了其他文学艺术形式，包括小说、散文、戏剧等的发展，甚至其影响还扩展到了音乐、绘画等；另一方面浪漫主义也为人们提供了哲学思考，赋予人类生存以崭新理念和现代意义。所以"浪漫主义最大的成就可以说是它的概念，而不是它的诗歌，换句话说是哲学上的成就，而

① 海德格尔：《人，诗意的安居：海德格尔语要》，郜元宝译，广西师范大学出版社2003年版，第73页。

② 尼尔·路西：《后现代文学理论导论》，马萨诸塞：布莱克威尔出版公司1997年版，第8页。

不只是文学上的成就”[①]。

“‘诗学’一词在现代意义上的运用，无论在西方还是中国，其内涵与它们原初的古典意义均是不尽相同的，其间无疑有各种各样的历史渊源，会牵涉到各种思想和理论的变迁。”[②] 所谓诗学，在中国古代以及近代，主要是以诗歌作为讨论对象的，是论及关于诗歌创作欣赏批评，以及由此引发的一系列文论美学和思想文化问题的学问，中文常用“诗话”“词话”“诗论”来称呼。而在西方的中世纪，尤其是作为西方文化源头的古希腊，诗学主要是以悲剧为主要研究对象，是把当时的主要文类如戏剧、史诗和抒情诗等进行综合研究，通过探讨诗的起源、诗的历史、诗的特征等，进而阐述古代西方人的文学观念的学问。亚里士多德的《诗学》（Poetics）是“第一篇最重要的美学论文，也是迄至前世纪末叶一切美学概念的根据……亚里士多德是第一个以独立体系阐明美学概念的人，他的概念竟雄霸了二千余年”[③]。20 世纪，伴随着中外学术交汇、对话以及一定程度上的融合和现代转型以后，诗学的概念在 21 世纪的今天发生了学科理念上的根本变化。也就是说，“在现代意义上，或者说在现代文艺学研究的意义上，诗学主要是指人们在抽象层面上所展开的关于文学问题的专门研究，包括本体论、认识论、语言论、美学论或者从范式和方法论等思路去展开的有关文学本身命题的研讨”[④]。因此，今天我们在多数场合所谈及的诗学概念，是一种广义的诗学，它更接近通常的文艺研究，或者说，关于文学的批评理论研究。这种诗学概念的表达更具有历史感和意义的包容性。

“比较诗学”则是“从跨文化的立场去展开的广义诗学研究，或者说是从国际学术的视野去展开的有关文艺问题的跨文化研究”[⑤]，比较诗学是比较文学发展的必然方向。1963 年，艾金伯勒在《比较不是理由》一文中说道：“历史的探询和批判的美学沉思，这两种方法以为它

---

① 尼尔·路西：《后现代文学理论导论》，马萨诸塞：布莱克威尔出版公司 1997 年版，第 67 页。

② 陈跃红：《比较诗学导论》，北京大学出版社 2005 年版，第 1 页。

③ 车尔尼雪夫斯基：《美学论文选》，人民文学出版社 1957 年版，第 124、129 页。

④ 陈跃红：《比较诗学导论》，第 2 页。

⑤ 同上书，第 2 页。

们自己是势不两立的对头，而事实上，它们必须互相补充；如果能将两者结合起来，比较文学便会不可违拗地被导向比较诗学。”① 比较诗学强调比较文学的文学性，坚持以跨越国界、文化和语言的研究来更好地把握文学的审美特性。接受研究和影响研究共同构成比较文学研究具有包含输出与输入双向因素的特点，但接受研究并不是影响研究的简单倒置，而是需要考察一个国家或民族接受其他国家或民族文学及文化的实际情况所呈现出的双向甚至多向运动特色。这样看来，比较研究是“建立在动态的文学和文化观上的。文学和文化都不是某种现成的、固定不变的东西，可以简单地从一个国度搬到另一个国度。……它首先是人类正在进行中的创造。……它提醒我们对外来的影响的接受往往是个主动的行动”②。一种文化并不和作为他者的文化处在一对一的对等的位置上，它一方面和其他多种文化处于不断接触和交融中；另一方面，它本身也在民族和历史的语境里发展、演化着自身的文学传统。因此“接受影响永远不是被动的消极无为过程，不要接受过程因而成为接受主体的能动创造性过程”。中国五四时期，西方的思想伴随着大量的西方文学、政治、哲学等著作的译介一起涌入国门，对英国浪漫主义思想和作品所产生的影响和接受在很大程度上影响着中国五四浪漫主义诗学思想和特质的构造。

浪漫主义作为一种创作方法，在中外文学史上早就有所运用。欧文·白璧德认为：“在任何时代、任何地方，一切原始的人类想象都属于浪漫主义。”③ 现代意义上的浪漫主义表现为一种社会思潮，它的兴起与发展是人类文明史上特定阶段的产物。18 世纪后半叶，为历史现代性所推崇的工业文明在经济领域创造了奇迹，以科技为主导的工业革命带来了丰富的物质，人们的生活条件和物质享受得到极大提高。但是物欲的无限膨胀，技术的单向思维与狭隘片面，人与自然的疏离与不和谐，意识形态所涵盖的话语权被严密的控制，人类精神和生存诗性的丧失与沦落……这些异化现象引发了法国思想家雅克·卢梭的忧虑和思

---

① 艾金伯勒：《比较不是理由》，《比较文学研究译文集》，北京大学出版社 2003 年版，第 116 页。

② 张弘：《比较文学的理论与实践》，华东师范大学出版社 2004 年版，第 106 页。

③ 白璧德：《卢梭与浪漫主义》，孙宜学译，河北教育出版社 2001 年版，第 21 页。

考。1762 年，卢梭出版作品《爱弥儿》，书中写道：“自然的光彩壮丽存在于人类心中，要看见它就必须去感受它”，以此向人类大声疾呼回归自然；书中还写道：“人类的制度是一团愚蠢和矛盾的混沌”，这是卢梭对物欲控制下的文明社会进行的彻底否定。对人类文明负值效应的忧虑质疑与抗衡，成为卢梭情感的特定内涵，这也是以卢梭为代表的浪漫主义的美学特质。在德国，以康德为代表的哲学家思想家从哲学本体的高度使德国浪漫主义具有了其他国家所没有的思辨和理性表征。浪漫主义在英国得到了阐释和充分发展，尤其在诗学思想和理论方面较为突出：1798 年，以华兹华斯和柯勒津治共同出版的《抒情歌谣集》以及序言为标志，英国浪漫主义在诗歌创作和批评理论方面成就斐然，并且影响广泛深远——不仅影响到欧洲的许多其他国家，也影响到亚洲国家，比如日本、中国和印度等。浪漫主义思想和诗学在全球范围里既呈现出国别特征和民族特色，也表现出共时和历时的发展面貌，因而对浪漫主义诗学进行比较研究，才能充分体现浪漫主义广泛而深远的影响和作用，才能更深刻、充分地理解、认识浪漫主义的思想内涵以及它在当下社会形态中的演化和价值。

二　浪漫主义研究现状、意义和方法

英美国家对浪漫主义一直怀有极大的研究热情，单说有关英国浪漫主义的论著和论文，每年就不下百篇，在英国和美国都有成立近百年的浪漫主义研究会，每年都召开关于浪漫主义的研讨会、学术会，也有专门的浪漫主义专刊杂志。其中比较经典的有美国哈佛大学的法国文学和比较文学教授、19 世纪初世界新人文主义运动的领袖欧文·白璧德的代表作《卢梭与浪漫主义》一书。该书以古典主义的伦理道德标准批判了卢梭开创的浪漫主义，并正本溯源，从浪漫主义的源头直接谈起，批判了文学适合文化史上关于浪漫主义的各种概念。作者对 19 世纪欧洲及美国社会的伦理、宗教、道德、美学、哲学都进行了批判，全书自始至终贯穿着一种批判精神。不仅对法国的浪漫主义传统进行了深入详尽的阐述和思考，也用大量篇幅探讨了卢梭的思想对英国浪漫主义思想家、文学家如华兹华斯、柯勒津治、雪莱、拜伦等的影响。

另一部系统论述浪漫主义文学理论的作品就是鼎鼎有名的美国康奈

尔大学英语系教授 M. H. 艾布拉姆斯在 1953 年出版的《镜与灯——浪漫主义文论及批评传统》。很多人都铭记他提出的文学批评四大要素理论，即作品、宇宙、作家、读者，以致忽略了书中的论述重点：浪漫主义文学批评。该书主要论述了 18 世纪末到 19 世纪前期大约 40 年间产生于英国的浪漫主义诗歌理论，并把英国浪漫主义文学理论纳入一个较为广阔的思想文化背景中，比如以 18 世纪美学为参照，并对比外来思想，尤其侧重于探讨与德国浪漫主义思想之间的关系。相比之下，德国的赫尔德林和康德成为浪漫主义思想的先河，此后德国取代英国和法国成为向世界输出浪漫主义思想的主要国家。该书还运用隐喻的方法，把心灵比作镜子——作为外界事物的反映者，这一点体现了从柏拉图到 18 世纪这段历史时期西方文学理论的主要思维特征；另一个比喻是把心灵比作灯——一种发光体，认为心灵也是它所感知事物的一部分，这一点体现了浪漫主义关于诗人心灵的主导观念。

除此而外，由剑桥大学出版社出版的系列丛书“剑桥文学指南”中的《英国浪漫主义》一书可以说代表了西方英美国家对浪漫主义研究的最新成果。该书收录了英美当代知名学者所撰写的共 11 篇论文，它们代表了西方学者对英国浪漫主义诗学的最新思考，为读者提供了了解英国浪漫主义的历史渊源、思想背景和文化内涵的清晰而权威的途径。其中包括《浪漫主义批评与理论》《浪漫主义与启蒙运动》《革命时代的诗歌》《浪漫主义和希腊文化》《浪漫主义诗歌》等多篇有所侧重的论文。特别值得一提的是《英国浪漫主义的姐妹艺术》一文。作者从 20 世纪 60 年代后的女性主义文学理论出发，把浪漫主义与女性主义思想相结合，给浪漫主义诗学研究开创了新视角。随着后现代理论的不断涌现和论争，运用后现代理论，比如生态批评理论、女性主义批评理论、大众文化的视野等对浪漫主义诗学进行重新挖掘和评判，这方面的论文和著作层出不穷。

中国对英国浪漫主义思潮的批评研究始于清朝末期，五四新文化运动步入高潮，胡适、郭沫若、周作人、郁达夫等都分别对西方浪漫主义（主要是英国和德国）进行译介和评述。创造社，作为中国现代文学史上的重要团体，为浪漫主义文学和理论的翻译与研究开辟了道路。创造社以它特有的创造精神（也是浪漫主义精神的体现），不但译介了大量的浪漫主义作品、理论批评作品等，同时也开创了中国现代浪漫主义诗学风范。同《新青年》杂志一起，《小说月报》《创造周报》等刊物成为译介外国文学作品，并发表中国现代浪漫主义作品和思想理论的主要期刊。但相对来说，对西方浪漫主义的译介研究比较零散，注重个体研究，例如对雪莱、拜伦等的单个作品或文学思想进行译介和研究评述。这一时期的中国现代浪漫主义诗学研究主要是通过两个渠道实现的：首先是这些中国现代浪漫主义作者直接阅读、翻译西方浪漫主义作品，同时也形成了中国现代文学史上较为鲜明的浪漫主义文学思潮。对英国浪漫主义和中国浪漫主义较具突破性的研究是在 20 世纪 80 年代。1986 年，由罗钢撰著出版的《浪漫主义文艺思想研究》比较系统地评论了西方浪漫主义作品，主要从历史发展和社会批评的角度探讨了英国浪漫主义的文艺思想特征，可贵的是，该书最后增添了“创造社早期文艺思想与西方浪漫主义思潮”和“东西方浪漫主义文艺思想的几点比较研究”这两部分，使得该书具有了前所未有的影响视点，对中国浪漫主义同西方浪漫主义的关系进行了分析，提出了“早期创造社对西方浪漫主义文艺思想的接受是全面的”这一观点，认为“他们接受了浪漫主义者从作家主观意识方面寻求文艺产生的根源，把情感性作为文学艺术的本质特征和新的美学观念”。该书所具有的学术创新之处就在于东西方比较与影响研究部分，但是作者并没有展开和进行深入探讨。1991 年，王佐良教授编著出版了《英国浪漫主义诗歌研究》，可以说是一部详尽研究英国浪漫主义的断代诗史。该书全面论述了英国浪漫主义诗歌的历史、来龙去脉、兴起与发展，其重要诗人、主要作品、思想上艺术上的特色、变化和影响意义等，是一部具有历史唯物主义观点，集阐释性和文学性于一体的著作。但该书注重的是英国这样一个单一国别的浪漫主义文学特征，还没有形成比较和影响对照的视野。另一部较有价值的作品是 2000 年由安徽教育出版社组织出版的 20 世纪“中国文学研究丛书”中陈国恩的《浪漫主义与二十世纪中国文学》一书。此书以研究 20 世纪初、新中国成立以前近半个世纪的中国浪漫主义文学及理论为主线和支点，对西方浪漫主义尤其是英国浪漫主义文学思想仅在论及影响或作为借鉴时提及。另一部必须提及的作品是 2002 年由文艺出版社出版的朱寿桐先生的《中国现代浪漫主义文学史论》一书。作者从现代主义的文学理论视角出发，对中国现代浪漫主义文学进行梳理和评论，侧重的是五四新文化运动到新中国成立这半个世纪的文学及理论研究，同时也增加了20世纪后50年的内容，表现在都市浪漫主义的阐述部分。这本著作可以说全部以中国文学史及中国文学理论为重点、出发点和主要内容，对西方及对英国浪漫主义的论述比较有限。

2002年，乐黛云教授指导张旭春完成了博士论文《现代性视野中的中英浪漫主义研究》，该文以现代主义理论为切入点，阐述浪漫主义与现代性的关系，从现代主义理论视角出发，采用比较的方法对比研究中英浪漫主义文学理论，但侧重的是政治领域，这就是为什么后来在出版时，作者将其改名为《政治的审美化与审美的政治化》。2006年，中国人民大学出版社出版的俞兆平教授的《中国现代三大文学思潮新论》一书，其新在重新论述了中国现代浪漫主义，即把中国现代浪漫主义，依据其影响来源和主要理论内容分成两类：一是卢梭的美学浪漫主义，二是高尔基的政治学浪漫主义，并对这两种浪漫主义在中国现代文学理论中的接受、影响和实践进行研究论述。在我看来，这种提法有所创新和突破，体现了在特定历史环境、特定社会背景下的中国现代浪漫主义诗学的民族性、本土性特征。但是深入探究我们会发现，卢梭所倡导的回归自然的浪漫主义思想，其最初宗旨是政治性和社会性批判立场，这与当时法国的社会发展与变革紧密相连。真正在文学艺术领域提出浪漫主义独特而鲜明的美学主张的是英国浪漫主义思想家、文学家如华兹华斯、柯勒津治、雪莱、济慈等。当然，他们的理论思想也与当时的社会政治状况有着无法割舍的联系，其影响也扩展到哲学、社会学、政治学诸多领域。

近两年来，从较新的后现代主义的某个理论视角来剖析浪漫主义的论文开始出现并增多，比如浪漫主义作家的生态视角、浪漫主义作家的女性观等，但仍然是片断的、局部的，有待予以完整、全面的论述。这一现象也证明后现代主义理论为文学批评和文艺学研究带来了新的空间和可能，具体说，就是为浪漫主义诗学研究提供了新视域、新角度，也让我们重新感受到浪漫主义诗学理论的传承性和当下性，浪漫主义思想的经久不衰与文学批评传统的连续性和启示性。

选择中英浪漫主义诗学进行比较研究，应该说是出于以下几点考虑：当代西方文学理论和批评在追根溯源时，总会从浪漫主义说起，总会从浪漫主义中寻找依据和灵感：首先，浪漫主义已经成为当代西方文学理论和批评的一个重要依据和基础。例如，解构主义要解构主体性这一概念，就要借助浪漫主义强调个性和偶然性的理论；形式主义者所强调的文学性，要从浪漫主义的纯文学、纯诗的概念中寻求理论支持；生态批评要反现代性，须从浪漫主义所倡导的原始和回归自然的主张中发掘资源；德勒兹等人的块茎理论，很难说没有受到浪漫主义有机观的影响；后现代质疑现代性的合法性时，多半与浪漫主义的观点有着内在的联系；甚至一些受到科学主义影响的理论家，如德里达、保罗·德曼对不可呈现性的强调和关注，也要从浪漫主义中寻求论据。其次，浪漫主义可以说是西方文学艺术与思想史上对传统思想观念的一次大规模挑战和反叛，因而也是西方思想史上一次真正的思想解放，它奠定了西方社会的一切现代价值观念和文化传统。其核心是以个体为基础的个人主义，并以此为基础对原始、自然、激情、个性、叛逆，以及对民主甚至世俗等的极力追求。虽然具有乌托邦的理想色彩，但也给现代的各种理论注入了创新活力与动力。另外，中国的文学理论和批评界应当重新反思，我们是否对浪漫主义存在误读和误解，比如，我们的文学理论教科书对浪漫主义的讲解是否客观。毕竟浪漫主义是植根于西方社会历史发展和价值观念里的一种文艺思潮，当然，中国古代文学也有浪漫主义的倾向和风格，但没有形成像英国浪漫主义那样系统的文学理论和声势浩大的运动。而以五四新文化运动为开端的中国现代文学中的浪漫主义则是在西方浪漫主义的影响下，与中国的社会实际相结合，从文学作品和理论的译介，到文学创作和批评理论的阐述，形成了中国现代文学史上不可忽视的浪漫主义思潮。一方面，它具有浓厚的民族性和地域色彩，两者的差异性甚至还表现在对西方浪漫主义的一种误读和背离上；另一方面，中国现代浪漫主义也有与西方浪漫主义的亲缘性、相似性。随着新的研究理论视角和方法的涌现，中西方文化社会的发展与全球化的趋势，重新对中西方浪漫主义诗学进行比较研究是必要的，是具有现实性和当下性的。

本书主要采取的是中西方比较的方法，并在接受理论框架下，阐释中西方文学影响和接受的关系研究。影响研究是比较研究中历史最为悠久的基本方法，美国学者乌尔里希·维斯坦因在《比较文学与文学理论》中对影响研究作了这样的论述：“影响应该被认为是比较文学研究中十分关键的一个概念，因为它把两个有区别的，因而也是可以比较的实体放在一起：发生影响的作品和影响所及的作品。”由此可见，影响研究最主要的内容涉及几个民族文学之间相互关系的研究。英语“影响”（influence）一词起源于中世纪拉丁语 influentia，意思是“主宰人类命运的天体之力”。后来演化为动词 influere，意思是“流出流向”，并演化为“主宰他者的精神和理智的力量”，被“‘法国文艺对外国的影响’这样的文艺批评论述所采用”①。这一词源学的说法，强调了“影响”对于精神理智以及人类命运的神秘作用力，破除了在影响问题上的简单化观点。法国文学史家朗松认为：“真正的影响，是当一国文学中的突变，无以用该国以往的文学传统和各个作家的独创性来加以解释时在该国文学中所呈现出来的那种情状。……就其实质，真正的影响，较之于题材选择而言，更是一种精神存在。而且，这种真正的影响，与其说是靠具体的有形之物的借取，不如说是凭借某些国家文学精髓的渗透。”② 由此可见，比较文学领域的“影响”着眼于外来民族的文学因素在本民族作家文学作品中精神层面的出现和再现。这种外来因素是从本民族的传统和作家本人已有的创作道路中无法加以解释的，他们经过作家的吸收消化，已经渗透到民族文学之中，参与了艺术创造和民族文学的发展演化过程，并成为它的灵魂与风貌的一个有机组成部分。

本书意在探讨中国五四浪漫主义诗学同英国浪漫主义诗学之间在影响和接受过程中所呈现出的相似性与差异性，并探讨影响和接受过程中所呈现的复杂文学机制。本书的学术价值首先在于它的中西对比性。西方浪漫主义诗学在英国取得了辉煌的成就，并在世界范围内产生了巨大影响。中国现代诗学的重要特征就在于它西学东渐——以五四新文化运动为起点，以对西方文学作品和批评文论的译介为手段，同时肩负着民

---

① 大塚幸男：《比较文学原理》，陈秋风、杨国华译，陕西人民出版社 1985 年版，第 22 页。

② 转引自大塚幸男《比较文学原理》，陈秋风、杨国华译，第 32 页。

族解放的历史使命感和对崭新时代的憧憬，使中国五四浪漫主义诗学展现出借鉴、吸取西方浪漫主义精髓，却又不同于西方浪漫主义的民族风采。因此中英浪漫主义诗学的比较不是凭空的比较，而是影响的比较、接受的比较。本书的学术价值还在于它的当下性。比较课题在今天这样一个国际交流日益频繁的语境下，更凸显它的位置与作用，尤其在当今语言哲学思想的带动下，哲学研究从文化转向语言，语言作为人类的生存家园而成为哲学研究的本体；诗歌语言成为一个民族语言的精粹和代表；诗歌，作为一个民族文化集中体现的载体，从语言到形式、从内容到本质、从创作到理论都已成为并将继续成为文学界、文艺界、美学界乃至哲学界等人文学科研究的焦点，因而具有了研究价值和可创新之处。

第一章　文艺思潮语境中的浪漫主义

第一节　浪漫主义与浪漫主义的内涵

20 世纪，各种主义与理论层出不穷，它们纷繁复杂，但都呈现出“反传统”的样态。“对传统问题的关注，以及当代许多重大问题的论争，都会不约而同地追根溯源到浪漫主义。”① 浪漫主义是西方历史上第一次大张旗鼓的反传统运动，它奠定了西方现代社会新的价值观念和思想体系。浪漫主义作为一种文学观念和表现方式，在世界各民族文学发展的初期就已经出现。可以说，在世界各民族最初的文学活动中，都存在着这种形态的文学创作手法了。例如，很多民族的远古神话、中国先秦文学中的《楚辞》都有这样的特点。表现理想和幻想本是促成文学发生的重要原因之一，也是文学构成的基本要素之一，从这个意义上说，浪漫精神是文学的一个重要源头，文学从一开始就和浪漫主义有着极其密切的关系。但是作为一种文艺思潮，一个明确的文艺理论概念，却是后来逐渐形成的。浪漫主义文学的发展也经历了一个漫长的历史过程。

一　浪漫与浪漫主义

从词源学考察，英语“浪漫”一词来自古法语中的 Romans 和 Romant，而这两个古法语词都源于中世纪的拉丁语副词 Rmanice。Roman 本义是指用各种方言写成的传奇故事，或者说主要指那些根据虚构的英

---

① 阎嘉：《21 世纪西方文学理论和批评的走向与问题》，周宪编：《文学理论精粹读本》，中国人民大学出版社 2006 年版，第 10 页。

雄事迹而写成的法语诗。最初，“浪漫”一词并没有专门同艺术或艺术理论联系在一起，到17世纪初，它才成为一个专门的术语，被用来描述中世纪和文艺复兴时期的传奇故事，包括从民歌到史诗的各种形式，注重的是骑士和骑士的功绩。学者韦勒克（Wellek）认为：“即使在人们掌握了大量材料后，仍然很难确定最初用‘浪漫’一词去称呼一部作品是在什么时候，指哪些作品，什么时候开始引进古典——浪漫的对立的，什么时候一位作家当时称自己为浪漫主义者，什么时候‘浪漫主义’一词开始在一个国家里被采用。”[①] 事实上，很难确认“浪漫”一词的最早出现时间。欧文·白璧德认为，现代意义上的浪漫（主义）一词第一次以书面形式出现的证据可以在英国找到。《剑桥词典》记载了格伦维尔撰写的《锡德尼传》中的一段话：“难道他那阿卡迪亚（即田园生活）的浪漫主义者不步他的后尘？”[②] 另一个例证来自1654年8月伊夫林《日记》中对这个词的运用：“如果盖先生的洞穴得到应有的整理，那么它就可以变成一个最浪漫最舒适的地方。”[③] 在这个用法中，“浪漫”一词被开拓性地用于描写自然景观。韦勒克考证认为，大致在1669年的法国，1674年的英国，人们开始用“浪漫诗歌”一词来称呼阿里奥斯托和塔索以及作为他们的主题和布局来源的中世纪传奇。

“浪漫”一词的情感意义也不是固定不变的。在早期运用“浪漫”一词时，它被用来表达贬义，如让·夏普兰在1667年时说，浪漫的史诗是缺少艺术的诗歌体裁；托马斯·山德维尔1670年在他的剧本《忧郁的情人》中提到“浪漫”一词时充满了轻蔑：“在那些浪漫的传奇里，他们把爱和荣誉搞到一个可笑的高度，以致成了一部十足的滑稽剧。”[④] 此外，帕比斯1667年时用“浪漫”一词来指称那些“不必要的、非现实的、过分的、堂吉诃德式的事物”。“浪漫”一词的积极意义的转变发生在17世纪末18世纪初，如约瑟夫·安德森在1711年出

---

① 雷内·韦勒克：《批评的概念》，张今言译，中国美术学院出版社1999年版，第126页。

② 欧文·白璧德：《卢梭与浪漫主义》，孙宜学译，河北教育出版社2003年版，第4页。

③ 同上。

④ Aidan Day, *Romanticism* (Routledge, 1996), p. 80.

版的《旁观者》中提到英格兰民众最喜爱的民歌时说："在这些民歌中的感情是那样的自然和富有诗意，同时具有一种令我们羡慕的巨大的简单性，在处理苏格兰和英格兰的战争时，具有一种很好的浪漫的情境。"① 斯威夫特1712年描述了一次树荫下的浪漫聚餐，认为那种能够唤起情感的东西，即风景与环境、冲突与情节等都是浪漫的。"对这种梦幻的浪漫的认同在18世纪晚期开始，在对古典主义理性和实证真理反思质疑中得到了加强。"② "浪漫"一词的褒义与好感在托马斯·沃顿（Warton）的《英国诗歌的历史》中已经变得十分明显，他在《浪漫小说在欧洲的起源》一文中，把中世纪和文艺复兴时期的浪漫小说和古代传统小说相对比，在古典标准和浪漫特征之间表达出对浪漫的偏爱。我们可以看到，从18世纪以后，人们用诸如古代人与现代人，人为的诗歌与民间的诗歌，不受规则束缚的莎士比亚的诗歌剧，兼顾哥特式文学等来称呼那些新的与古典主义不一样的浪漫文学。在18世纪末19世纪初，随着浪漫主义文学运动的兴起，浪漫与古典的对立凸显出来，"浪漫"一词才开始被大量引进随后的文学、哲学、美学评论中。

现代意义上的浪漫主义首先表现为一种社会思潮，它的兴起与发展是人类文明史上特定阶段的产物。在西方，明确地把浪漫主义作为一种人文精神来倡导和宣扬，并形成一个波澜壮阔的文艺思潮和文学运动则始于18世纪末，持续到19世纪三四十年代，大约半个世纪的时间。浪漫主义思潮最先形成于德国，而后扩大到英国、法国和俄国，并迅速发展成为一场风靡欧洲的文艺运动，相继产生了许多有影响的作家和作品。浪漫主义作为一种文学类型，也是在这个时期形成的。

18世纪后半叶，为历史现代性所推崇的工业文明在经济领域创造了奇迹，以科技为主导的工业革命带来了丰富的物质，人们的生活条件和物质享受得到极大提高。但是物欲的无限膨胀，技术的单向思维与狭隘片面，人与自然的疏离与不和谐，意识形态所涵盖的话语权被严密地控制，人类精神和生存诗性的丧失与沦落……这些异化现象引发了法国思想家雅克·卢梭的忧虑和思考。1762年，卢梭出版《爱弥儿》，书中

① Aidan Day, *Romanticism* (Routledge, 1996), p. 81.

② 寇鹏程：《古典浪漫与现代》，上海三联书店2005年版，第13页。

写道："自然的光彩壮丽存在于人类心中，要看见它就必须去感受它"，以此向人类大声疾呼回归自然；书中还写道："人类的制度是一团愚蠢和矛盾的混沌"，这是卢梭对物欲控制下的文明社会进行的彻底否定。对人类文明负值效应的忧虑、质疑与抗衡，成为卢梭情感的特定内涵，这也是以卢梭为代表的浪漫主义的美学特质。同时他还出版了《社会契约论》，提出人民主权原则和自由意志理念，成为法国大革命的理论指南。从社会历史观分析，浪漫主义思潮是适应资产阶级推翻封建贵族统治的革命需要的，是对资产阶级民主和自由思想的张扬，既发扬了启蒙主义平等的人权思想，又有对启蒙理性的反叛，以达到宣扬个性至上理念的目的。1789 年，法国资产阶级革命彻底废除了王权，建立了民主共和国，与 1776 年在大西洋彼岸美利坚民族的独立革命遥相呼应，这两个伟大的历史事件震撼了整个世界，在欧洲掀起了此起彼伏的民主革命运动和民族解放运动。于是，表现理想、崇拜英雄、充满激情的浪漫主义文学也就必然地成为这个时代的文学主流。浪漫主义在英国得到了进一步阐释和充分发展：以 1798 年华兹华斯和柯勒津治共同出版的《抒情歌谣集》及其序言为标志，英国浪漫主义在诗歌创作和批评理论方面成就斐然，并产生了广泛而深远的影响——不仅影响到欧洲的许多其他国家，也影响到亚洲国家，比如日本、中国和印度等。

从文艺思潮本身的发展来看，浪漫主义的兴起与对古典主义的反叛是同时进行、无法割裂的。韦勒克（Wellek）指出，"浪漫主义的意思简直包括一切不是按照古典传统写出的诗歌"① ——浪漫和古典的对立凸显出来。浪漫主义与（新）古典主义的对立体现在：浪漫主义崇尚个性与感性，与古典主义强调理性以及对社会、国家整体的服从相背离；浪漫主义从中世纪和文艺复兴时期的文学里得到启发，在题材与主题的表现上富于传奇性、奇特性，与古典主义模仿古希腊和罗马经典相对照；浪漫主义"回归自然"表现田园乡村生活，与古典主义"研究宫廷，熟悉城市"截然不同；浪漫主义富于感性的语言，或感伤或激昂，日常词语乃至方言的使用，与古典主义讲究韵律谐和，形式规范，

① Wellek, *The Concept of "Romanticism" in Literary History* (Oxford University Press, 1949), p. 28.

语言理性的主张相左……总之，浪漫主义思潮打破了传统的沉寂，化僵化为生动，使文学呈现出生命的感性与鲜活，深化了西方文艺复兴以来的人文思想，创立了西方现代社会的全新价值观念，也开启了西方文学全然不同的面貌。

二　浪漫主义的内涵

这是一个不争的事实，浪漫主义是一个包容性极强，内容十分丰富的思潮理念。浪漫主义在不同时代和不同民族那里，也有着不尽相同的特点和面貌——德国的、法国的和英国的浪漫主义都不尽一致，早期的和晚后的浪漫主义之间理念也有区别甚至相互矛盾。但是这些民族的、时代的、个人的特殊性，并不意味着浪漫主义文学没有统一的、共同的特征和本质内涵。正如韦勒克所说："如果我们考察一下整个大陆上自称为'浪漫主义的'具体文学的特点，我们就会发现全欧洲都有着同样的关于诗歌及诗的想象的作用与性质的看法，同样的关于自然及其与人的关系的看法，基本上同样的诗体风格，在意象、象征及神话的使用上与18世纪的新古典主义截然不同。"① 关于这些共同点，韦勒克总结道："就诗歌观来说是想象，就世界观来说是自然，就诗体风格来说是象征与神话。"② 也就是说，浪漫主义文学以强调想象来突出文学的目的，即在于表现理想和希望，以强调自然来突出文学偏重于抒发个体的主观感受和情绪，以强调象征与神话来突出文学的隐喻性、表现性和夸张、奇特的艺术表现方式。浪漫主义共有的内涵表现在以下几个方面。

（一）回归自然的世界观

韦勒克指出，浪漫主义的世界观是一种自然观，浪漫主义所谓的"自然"是针对古典主义而言的。浪漫主义者认为，古典主义对理性的强调实质上是对秩序、规律的强调，违反了人的自然本性。浪漫主义把一切原始的、质朴无华的和天真无邪的事物视为"自然的"。浪漫主义的"自然"既是指那个与社会生活截然不同的大自然，又是指突现了

---

① Wellek, *The Concept of "Romanticism" in Literary History* (Oxford University Press, 1949), p. 56.

② Ibid., p. 58.

人之本性的自然。从这里引出了浪漫与古典之间的一系列对立，如浪漫主义强调感性，古典主义强调理性；浪漫主义强调对大自然的表现，古典主义强调对人类创造物的表现；浪漫主义强调人与自然的统一，古典主义强调人与自然的分离；浪漫主义强调自由、个性、个体，古典主义强调服从、共性、整体，等等。而这一切从世界观上讲，则体现了对世界对自然的看法。由于现代自然科学的影响，理性主义认为，世界、自然有如一架精致的机器，一个完美的几何模型，世界与自然的运作受可知的规律的支配。而浪漫主义则把自然视为一个未知世界，是神秘的，值得敬畏的、不断演化的。浪漫主义文学具有崇尚自然的特点，强调以自然为对象和表现人性的自然本质。我们在前面已经提及，浪漫主义文学尤为重视自然，描写自然，赞美自然，甚至膜拜自然。浪漫主义文学所以关注自然，提出“回到自然”的口号，是对资本主义发展所带来的违反人性的都市文明和工业文化的失望。浪漫主义者认为，人性原有的纯朴与自然，人类与大自然的和谐，都因为现代工业的发展，因为物质欲望的弥漫而逐渐丧失了。因此，对大自然的向往，对自然人性的歌颂，也就成了浪漫主义文学的主题和表现对象，从而为欧洲文学开拓了一个新的领域。美学家李斯·托威尔说：“自然这块天地，不得不等到19世纪的浪漫主义运动，方才得到了充分而又细致的发掘。拜伦、雪莱、华兹华斯、歌德，是他们第一次把大海、河流、山峦带进了他们自己的作品。”另外，浪漫主义文学也常常在大自然的环境中来表现人的自主能力和奋斗精神，以此来塑造理想中的英雄。

（二）情感抒发的主观性

白璧德认为：“在任何时代，任何地方，一切原始的人类想象都属于浪漫主义。”[①] 虽然白璧德在上述观点中使用“浪漫主义”一词是为了表达广义的、原始的、属于全人类的、超越时空范畴的表现方式，但作为一场轰轰烈烈的运动思潮的浪漫主义也确实表现出一种超越现实的人文精神力量，执着于对人生理想甚至幻想的表现，力图用文字给人类展现出一幅理想的生活景象，因而主观上激越、豪壮、积极乐观的情绪

---

① 欧文·白璧德：《卢梭与浪漫主义》，孙宜学译，河北教育出版社2003年版，第47页。

不禁跃然纸上。当对理想的憧憬遭遇到现实的冰冷时，当异国情调与现实相距遥远时，浪漫主义者常常把目光投向远古和过去，怀念那已经成为历史的时光和没有遭受过工业化蹂躏的生活，感伤、忧郁和怀旧同时成为浪漫主义者的时代情绪。

德国作家席勒认为，浪漫主义“试图用美丽的理想去代替那不足的真实”。所以，浪漫主义并不注重对生活对象的如实摹写，并不强调文学的真实性和客观性，而是竭力表现理想，表现主观愿望，表现向往理想的激情。雪莱在《为诗辩护》中说道：“使人不仅明察客观的现在，发现现在的事物应当依从的规律，它还能从现在看到未来，他的思想就是结成最近时代的花和果的萌芽。”[①] 浪漫主义按照理想中的生活样式，按照作家主观的感情逻辑去想象和创造艺术世界。可以说，浪漫主义文学创作的艺术世界不是模拟现实的“镜像世界”，而是一个想象的、超现实的、主观化了的世界，通过塑造这个在现实生活中不可能有的理想世界，纵情地抒发自己的感情和表达主观的愿望。

在对情感的抒发上，浪漫主义有自己的特点。浪漫主义是由情生物，为情造物，对生活的表现受主观感情的支配，所以浪漫主义所塑造的艺术形象往往不同于生活形象；为表现希望和激情，浪漫主义文学尤为注重理想英雄的塑造，并常常以强烈的对比来强化和表现主观情感的倾向性。在理想主义精神的支配下，浪漫主义文学更多地采用了远离现实生活的神话传说、奇异故事等作为自己的表现对象，以富于幻想的方式创造出想象的和虚构的艺术世界。法国著名的浪漫主义作家乔治·桑曾说：浪漫主义艺术“不是对于现实世界的研究，而是对于理想的真实的追求”。所有这些形象显然不是现实生活可能有的，而是充分体现了作家的希望，富于理想色彩的人物或英雄。正如俄国著名的文学批评家别林斯基所说，“在最狭义最本质的意义上说，浪漫主义就是人的灵魂的内在世界，他的心灵的隐秘生活。在人的胸部和内心里，潜伏着浪漫主义的秘密源泉。”

在谈论浪漫主义的忧郁情感时，欧文·白璧德认为：“或许没有哪

① 雪莱：《为诗辩护》，刘若端编：《十九世纪英国诗人论诗》，人民文学出版社 1984 年版，第 125 页。

一种运动像感情的浪漫主义这样产生那么多忧郁的文学作品。”他追踪其原因，指出：“浪漫主义者追求最高的激动，就像在他的狂喜和对不可能的她的追求中明显表现出来的那样。但对感情快乐的这种追求变得越富于想象性，它就越倾向于变成一种纯粹的怀乡病。”[①] 他引用并赞同勒内的话：“一颗伟大的灵魂，必须包含着比一颗渺小的灵魂更大的悲哀。”[②] 席勒是为浪漫主义的感伤进行辩护的重要人物，他把古典与浪漫的对立称为朴素的与感伤的对立，认为古典是朴素的，浪漫则是感伤的。席勒说：“诗人或者是自然，或者寻求自然。前者使它成为朴素的诗人，后者使它成为感伤的诗人。”[③] 古人本来就是与自然融为一体的，他就是自然；而现代人则与自然处于对立之中，由于失去了自然而寻找自然，因此浪漫主义的理想观念中也就怀有一份还乡愿望，带上一层感伤色彩。感伤的诗人需要用自己的内在力量来滋养和净化心灵，因此浪漫主义诗人会借助想象、幻想甚至空想来寄托自己灵魂的追求，并用感伤的情愫体现自己需要安抚的心灵伤痛。浪漫主义的感伤既是理想的产物，也是矛盾冲突和内在人格分裂的产物，因而是主观情感的产物。这确是事实，在浪漫主义张扬个性，关注个体的同时，他们伟大的灵魂还关注着希腊民族解放运动、英国工人阶级的生存状况，乃至人类自然本性的回归、城市工业化过程中人类普遍命运的归属等问题，而不只是为他们自己的命运或个人的悲剧而悲哀，所以这种忧郁与感伤才具有了穿越时空的震撼。但是我们也听到了浪漫主义者“像一只夜莺，栖息在黑暗中，用美妙的歌喉来慰惜自己的寂寞”[④]，以及“我憎厌那种对我们抱着露骨的目的的诗歌”的表白。[⑤] 济慈认为：“对于一个伟大的诗人来说，美的感觉压倒其他一切考虑，或者不如说，美的感觉消灭了其他一切的考虑……”[⑥] 这种唯美的艺术功利观使浪漫主义诗学走

---

① 欧文·白璧德：《卢梭与浪漫主义》，孙宜学译，河北教育出版社2003年版，第184页。

② 同上书，第185页。

③ 朱光潜：《西方美学史》，人民文学出版社2002年版，第437页。

④ 雪莱：《为诗辩护》，刘若端编：《十九世纪英国诗人论诗》，人民文学出版社1984年版，第127页。

⑤ J. Keats, *The Letters by John Keats* (McMorlon, 1928), p. 336.

⑥ Ibid., p. 96.

向纯艺术的审美理念，一方面加深了他们“高处不胜寒”的忧郁感触，另一方面也增添了浪漫主义者的艺术理想与工业化的冰冷现实的距离，继而产生了怀旧情绪：“怀旧也是对碎片化所造成的现代人生存经验的分裂性的一种弥补。渴望回到过去或回归家园，本质上就是希望退回到历史上一个较少复杂的时刻和个人经验里。”① 因此我们看到，怀旧作为现代性表征在浪漫主义文艺作品里就已得到了充分体现，它是人类寻求精神家园的渴望无处着落的慰藉。

（三）感官、感性的表达方式

浪漫主义在艺术表现上不求“形似”，不像现实主义那样追求细节的真实，更不能容忍古典主义的僵化和呆板，而是依据主观感情的逻辑和表现理想的需要。在文学创作中，浪漫主义遵循的是理想化的原则，只要能表现理想的与希望的生活，文学塑造的形象即使违背生活本身固有的逻辑也无关紧要。浪漫主义文学所创造的艺术形象因此常常会改变生活原有的形态，在感情和理想的强烈作用下，大胆地、人为地创造出虚构的甚至是变形的意象、人物或环境。因此，一方面，浪漫主义作品所描写的生活往往带有幻想的特点，在虚构的特殊的环境中，描写一些具有奇特的超人品格、行为和能力的形象。如雨果《悲惨世界》中的冉·阿让，以他的人格、道德可以感动一切人，可以做到一切事，可以使从不说谎的修女，也为之违反教规。另一方面，充分发挥想象、夸张、虚构、变形、比喻、象征等非再现性的艺术手段，致力于理想的艺术世界的创造，从而体现了浪漫主义文学在艺术形式和表现手法上的特色。为了表现理想和激情，浪漫主义常常以强烈的对比色彩来强化和突现主观倾向。如雨果的《巴黎圣母院》，就是以美与丑的对比、外表与内心的巨大反差，表现了作家爱憎分明的情感。

无论在德国还是在英国，为把感官刺激付诸文字、写进诗行的浪漫主义大师还都身体力行，成为感官体验的先驱者。“绝望之中，他抬起目光凝视夜空。他渴望捕捉到一些逝去的美景——某个万物神秘的和谐共处的遥远时代的美景。他叹息，草草写下一些诗句。他伸手去拿鸦片

---

① Roberta Rubenstein, “Home Matters: Longing and Belonging,” *Nostalgia and Mourning in Women's Fiction* (Palgrave, 2001), pp. 3-5.

酊。他蓬头垢面，需要好好理个发；他的衣服也破旧不堪，而且无论如何，他迟早会被埋葬于地下的。唉！浪漫主义诗人——就是这样一个形象，奥古斯特·施莱格尔、弗雷特里希·施莱格尔……这个形象是一个世界范围的天才的人，是一种越过古典主义种种限制原则的想象力，是一个苛求精神与无限，却讽刺性地受到肉体和语言种种限制的灵魂。”①与德国浪漫主义哲学铸造大师相伴的是英国浪漫主义诗人柯勒律治和散文家托马斯·德·昆西。他们两人为校友也同样吸食鸦片上瘾，而用散文把吸毒后的感觉体验和幻觉意象异常生动地描写出来却是文学史上绝无仅有的。这种瘾君子作家的做法太过极端，把感官的敏锐细胞尽情舒展，淋漓尽致地释放感觉被触动时的伤感或畅快则是浪漫主义诗人为人称道的空前壮举：济慈就是这样一位感觉至上，把敏感的神经拓展到极限的感性表达大师。在他的诗歌中，美与感觉与语言水乳交融，通感表达让人的感觉产生立体化共鸣。济慈如此投入、倾情于此、熬尽心力，也许是上帝妒忌了他那超越世人的感受能力，也许是他 26 岁的生命就已受尽世间的感动，他英年早逝。雪莱在给他的挽诗《阿多尼斯》（*Adonis*）中动情地写道：“他已和自然合为一体：在他所有的/音乐里，从那雷霆的呻吟直到夜晚/甜蜜的鸟鸣，都可以听到他的声息；/在黑暗中，明光里，从草木到石碛，/到处都可以感觉和意识到他的存在，/在自然力运动的地方扩张着自己；/他的生命力已经被自然力收转回去，/这力量以永不疲倦的爱支配世界，/从上方投给它以光明，又从下面把它托起。”②

总之，浪漫主义在表达方式上突出对感官感觉精巧细微的描摹，具体体现为大胆幻想、构思奇特、手法夸张的特点，经常使用异常夸张的艺术表现手法，以传奇式的故事情节、感性生动的语言形式，把历史传说、神话故事、自然奇观和异域风情糅合起来，以表现理想中的世界和人生，呈现出或气势雄奇瑰伟或情感细腻哀婉的浪漫格调。即使是写实的场面，浪漫主义者也把笔墨用在对自然中奇异而新鲜事物的表现上，倾力投入主观感觉、思想感情和心灵感动。

---

① 科里·贝尔：《文学》，苏福忠译，三联书店 2002 年版，第 44 页。

② 江枫编译：《雪莱全集》（1），河北教育出版社 2001 年版，第 286 页。

第二节　浪漫主义对古典主义的反叛

雅克·巴尊（Jacques Barzun）在《古典的，浪漫的，现代的》一书中指出："到目前为止，从我们所关注的浪漫主义话题中已经产生了两个结论。首先它是一个复杂的运动，不能随便轻率地断言它与我们现今任何一种学说有直接的关系。其次是浪漫主义与创造一个新社会的任务有关，这与它之前的古典主义不同。因为我们生活在一个忙碌的时代，也许是为了创造而忙碌，还因为有一种对某些人乐于称之为新浪漫主义的恐惧，我们必须在陷得更深之前，注意到前浪漫主义或反浪漫主义观点；被浪漫主义抛弃的旧秩序，也就是它所批判的——惯用的术语——古典主义和理性主义。"[①]

古典与浪漫的对立始于18世纪末19世纪初。最早比较区分古典与浪漫的人应该非歌德莫属，他在1830年3月21日的谈话中说："古典诗和浪漫诗的概念现已传遍全世界，引起许多争执和分歧。这个概念起源于我和席勒两人。我主张诗应该采取从客观世界出发的原则，认为只有这种方法才可取。但是席勒却用完全主观的方法去写作，认为只有他那种方法才是正确的。为了针对我来为他自己辩护，席勒写了一篇论文，题为《论朴素的诗和感伤的诗》。他想向我证明，我违反了自己的意志，实在是浪漫的，说我的《伊菲戈涅亚》由于情感占优势，并不是古典的或符合古代精神的，如某些人所相信的那样。施雷戈尔兄弟专注这个看法并把它加以发挥，因此它就在世界传遍了。目前，人人都在谈古典主义和浪漫主义，这是五十年前没有人想得到的区别。"[②] 的确，从18世纪末到现在，人们关于古典与浪漫一直争论不休，各人的意见都不相同，似乎没有确定下来一个标准答案，但这种争论并非无意义或无价值。相反，每个人都从不同的侧面丰富、充实了古典与浪漫的内涵，增添了各自时代的崭新风貌与民族色彩。乃至德国美学家齐美尔曼

---

① 雅克·巴尊：《古典的，浪漫的，现代的》，侯蓓译，江苏教育出版社2005年版，第33页。

② 艾克曼：《歌德谈话录》，朱光潜译，人民文学出版社1997年版，第221页。

把古典和浪漫当作两个审美范畴，和优美、崇高一样是两种美，他“把古典和浪漫的对立缓和为一种适用于一切历史时期的两种美之间的区别……”

一　古典与古典主义

“古典”一词源于“classic”与“classical”的词根，在《牛津英语文学术语词典》中，“古典”即“最高级别的作品，也被用来指称适合学术研究的作品。在文艺复兴时期和自文艺复兴以来，古典被用来、事实上也成了以下作品的同义词：从荷马开始到朱凡诺的希腊和罗马主要作家创作的，被认为是无法超越的完美典范作品。在《文学词语和文学理论词典》中，J. A. 卡顿认为：“‘古典’一词有三个意思是基本的：第一等的或者权威的；古希腊或者古罗马的文学和艺术；第一流的最佳作者，一般被认为是最好的。”①

第一，古典是指在希腊和罗马的戏剧、神话、诗歌、散文等艺术形式中所蕴藏的大量的素材、创作法则、题材和体裁。文艺复兴时期，对于这些古代遗产的重新发现，树立了关于古典的经典信念，因此，受到雅典和罗马启迪的艺术家们，也被看作是古典作家。第二，古典被看作是最优秀的、典范的、可以用来学习模仿的艺术作品。古典时代，因此被看作是天才辈出的时代。第三，古典也代表了一种艺术风尚和风格，高雅、明晰、严谨、整饬，显示出静穆而超然的美。有的学者还指出了第四种概念，古典乃是指一种知识和情感探询的态度，它是人们内心生活的一种趋势——总是习惯于从历史的维度上，从过往的经验里求得对于生活的答案；相信存在着古今不变的永恒的真理，承认普遍的人性和社会性，相信社会与自然之间有一种对应的秩序和规范，这种秩序和规范是早已经发现了的，并且获得过接近完美的表现。任何知识的创造都要回到原来的起点，而后才能有所变通。这代表了“一种更理智、更综合、更稳定的思考方式，它倾向于系统化，倾向于接受那些已被证实

① J. A. Cuddon, *A Dictionary of Literary Term and Literary Theory* (Blackwell Publishers Ltd., 1998), p. 133.

是有价值的东西，倾向于利用那些代代相传的形式”①。无论如何，“古典”意味着最优秀、最杰出。因此，从这个意义上讲，各行各业所有卓越的东西都是古典的，古典就是历史中的经典。

古典主义和古典主义精神则是在罗马时代开始形成，并广泛流行于文艺复兴时期（后来演变成十七八世纪首发于法国的新古典主义），尤其专门指称罗马时期的文艺理论和美学思想。那时，无论是在创作方面还是在理论方面，罗马人都把古希腊的成就看成是不可逾越的高峰，开始盛行长久统治西方的、崇拜古典的风气。希腊人强调艺术模仿自然，罗马人也接受了这个现实主义的基本原则，却更强调模仿古人。罗马诗人大都从模仿希腊古典入手，醉心于艺术形式的完美乃至纤巧。朱光潜先生认为：“希腊文艺落到罗马人手里，文雅化了，精致化了，但也肤浅化了，甚至公式化了。”② 贺拉斯和朗吉弩斯是拉丁古典主义精神的奠定者，并对文艺复兴和后来的新古典主义时期产生了深刻影响。贺拉斯的著作《论诗艺》是仅次于亚里士多德的《诗学》，并对西方文艺产生巨大影响的文艺著作。罗马时代对后代文艺带来巨大震动的另一部作品是《论崇高》，朗吉弩斯被普遍认为是它的作者。该书意在指出希腊罗马古典作品的“崇高”品质，把崇高作为一个重要的审美范畴提出来。

二 新古典主义

17 世纪由法国发起的新古典主义的原型就是拉丁古典主义。“但是法国新古典主义也不能说完全就是拉丁古典主义的借尸还魂，它所表演的毕竟是一个历史的新场面。”③ 新古典主义的立法者和发言人是布瓦罗（Boileau Despreaux），其法典就是布瓦罗的《论诗艺》。理性是贯穿《论诗艺》全书的主线，是新古典主义的出发点，是文艺创作获得“价值和光芒”的源泉所在。理性是人之常情，满足理性的东西必然带有普遍性和永恒性。新古典主义的中心原则是艺术模仿自然，自然与真理

---

① 多米尼克·赛克尼坦：《古典主义》，艾晓明译，昆仑出版社 1989 年版，第 5 页。

② 朱光潜：《西方美学史》，人民文学出版社 2002 年版，第 97 页。

③ 同上书，第 177 页。

同在，自然具有普遍性和规律性，人应该依靠理性获取真理，达到自然。新古典主义模仿古典和规则，制定了“三一律”原则，要求在进行文学创作，尤其是戏剧创作时必须遵守这一原则。

新古典主义运动发起于法国，在英国也有很突出的反应，使得新古典主义之花在英国得以开放，但呈现出强烈的不列颠民族的文学特色和社会风采。英国新古典主义呈现出以下特征：（1）强烈的传统主义：英国新古典主义者对古希腊罗马作家无比尊崇，怀疑并反对激进的革新，认为古希腊罗马的作家已经为所有的主要文学形式创建了永恒的榜样，达到了文学艺术的完美境地。（2）文学作为艺术：文学作为一种基本的艺术形式，也有一系列有待人们研习和遵从的技巧，使之达到完整、合适并注重细节。英国的新古典主义承认并允许“自然创造力”（natural geniuses）的使用自由，亚历山大·蒲柏在他那部较全面的古典主义原则的著作《论批评》（*An Essay on Criticism*）中认为，即使没有像荷马或莎士比亚那样高的天赋的、才智稍逊的作家，也不需要苦思冥想即可达到“超越艺术企及的优雅”。在英国，一些被法国和意大利新古典主义学者所接受的文学艺术规则受到了怀疑，或对之半信半疑，一些英国古典主义者甚至反对在戏剧中严格尊崇“三一律”。（3）人文主义：英国新古典主义者认为，人，作为社会组织不可缺少的部分是文学的根本主题。诗歌被认为是人类生活的模仿，是“为自然树立的一面镜子”（a mirror help up to nature）。人类通过模仿，赋予诗歌以艺术形式，使得诗歌的读者得到教化和美的愉悦。新古典主义的人文主义中心思想，即在于“艺术为人”，而不是“艺术为艺术”。（4）普遍真理：新古典主义强调，艺术的主题和魅力在于反映人类的普遍真理，即有代表性的特征，被广泛分享的经历、思想、情感和趣味。亚历山大·蒲柏在《论批评》里写道：“真正的睿智是经常被想起，却从未如此精美表述过”（True wit is what oft was thought but ne'er so well expressed），也就是说，诗歌的主要目的是赋予人类普遍智慧以崭新、尽善尽美的表达。（5）严格的形式锁链：像当时许多的哲学家一样，新古典主义作家认为，人类智慧是有限的，他们的许多作品或用讽刺的语气，或用说教的口吻，批判人类的骄傲和傲慢，嘲讽人类企图超越物种的自然极限等自以为是的臆想。因而在文学艺术创作中，强调均衡法则，避免极端表现；在文学体裁中尤其崇尚史诗和悲剧形式。但是英国新古典主义文学又有超越前人和同代人的地方，表现在创作了大量的诗韵杂文、诗歌散文（如约翰·德莱顿、亚历山大·蒲柏的批评性诗文）、风俗喜剧和讽刺杂文（谢立丹的剧作，乔纳森·斯威夫特的散文）等上。英国古典主义最典型的代表人物亚历山大·蒲柏，他的《论批评》《论人》等著作，即使是批评性论文、杂文也运用严格的英雄双行体形式，以达到传统和古典所要求的高度缜密的格式，最终实现贺拉斯所说的“艺术隐藏艺术”（the art that hides art）的精深效果。

三　古典主义的弊端和浪漫主义的反叛

如果说文艺复兴运动使得人性从神学和神权中得到初步解放，那么，古典主义则是一种世俗的人道主义文化的确立。无论是笛卡尔的“我思，故我在”宣言，还是布瓦罗的“要爱理性，让你的一切文章永远只从理性中获得价值和光芒”的劝诫，理性主义使得与教会文化相对立的世俗文化有了更坚实的哲学根基，然而，古典主义的弊端也暴露无遗，浪漫主义的反叛应运而生。

（一）笛卡尔哲学的内在矛盾性，理性批判的孤立性和实践意识的妥协性

其实，笛卡尔本人是完全意识到这个迫不得已的状况的。因为我们在他的三条行为规定里，看到理性主义信条对于思想主体的克制规约，将个人思想和传统习俗、国家意志疏离开来的同时，也在客观上肯定了社会现实的合理性，这就导致信奉笛卡尔哲学的新古典主义艺术家们将理性规则与现实社会秩序视为天然一体，导致他们将行为的中道原则与思维的理性原则混为一团。当新古典主义作家们在凡尔赛宫为路易十四演出他们新的戏剧的时候，其创作的精神母体笛卡尔哲学却遭到查禁，这两个截然不同的状况，不能不说是对笛卡尔哲学和新古典主义美学的一个讽刺。高扬的理性，使得感性和情感遭遇蔑视而被打入冷宫。在他们看来，感官常常欺骗我们，人一旦遵从了感性欲望的要求，便会违背人自己的本性，干出许多恶事来，也无从理解和认识世界。古典主义者的理想或许就是建立理性化的社会，以帮助每个人将他们的行为控制在责任和体面的正道上。然而，斯帕卡尔的名言提醒我们：“心有理性不

知道的动机。”同时我们也知道，艺术有其自身独特的运行逻辑，那就是与理性分析原则相对立的情感和想象的感性原则。所以古典主义的理性克制，最终无法克制保持社会存活的动力。古典主义作品也终因只剩下虚浮的外壳、空洞的说教与虚设的格式而被取代。绝对的理性使新古典主义滑向机械主义和教条主义；冰冷的理性压抑了感情，泯灭了天才，束缚了人的灵性激情和活力；谨慎至极的古典理性也终成消极的戒律，使人存在的诗意和神秘荡然无存，因而倡导感情与个性，重视主体与激情的浪漫主义是真正给人带来自由与解放的思想，浪漫主义对古典主义的反叛是一种必然。

1750年，鲍姆嘉通正式出版研究感性认识的著作《美学》，研究感性认识完善的科学正式确立，无论是“混乱的认识”，还是“微小的感觉”都成为组成审美趣味或鉴赏力的不可忽视的因素。英国浪漫主义理论家，诗人柯勒律治认为：“诗的根本的、不可缺少的条件是：它必须是朴素的和诉诸我们天性的要素和基本规律的；它必须是诉诸感官的，并且凭意象在一瞬间引出真理的；它必须是热情奔放的，能够打动我们的情感，唤醒我们的爱慕的。”[①] 浪漫主义美学理论家施莱格尔指出，不能用科学的理性态度来要求美，因为哲学的推论和科学证明不能感染人，而诗歌恰恰在于感人，诗歌是以情感人，而哲学却是以礼服人，他们是两个沿着不同方向运行的体系；由此，他提出了一个著名的论断：“在哲学终止的地方，诗就开始了。”英国诗人济慈在诗歌《莱米亚》中写道：“冰冷的哲学只要一触，所有的美妙就烟消云散，哲学会剪断天使的双翼，以其条条框框征服所有的神秘。”他认为，牛顿把诗歌缩减成棱镜色彩，从而把一切彩虹诗都毁了。浪漫主义批评家约翰米尔说：“诗与科学势不两立，科学研究信仰，诗则研究情感。……诗人，他的目的是感受，是传达他的情感。”[②] 科学、哲学的理性原则是浪漫主义思想所要反叛的首要原则。但需要指出的是，古典主义的绝对理性和理性至上观点是一种错误，而浪漫主义把感性同理性完全对立，

---

① 柯勒律治：《诗的本质》，刘若端编：《十九世纪英国诗人论诗》，人民文学出版社1984年版，第110页。

② 转引自艾布拉姆斯《镜与灯——浪漫主义文论及批评传统》，郦稚牛、张照进、童庆生译，北京大学出版社2004年版，第23页。

把哲学和诗学绝对对立也同样是一种错误，因而现代主义的登场就是不可避免的了。

（二）反映封建宫廷，为封建贵族阶级服务的文艺理想

我们需要指出的是，以布瓦罗为代表的新古典主义文艺理想，基本上还是反映封建宫廷，为封建贵族阶级服务的文艺理想。尽管不同的作家在不同程度上也开始反映一些新兴资产阶级的要求，但新古典主义者们完全无视乡村、民众及其生活，是其发展之路愈渐狭窄，文学艺术作品资源逐渐萎缩枯竭的重要原因。布瓦罗对诗人的一句著名的劝告是："研究宫廷，认识城市。""当时宫廷所喜爱的是伟大人物的伟大事迹，堂皇典丽的排场，灿烂耀眼的服装，表现上层阶级的文化教养，高贵的语言，优雅精妙的笔调，有节制的、适中的、合理的文雅风度，而这些正是当时（新古典主义）文艺所表现的。"[①] 当时法国的王权达到顶峰，沙龙文学成为上层精神和文化的中心，新古典主义文学就生长在这样的温床上，也就充溢着贵族的气息，充满了对等级和王权的认同。在这样多重因素的作用下，人文主义对个人的强调与等级和民族国家发生矛盾，于是，克制个人情欲，压制大众欲望的古典主义文学艺术就带有明显的贵族化、宫廷化特征。在当时法国的宫廷文化中，附和贵族妇人的风雅，满足贵族女性的嗜好与趣味是教养与高贵的表现，一时间文艺中刮起了纤巧之风，以致新古典主义者也开始指责、摒弃它。同时新古典主义者远离乡野，鄙视平民大众。由此布瓦罗不愿与普通平民为友，当然更不屑于在艺术作品中表现、刻画他们，他责备莫里哀投合人民大众的低级趣味，认为喜剧品味低俗，推崇悲剧英雄剧的壮美。

（三）自然——理性概念下规则和秩序的代名词

另一弊端表现在新古典主义作家主张艺术模仿"自然"上，但这个"自然"是理性概念下规则和秩序的代名词，模仿自然意味着模仿古典。新古典主义过于崇尚古典，把一切自然归于一成不变的僵化的模式，以致抹杀了人的创造性和想象力，更会导致缺乏时代感。还有一些古典主义作家过度注重形式和规范，使得作品呈现出格式化、语言绚烂浮华、空洞说教的奢华文风。追根溯源，亚里士多德提出诗歌的要旨在

① 朱光潜：《西方美学史》，人民文学出版社 2002 年版，第 192 页。

于模仿，新古典主义提倡模仿古典，导致以模仿来表达作者意图的新古典主义作品生冷，词不达意。因此浪漫主义的艺术表现说是对古典主义的极大颠覆，诗歌是“情感的自然流露”，是人类情感的一种个性化表现，是强烈情感的语言迸发，是无法从别人那里模仿而来的。约瑟夫·沃顿在1756年的论文《论蒲柏的天才和写作》中评论说：“我们似乎竟然没有充分注意到理智的人、感觉的人和真正的诗人之间的区别。我所要声明的就是要把这几个领域相互区别开来；让读者感到只有清晰的头脑和敏锐的理解力是不足以造就一个诗人的；以最典雅简明的方式表达的对人生最坚实的观察是道德，而不是诗歌；而只有一种创造性的闪光的想象力，才能给一个作家打上很少有人具备，很少有人能够恰当加以判断的这种高尚的、极不平凡的个性的烙印。”① 在这里，想象力和个性得到足够的重视，并把它们作为判断是否是诗人的必要条件和因素，因为沃顿从寻求诗歌艺术自身独特本质的角度，认识到诗歌艺术的真正本质就是想象。

这也正是浪漫主义所推崇的重要观点之一。华兹华斯引导人们“选择日常生活里的事件和情节”，而不要仅仅模仿沿用古典，因为那些古希腊和罗马的古老故事不能给人带来符合时代的新元素、新感觉。他尤其强调要“在这些事件和情境上加上想象力的色彩，使日常的东西在不平常的状态下呈现在心灵面前”。可见，是想象的力量使普通的日常东西富于了色彩，使平凡的日常事件展现出不平常的姿态。柯勒律治表达了同样的感触：“如果艺术家只临摹自然，无生气的自然，这是多么无谓的努力！如果他从一个符合于美的概念的既定形式着手模仿，他的作品会多么空虚、不真实。……请相信我的话：你必须掌握住本质——有生气的自然，就表现在自然与人的灵魂之间有一种结合。”② 在我看来，这种结合就需要艺术家的想象力和创造力；生动与鲜活，个性与独立才能得到淋漓尽致的表达，丰满充分的展现。浪漫主义诗人强调想象，一方面是因为他们转向了主体，认为想象是丰富的、充实的甚

① J. Walton, “On Pope's Talents and Writings,” *Studies in Romantic Tradition* (Oxford University Press, 1968), p. 132.

② 柯勒律治：《论诗或艺术》，刘若端编：《十九世纪英国诗人论诗》，人民文学出版社1984年版，第99页。

至是奇迹般无限的，而现实则是卑贱的、空洞的、垂危的、有限的，因此要放纵想象来创造出一个丰富的世界；另一方面是因为他们认识到艺术自身的独特规律与理性的分析原则本身是不同的，独立的审美艺术的本质之一就是想象。

古典主义和浪漫主义的不同态度和观点，包括对理性和感性的认识问题，对克制情感还是释放激情的表现问题，对模仿和想象的作用问题，对仿古还是创新的态度问题，对语言和格式的规定运用问题，等等，都代表了一定历史阶段的时代呼声，都是人类智力发展和人类对其生存境况的空间性与时间性深刻思考的结果。但古典主义者蒲柏的“不要成为第一个尝新的人，也不要成为最后一个弃旧的人”的劝慰是无论如何也无法带来一个人们理想中的新世界的。“但是为什么应该有创造和变革呢？”雅克·巴尊（Jacques Barzun）在《古典的，浪漫的，现代的》一书中分析道：“因为尽管古典主义的伟大词汇是克制，却不能克制住保持社会存活的动力。在18世纪新古典主义鼎盛时期，煽动无法疏导的情感是最明显地扰乱社会秩序的力量。……整个欧洲都在发展新的兴趣——流行的民歌，哥特式的建筑，自然风景，伤感小说，随意的花园，有关荣誉和神秘的故事，对立于希腊罗马文学的塞尔特文学和日耳曼文学——所有这些共同的特征是令人愉悦的不规则性。”①

古典主义所倡导的“秩序和规则”“适中与和谐”并没有使那个时代成为现代批评家想象中的美好时代，或许是他们（古典主义者）错把人为的、暂时的东西当成本性和永恒了。“相反，浪漫主义并不是简单地爱好安逸和没有耐心的叛逆，它是在建立永恒秩序的尝试失败之后，满足人类愿望的另一种方法。”②

第三节　浪漫主义对现代性的批判

王佐良先生在《英国浪漫主义诗歌史》一书的序言中写道：“现代

① 雅克·巴尊：《古典的，浪漫的，现代的》，侯蓓译，江苏教育出版社2005年版，第48页。

② 同上书，第45页。

主义仍然是宝贵的诗歌经验，它是现代思想、现代文化的一个重要组成部分，而且为它们打先锋，起了突破性的历史作用。但是浪漫主义是一个更大的诗歌现象，在规模上，在影响上，在今天的余波上。现代主义的若干根子，就在浪漫主义之中；浪漫主义所追求的目标到今天也没有全部实现，而现代主义作为文学风尚则已成为陈迹了。"① 事实确是如此，浪漫主义同现代主义有着千丝万缕的联系，表现在这些方面：对现代性的批判；对主体性原则和个体的重视；注重内心情感表达，等等。

一　波德莱尔对现代性的概括

波德莱尔的"现代性就是过渡、短暂、偶然；它是艺术的一半，另一半则是永恒与不变"，使我们更好地理解了现代主义具有相互矛盾的含义，艺术实践的多样化趋势。伯曼说："成为现代的，就是要在一种世人指望冒险权利享受成长改变自我和世界的环境里找到自我。与此同时，这也可能毁灭我们拥有的一切，我们知道的一切，我们现在成为的一切。……成为现代的，就是要成为一个宇宙的一部分。如马克思所说，在那个宇宙里，'一切坚固的东西都烟消云散了'。"② 美国学者卡林内斯库认为，现代性的历史就是两种截然不同却又剧烈冲突的现代性对抗的历史。从社会历史学角度讲，现代性有积极和消极的两面性：为人类创造了数不胜数的享受安全和有成就的生活机会并促进社会发展的积极方面；导致世界大战、集权主义、生态破坏等的消极方面。从文化艺术审美角度讲，现代性是具有肯定和否定这两种态度的观念：一是推进进步学说，相信科学技术造福人类的可能性，对时间的关注，对理性的颂扬，在人文主义框架中界定自由理想，崇尚实用主义，推崇行动和成功等的肯定态度；二是对抗传统，强调非理性作用，相信瞬间感受，崇拜时尚，鼓动支持先锋派，秉承浪漫主义的激进反叛的否定态度。在不同人的眼里，现代性有着不尽相同的内涵，甚至是完全相反、彼此冲突的内涵；从不同的研究视角出发，也产生了诸如社会现代性、历史现

① 王佐良：《英国浪漫主义诗歌史》，人民文学出版社 1991 年版，第 1 页。

② 马歇尔·伯曼：《现代性——昨天，今天和明天》，周宪：《文化现代性精粹读本》，中国人民大学出版社 2006 年版，第 27 页。

代性、文化现代性、审美现代性等多个领域的现代性概念。

浪漫主义和现代主义作为发生在不同历史时空中的两种文艺思潮，在发生背景、内涵特征以及作用影响等方面都有诸多不同，但是同样作为现代视野中的两个审美范式，在批判或反叛的精神本质上是相通的，尤其是对现代性的批判方面，发出了一致的反理性，注重感性，重视个性表达的呼声。浪漫主义是在现代性开始确立时代的文学思潮，是文学对现代性的第一次反抗。浪漫主义是欧洲19世纪上半叶的产物。当时近代工业已经显著地发展起来，城市文明逐步取代传统社会的农业文明。资本主义现代化虽然是历史的进步，但却使人类付出了代价，城市束缚了人的自由，科学排斥了人的灵性，世俗精神取代了高贵的气质。文学作为超越现实的“自由的精神生产”开始反抗早期现代性的压迫。它讴歌田园生活，回归自然，甚至缅怀中世纪，反抗城市文明；以想象、激情甚至神秘主义和病态的颓废情绪来对抗理性的现实；以理想和诗意来对抗世俗的生活。欧洲中世纪的希伯来文化传统和贵族精神成为浪漫主义文学的思想资源。正如浪漫主义思想家马丁·亨克尔对浪漫主义的说明：“浪漫派那一代人实在无法忍受不断加剧的整个世界对神的亵渎，无法忍受越来越多的机械式的说明，无法忍受生活的诗的丧失……所以，我们可以把浪漫主义概括为‘现代性（modernity）的第一次自我批判’”。①

现代主义是现代性走向成熟时代的文学思潮，是对现代性的彻底抗议、对理性的全面反叛。20世纪，资本主义发展到成熟阶段，现代性的黑暗面突出地显现出来，社会生活已经全面异化。启蒙以来建立的理性神话破产了，非理性思潮蔓延。文学也开始全面反叛现代性和理性，抗议人的异化。存在主义哲学成为现代主义的理论基础。现代主义揭穿理性的虚伪，揭露世界的异己性、非人性，揭示生存的荒诞和无意义。现代主义关注个体精神世界，展示人的心理体验，表现现代人的孤独、苦恼和绝望。现代主义继承了中世纪和浪漫主义文学传统，人物和世界被抽象、变形，塑造了一个非现实、非理性的世界。表现主义、新小说派、超现实主义、黑色幽默、荒诞派戏剧、存在主义文学等现代主义诸

① 刘小枫：《诗化哲学》，山东文艺出版社1986年版，第5—6页。

流派都体现了上述特征。浪漫主义同现代主义都在不同方面对现代性提出了挑战和批判，分别在不同阶段发出反叛现代性的呐喊。

二 主体性原则和对个体的重视

如果说新古典主义在政治理性引领下，强调个人情感和欲望必须服从国家、社会的责任；新古典主义尊崇古代文学典范，强调服从权威，屈从规则；新古典主义所提出的文学形象应当体现某种普遍人性，人物形象的创造应符合“类型”等观点，使个体与个性，个人与主体都被淹没在理性、权威和普遍之中；那么我们高兴地看到在“自由、平等、博爱”启蒙思想感召下的浪漫主义则开启了个体欲望、主体感性、个人情感和激情的个性张扬时代。

所谓主体（subject），其意思是“在前面的事物，基础东西”。在亚里士多德那里，任何能作主词的事物就叫主体，实际上就是任何实体性的东西就是“主体”。到了笛卡尔时，主体才和人的特质连在一起，确立了主体的优先性、基础性、人类中心性，从此开创了主体性的新时代。不过，笛卡尔的主体性主要是指人的理性存在时，人是一切的出发点，是对“我思故我在”所谓的人的认识前提而言的主体。而浪漫主义的主体强调的是单个人自身具有个性，是在整体存在基础上的激情主体性，它强调更多的是个人自身的，并非单单理性一面的主体生存的优先性、中心型，更多的是一种主观性。罗素说：“浪漫主义运动在艺术上，在文学上以及在政治上，都适合这种对人采取主观主义的判断方式相联系着的，亦即不把人作为集体的一个成员而是作为一种美感上的愉悦的关照对象。”因此，浪漫主义的主体形式是一种强烈的个人主观性、个人冲动与个人激情，它并非是对个人理性的客观而普遍的判断，而是个人自我存在基础上的激情主体性。浪漫主义把人从对外在规律的服从和屈从中彻底解放出来，把一切都看作自我的创造，使主体的自由精神得到极大的张扬，这种绝对自我的主体性精神正是浪漫主义精神的基本要素。

现代主义对工具理性和现代科技文明的工业主义所带来的新秩序感到越来越不安，从而回到感性个体生命本身的思潮中，在“此岸”的感官生命中寻求意义和价值，“知识被降格为从属地位，在起源上称为第二位的。知识不是某种孤立自足的东西，而是在生命的维持和进化过程中，不断发展的东西”①。一股感性生命的洪流已经涌起，通过这种向直接的感性生命体验转向的生命诉求，来反对那种普遍的理性知识主义成了西方现代主义的重要内容，感性生命诉求的生命哲学开始兴起。现代主义生命体验本身的个别性和直接性，动摇并推翻了理性的普遍性、一般性和体系性观念。继而叔本华发展了“纯粹主体”概念，把完全沉浸于对象的“纯粹观念”的主体确立为“纯粹主体”；尼采把感官肉体的生命强力意志发展为新的价值目标，以此批判、颠覆了既有的理性科学价值体系，重估感性生命的价值。关于这种生命体验的最好表达形式就是文学艺术了，现代主义艺术就是生命体验的生动反映和真实表达。狄尔泰说：“没有科学的头脑能够穷尽，没有科学的进展能够达到艺术家关于生命的内容所说的东西。”艺术尤其是诗，最接近生命，最真实最全面，同时也最具体地再现了生命的结构整体和意义。在狄尔泰那里，艺术、诗歌就是生命体验，就是个性化的，是最具主体表现的。歌德也认为，生活、形象和作诗是融为一体的，个体从对自己的生存，对世界和自然的关系的体验出发，把它转化为诗的创作的内在核心。

浪漫主义抛弃了古典主义范式的层层重负，把主体自身和个人创造性、能动性的作用发挥到了极致。从这个意义上说，浪漫主义是一种自由和解放的文艺思潮，是一种表现主体性的文艺思潮。关于现代主义，尽管 T. S. 艾略特的经典论述颇为著名，“诗人不是放纵情感的，而是逃避情感的，不是表现个人的，而是逃避个人的”，然而并不妨碍现代主义反理性，注重主体性和个体感受的基本特质。

三　注重内心情感表达

在浪漫主义者看来，古典主义宣扬的理性束缚、限制了文学艺术的发生和创造，他们把抒发情感置于首要地位，对内心世界进行深入挖掘，由此发现了“自我”，并使它成为展现人和世界新视野的源泉。在

① John Dewey, *Reconstruction in Philosophy—the Middle Works of John Dewey, 1899-1924*, Vol. 12 (Carbondale, 1982), p. 128.

艺术表现上，浪漫主义强调艺术创造的天才价值，发挥想象的作用，表达抒发情感。浪漫主义的艺术不是对外在世界的真实模仿，不是道德的典范，不是知识的传递，而是艺术家天才的自由创造，是艺术家情感的自由流溢和想象的自由飞翔。强调个人感情的自由抒发的观点表现出浪漫主义艺术思想的强烈主观性。华兹华斯的“诗是强烈情感的自然流露”；柯勒律治认为科学的目的是“获得真理，传播真理”，而“诗的正当而直接的目的在于传播直接的愉快”，表现“诗人本身在创作过程中，心中所产生的特殊状态和特殊程度的兴奋”①；雪莱的“诗与快感是形影不离的：一切受到感染的心灵，都会敞开来接受那掺和在快感中的智慧”②。……这林林总总的陈述都表达了相同的观点：“任何诗都不可能是纯粹客观的，因为情感是基本的，它使它超乎单纯客观之上，因而可以推知是主观的。”③ 浪漫主义所表现的内心情感并不只是愉快或激情，也有忧郁、感伤、悲哀和怀旧。欧文·白璧德说，“或许没有哪一种运动像感情的浪漫主义这样产生那么多的忧郁的文学作品”④，以致“传染上了无法言表的悲哀，传染上了无法估量的疯狂，传染上了不可救药的绝望”⑤。我们还应该看到，对法国大革命的失望，对古老遥远传说的追忆，对异国情调的向往而不可及，使浪漫主义者忧郁、感伤；革命理想的幻灭，爱情的失意使浪漫主义者忧郁、感伤；更有物欲横流的城市资产阶级丑态，工业文明导致的人性自然的丧失，等等，都是使浪漫主义者忧郁、感伤的不可否认的缘由。

这种浪漫主义的“忧郁、感伤”，到了现代主义视野中发展成为“颓废、荒诞”的现代病。法国被视为颓废主义的故乡，波德莱尔的诗歌则是颓废主义的典型作品。在英国，以佩特、奥斯卡·王尔德、阿瑟·西蒙斯为代表的唯美主义理论者和实践者，最终发展为颓废主义的

---

① 柯勒律治：《诗的定义》，刘若端编：《十九世纪英国诗人论诗》，人民文学出版社1984年版，第106页。

② 雪莱：《为诗辩护》，刘若端编：《十九世纪英国诗人论诗》，第128页。

③ 艾布拉姆斯：《镜与灯——浪漫主义文论及批评传统》，郦稚牛、张照进、童庆生译，北京大学出版社2004年版，第296页。

④ 欧文·白璧德：《卢梭与浪漫主义》，孙宜学译，河北教育出版社2003年版，第185页。

⑤ 同上书，第185页。

英格兰代表。“我是颓废终结时的帝国/看着巨大的白色野蛮人走过/一边编写着懒洋洋的藏头诗/以太阳的疲惫正在跳舞之时的风格……”这首魏尔伦的诗“衰竭”宣布了颓废主义运动的开始。“颓废”是众多现代主义艺术思潮的共有特征，卡林内斯库认为，“浪漫主义是现代的病症……是一切颓废的起点”①。无独有偶，弗朗车斯克·福罗拉在《从浪漫主义到未来主义》（1921）一书中讨论了他所谓的“颓废主义时代”，包括唯美主义、诗歌语言的感官性、诗歌中的破碎派等的历史和风格诸多方面。该书的第一章论述的就是“浪漫派的颓废”。1930 年，马里奥·普拉兹出版《浪漫文学中的肉体，死亡与魔鬼》（又名《浪漫派的苦痛》）一书，把颓废主义视为浪漫主义某些影响深远的、美学正宗趋势之延续。接着，瓦尔特·比尼在《颓废主义诗学》中，指出颓废主义“应被视为具体体现在非凡的个体诗人身上的一种历史现象，应被视为并不暗含任何预定价值态度的一种诗歌气候”。比尼还追溯了颓废的哲学基源：“颓废主义的三个正宗前辈是叔本华、尼采和瓦格纳。”② 尼采被认为是颓废主义的典型代表，而不仅仅是颓废主义的理论家。比尼承认浪漫主义和颓废主义之间存在联系，还论述了二者之间的区别：“在浪漫主义和颓废主义之间存在着一段距离，这段距离把对自我的狂热肯定同对它较细致的分析区分开来。”③ 作为一种主体性文化，颓废主义意味着自我的扩张，意味着自我逾越其固有的传统边界，因此卡林内斯库认为，“在文学颓废主义的发展和现代精神分析学的出现与发展之间，存在着一种十分有趣的平行关系”④，诺尔贝托·博比奥就把颓废主义等同于哲学上的非理性主义，特别是存在主义。

浪漫主义把“诗是强烈情感的自然流露”作为宣言，实现了文学艺术从理论到创作由外向内的彻底转向；到了现代主义时期，在弗洛伊德的精神分析理论助推下，内心世界的挖掘更深入、更微妙，进一步拓展到对梦境的探索上。梦境既有现实生活的折射内容，更是人的意识与

---

① 马泰·卡林内斯库：《现代性的五副面孔》，周宪、许钧主编，商务印书馆 2002 年版，第 233 页。

② 同上书，第 236 页。

③ 同上书，第 237 页。

④ 同上。

潜意识的精神表现。从心理分析小说到意识流文学，现代主义把文学艺术的内向转化发展到了极致，因此我们看到在对内心世界的挖掘上，浪漫主义与现代主义是息息相通、一脉相承的。

第四节　浪漫主义对后现代主义的启示

第二次世界大战的阴霾似乎还未完全从人们的心中淡去，后现代的脚步已走来。事实上，理论界对后现代主义还有很多不同甚至相互矛盾的见解，但都承认后现代主义，无论是作为现代主义的延续，还是对现代主义的反抗，都有着与现代主义诸多的不同，甚至是背离。“大致上说，后现代主义思潮是人们对现代性问题的一种全盘反省和基本价值的消解。”① 作为后现代社会、后工业社会或信息社会的产物，后现代主义孕育于现代主义的母胎中，并在第二次世界大战后与现代性逐渐分离，因而成为一个在政治、经济、宗教、文化、艺术诸多方面颠覆既有秩序，重新阐释历史和真理的非中心主义话语。

一　后现代与后现代主义

从词源学上讲，后现代（postmodern）意味着现代（modern）之后。卡林内斯库在《现代性的五副面孔》中写道：“从历史中得知，早期在美国使用后现代主义一词的是些诗人……他们在关于四十年代后期和五十年代新诗歌的讨论中有限的用到该词。贾雷尔也许是第一位谈到后现代主义的美国人，在1946年他把罗伯特·洛威尔的诗歌说成是‘后的或反现代主义’的，很有可能是贾雷尔独立地创造了该词；在同一时期，英国的历史学家阿诺德·汤因比向广大读者宣告了西方历史的一个新时代，他把它称为后现代（Post-Modern）……”② “然而，后现代主义最早获得比较直观可信而且有影响的定义，与文学和哲学并不相干。正如事实所表明的，直到有关当代建筑中一些趋势的讨论兴起之后，这一术语

---

① 王岳川：《中国后现代话语》，中山大学出版社2004年版，第3页。

② 卡林内斯库：《现代性的五副面孔》，周宪、许钧主编，商务印书馆2002年版，第286页。

才为更多人直观的理解。”因此我们可以看到，我们今天对后现代主义的定义源于对当今建筑风格的评论。“后现代主义建筑的历史主义从根本上说是多元的，它以众多的方式重新阐释过去，从惹人喜爱的游戏式，到反讽时怀旧，包括诸如此类的态度或情绪：幽默式的不公，简洁的效忠，虔诚的回忆，机智的引用，以及自相矛盾的评论。”①

后现代主义最本质地区别于其他文艺思潮的特征是对主体性的瓦解和丧失，继而其他的一切都随之改变：人与人之间的关系改变了——个体性不存在了，但个体自由至高无上，男性与女性的对立随着女性主义的崛起而有所改变；作者与读者的关系改变了——读者反应批评理论使读者成为文本意义不可缺少的建构者，而“作者死了”；人与自然之间的关系改变了——人类中心主义被生态主义思想所取代，保持人与自然的和谐统一，保持生态平衡的环境思考成为主潮；人与作品的关系改变了——艺术不再只是精英的高雅特权，大众文化弥漫，不再需要天才的灵性创造了，取而代之的是复制、拼贴、反讽与戏谑，文本意义丧失殆尽，只有符码了……后现代主义存在缺憾，就像齐格蒙特·鲍曼（Zygmunt Bauman）在《后现代性及其缺憾》中所深刻论述的那样，但后现代主义的某些观念和思想如大众化理论、女性主义理论、生态主义理论等是适应时代要求的，包容宽广的人性理念。

二　浪漫主义对后现代的启示

以我们对浪漫主义思潮及其内涵的现有理解，我们发现，浪漫主义和后现代主义有着千丝万缕的联系——两者都有着对现代性的反叛批评态度，对彰显个性自由的强调，对人与自然关系的重视，对民主权利，尤其是女性平等权利的争取，对平民和大众在文艺中作用的挖掘……当然我们必须说明的是，这两者联系的阐释是以两者的诸多差异为前提的，差异性是根本的，联系性是内在的。

（一）从“回归自然”到生态主义

原始理念的自然概念是由启蒙主义的代表人物卢梭提出来的。在卢

① 卡林内斯库：《现代性的五副面孔》，周宪、许钧主编，商务印书馆2002年版，第303页。

梭这里，自然是本真，是原始，是本性。这种批驳了新古典主义主观人为的自然概念被浪漫主义者吸收，发展成为独一无二的浪漫主义自然观。浪漫主义把一切原始的、质朴无华的和天真无邪的事物视为“自然的”。这个“自然”既指那个与社会生活截然不同的大自然，又指突现了人之本性的自然。浪漫主义把大自然视为一个未知世界，是神秘的、值得敬畏的。浪漫主义文学具有崇尚自然的特点，强调以自然为对象和表现人性的自然本质。因此崇尚自然、赞美自然成为浪漫主义，尤其是英国浪漫主义文学的重要主题。可以说，“自然”作为艺术主题是由浪漫主义者首开先河的。

在英国浪漫主义艺术家眼中，自然界最平凡、最卑微的事物都有灵魂，它们同整个宇宙的大灵魂合为一体。浪漫主义自然观是以 18 世纪工业革命及其所造成的环境污染和破坏为背景的，直接反映了浪漫主义诗人对工业文明和科学主义的厌恶，对城市工业和庸俗生活的诅咒。他们特别把大自然的美好与科技所带来的恶果，城市商业习气与乡村淳朴风俗加以对照；他们响应卢梭“回归自然”的号召，身体力行。但湖畔派诗人结庐湖区，梭罗隐居瓦尔登湖畔，与其说是逃避现实，不如说是对现实的不满甚至反抗。他们讴歌大自然，却不是一般的自然诗人，他们的灵性有机整体自然观代表了他们的精神追求和向往。他们既是历史的产物，又是敢于挑战历史潮流的弄潮儿和叛逆者。

从人与自然的关系方面来说，18 世纪末 19 世纪初的浪漫主义与后现代的生态主义是一脉相承的，这相承的“一脉”便是“自然”。首先，浪漫主义的哲学观念——世界是一个有机整体的自然观，对扭转新古典主义的机械论起了很大作用。卡洛·麦茜特在《自然之死》一书中指出：“19 世纪早期的浪漫主义反对科学革命和启蒙运动的机械论，回到有机论思想，认为一种有生命力的、有活力的基质把整个造物结合在一起。”进入 20 世纪 90 年代，生态主义批评和环境文学的发展极为迅猛。人们通常把 1995 年视为“生态主义批评”在美国水到渠成的标志年份，因为这一年在美国科罗拉多的柯林斯召开了“文学与环境研究会”（ASLE）第一届年会；这一年哈佛大学英语系系主任劳伦斯·布依尔的巨著《环境的想象：梭罗、自然文学和美国文化的形成》问世。英国生态批评的出现，一般以 1991 年乔纳·贝特的专著《浪漫主义的生态学》（*Romanic Ecology*）的问世为标志，从文学与文化的意义上最早把"浪漫主义"与"生态学"联系起来。这本著作不仅使"浪漫主义的生态学"一词广为传布，而且推动了英国的生态主义批评。该书着重研究华兹华斯诗歌所蕴涵的生态意义，同时概述了自华兹华斯以来约翰·拉斯金、威廉·莫瑞斯和爱德华·托马斯等人所形成的关注环境的传统。另一部具有同等重要性的先驱性著作，则是英国著名的文化批评家雷蒙德·威廉斯的《乡村与城市》（1973），它在某种程度上表明70年代就预示了英国生态主义批评的出现。与浪漫主义的自然观相比，生态主义批评超出了静态地对自然的崇尚、默契与神交，被动地以"回归自然"来抗议科学主义和现代文明所带来的恶果。

"生态主义（批评）"（Eco-criticism）作为后现代的一种研究文化尤其是文学与自然环境之间关系的文艺思潮，承袭了浪漫主义的自然观念和传统，但又有所区别。生态主义（批评）在研究自然文学、环境文学等探索人与自然关系的基础上，力图使人类建立起强烈的生态观念及忧患意识，因此生态主义（批评）已超出了一般意义上的文艺批评领域，扩展为对全球生态环境和全人类共同面临的"人与自然"之间矛盾的研究和批判。从文化研究领域的实践意义上来说，最初的生态主义（批评）就是以研究浪漫主义的自然观为基础，从浪漫主义艺术家对自然的描绘和歌咏自然的抒情诗歌开始的。

（二）从平民意识到大众文化

英国诺丁汉特伦特大学教授迈克·费瑟斯通（Mike Featherstone）在《消费文化与后现代主义》一书中告诫中产阶级在面对后现代的大众狂欢时，"不要对'浑水'（black pool）式的普通民众的快感皱眉头，而是要面带微笑地看待大众对自己快感的享受"，① 因为在他看来，大众时代无法避免，大众文化不会因少数精英的鄙视而消退。正相反，属于精英的高雅文化似乎遭遇了冰山，而大众文化在文明的历史演进中，从边缘和底层的潜流下渐渐浮出表面。大众时代的"狂欢传统，可以追溯到中世纪，其形式已经历了无数种转换……狂欢的成分也渗入了文学之中。十八世纪晚期以来，这样的情况很明显。反叛古典主义的

① 迈克·费瑟斯通：《消费文化与后现代主义》，译林出版社2004年版，第197页。

浪漫主义运动，在老百姓的民俗与原始文化中发现了丰富多样、形式独特的题材"①。

同新古典主义"研究宫廷，熟悉城市"，模仿古希腊罗马艺术的观念相比，浪漫主义回归自然，反映日常生活，选择乡野平民成为他们的创作题材，使用日常词汇、平民语言，使浪漫主义诗歌洋溢着生动与激情，感受着与古典主义截然不同的朴素清新的平民气息；向民间歌谣学习，运用民谣节律，使用方言等，使得民间艺术重新获得其应有的地位，并以它朴实无华的面貌证实了它存在的价值。所以马泰·卡林内斯库得出这样的结论："浪漫主义是第一个重要的通俗文学或艺术运动，是现代民主制度在文化上的主要产品。"②"历史地看，媚俗艺术似乎是浪漫主义的后果。一方面，浪漫派革命作为十八世纪古今之争的结果，导致趣味标准近乎彻底的相对化；另一方面，许多浪漫主义人士宣扬侧重情感的艺术概念，这反过来又开启了通向美学遁世主义的各种途径。"③

"大众文化"的含义多得惊人。西方马克思主义法兰克福学派的本雅明、霍克海默、阿多诺等理论家都曾对大众流行文化下过定义；英国新马克思主义伯明翰学派霍加特、威廉姆斯、霍尔、汤普森从张扬大众文化起家，成为当代大众文化研究的奠基人。事实上，"大众文化"的英文术语，在西方的学术界还没有达成完全的一致。"Mass culture"在早期被使用，但却有明显的贬义色彩。它流行于20世纪30—50年代的西方文化批判思潮中，用于指商业利益驱动下的文化产品，特别是大众传播产业的典型产品，像电影、广播、电视一类的产品，广告和流行出版物等。这种解释主要是从大众文化的传播渠道和传播途径——大众传媒（mass media）而来的。另一个解释是从大众文化的滋生土壤——大众社会（mass society）而来的：大众社会作为工业化的结果，被认为是抹杀个性，推广平庸，导致趣味习惯观念甚至行为千篇一律，个人的差异，社会阶级的差异大有被一笔勾销的趋势。大众社会的特征是庞大

① 迈克·费瑟斯通：《消费文化与后现代主义》，译林出版社2004年版，第198页。

② 卡林内斯库：《现代性的五副面孔》，周宪、许钧主编，商务印书馆2002年版，第255页。

③ 同上书，第256页。

的官僚机构，强大的传媒系统追求大一统和高效率，其结果就是快速与平庸。第三种解释是从大众文化的消费群体——广大民众（the mass）而来的。在封建社会里，文化艺术掌控在贵族手中，艺术是为他们服务的，也是他们享有的特权。但是随着贵族社会的瓦解，民主社会的建立，教育越来越普及，技术也为广泛的大众消费提供了可能。大众文化是为所有人服务的，为所有人享有的。

另外，我们还不应该忽视大众文化的另一种界定，它不同于以上所讨论的西方大众的文化定义。这种大众文化是广受欢迎或者众人喜好的文化，是无产阶级的、革命的、普及的、面向劳动阶级的大众文化；在20世纪初的中国白话文运动时期，五四新文化运动时期兴起，发展到后来新民主主义革命时期，毛泽东提出或集中代表的“大众化”的革命文化理论与实践，大众文化成为体现鲜明的中国特色的民族文化产物。

（三）女性的崛起与生态女性主义

女性主义文化议题实际上是包含于大众文化之中的，是文化大众化的突出表征之一，但是女性主义文化议题具有独特的历史渊源和特征，尤其是生态女性主义在后现代语境下，把生态主义同女性主义相结合；然而，这个结合不是偶然的，也不是毫无缘由的，因而，我们把它抽出来单独讨论。

欧洲文明史在很长一段时间里一直是女性缄默状态，浪漫主义时期标志着英国女性的崛起。在18世纪末19世纪初的英国，女性获得了受教育权，女性成为文学阅读大军并开始以写作谋生。英国文学史上第一位以写作为生的职业女作家是阿芙拉·班恩，在班恩的影响下，一些受过教育的英国女性开始走上文学舞台。到了18世纪后期，女性创作蔚然成风。据统计，1760—1790年间的书信体小说有1/3到3/4出自女性之手。英国不但有了《新淑女杂志》一类刊物，而且它们已经刊出题为“女性文学”的文章。

尽管我们无法确定1798年《抒情歌谣集》的出版与1792年《为女权辩护》一书是否有一定的联系，无法确定华兹华斯、柯勒律治是否读过那部女权主义著作。虽然并没有任何史料能够证明华兹华斯是否参加过任何形式的妇女争取平等权利的运动，但华兹华斯的确在他的诗歌中强调了女性在自然中的崇高地位，宣扬了女性在社会中应当享有平等权利。华兹华斯的有机自然观对其生活和写作产生了巨大的影响。华兹华斯的有机自然观不仅奠定了浪漫主义生态学的基础，而且与生态女性主义的目标基本一致。女性在华兹华斯生活和思想中占据了重要地位，华兹华斯并没有忽略她们的存在，而是对她们的地位给予了充分的认可，认为女性是他忠实的读者和睿智的参谋。女性由于与自然保持着异常亲密的关系，对于自然环境的改变她们有着特别敏感的体验。华兹华斯一生中三个重要的女性：母亲、妹妹多萝西和妻子玛丽，正是华兹华斯心目中女性形象的代表，她们不仅是华兹华斯写作的支持者，也是华兹华斯思想的支柱和灵魂的向导。华兹华斯对她们怀有深深的感激之情，这在他的许多诗歌中都有所体现。

原本骨子里就充满着叛逆与反抗精神的雪莱，在女性观点上同样走在了时代的前沿。在《为诗辩护》中，他不止一次地表达了他的女权主义思想，他呼吁废除"个人奴役和家奴奴役"，把"妇女从大部分使人堕落的古代习俗之约束下解放"出来，因为他坚信"个人奴役的废除，是人类心灵所能抱有的最高政治希望的基础。妇女有了自由，便产生歌咏男女之爱的诗歌"。在雪莱看来，"爱情成了一种宗教，它所崇拜的偶像是永远存在的"。"假如说将两性的不相同与能力的不相等混为一谈的这个错误，在近代欧洲的舆论和制度中已经部分地被承认，这造福人群的大功应该归于女性崇拜，而武士制度就是这种崇拜的法律，诗人就是它的先知。"[①] 在雪莱的诗行中，我们无时无刻不感动于他爱的激情，感动于他建立在两性平等观念上的爱情。歌颂爱情，歌颂女性，崇拜女性是雪莱女性主义思想在诗歌创作中的突出表现。

女性主义发展到当今，又增添了时代赋予的崭新内容，即女性主义与生态主义的结合。生态女性主义作为新兴的文学批评理论，具有很强的生机和活力。生态女性主义者认为，当今出现的全球生态危机本质上是男权社会的产物，自然和女性在男权社会中受到的双重压迫具有同源性。生态女性主义的目标在于推翻男性在现实生活和意识形态领域的统

① 雪莱：《为诗辩护》，刘若端编：《十九世纪英国诗人论诗》，人民文学出版社 1984 年版，第 142 页。

治地位，推翻男权社会的二元论思想，将人类的自然观恢复到科学革命以前的状态，从而实现物种地位的平等。生态女性主义者从多个方面界定了女性和自然的紧密联系，得出了这样的结论：一位生态主义者必定是一位女性主义者。反之亦然。

浪漫主义文学，尤其是英国浪漫主义诗人大都崇尚和趋同自然，而这恰好与当代的文学生态批评主义者的主张相契合。在人与自然的契合中，奏响最和谐乐章的当属女性——大地之母。女性、大自然与艺术之间似乎有着某种神秘的、天然的关联与相似性。无论是在西方，还是非西方的文化中，几乎所有的民族，都以不同的隐喻方式习惯地把自然和女性联系起来，把大地比作母亲，把少女比作春天。许多女权主义理论家认为，男性对于女性的奴役，是从人类对于自然的奴役开始的。正是这种见解，使女权主义运动进入了它的生态批评时代，并进而应用于文学批评中，形成了一套完整的生态女性主义文学批评理论。生态女性主义者还认为，自然不是与人对立存在的，而是与人和谐共存的有机体。在此有机体中，人并非处于中心，而是处于边缘或最底层。女性生态主义者所欲构建的人与自然的理想模式是：人与自然是密切联系的，二者相互影响、共同发展。生态女性主义对自然的推崇与以自然为中心和讴歌对象的浪漫主义显然存在着很深的渊源，这种渊源便建立在“自然”以及人与自然的关系上。

第二章　中英浪漫主义的发生和诗学特质

第一节　英国浪漫主义的发生与诗学特质

英国文学的诗歌传统一直为世人称道，而英国浪漫主义时期的诗歌成就可以说具有超越时空的影响力与震撼力，浪漫主义文艺思想不仅表现在诗歌领域，也渗透到散文与小说乃至戏剧中，并进入美学、哲学思想领域，其超越国界的影响扩大到印度、日本以及中国。英国浪漫主义的发生并非偶然，既有其国内历史政治背景，也有其厚积的社会经济基础；既有欧陆启蒙思想的影响，也有英国诗歌发展演变的内在传统；更离不开那些具有独创意识，追求自由、个性与挑战传统的浪漫主义大师的个人或集体的创造。

一　《抒情歌谣集》的震撼：英国浪漫主义的发生

（一）英国社会发展的必然

王佐良教授在论述英国浪漫主义时说："英国浪漫主义的特殊重要性半因它的环境，半因它的表现。论环境，当时英国是第一个经历第一次工业革命的国家，世界上最大的殖民帝国，在国内它的政府用严刑峻法对付群众运动，而人民的斗争则更趋高涨，终于导致后来的宪章运动和议会改革。从布莱克起，直到济慈，浪漫诗人们都对这样的环境有深刻感受，形之于诗，作品表现出空前的尖锐性。论表现：英国浪漫诗歌时间长，数量大，而且两代重要诗人都有多篇不朽之作，在题材和诗艺上都突破前人，突破国界，成为全欧洲以至全世界的文学和思想影响。英国的近代诗歌理论也是在这个时期开端的，几位大诗人都作出了意义重大的贡献。由于这些原因，英国浪漫主义诗歌又不仅仅是英国一国的，而是世界诗歌的一个重要部分。”①

英国是世界上第一个完成工业革命的国家。法国革命爆发时，英国工业革命已经开始，无业无产阶级队伍也在成长。19 世纪最初 10 年间，北方工业区已发生过多次工人暴动，最剧烈的是 1811—1812 年群众性的破坏机器的路德运动。政府镇压工人运动，造成 1819 年著名的彼得卢大屠杀。劳资矛盾已经很尖锐，但此时英国工业资本家和大企业主在政治上还未取得绝对的统治地位，他们和操纵议会的金融寡头、土地贵族集团之间存在着矛盾。1832 年的改革法案巩固了资产阶级的最后胜利。

18 世纪后半叶，英国和爱尔兰、苏格兰之间的民族矛盾加深，对外进行了美洲和印度的殖民战争。在法国革命的影响下，由资产阶级激进派领导的民主运动在 18 世纪最后 10 年达到高潮。当时民主会社林立，如“革命社”“权利法案社”“人民之友社”等，其中以 1792 年成立的“伦敦通讯社”为最激进，规模最大，组织也最民主。它吸引了当时许多著名的民主思想家和文人，如潘恩、葛德文、布莱克等，也吸收了许多工人。“通讯社”的活动在雅各宾专政时期达到高峰，它召开了全英人民大会，邀请其他民主会社参加，并通过了要求停止对法战争和扩大选举权的决议。民主派反封建、反资本主义罪恶的斗争突出地反映在葛德文（Rousseauean W. Godwin）和思想家勃克（Burke）的论战中。勃克在《对法国革命的感想》（1790）这一著作中维护旧制度，认为社会是在过去的基础上成长起来的，不能用强制的办法把它推翻。民主派纷纷起来加以驳斥，普里斯特莱的《致勃克书》（1791）和潘恩的《人权论》（1791）都曾给勃克以有力的反击。但是葛德文的回答更进一步。他在《政治正义性的研究》（1793）一书中不但驳斥了勃克的论点，还在启蒙思想的基础上提出他的空想社会主义性质的政治理想。葛德文还写过一部暴露贵族地主迫害农民、揭发法律不公正的小说《凯列布·威廉斯》（1794）。葛德文的理论著作在工人和民主派中间产生了很大的影响，雪莱就是他的热烈拥护者。另一个激进派的代表作家是

① 王佐良：《英国浪漫主义诗歌史》，人民文学出版社 1991 年版，第 2 页。

威廉·科贝特（William Corbett）。他主编《政治纪闻》（1802—1835）周刊，并在周刊上发表《骑马乡行记》（1821）。这部作品以通俗平易的文字，报道了作者骑马在英国旅行时的见闻。作者从小生产者的立场出发，对当时英国农民的贫困表示深切同情，要求改善他们的境况，同各种形式的大土地所有制进行斗争，辛辣地抨击英国的国教、金融寡头等反动势力，但很少超过小资产阶级改良主义的水平。

英国乃至世界的浪漫主义运动是与当时世界性的革命运动思潮息息相关的，特别是法国大革命，它对浪漫主义运动首先发生在欧洲负有直接责任，对英国浪漫主义运动的蓬勃开展更是产生了重大影响。追根溯源，浪漫主义作家在思想上深受德国唯心主义古典哲学的影响，开始重视人的自由、自在和自为性，并开始重新认识“自我”、审视“自我”，从而进一步追求“自我”价值的实现。正是由于对“自我”内心情感的抒发和追求，英国的浪漫主义作家才与欧洲各国的先驱们一起开始以作品为宣泄口，追求强烈情感的自然流露，张扬个性解放，以锐不可当之势冲垮了理性统治长达100多年的文学大堤。这一时期英国文学的主要成就是浪漫主义诗歌，但是不同倾向的浪漫主义诗人之间却存在着政治和美学观点上的分歧，并展开过激烈的论战。湖畔派诗人华兹华斯、柯勒律治、骚塞在法国革命初期对这场革命还表示欢迎，雅各宾专政时期他们却感到恐惧，生怕法国人民的革命行动会影响英国人民，因而思想上有所动摇。第二代浪漫主义诗人拜伦和雪莱继承了启蒙思想和民主思想的传统，始终同情法国革命。他们支持路德运动和民族解放运动，反对反动的英国王室和托利党政客，反对教会和“神圣同盟”。华兹华斯和柯勒律治都曾系统地阐述自己的文学主张，他们强调作家的主观想象力，否定文学反映现实，否定文学的社会作用。湖畔派致力于描写远离现实斗争的题材，讴歌宗法式的农村生活和自然景物，描写神秘而离奇的情节和异国风光，美化封建的中古。他们笔下的大自然往往带有神秘色彩。相反，第二代浪漫主义诗人强调文学和现实的联系，肯定文学的社会作用和教育意义。在工人阶级尚未成熟的条件下，他们的作品在一定程度上符合广大人民的利益和愿望，它们强烈要求摆脱封建束缚，追求个性解放；这种激情往往也体现在他们描写的大自然中。

(二) 英国诗歌演变的内在逻辑

英国的诗歌传统最早可以追溯到历经数代人口头流传，在10世纪时付诸文字记载的史诗《贝奥武夫》，英雄的故事充满了原始的幻想和语言的夸张。尽管经历了黑暗的中世纪，英国文学在其特殊的诺曼征服历史背景下，注入了法国骑士文学的浪漫因素，成为封建贵族所享有的文学艺术。与此同时，产生于广大农民中间的民间歌谣代代相传并不断发展。到14世纪中后期迎来了“乔叟的诗歌时代”：《坎特伯雷故事集》集思想性和艺术性为一体，不仅对中世纪教会的黑暗给予无情的揭露和批判，表达对人的智慧和力量的赞美，对人类追求爱情和幸福愿望的肯定，已初步具有了人文主义思想特征；而且在诗歌语言方面有了巨大突破，摒弃了中世纪的拉丁语文学传统，大胆使用伦敦方言，极大地促进了英语的发展，并确立了英语的世界地位。在意大利人文主义思想的影响下，迎来了英国文艺复兴运动，被称为“诗人中的诗人”的埃德蒙·斯宾塞（Edmond Spenser）在诗歌韵律上多有创造，优美流畅的“斯宾塞诗体”（九行体诗）为后世的拜伦、雪莱、济慈等人使用，克里斯托弗·马洛（Christopher Marlow）首创“无韵体诗”，即不押韵的五步抑扬格诗体，打破了诗歌的押韵繁规，使诗歌表达更自如，并为文学巨匠莎士比亚推崇和使用，莎翁的无论悲剧、喜剧还是历史剧，都无一例外地使用无韵体形式，刻画人物栩栩如生，人文思想得到淋漓尽致的表达。莎士比亚擅长各种诗歌文体如叙事诗、双韵体诗等，并形成了莎翁风格的十四行诗。莎士比亚还是卓著的语言大师，他的英语表达丰富了英语词汇，被载入英文字典，也进入了人们的日常生活。

17世纪的英国充满动荡，资产阶级革命造就了具有豪放风格的诗人约翰·弥尔顿（John Milton）。他的诗歌既有清教主义的严谨，也有人文主义的文雅，他的杰作《失乐园》不仅为亚当、夏娃代表的追求幸福的人类正名，也树立了具有反抗精神的撒旦的新形象，以致处于法国大革命黎明时的华兹华斯在他的十四行诗中写道：“弥尔顿，你应该生在这个时刻!”18世纪是理性主宰的时代，工业革命使得英国政治、经济、社会各方面迅猛发展，城市膨胀，物欲横流。亚历山大·蒲柏（Alexander Pope）深受当时法国的布瓦罗和古罗马的贺拉斯等人的影响，主张建立文学的高雅风格，并在诗歌创作中极力模仿古希腊罗马艺术典范。他的诗歌全部使用英雄双韵体，韵律谐和，注重节制，讲究规则，充满理性思考，但流于陈词滥调的套话，空洞无物的说教。新古典主义诗歌在英国并没有像在法国那样大行其道，在规模上也没有那么宏大。与此同时，具有感伤情愫的墓园诗歌在悄悄流行，并形成不小的规模和影响，读者在诗中的字里行间都读到了充满深刻的个人感受和浓厚的感伤情绪，这些诗歌大多以远离闹市的墓园乡间为背景，以荷锄者、牵犁人、牧童以及乡间牧师为描写对象，难以排遣的感伤情绪具有强烈的传染力；另外，当时的英国报纸印刷业兴盛繁荣，在其推动下，风俗杂文政治期刊等大量涌现，流通迅速而广泛，反映新兴资产阶级的社会价值观念，注重贴近日常生活的散文杂文蓬勃发展起来。追溯英国诗歌的简单发展路线，我们可以感知其发展的内在逻辑：反传统与自由精神是推动诗歌发展的主动力，民间文学传统有着强大的生命力，把诗歌这个源于民间，后来因被贵族和统治阶层利用而高雅化地搁置起来的文艺形式，回归生活回归大众的思路，以及与之相伴的诗歌诗体韵律、诗歌语言等的革新尝试一直贯穿着英国诗歌的发展历程。英国浪漫主义的到来是一种必然。

（三）英国两代浪漫主义诗人

18 世纪是英国新古典主义盛行时期，同时始于法国的启蒙思想把理性和科学提升到重要位置，它不仅为法国革命提供理论依据，也为英国浪漫主义运动提供了思想准备。18 世纪末 19 世纪初，英国诗风大变。虽然任何文艺思潮或流派的兴起并不是偶然发生的，也不是戛然而止的，然而，人们仍愿意把一个具有代表性的典型标志赋予它，以区别于其他思潮。因此，一般把 1798 年威廉·华兹华斯（William Wordsworth）和塞缪尔·柯勒律治（Samuel Taylor Coleridge）合作出版《抒情歌谣集》（Lyrical Ballads）作为浪漫主义的开端，把 1832 年最后一位浪漫主义作家沃特·司哥特（Walter Scott）去世作为浪漫主义的结束。在前后不过 34 年间，英国文坛经历了两代浪漫主义诗人时代，第一代主要以华兹华斯、柯勒律治、罗伯特·骚塞（Robert Southey）为代表；第二代则是年轻的一代，以雪莱（Shelley）、拜伦（Byron）、济慈（Keats）为代表。英国浪漫主义的巨大成就是诗歌和诗歌理论，但并不表明只局限于诗歌文体上，同时也囊括了散文、戏剧和小说等方面的成就。另外，在1798年之前，英国诗歌就已经出现不同于新古典主义的诗歌风格了，比如，托马斯·格雷（Thomas Grey）那充满低沉情绪、伤感格调的《墓园挽歌》就是与新古典主义相背离的。继感伤诗歌之后，有两位诗人因对浪漫主义诗歌的出现做了铺垫而被称为前浪漫主义诗人。一位是苏格兰农民诗人罗伯特·彭斯（Robert Burns），他给英国诗坛带来了一股新鲜的气息，他的抒情诗不仅自然生动、感情真挚，讽刺诗尖锐锋利、妙趣横生，而且他更突出的贡献在于他采集和整理了苏格兰民谣，从中汲取营养并出版了《苏格兰方言诗集》，让人们重新发现了民间歌谣的价值和魅力，为诗坛增添了质朴的大众风格，也充满了民族主义和爱国思想。另一位威廉·布莱克（William Blake）是版画家兼诗人，他想象奇特，极富个性。他的短诗集《天真之歌》《经验之歌》憧憬理想的社会秩序，诗文清新奔放，富有独创性，意象鲜明，语言清新；后期的长诗内容比较晦涩，使他在诗歌中建立起自己一套独特的神话体系，具有神秘主义色彩。从总体上看，其诗歌的革命性、独创性和复杂性使他突破新古典主义的陈规旧习，成为浪漫主义诗歌的先驱。

第一代英国浪漫主义大师又被称为“湖畔派”诗人（以高尔基为代表的苏联文艺批评理论把他们称为消极浪漫主义的代表，而欧美文艺理论界并不这样看）。华兹华斯与柯勒律治和骚塞因曾在英国西北部的昆布兰湖区居住，并在思想观点和创作理论上有不少相同之处，因而被称为“湖畔派”。湖畔派三位诗人缅怀中世纪和宗法式的乡村生活，是浪漫主义文学中温婉清丽的代表。这些诗人对法国大革命抱着矛盾的态度，对资本主义的工业文明和城市文明表示厌恶，竭力讴歌宗法制的农村生活和大自然，喜欢描写神秘离奇的情景与异国风光。华兹华斯是湖畔派诗人中成就最高者，1798年，华兹华斯与柯勒律治合作出版了一本小诗集《抒情歌谣集》，其中大部分诗歌出自华兹华斯之手，用简朴的语言描写简朴的生活。而具有轰动意义的则是华兹华斯为诗集于1800年和1815年再版撰写的“序言”。《抒情歌谣集》及其“序言”的问世标志着英国浪漫主义文学的真正崛起。华兹华斯在1800年诗集再版时的序言中对诗歌做出了著名定义：“诗是强烈感情的自然流溢。”浪漫主义是对新古典主义的反拨：诗歌内容不再是对现实的反映或道德说教，而是诗人内心涌出的真实感情；诗歌语言不是模仿经典作家去追求高雅精致，而是要贴近普通人的日常生活。浪漫主义诗人崇尚自然，主张返樸归真。浪漫主义是一个比较笼统的概念，每个诗人各有其特征。华兹华斯将大自然视为灵感的源泉，自然美景能给人力量和愉悦，具有疗效作用，使人的心灵净化和升华；柯勒律治则赋予自然神奇色彩，擅长描绘瑰丽的超自然幻景，他的名诗《古舟子咏》和《忽必烈汉》充满幻觉和奇谲的意象；骚塞的诗歌极富古之幽情，表现出与世俗的格格不入。

新崛起的诗人把英国的浪漫主义文学推向高潮，其代表诗人是拜伦、雪莱和济慈。他们是第二代浪漫主义诗人（高尔基称他们为积极浪漫主义者），都是极具天赋的诗歌天才，年纪轻轻就满腹诗华，但不幸的是都英年早逝。与湖畔派诗人的不同之处在于，其作品更具战斗意识、反叛精神和民主政治倾向。雪莱是英国空想社会主义色彩最浓的浪漫主义诗人，他的长诗《麦布女王》用梦幻和寓言的形式，反映了作者对宗教和私有制的谴责与变革社会的愿望。长诗《伊斯兰的起义》抨击了专制暴政对人民的压迫和血腥屠杀，歌颂了革命者的反封建斗争。他还写有《钦契一家》《西风颂》《云雀颂》和《自由颂》等大量的诗篇和诗剧，以及著名的论文《诗辩》等。诗剧《解放了的普罗米修斯》是雪莱的代表作，取材于古希腊罗马神话，通过神话描写被压迫的人民的苦难和暴君的必然下场，预言革命一定会到来。雪莱在诗歌中表达了反对专制暴政，歌颂反抗斗争，展望自由幸福社会的政治理想。拜伦是 19 世纪上半期最为著名的浪漫主义诗人，他一生游历各地，其诗作充满异域情调。代表作《唐璜》是对资本主义制度的一场深入骨髓的检阅，发人深省。济慈是一位有才华富于唯美气息的浪漫主义诗人，曾受华兹华斯等人的影响，写出了著名的抒情诗《夜莺颂》和《希腊古瓮颂》，沉醉于古代世界田园牧歌的美景之中。

浪漫主义时期小说上的成就则主要体现在内容和题材的创新上。当时小说的主要类型有两种：哥特小说（Gothic novel）和历史小说（historical novel）。小说家沃尔夫·司各特爵士在长篇历史小说领域成绩斐然。司各特曾致力于收集和整理历史传说和民间歌谣，早期以诗歌为主，但他最大的成就是 27 部历史小说。司各特的小说用笔雄浑豪迈，历史背景广阔，富于浪漫情调和地方色彩浓厚。其中历史小说的主要代表作是《艾凡赫》。小说富有时代气氛和地方色彩，语言古雅，人物形象丰满。同时期的简·奥斯汀（Jane Austin）是优秀的女小说家。她的小说擅长描写日常生活，对人们之间的交往作了细致观察和深刻描绘，所以后人把她的小说称为“风俗小说”（novel of manners）。她的主要成就是《理智与感伤》《傲慢与偏见》《曼斯菲尔德庄园》和《爱玛》等6部小说。奥斯汀善于以女性特有的细腻和敏锐，来观察周围的人和事，描写有闲阶级恬静舒适的田园生活以及绅士淑女的爱情和婚姻。小说语言清丽，结构严谨，体现了较高的技巧。代表作《傲慢与偏见》通过描写女主人公伊丽莎白和豪门子弟达西之间的爱情风波，强调感情对于婚姻的重要性。小说情节曲折，机智幽默，富有喜剧性。

除此而外，英国浪漫主义作品还包括查尔斯·兰姆（Charles Lamb）充满爱与怀旧色彩的散文和托马斯·德·昆西（Thomas de Quincey）挖掘潜意识的文学评论文。19世纪20年代初，济慈、雪莱和拜伦相继英年早逝，英国浪漫主义诗歌创作由强转弱，风势渐衰。

二　“强烈情感的自然流露”：英国浪漫主义的诗学特质

英国浪漫主义使英国文学作品的创作摆脱了理性的束缚。由传统的描摹自然、重视理性转向了描摹自我的内心世界、重视自我情感的抒发，以“自我”为中心来构建自我的浪漫世界是英国乃至世界浪漫主义文学的三大突出特征。在具体的创作实践中，英国的浪漫主义作家高举“回到中世纪”的大旗，从中世纪的民间文学创作中大量汲取营养，从而摆脱了古典主义的种种束缚，开始发挥自由的想象，表达强烈的情感，并从内容、语言、形式诸多方面进行了新的改革尝试，这一切都构成了英国浪漫主义文学独特的艺术风格。其具体特征表现在以下几个方面。

（一）诗学的本质——表现性

艾布拉姆斯在《镜与灯》中概括了文艺批评中的四种理论，即模仿说、实用说、表现说和客观说。在论述表现说时他写道：“华兹华斯在《抒情歌谣集》1800年版序言中提出，‘诗是强烈情感的自然流露’。他觉得这种提法很好，在同一篇文章中用了两次，并以此为基础，建立起关于诗的主题语言效果价值的理论。英国浪漫主义的主要批评家几乎都是沿着从作品到诗人这条直线来下定义谈见解的。诗歌是诗人思想情感的流露、倾吐或表现：主要的类似提法还有：诗歌是修改合成诗人意象思想情感的想象过程。按照这种思维方式，艺术家本身变成了创造艺术品并制定其判断标准的主要因素。我把这种理论称为艺术的表现说。"[①]从这里我们可以看出，表现说的确立就是从英国浪漫主义开始的，它摒弃了统治西方文艺思想几个世纪的模仿说，对艺术本质问题作了全新的回答。英国浪漫主义的表现说包括这样几个内容：强调情感，重视想象，表达理想。对英国浪漫主义的表现说所涵盖的情感与自然的关系问题，浪漫主义者认为，情感不是来自于自然，而是相反，只有当自然经由主体情感的投射后，才具有生命情调。华兹华斯、柯勒律治反复强调了这一点。华兹华斯说："自始至终，事物……所产生的影响都不是来自它们自身，而是来自那些熟悉它们并接受其影响的人，这些人的心灵给它们施加了影响。"[②] 心灵投射于外界事物，外界事物也获得生命，同时主体心灵又收回"它所给予和被给予的东西融合而成的产品"（艾布拉姆斯语）。正是在这个意义上，柯勒律治才肯定地说："一切事物都有自己的生命，而且……我们都属于同一个生命体。"[③]

华兹华斯在表述"诗是强烈情感的自然流露"时使用英文单词"overflow"，它的确切词意是"液体的溢出、流溢"。在华兹华斯看来，诗就是诗人的主观情感激扬充溢之后自然外溢的产物。此外，柯勒律治在《论诗与艺术》一文中说："诗也纯粹是属于人类的；它的全部素材是来自心灵的，它的全部产品也是为了心灵而生产的。"[④] 柯勒律治认为，他心目中的诗人"必须将他们已有的情怀铭印给外在世界，以便以令人满意的清晰、鲜明和个别性在他们的观照之前再呈现出来。"[⑤]

---

① 艾布拉姆斯：《镜与灯——浪漫主义文论及批评传统》，丽稚牛、张照进、童庆生译，北京大学出版社2004年版，第19页。

② 同上书，第102页。

③ 同上书，第93页。

④ 柯勒律治：《论诗与艺术》，刘若端编：《十九世纪英国诗人论诗》，人民文学出版社1984年版，第96页。

⑤ James Engel and W. Jackson Bate, *Coleridge*, *Samuel Taylor*, *Biographic Literaria* (Princeton: Princeton University Press, 1983), p. 301.

彭斯说自己的热情犹如众多的魔鬼，无一刻安宁，直到它们从韵律的通道写出变成诗歌，自己才会安宁；拜伦说，他的激情就像一阵阵狂潮，不时向他袭来，自己要是不能以写作来畅怀倾吐，就会发疯。英国浪漫主义的情感表现是与新古典主义的理性模仿相对抗的。骚塞就曾宣称理性主义诗人蒲柏的创作是英国诗歌的黑暗时期："从德莱顿到蒲柏这段时间是英国诗歌的黑暗时期。蒲柏关闭了诗歌的大门，蒲柏的时代是诗歌假金时代。"① 拜伦反复强调："诗是激情的表现"，是"心灵的直接表现"。强调情感的强烈和真切，是浪漫主义表现作品的本质特点之一，这一特点在拜伦的作品中反映得非常明显。首先反映在他的爱情诗中：当拜伦得知早年的恋人莎萨不幸早逝时，他悲痛欲绝，写了一组诗歌来哀悼她，他倾注自己的精力于真诚之爱中，其中一首这样写道："倘若你从我心灵消失，/上哪儿填补这空白的心灵？/那时有谁留下来祭祀/你那被人离弃的孤坟？/我悲怆的心情以此自豪——/旅行者最终的高贵职责；/哪怕全世界都把你忘掉，/只要有我在，我终究记得"（1812，《倘若偶尔在繁嚣的人境》）。在长诗《唐璜》中有一段唐璜与海盗女儿海蒂定情的描写："他们仰望天穹，那漂游的云彩/犹如玫瑰色海洋，浩瀚而明艳；/他们俯眺那波光粼粼的大海，/一轮圆月正盈盈升上海面；/听得见浪花飞洒，清风徐来/看得见对方黑眸里射来的热焰——/觉察到四目交窥，他们的双唇/便相互凑近，黏接合成了疑问。"诗中通过想象，把情和景交融在一起，浓烈的感情表现得畅快淋漓。其次反映在他对被压迫民族命运的普遍关注上，如《野羚羊》对漂泊四方的犹太人表示同情；《普罗米修斯》对不顾自身安危偷火给人类的英雄普罗米修斯纵情歌唱……

（二）诗学的最高境界——想象

想象是英国浪漫主义诗人尤为推崇的，他们强调诗歌创作中想象的作用。布莱克说："单独一种能力就能造就诗人，这就是想象，神圣的想象。"② 华兹华斯也在给朋友的信中说，在诗中想象是诗的本分，想

① Edwin Berry Burgum, *Encyclopedia of literary Critics and Criticism* (Christ Murray Salem Press, 1999), p. 951.

② Ibid., p. 953.

象会导致无限，它强烈地吸引着我。柯勒律治认为，想象是诗人最基本的才能。他几次指出自己创作的心路历程："我除了确信内心之爱的神圣和想象之具有真实性而外，不能确定其他任何东西。被想象视为美而捕捉住的东西必定是真，而不管它存在与否——因为我对于我们的一切激情所持的看法都和我对爱情的看法一样：它们在其蔚为壮观的表现形式中都有助于创造本质的美。想象或许被譬喻为亚当的梦；他醒来时发现梦境已化为真实。不管它会是什么情况，反正我要的是一种感觉而不是思维的生活！"① 雪莱则直接汲取了柏拉图思想的养料，在那篇著名的《为诗辩护》中，在描述诗歌产生的过程时，他这样说道："诗可以解作想象的表现；自有人类便有诗。人是一个工具，一连串外来和内在的印象掠过它，有如一阵阵不断变化的风，掠过埃奥利亚的竖琴，吹动琴弦，奏出不断变化的曲调。"② 诗"不像推理那种凭意志决定而发挥的力量"，雪莱解释道："人不能说：'我要作诗。'即使是最伟大的诗人也不能说这类话；因为，在创作时，人们的心境宛若一团行将熄灭的炭火，有些不可见的势力，像变化无常的风，煽起它一瞬间的火焰；这种势力是内发的，有如花朵的颜色随着花开花谢而逐渐褪落，逐渐变化，并且我们天赋的感觉能力也不能预测它的来去。"在创作活动中，诗人无法控制自己的灵感更无法驾驭自己的作品，"当创作开始时，灵感已在衰退了；因此，流传世间的最灿烂的诗也恐怕不过是诗人原来构想的一个微弱的影子而已"③。

浪漫主义诗人崇尚想象，认为想象是令诗人能够看到真与美合一的内在关系的各种心力的融合和统一。华兹华斯、柯勒律治把想象力的重要性提高到前所未有的高度去认识。特别是想象力十分丰富、活跃的柯勒律治，竟把想象力看作是文学的主导功能和灵魂。他的诗作幻想色彩浓厚，洋溢着浪漫主义的特色。他那著名的幻想诗歌片段《忽必烈汗》

---

① 勃兰兑斯：《十九世纪文学主流》第4卷，徐式谷、江枫等译，人民文学出版社1984年版，第167页。

② 雪莱：《为诗辩护》，刘若端编：《十九世纪英国诗人论诗》，人民文学出版社1984年版，第119页。

③ Edwin Berry Burgum, *Encyclopedia of literary Critics and Criticism* (Christ Murray Salem Press, 1999), pp. 119-121.

描写的是忽必烈汗建于上都的宫殿和花园，深不可测的山洞和海洋，还有阿比西尼亚拨动琴弦的姑娘，构成了一幅多姿多彩的梦幻式图景；它是诗人的灵感和浪漫主义情调的和谐统一体，充分表现了他的奇谲奔放的想象力。本诗如果没有自然描写作为诗人驰骋想象的载体，想象就会变成无本之木，要写出如此传世之作也就根本不可能了。浪漫主义诗人以自然描写作为驰骋想象的载体，是一个普遍的表现手法。除了柯勒律治外，华兹华斯在其自然诗中也表现了相当活跃的想象力，如他的《水仙》《致布谷鸟》等。济慈的《夜莺颂》《秋颂》和雪莱的三颂《云》《致云雀》和《西风颂》都是闪烁着诗人想象之光的名篇。

在英国浪漫主义诗人眼中，世界是一个充满情感的世界，是一个自己构想的理想世界，法国大革命是许多浪漫主义者的理想寄托，民主思想和建立民主国家的理想使英国浪漫主义充满乌托邦色彩。对革命的失望以及现实的弊端使他们寄理想于诗歌的字里行间。“仅仅是对贫民同情，仅仅有一种悲天悯人的情绪，还不是文学的最高境界。尽管我们并不期望作家各自怀抱一个理想国或乌托邦，但是文学史告诉我们：许多第一流的作家是能从人类的不幸和苦难中抬起头，憧憬于一个更美好的世界。”[①] 彭斯在他歌颂法国革命所代表的自由、平等、博爱的思想时高唱：“好吧，让我们来为明天祈祷，/不管怎样变化，明天一定会来到……”（彭斯《不管那一套》）雪莱，出于对苦难的深切感受，在诗歌中表达了他对未来社会的设想：“自由，不受管辖，不受限制，真正的/人，平等，没有阶级种族国家，/没有恐惧迷信等级，每个人都是/自己的王，公正温和聪明……”（雪莱《麦布女王》）总之，通过丰富的想象来表现情感表现理想成为英国浪漫主义诗学的重要特质。

（三）诗学的主调——自然之歌

自然之歌在英国文学史上可谓源远流长，最早描写自然的诗作，至少可以追溯到中世纪。具体地说，存在于自然界的万物，大至高山大川、森林莽原，小至虫鱼花鸟，很早就引起了许多文人学士的兴趣，成为提供文学创作，尤其是诗歌创作取之不尽、用之不竭的源泉。浪漫主义诗人们则把强调情感、歌颂爱情同崇尚原始、热爱自然、热衷神秘，

---

① 王佐良：《英国浪漫主义诗歌史》，人民文学出版社 1991 年版，第 95 页。

注重自我紧密地联系在一起。他们善于观察自然，描绘自然，自然成了他们诗作的最重要的主题。自然之歌只有到了这个时期，才真正地向着纵深发展，并取得了前所未有的丰硕成果。华兹华斯、柯勒律治、雪莱、济慈和拜伦等浪漫主义诗人代表，为自然之歌的进一步发展作出了不可磨灭的贡献，特别是华兹华斯把英诗对自然的崇拜推向了高潮。

在浪漫主义时期以前，不少诗人存在着不同程度地为写自然而写自然的倾向，他们有点像我们古代那一类吟咏风花雪月的诗人。在他们笔下，山川大河，奇峰怪石，湖光山色，旖旎多姿，奇花异草，争妍斗艳，令人赏心悦目。但细读之下，无不给人以缺乏内涵之感。当然，富有内涵的也不乏篇什。例如，取材于自然的寓言诗就还有道德说教的味道，或是令人从中领悟到生活的真谛。这类自然之歌，每个时代都很流行，浪漫主义时期之前也不例外。这里不妨举一首伊丽莎白时期的自然诗《花的沉思》，看一看诗人是怎样给花儿和自己寓以深意的："勇敢的花儿……""你们真是顺从日月时间，而我呢/向往的永远是春天，/我的命运与冬天无缘，永远不死/永远想也不去想；/啊，我只想眺望我那张泥土之床/又微笑，就像你们如此高兴欣欢。//啊，叫我见到死神，但又不感恐慌/而是握手言好；/我常常看见你们在棺材架近旁，/精神焕发又潇洒；/香花啊，就请教我同你们一样/我的呼吸可令死亡香甜又芬芳。"诗人的寓意是非常清楚的：他希望他永远像春天的花儿一样，既能看见死神，又是永生不死的。自然界的花儿经人格化，已被诗人用来形象地传达他的生死观了。

以华兹华斯为代表的浪漫主义诗人有别于他们的前人，而且在某些方面具有自身的特色。这个学派的最显著特点是把自然与人的亲密关系提到更高、更复杂的层次上加以思考。也正是这种更深邃、更复杂的思考，激发了诗人们以更大的热忱去咏叹自然，抒写发自心灵深处的激情。因此，无论是从传统还是从现实的角度观之，研究自然之歌的重心应当放在考察浪漫主义时期的诗作，以及这个时期的诗作对其后诗歌的影响上。浪漫主义诗人的自然之歌绝不是千篇一律的，它们既有共同的特点，又有自身的特色。

1. 寻找自我与自然的契合

华兹华斯在其自然之歌中，并不仅仅表达对自然的欣赏，而是在自然中寻找失去的时光。诗人生于苏格兰西北部的湖区，从小就受到自然的熏陶。他以一个儿童的敏锐眼光，领略到大自然神秘的光彩，体会了人与大自然合一的境界。但随着时光的逝去，他觉得童年时见到的大自然的神秘光彩也随之渐渐远去。于是他悟出了一个道理：婴儿刚来自天堂，与自然是合一的，童年离天堂不远，能在自然中望见天堂的荣光；到成年后再也望不见了。诗人痛感童年那种人与自然完全契合的境界已不可追回，但仍希望用心灵的眼睛看到那个不可见到的世界，从而夺回那个失去了的天堂。这种基于宗教的神学哲学思想在他的长诗《永生的暗示》《丁登寺》和史诗《序曲》等中阐述得很全面。例如《永生的暗示》写道："从前，不论是树丛、溪流、牧场，/还是大地，一切平常的景象，/在我眼中都好像/披着神圣的光泽，/披着像梦一样的清新的荣光。//但今日啊，已不同于往昔——/不论向何方注视，/不论黑夜或白日/我再也见不到我曾见过的东西。"然而，诗人认为，"尽管一度如此灿烂的光芒/如今我再也见不到，/尽管草地的灿烂，花儿的荣光/那种时光再也不复返；/我们不要悲伤，而是要从/剩下的时光中去寻找力量"；他坚信可以从"无视死亡的信念"和"多年所形成的哲学心灵"中去寻找。他在其名诗《布谷鸟》中诉说他不遗余力地到处寻觅布谷鸟的踪迹，年纪大了，还是一如既往，想方设法去聆听那神奇的鸣声，"直到召回金色的童年"。由此足以窥见诗人的决心和恒心实在非同凡响。

寻找自我与自然的契合，说到底就是实现主观与自然的合一；与自然神秘的结合，就是通常所称的返朴归真。华兹华斯总是觉得他是属于自然的，总是觉得自然界中有某种存在把他的心灵和大自然结为一体。《丁登寺》就表现了这种思想观念。《我像一朵云孤独地漫游》也同样是在与自然交流之中"找到了一点未泯的童心，窥见了一种永恒的契机，并把这种极乐与读者分享……"诗人与自然那种异乎寻常的默契关系可以从他的许多诗篇中得到印证。

但是有人认为，华兹华斯与自然的交流完全是从自我出发的。他将其内心深处的体验直接告诉读者，但这种体验的神秘是根本"无法与当今的大多数读者交流的"。因此，他的诗，"即使是最好的诗，也同样缺乏魅力"。有人甚至批评华兹华斯及其弟子揭示的是人的秘密而不是自然的秘密，并说人与自然的和谐并非诗人的一贯信念，他只是借助自然作为背景，去奢谈“人和自然合一的种种信念”罢了。从现代的视角看，华兹华斯的诗作的确有其局限性，至少有一点是我们几乎没有什么争议的，即“逃避现实”。但无论如何，诗人热切追求与自然契合的决心和恒心不容否定，因为这种追求是以前的诗人没有做到或根本没有想到的。

雪莱的自然之歌同样是寻求主观与自然合一，与华兹华斯等浪漫主义诗人基本一致。雪莱以自然为主题的诗篇不少，但最有代表性的是其抒情诗作“三颂”：《云》《致云雀》和《西风颂》。云、云雀和西风都被拟人化了，使之成为有灵气的人格或精灵。可以说，云雀已成了诗人理想的化身，因为它“就像是一位诗人/藏于思想之光，/以心甘情愿的歌吟，/来把世界激荡，/让它去同情它未曾注意的忧患和希望”。在《西风颂》中，诗人追求与自然合二为一的主观愿望表现得更为强烈：秋日时节，眼看西风猛扫落叶的悲凉景象，诗人祈求西风把他当作一把琴，让他和树林一起唱出悲凉又甜美的雄浑的秋乐，达到与西风合二为一的境界：“狂暴的精灵哟，/但愿你我迅猛的灵魂能够契合!”但诗人并不仅仅满足于自我与西风精灵的契合，在此背后有着更高的理想和抱负。有关这点，下文再述。

2. 以自然为象征抒发诗人的理想与抱负

毫无疑问，许多浪漫主义诗人不仅仅满足于寻求自我与自然的契合，而是对这种契合有着更加深邃的思考，即以自然为象征，去抒发自己的理想和抱负。上文提到的诗人如雪莱、济慈等表现得尤为突出。雪莱的《云》就是一首象征诗，其真意不在于云，而是借变化万千而又永远不死、充满活力而又给人类带来甘霖的云的形象，传达诗人对未来的期望和乐观主义精神。诗人歌颂的云雀，“从地面跃腾，/向上又复向上”“一直飞进穹苍，/歌唱中不断飞升，飞升中不断歌唱”。云雀已成了诗人的自我形象和理想的化身。它像诗人一样，是一个预言家，追求光明，蔑视世俗，展翅高飞，飞向那理想的境界，尽管诗人心里明白，理想与现实的鸿沟是不可逾越的。《西风颂》描写的是既摧枯拉朽又促进新生，既是破坏者又是保护者的西风形象。诗人一方面祈求自身与自然契合，一方面又将春天大地的苏醒、自己失而复得的灵感及其诗篇给人类带来新生之渴望三者联系起来，达到了情景交融的境界："把我僵死的思想撒向整个宇宙，/像枯叶被驱赶去促新的生命！/而且，依凭我这首诗中的符咒，//把我的话语传给天下所有的人，/就像未熄灭的炉中拨放出火花！/让那预言的号角通过我的嘴唇/向昏沉的大地吹奏！"……这个预言是什么呢？"……哦，风啊，/如果冬天来了，春天还会远吗？"① 这一名句，一百多年来不知给那些挣扎在苦难中的人们以多大的鼓舞，多大的勇气和力量！

命运坎坷的济慈，在短促的一生中矢志不移追求的是"真美"，因此他写出了"美即是真，真即是美"这一诗句。但是，这不是诗人思想的全部。在《夜莺颂》中他为了进入那个充满着夜莺美妙歌声的世界，与夜莺一起在"幽暗的林中隐没"，以"忘记这疲劳、热病和焦躁，/这使人对坐而悲叹的世界"；但事实上，他并没有忘却。因为他毕竟是处于痛苦的现实之中的，他所追求的美和美感主要也是在现实之中的。诗人追求真美、永恒的美，这就是理想的追求。但他更崇高的理想和抱负却在那首以自然描写为背景的诗——《睡与诗》中表述得更明确：为了达到诗的最高境界，他必须探索、描写"人心的痛苦和冲突"。可惜的是，诗人短促的生命使他来不及实现这个心愿。

布莱克的自然之歌，的确与华兹华斯的自然诗相去甚远。冬天，在其《咏冬》一诗中被等同于"恶魔"，"在全世界掌握了权柄""把山石踩得呻吟，/他使一切悄然萎缩，他的手/剥光大地，冻僵了脆弱的生命"。"恶主人翁"在这里暗指的是反革命的势力。尽管诗人思想里带有浓厚的宗教意识，但他主张与风暴搏击，并相信最终能够把它战胜："等着吧，天空微笑时，这恶魔就被逐回洞中，回到赫克拉山下。"他那首被称为英国诗歌史上最杰出作品之一的《老虎》，借老虎的威力和完美形象，象征并讴歌一种伟大的、震慑一切的力量。就是他所描写的那朵遭受虫害而夭折的病玫瑰，也同样具有鲜明的象征意义。它隐含着"自私毁灭了爱情，经验扼杀了天真，精神之死夺去了精神之生等等"，表明了诗人对社会现实的抨击。

---

① 雪莱：《雪莱全集》（第1—2卷），江枫编译，河北教育出版社2001年版，第24、135、278、69页。

（四）诗学的别样色彩——异国情调

文学中的异国情调是文学家崇尚多样性的体现，也是英国浪漫作家丰富想象力和乌托邦理想的体现，具体表现为对“遥远地域和时代”的向往，这促使浪漫主义文人将目光投向异国异族，尤其是别样的风俗、神奇的传说、古老的文化，还有迥然不同的自然和人文面貌，更有肤色和语言各异的人们……评论家 G. S. 罗梭等在谈到浪漫主义的异国情调范式时也认为，尊崇多样性、支持异族和理想化平民是浪漫主义的鲜明特色。在他们看来，“有时异国是优秀的，有时又是卑劣的，有时甚至他们只是简单地将‘他性’具体展示一下”。尽管浪漫主义的异国情调范式复杂而不稳定，但大多数英国浪漫主义者都把遥远的东方和古老的希腊当作一个扩展想象力的广阔空间。

首先，东方古老的国度，如印度、中国以及阿拉伯等国家都给英国浪漫主义诗人带来了极大的灵感和表现欲望。法国学者雷蒙德·斯瓦普（Raymond Schwab）则更为明确地指出，西方重新发现印度和东方的过程对浪漫主义产生了实质性影响：“东方和浪漫主义的关系不是局部性、暂时性的，而是一种实质性的关系。”[①] 他把“东方的闯入”（oriental irruption）比作是一次文化上的革命和复兴，认为“东方复兴”具有和 15 世纪文艺复兴同等重要的意义。印度文明吸引了他们的目光，这与 18 世纪下半叶英国取得了对印度的统治权，进而从政治、经济以及文化上与印度更加紧密地联系在一起有着直接关系。印度文化价值的重新发现滋生了新的东方热情，英国由此一跃成为重新“创造”印度神话的发源地。在推动整个西方世界进一步了解印度的过程中，曾任加尔各答法官的英国诗人、文字学家威廉·琼斯爵士（Sir William Jones）扮演了主要角色，他对东方文化的介绍影响了布莱克、骚塞、雪莱等浪漫主义诗人的创作思想和风格。琼斯爵士对东方题材有着浓厚的兴趣，他创作的梦幻寓言《幸运之殿——印度故事》（1769）、《东方情诗辑存》（1774）以及翻译的印度典籍《摩奴法典》和《沙恭达罗》曾在欧洲广泛传播，影响了一大批德国思想家和文学家。受其影响，《奥义

---

① Pyle Forest, *The Ideology of Imagination: Subject and Society in the Discourse of Romanticism* (Stanford University Press, 1995), p. 87.

书》《薄伽梵歌》（1785）等印度文化经典相继被译介到了欧洲，打开了一扇通往印度文明的大门。1823 年，英国还成立了“大不列颠及北爱尔兰皇家亚洲学会”，下设专门的“翻译基金”，用于资助东方文化书籍的译介。在浪漫主义者眼里，印度是人类文明发祥地之一，历史悠久，远远超过希腊和基督教文明的历史。印度人充分享受着世俗生活的乐趣，他们天性纯洁，亲近自然，代表了“人类的童年”。另外，对浪漫主义思想家和诗人来说，印度宗教的玄学臆想和神秘主义虚无又恰好是他们孜孜以求的精神境界。

其次，对英国浪漫主义文学风格产生实质性影响的，则是来自近东的阿拉伯文化。阿拉伯国家沟通东西方独特的地理位置以及迥异的伊斯兰宗教，令西方国家既有防备心理又有敬畏和好奇。应该说，整个西方世界的东方观念在 17 世纪以后所发生的变化与《天方夜谭》（《一千零一夜》）有着很大关系。《天方夜谭》的译介不仅改变了西方人看待伊斯兰世界的传统观念，而且为浪漫主义文学提供了丰富的素材和想象的空间。东方故事是影响英国浪漫主义文学的一个外在因素，也是浪漫主义文人着力表现的一种文风，它不仅体现为浪漫主义文学家乐于借用东方题材来丰富自身创作素材，也表现为他们在创作上致力于追求一种“东方风格”（Orientalism）。琼斯爵士把“东方风格”归结为“富于强烈的表现，比喻大胆，情绪炽烈，语言鲜丽，使描写生动”。东方故事之所以受到浪漫主义文学家的青睐，是因为东方故事的叙事风格与浪漫主义所追求的文风存在某些相通之处，如神秘、梦幻的氛围，鲜艳奇特的文采等。但我们不能据此认为，东方故事和浪漫主义追求的精神存在内在联系。拜伦的《东方故事诗》以其独有的风格使东方故事的表现形式和书写风格得到了完美体现，赢得了公众的喜爱，拜伦也因此一夜成名。托马斯·摩尔的《拉拉鲁克》（1817）、罗伯特·骚塞的《撒拉巴》（1801）和《克哈马的诅咒》（1810）都具有鲜明的东方故事的风格特征。

当时作为中原之国的中国，在意大利旅行家马可·波罗的游记里，是个富足和文明的强大帝国。中国艺术品、园林、建筑所体现的“不规则美”或“自然美”被认为是评判所有东方艺术的标准。正是这些东方文学艺术的内在特征，与西方古典主义所推崇的理性和规则形成强烈反差，使十七八世纪欧洲的中国热“为浪漫主义铺平了道路”，改变了西方对东方艺术的看法。柯勒律治的叙事诗《忽必烈汗》就是典型的代表。据说是马可·波罗游记中关于忽必烈的描写片断给了他很深的印象，使得有一天柯勒律治在服用了少许鸦片酊之后进入梦乡时，梦到自己写了三百来行有关忽必烈的诗歌，醒来时竟还记得，就赶紧凭记忆写了下来。途中因有客人求见而中断，只记下54行。在这首诗里，柯勒律治借忽必烈之名，让自己的想象力自由驰骋，随忽必烈跨越欧亚各国疆域，纵横东西。诗中到处充满着异国情调和异邦气息——擅长骑射的大汗，潜流的圣河，黑森森的树林，冰封的山洞，东方琉璃宫殿，操琴的阿比西尼亚姑娘，长发亮眼的诗人……每个人每种物都有不同的背景，都会使人产生不同的联想，而柯勒律治把它们融合为一，使其浑然一体。他的另一首诗《古舟子咏》，故事的背景，从婚礼现场，到南极的海面，从古怪陌生的老水手，到热闹聚会的朋友……不断更换。尤其是肆意渲染大海的色彩，充满奇幻和引诱，使人丰富的想象力如大海一样无边。其主题更充满神秘和变换，从中可以读到人生旅途的艰辛，犯罪与赎罪的良心之苦，还有欢乐与焦灼之间的突兀变化……这一切都使得这部异域和神奇的作品成为柯勒律治诗歌成就的高峰。

最后，希腊神话是古希腊人最初的意识活动的成果，主要由神的故事和英雄传说两大部分组成。希腊神话以它丰富神奇的故事为后世的西方各国文学艺术提供了源源不断的素材和灵感。英国浪漫主义诗人如济慈、雪莱、拜伦都是希腊文化的崇拜者和阐释者，他们用生命感触希腊神话的内在精神。其中希腊神话的智慧观、英雄观，以及个人价值观都对英国浪漫主义诗人产生了深刻影响。英美文学史上的那些经典诗人从乔叟到莎士比亚、弥尔顿、济慈、丁尼生、雪莱、拜伦、艾略特、庞德等人，无一不从神话中获得灵感，攫取思想和题材，创作出许多不朽的名篇。譬如莎士比亚的《特洛伊罗斯和克瑞西达》、弥尔顿的《失乐园》、拜伦的《普罗米修斯》、雪莱的《解放了的普罗米修斯》、济慈的《希腊古瓮颂》等，无不闪烁着希腊神话所赋予的光彩。在济慈希腊神话题材的诗歌中，《希腊古瓮颂》展现了诗人一种完全不同的追求和创造永恒之美的体验方式，在这种方式中，诗人主体并不直接参与神话的创造，而是通过对一只被发掘出来的古希腊艺术品（希腊古瓮）的审美想象，把这寂静历史所封存的永恒之美揭示出来。在《西风颂》中，雪莱借用狄俄尼索斯这一神话形象来说明西风在秋冬季节摧毁旧事物，然后在第二年春天给大地带来新生。雪莱对专制和旧的传统观念深恶痛绝，希望对英国社会以及人们的思想进行一场革命，因此才写下了这篇著名诗篇。1819 年，雪莱创作了代表作——抒情性诗剧《解放了的普罗米修斯》（Prometheus Unbound），直接用希腊神话中的人物作标题，同时还用到了很多其他的神话形象。故事取材于古希腊悲剧作家埃斯库罗斯（Aeschylus）的《被缚的普罗米修斯》（Prometheus Bound）。而拜伦的唐璜则跨越更大疆域，各种风情如同其风流韵事一样丰富多样，从西班牙城镇，到爱琴海边，从土耳其沙漠到北方的沙皇俄国，从纯真的海蒂姑娘到多情的苏丹王妃，从权力欲望集一身的女沙皇到风流美貌的英国贵妇……拜伦式的英雄简直无所不在，无所不能。

综合起来，我们可以看到，异国情调在英国浪漫主义作品中可以起到三个方面的作用：其一，作为一种文学话语，异国情调可以拓宽人们对艺术想象的认识，丰富浪漫主义的诗学；其二，作为逃避或抗争的手段之一，诗人既可以选择“逃往”东方，追寻一个精神乌托邦世界，也可以选择退守一隅，寻求自我的内心平静；其三，追求异国情调可以为诗人们提供新的创作素材，丰富他们的创作风格。总之，“想象成了意识形态构成中的一种特殊话语”[①]，而异国想象则充当了诗人自我拯救的一种补偿策略。

（五）诗学的情绪基调——忧郁感伤

浪漫主义所表现的内心情感并不只是愉快或激情，也有忧郁、感伤、悲哀和怀旧。欧文·白璧德说：“或许没有哪一种运动像感情的浪漫主义这样产生那么多的忧郁的文学作品”[②]，以致“传染上了无法言表的悲哀，传染上了无法估量的疯狂，传染上了不可救药的绝望”[③]。无论是柯勒律治在看到自己的新生儿时的表白：“查尔斯！我迟钝的心中只有忧郁，当我刚看到柔弱婴儿的小脸；自己的往事，这孩子未来的

① 欧文·白璧德：《卢梭与浪漫主义》，孙宜学译，河北教育出版社 2003 年版，第 137 页。

② 同上书，第 185 页。

③ 同上书，第 186 页。

境遇，一齐在幽思冥想中隐约浮现！"[①] 还是华兹华斯的"忧惧和幻想都来了，稠稠密密；陌生的、无以名之的混乱思绪和哀愁"[②]，以及"我们诗人，年少时心欢意畅；到头来衰退老大，只剩下沮丧癫狂"的慨叹；还有雪莱的"思想在孤独中来去"[③]；更有济慈《忧郁颂》中"当忧郁的情绪突然袭来，像是啜泣的阴云，降自天空；像是阵雨使小花昂起头，把青山遮在四月的白雾中……""……隐蔽的忧郁，原在快乐的殿堂中设有神坛"……"心灵一旦碰到她的威力，会立即被俘获，悬挂在云头"[④] 等诗句，似乎都在传达共同的信息：生命短促，美丽难存，喜悦更是短暂，唯有忧郁、哀愁现实长远。白璧德从批判浪漫主义的态度出发，分析浪漫主义忧郁症之所在："当浪漫主义者一方面发现她的快乐理想只导致实际的不幸时，他并不责备自己的理想。他只是认为世界不配他这样结构如此精美的人所居，所以就从这个世界中退出，以自己的悲哀包裹自己，一如穿上了一件披风。既然他渴望的最大快乐逃避了他，他至少要得到最大的悲哀。这种悲哀绝不是他失败的面具，而是等同于他精神上的伟大。"[⑤] 虽然我们从这个评论中读到了白璧德先生对浪漫主义的嘲讽，似乎有点我国鲁迅先生笔下阿 Q 的精神胜利的味道；但是我们还应该看到，对法国大革命的失望，对古老遥远传说的追忆，对异国情调的向往而不可及，使浪漫主义者忧郁、感伤；革命理想的幻灭，爱情的失意使浪漫主义者忧郁、感伤；更有物欲横流的城市资产阶级丑态，工业文明导致的人性自然的丧失，等等，是使浪漫主义者忧郁、感伤的不可否认的缘由。

这种浪漫主义的"忧郁、感伤"，到了现代主义视野中，发展成为"颓废、荒诞"的现代病。卡林内斯库认为，"浪漫主义是现代的病症……是一切颓废的起点"[⑥]。无独有偶，弗朗车斯克·福罗拉在《从

① 《华兹华斯、柯勒律治诗选》，杨德豫译，人民文学出版社 2001 年版，第 284 页。

② 同上书，第 111 页。

③ 同上书，第 112 页。

④ 同上书，第 115 页。

⑤ 欧文·白璧德：《卢梭与浪漫主义》，孙宜学译，河北教育出版社 2003 年版，第 185 页。

⑥ 马泰·卡林内斯库：《现代性的五副面孔》，周宪、许钧主编，商务印书馆 2002 年版，第 233 页。

浪漫主义到未来主义》（1921）一书中讨论了他所谓的“颓废主义时代”，包括唯美主义、诗歌语言的感官性、诗歌中的破碎派等的历史和风格诸多方面。该书第一章论述的就是“浪漫派的颓废”。1930年，马里奥·普拉兹出版《浪漫文学中的肉体、死亡与魔鬼》（又名《浪漫派的苦痛》）一书，把颓废主义视为浪漫主义某些影响深远的、居美学正宗趋势之延续。在英国，以沃尔特·佩特、奥斯卡·王尔德、阿瑟·西蒙斯为代表的“为艺术而艺术”的唯美主义理论者和实践者，最终发展为颓废主义的英格兰代表。

可以说，无论是表达失落与伤感，还是宣泄激情和愤懑，情感表达成为英国浪漫主义诗人寻找“精神家园”的一种共有手段，也是英国浪漫主义诗学的重要特质之一。

三 英国浪漫主义的现代之路：从批判到继承

浪漫主义针对古典主义对工具理性的膜拜，提出重视感性，表达情感，回归人性自然的理念，这在当时的历史条件下无疑是一种人文思想的巨大进步。我们知道，文艺复兴所倡导的人文思想，把人们从中世纪的神学束缚中解放出来，关心人的现世生活，表达人对幸福和快乐的追求成为人性之合理，文学艺术也从歌颂高高在上的神之神圣，转向描摹现世活生生的人的故事，赞颂人的伟大，从而开启了人文思想之门。也是在这种人文精神的感召下，人类开始运用、发挥自己的思维能力，认识这个过去一直蒙着神秘面纱的宇宙和外物。科学知识和新发现使人类羽翼日渐丰满，也把理性推举到了空前的高度，同时技术的泛滥使城市污浊，人们物欲横流，失去了本真与天性。新古典主义的文艺理念，模仿自然，模仿古典，把古希腊古罗马的“三一律”视为金科玉律，使得文学创作在无形之中陷入另一种锁链和捆绑之下。当人们刚刚从中世纪的宗教桎梏中获得了人文思想的些许温暖时，却又一次被新古典主义规则与秩序所束缚，因此浪漫主义回归人性自然，宣泄情感，驰骋想象的观念表达了人类心向自然、追求自由平等的理想，是人文思想的又一次飞跃，因而也得到了广泛的回应。

（一）艾略特对浪漫主义的批判

浪漫主义对情感的放纵、乌托邦式的理想与幻想很快受到现实的冲击，其弊端遭到质疑和批判。欧文·白璧德和 T. S. 艾略特是首当其冲的两位。白璧德是19世纪末20世纪初世界新人文主义运动的领袖，在《卢梭与浪漫主义》一书中，批判了文学史和文化史上关于浪漫主义的各种概念。它把19世纪的文化划分为以卢梭为代表的泛情人道主义和以培根为代表的科学人道主义两个极端。在他看来，泛情人道主义最突出的特征，就是借助于想象的浪漫形式的艺术中的敏感——对于个人的自然感受的敏感，产生出一种对受压迫的失败者的同情和用田园牧歌式的梦想来改变人的存在，这只不过是一种阴险的自我吹捧方式，它混合着道德上的放纵和相应的想象，成为现代西方人个性解放，不断向外扩张思想的滥觞，它侵害着经典的传统原则的肌体，使得艺术家个人的主张凌驾于整个文学传统之上。

1. 针对浪漫主义表现个性，强调天才的理念，艾略特提出了传统和个人才能理论。他认为，只有赋予传统以新的内涵和功能机制，才能抑制和消除浪漫主义忽略传统、个人主义泛滥的弊端，为现代主义诗歌发展开拓了广阔前景。在《传统与个人才能》一文中，艾略特提出：

> 如果传统的方式仅限于追随前一代，或仅限于盲目地或胆怯地墨守前一代成功的方法，传统自然是不足称道了。我们见过许多这样单纯的潮流很快便消失在沙里了；新颖总比重复好，传统是具有广泛得多的意义的东西。它不是继承得到的，你如果要得到它，你必须用很大的劳力。第一，它含有历史的意识，我们可以说这对于像在二十五岁以上还要继续作诗的人差不多是不可缺少的；第二，历史的意义含有一种领悟，不但要理解过去的过去性，而且还要理解过去的现存性。历史的意识不但使诗人写作时有他自己那一代的背景，而且还要感到从荷马以来欧洲整个文学及其本国的整个文学有一个同时的存在，组成一个同时的局面。这个历史的意识是对于永久的意识，也是对于暂时的意识，也是对于永久和暂时的合起来的意识。旧时这个意识，使一个作家成为传统性的。同时也就是这个意识使作家最敏锐地意识到自己在时间中的地位，自己和当代的

关系。[①]

艾略特所阐释的传统概念是动态的而非静止的，是积极的而非消极的；这个传统是具有过去性和现存性的，是永久的和暂时的一种历史意识（sense of history）。一个作家不是通过继承一大批文本，而是要通过艰苦劳动才能获得这种历史意识。诗人要使这个文学秩序成为一种超越现在的无时性的东西，理想的文学秩序并不是一成不变的，新作品的加入也重新阐释和修正了它先前的文学传统。诗人与传统并不是处于对立的、毫不相关的隔离状态，它本身就出于传统和历史这个连续体之中。其作品与前辈或同辈诗人息息相关，它无意识地加入了由过去诗人组成的诗人谱系中，对他个人的评价也是在一个由传统构成的理想参照体系中进行的。艾略特反对浪漫主义的极端个人主义和所谓天才理念，因为个人只是一个有限的微不足道的存在，其理性、知识和经验都是狭隘的。

2. 针对浪漫主义表达强烈感情，以致使感情肆意的倾向，艾略特提出了"经验的集中"这一主张。尤其是针对华兹华斯把诗歌定义为"强烈感情的自然流露"，艾略特认为，诗人所体验到的强烈主观感情是靠直觉获取的，认为只有当表达者的情感濒于迸发时，他们才能写出好作品，提出了表达与艺术对象具有相同的心理体验，甚至二者融为一体等理念。艾略特提出："说诗等于'宁静中回忆出来的感情'是一个不精确的公式。因为不是感情，不是回忆，也不是宁静。诗是许多经验的集中，是集中后所发生的新东西，而这些经验在讲实际、爱活动的意中人看来就不会是什么经验。这种集中的发生，既非出于自觉，亦非出于思考。……诗不是放纵情感，而是逃避情感；不是表现个性，而是逃避个性。自然，只有有个性和感情的人才会知道要逃避这种东西是什么意义。"[②] 艾略特看到，浪漫主义者由于过分崇尚个人情感，常常是在来不及对感情进行冷静或远距离观照的情况下，就使许多未经加工的想象和

① 艾略特：《传统与个人才能》，《现代史论》，曹葆华译，商务印书馆1937年版，第2页。

② 同上书，第5页。

未经规范的情感，未经统一的意象等一起涌现出来，缺乏艺术的集中和提炼。也就是说，浪漫主义诗人不能够像玄学派诗人那样“不断聚合各种不同的经验”，并在诗人的心智里使这些经验形成新的整体。尤其到了维多利亚时期，文坛充斥着无病呻吟、矫揉造作、虚饰浮夸的言辞。艾略特对此深恶痛绝，指责说：“使用那些最为浮泛的文字，这是因为它的情感从来不是具体的，从来不是直接视觉性的，也从来不是集中的；它是通过扩展，而不是通过浓缩得以强化的情感。”① 艾略特用涣散、不具体、不直接、非视觉扩展等一系列词语描述后期浪漫主义诗歌所出现的弊端，换言之，他提倡的是一种集中浓缩具体直接视觉效果的诗歌。而这些都需要诗人运用理性的辨别能力和由经验得到的批判能力，从此诗人的经验代替了情感，成为现代主义诗学的核心内容之一。

3. 针对浪漫主义的主观性，艾略特提出了客观对应物的理论。艾略特认为，浪漫主义不是仅仅限于过度的主观方面，而是分流为主观主义和客观主义两个极端：“浪漫主义在任何方面都是过度的。它流向两个方面：逃避事实世界，或沉迷于琐屑事实之中。19 世纪的这两大倾向——模糊的情感和对科学的神话（现实主义）根源于卢梭。”② 艾略特反对浪漫主义诗歌中模糊的情感和小说戏剧中沉迷于琐屑事实的倾向，他早期的文学批评试图克服浪漫主义现实主义中所泛滥的这两种错误的文学倾向，从而为现代主义的到来开拓了道路。艾略特的客观对应物（objective correlative）概念是在《哈姆雷特及其问题》（1919）中提出来的：“用艺术形式表现情感的唯一方法是寻找一个客观对应物；换句话说使用一系列实物、场景、一连串事件来表现某种特定的情感；要做到最终形式必然是感觉经验的外部事实一旦出现，便能立刻唤起那种情感。”③ 这就要求艺术家为情感和思想寻找准确的对应物，并且只有当指涉物（reference）与其意义（meaning）之间保持一种平衡时，对客观物的使用才是有效的。这种主客观统一的理想范式是由玄学派诗人

① 艾略特：《诗人史文朋》，《艾略特诗学文集》，王恩衷编译，国际文化出版公司 1989 年版，第 22 页。

② Ronald Schuchard, “T. S. Eliot as an Extension Lecturer, 1916-1919,” *Review of English Studies*, 1974: p. 165.

③ 艾略特：《哈姆雷特》，《艾略特诗学文集》，王恩衷编译，第 13 页。

多恩确立的，它具有一种寻找到合适的客观物的能力，会使思想感觉与客观对象之间保持适当的比例。因此，艾略特理想中的优秀诗人能够依靠智力使主观经验客观化，反之，又使客观现实世界充满着主观个人情感和范畴，从而使得主观经验和客观经验之间始终保持着一种平衡，创造出符合现代主义美学的艺术作品。艾略特指出，浪漫主义“是通往缺乏现实的生活的奇异境界的捷径，它只不过引导它的信徒们背叛了自己”①。除此而外，休姆、庞德等现代主义倡导者们也纷纷在各自的创作或批评文论中发展起这种反浪漫主义的现代感。

（二）现代主义对浪漫主义的继承

以艾略特、庞德等为代表的现代主义诗学，在形式上以反浪漫主义为出发点，但其诗学实质中则表现出对浪漫主义的继承。回归古典就是现代主义的这种现代感与古典主义连在一起的有力例证。艾略特在 1916 年谈道：“20 世纪初经历了向古典主义观念回归的趋势。其重要特征是艺术中的形式与约束，宗教中的纪律与权威，政府中的极权。古典主义观念被定义为信仰原罪——对严格纪律的需要。”② 艾略特坚持认为现代人文主义需要宗教，他并非是要贬斥有关个人价值和尊严的信念，而是看到了古典主义传统所表现出的一种严格的、智力上的怀疑主义倾向，可以用来阻止宗教滑向自由主义和感伤主义。因此，艾略特的新古典主义不只是一个文学批评概念，而且也是有关宗教与文化政治的问题，是一个重建传统秩序和权威的问题。宗教原罪说等保守观念贯穿于艾略特整个后期的社会文化批评思想中。因此，反艾略特的后现代主义思潮应运而生。在 20 世纪五六十年代成长起来的英美新一代诗人打出了反艾略特的口号。他们一直要恢复诗歌的本土传统，以金斯伯格为首的美国“垮掉的一代”反对艾略特的学院派诗风，而尊奉惠特曼、威廉斯所创立的乡土派传统。在英国以拉金为代表的年轻一代诗人试图在诗歌中确立哈代传统。英国诗人批评家 A. 阿尔瓦雷兹批评艾略特的诗歌特色在本质上“是美国人所关心的事情，从未

① 艾略特：《不完美的批评家》，转引自彼德·福克纳《现代主义》，付礼军译，昆仑出版社 1989 年版，第 41 页。

② T. S. Eliot, “Syllabus of Eliot’s Second Oxford University Extension Lecture on Modern French Literature,” in Thomas Stearns, *Eliot: Poet* (Cambridge U. P., 1979), p. 44.

在英国真正站稳过脚”①。他们还谴责叶芝、庞德和艾略特是打断英国本土诗歌传统的罪魁祸首，他们抛弃现代主义的超验主义、精英主义、实验主义诗学原则，而强调英国经验、本土意识、爱国主义等理念，推崇经验主义、个体性、英国本土性和大众性。

除此而外，艾略特现代主义诗学所表现出的对浪漫主义的继承还体现在怀旧的特征上。事实上，艾略特回归古典就是怀旧的一种诗学体现。艾略特关于十八九世纪诗歌衰退的见解是以但丁和玄学派诗歌在现代的复兴为宗旨的。这无疑表明了他对文学所具有的历史危机意识（sense of historical crisis），它既是一部试图以过去的历史神话来克服现代文化分裂的历史，也是一部为现代诗歌的发展进行辩护的历史。处于危机时期的现代文学要寻求发展以获得新生，解决的办法就是复兴，即回归从前的某个文学时期，从过去的传统中获取支持，找到自我生长的根基。这种危机与复兴的看法赋予了错综复杂、令人迷惑的历史以清晰的脉络。像文艺复兴要越过此前的中世纪而回到古希腊罗马一样，艾略特的诗学思想表现出极其强烈的古典倾向也就毫不奇怪了。与他的传统观和历史意识一样，其目的就是为20世纪的诗歌发展找到传统的源头。文学史上频频回首的现象并不少见：席勒、阿诺德回望古希腊，济慈流连于文艺复兴，叶芝驶向拜占庭，罗斯金、休姆、庞德瞻望中世纪……所有这一切与其说是古典主义的回溯，不如说是一种浪漫主义的怀旧姿态。当代批评家E. 罗比认为，艾略特为一种无法排遣的怀旧病所驱使，实则继承了浪漫主义诗学传统，如“把历史神话作为表达文学和审美价值的一种方式”，“使用中世纪的艺术和思想作为判断现代文学的标准”②。杰克斯（C. Jecks）这样考察怀旧在现代社会里的表现特征：“怀旧，源于希腊语‘希求回故乡’的意思，通常带有某种变异，例如，‘怀乡病’或‘对一个过去时代的情感渴望’。在一个像我们所处的那样破碎和无根的时代，各种各样的怀旧都纷然共存。”③ 但我们

---

① A. Alvarez ed., *The New Poetry* (Harmondsworth: Penguin Books Ltd., 1962), p. 21.

② Edward Lobb, *T. S. Eliot and the Romantic Critical Tradition* (Oxford U. P., 1976), p. 136.

③ C. Jecks, *Post-Modernism: The New Classicism in Art and Architecture* (London, 1987), p. 115.

还应注意到浪漫主义的怀旧与现代主义的怀旧是有所不同的。浪漫主义的怀旧往往与忧郁联系在一起，它是浪漫主义诗人在对遥不可及的未来的无边想象和对身不可触的原始过去的深深怀念之中所生发的一种主观情绪，它与表现个性和抒发感伤联系在一起，它是与人性原始自然的回归理念相联系的。而艾略特现代主义的怀旧则是对现代人宗教信仰的丧失，战争使人性的泯灭状况表现出来的无根的安全感缺失而采取的应对策略，是对浪漫主义怀旧的继承及其现代发展。另外，浪漫主义的怀旧主要表现在诗学领域，而当时的社会意识形态则正处于轰轰烈烈的革命和民主运动高涨时期；现代主义的怀旧是由普遍弥漫的世纪病、战争阴霾与创痛的历史现实与人类精神荒原蔓延在文学上的体现，它是文学的，更是社会的。

其实，一种文学思潮往往不是因为其“弊端”而衰落的，因为“弊端”只是暂时的、相对的、历史的，没有完全的、永恒的理论能包容和符合一切阶级和时代特色。通常是某个特征、某个侧面适应了某个历史阶段的需要或社会面貌从而被放大、被突出，因而显示出与众不同。浪漫主义因其多样性、复杂性和矛盾性而具有相当大的包容性，这却是任何一个文艺思潮所无法比拟的，更重要的是它深刻而广泛的人文理念，感性和情感的强化和突出，虽然有些观点表现出偏激和绝对的特征，但浪漫主义在彰显人性，反映人之为人的本质方面是任何一个文艺思潮都无法超越的。这也是为什么到了现代，“人们突然发现浪漫主义像一个未僵的幽灵一样，又悄悄地复活在所谓的后现代主义美学旨趣之中。在形形色色后现代主义的各种论述中，我们不难发现许多当年浪漫主义曾涉足过的问题乃至思想风格的痕迹”①。浪漫主义并没有随着人为的时代划分而就此消失，如果我们只承认历史上某个时代是浪漫主义的，那么在现代，我们就不得不为那些我们扔到浪漫主义门槛外的东西找个新名字来称呼它，这就是导致评论家们为现代文学定义而争执不休的一个起源。相反，如果我们承认浪漫主义是不可分期的，那么，“当今的文学史简直可以和浪漫派研究画等号”②。

① 张旭春：《现代性：浪漫主义研究新视角》，《国外文学》1999年第4期。

② 同上。

第二节　中国五四浪漫主义的发生与诗学特质

"浪漫主义"就其原初意义上讲，是属于西方的，是西方文明的产物。梁实秋在20世纪20年代介绍西方文学思潮时就指出："'浪漫的'系指西洋文学的'浪漫主义'而言。"[①] 这一源于西方的浪漫文学在中国总显得发育不充分，现代中国浪漫文学经历了一个由盛而衰的演变过程，它在五四文学时期曾蔚为壮观，大放异彩，后来几经反复、波折，逐渐趋于中落。最早输入类似浪漫主义这样的文学概念的是梁启超。1902年，梁启超在他那篇著名的《论小说与群治之关系》一文中，首次把小说分成"理想派"和"写实派"。1906年，王国维在《文学小言》一文中从文学本体的角度出发，引进西方的文学理论思想，所提出的一些观念与浪漫主义颇接近。他把文学从根本类型上分为"景"与"情"、"客观"与"主观"，这"情"和"主观"与浪漫主义的思想相近。在此文中他赞美天才，称屈原"感自己之感，言自己之言"等都明显受到了浪漫主义思想的影响。1907年，鲁迅作《摩罗诗力说》，所谓"摩罗"就是"恶魔"的意思，"摩罗诗"就是"恶魔诗"，是西方古典主义学者对早期浪漫主义诗歌的一种贬称。鲁迅对西方浪漫主义诗人大加赞扬，特别是对拜伦、雪莱、普希金、裴多菲更是推崇备至，高度评价了他们的反抗精神和高扬激情。在诗学上对浪漫主义进行大规模引进和表现是在五四时期。最先大规模介绍浪漫主义诗人、诗歌和思想的应该是《少年中国》一班人，在该刊的第一期上就有田汉的《平民诗人惠特曼的百年祭》，仅诗学研究专号第9期上就专门介绍了浪漫主义诗人普希金、泰戈尔和歌德。创造社也是介绍浪漫主义的一支劲旅，在他们的代表性刊物《创造》上还专门刊出了"雪莱纪念号"，他们的创作思想在五四时期基本上是倾向于浪漫主义的。而在诗学思想上浪漫主义特征最突出的还是郭沫若，他所坚持的诗学观念及其代表作《女神》都是中国浪漫主义的典范。在郭沫若比较集中地表达其诗学思

① 梁实秋：《现代中国文学之浪漫趋势》，梁实秋：《浪漫与古典的·文学的纪律》，人民文学出版社1983年版，第27页。

想的《三叶集》中，他最推崇的理念就是独创精神，个性张扬，“绝端的自主”“绝端的自由”，狂暴的反叛以及对自然的崇拜和对远古、神奇、旷大和悠远的向往。这个时期，稳重如胡适者也对浪漫主义多有肯定。在《谈新诗》中他说：“十八十九世纪法国嚣俄英国华次活等人所提倡的文学改革，是诗的语言文字的解放。”① 在新诗发展的早期，由于受到浪漫主义思想的影响，小诗派很讲究情感的自然流露，对天然的情感不加限制不加修饰，他们甚至把诗的情感和生活等同起来。汪静之在《〈蕙的风〉自序》中这样表白：“婴儿‘咿喜咿喜’地笑，‘咕嗄’地哭；我也是这般随意地放情地歌着；这只是一种浪动罢了。我极真诚地把‘自我’融化在我底诗里；我所要发泄的都从心底涌出，从笔尖跳下来之后，我也就慰安了，畅快了。”② 在《〈寂寞的国〉自序》里他坦言：“我在作诗便是在生活。我要作诗，正如水要流，火要烧，光要亮，风要吹……”③ 新月派在诗学上虽然讲究形式和格律，但他们从来不压制情感的爆发，闻一多的《死水》《法线》等作品，可以说情感的抒发达到了极限。在《〈女神〉之时代精神》一文中，闻一多高度赞扬了《女神》所体现出来的20世纪的“动”的精神和“反抗”的精神，这种精神和浪漫主义时代“狂飙突进”的精神是完全一致的。因此，研究五四浪漫主义文学的发生与诗学特质，探讨其生长与变异的独特原由所在，对于审视现代中国浪漫文学的整体走势有着不可或缺的意义。

一　影响与促动：中国五四浪漫主义的发生

就中国现代浪漫主义文学发展全程看，五四文学时期堪称浪漫主义文学的全盛期，浪漫主义文学所呈现出的蓬勃发展态势，足以与当时的另一股文学思潮——现实主义构成双峰并峙的局面，这确实是中国现代文学史上的一道奇特的景观。

（一）浪漫主义在中国发生的前提

五四时期浪漫主义的发生不是偶然的，是需要一定的准备前提的。

① 胡适：《谈新诗》，杨匡汉、刘福春：《中国现代诗论》（上），花城出版社1985年版，第38页。

② 王训昭：《湖畔诗社评论资料选》，华东师范大学出版社1986年版，第277页。

③ 同上书，第279页。

浪漫主义的理论自觉，开启了中国现代浪漫主义文学的自觉征程。就文学思潮的形成而言，作家是否对“浪漫主义”内涵与特质具有理论自觉性，是至关重要的。浪漫主义文学在中国也是古已有之，屈原、李白的诗歌和吴承恩的小说《西游记》等，就以充沛的想象、奔放的热情、奇崛的笔致，颇显出浪漫主义文学的品格，文学史上就常常将其以浪漫主义文学目之。但此类创作，作家并无“浪漫主义”的理论自觉，也不可能形成具有一定规模的文学思潮。明确地把浪漫主义作为一种文学精神加以倡导和鼓吹，是在五四时期通过对西方浪漫主义的译介并使之本土化的过程中。五四文学的意义在于：外来文学思潮的引入，促使人们从思潮的意义上认识浪漫主义，浪漫主义才得以移入中国。而至关重要的是这种移入是有选择性的，既与中华民族的古典文学传统相契合，又同五四时期民族民主革命的时代音符相统一，新文学作家方能将文学表现“浪漫主义”由自为状态转入自觉状态。当时一批目光敏锐的新文学作家如郭沫若、郁达夫、梁实秋等，对西方浪漫主义文学思潮情有独钟，倾心介绍、尽力鼓吹，他们的许多理论阐述初步建构了中国特色的浪漫主义文学理论，推动了这股思潮在中国的流布与风行。郭沫若在五四时期择取“异域营养”，主要是包括浪漫主义在内的“纯艺术”思潮，特别是对浪漫主义文学推崇备至，倾心于歌德、惠特曼、斯宾诺莎、拜伦、雪莱、华兹华斯等许多浪漫主义作家的创作，显出对浪漫主义理论的较熟练把握。郁达夫欣赏屠格涅夫小说的零余者形象、卢梭的忏悔和自我暴露、日本的私小说等，同样见出其对浪漫主义的自觉认同。而许多浪漫主义文学的理论著述，如张资平的《浪漫主义》、梁实秋的《拜伦与浪漫主义》、徐祖正的《拜伦的精神》等，更见出对西方浪漫主义文学思潮理论的较为深入的认知。梁实秋的《现代中国文学之浪漫趋势》一文，明确指出“现今文学是趋于浪漫主义的”，其举出的理由有：“新文学运动是推崇情感轻视理性的”“新文学运动所采取的对人生的态度是印象的”“新文学运动主张皈依自然并侧重独创”[①]，等等。这显示出其浪漫主义主张对“新文学”特质的归纳未必切合当

① 梁实秋：《现代中国文学之浪漫趋势》，梁实秋：《浪漫与古典的·文学的纪律》，人民文学出版社 1983 年版，第 32 页。

时新文学的实存状况，但其对浪漫主义基本特征的理论把握，同后来朱光潜概括的西方浪漫主义文学的三个特征即主观性、情感性、自然性，已相去不远。由此不难看出，尽管当时的理论表述还不完善，但这些先驱者已有了对浪漫主义文学思潮和理论的较为本真的理解，为国人认识这股文学新潮提供了重要的理论铺垫。在诸种文学思潮激烈竞争的五四年代，浪漫主义文学的理论自觉无疑是使这股文学思潮得以广泛传播的强劲推动力。

（二）强势凸显态势：创作群体的“异军突起”

创造社的郑伯奇在评述新文学第一个十年的文学成就时指出：新文学初期出现的两种最大的创作倾向是“人生派”和“艺术派”，“而所谓‘艺术派’则是包含着浪漫主义以至表现派未来派的各种倾向。这种倾向的混合并不是同时凑成的，这里自然有个先来后到，但这些倾向有个共同的地方所以能够杂居，确是不容否认的事。在这些中比较长远而最有势力的当然是浪漫主义了。”“在五四运动以后，浪漫主义的风潮的确有点风靡全国青年的形势，‘狂风暴雨’差不多成了一般青年尚习的口号。当时簇生的文学团体多少都带有这种倾向。”[①] 郑伯奇作为创造社的成员如此评述当时浪漫主义势力之盛，也许不足为奇，但返观其时的文学现状，证明其的确没有夸大事实。浪漫主义文学社团的涌现，从事浪漫主义创作的作家遍及各种文学社团，标志着当时的确已形成了一股强劲的浪漫主义文学潮流，也形成了一支颇具声势的作家队伍。“异军突起”的创造社，当然是浪漫主义文学潮流的中坚力量。诚如瞿秋白后来所说的：“创造社在五四运动之后，代表着黎明期的浪漫主义运动，虽然对于‘健全的’现实主义的生长给了一些阻碍，然而它确实杀开了一条血路，开辟了新文学的途径。”[②] 这里所说的“阻碍”，便是指创造社的浪漫主义势力之大，已达到足以同当时另一个提倡现实主义的大型新文学团体——文学研究会相抗衡的程度，成为五四文学中最引人瞩目的两个文学社团之一。不但是创造社，五四文学中与

① 郑伯奇：《中国新文学大系小说三集·导言》，人民文学出版社 1989 年版，第 3 页。

② 瞿秋白：《给郭沫若的信》，《创造社资料》（下），福建人民出版社 1985 年版，第 987 页。

创造社创作倾向接近的浅草社、沉钟社及前期新月社等，也都体现出显著的浪漫主义色彩。浅草社的结社宗旨就如其创刊号的《编辑缀言》所说的：“文学的作者已受够社会的贱视；虽然应由一般文丐负责。——但我们以为只有真诚的忠于艺术者，能够了解真的文艺作品，所以我们只愿相爱，相砥砺！”[①] 提出“真诚的忠于艺术”，特别钟情于“爱”，已可以看出这个社团大致的艺术倾向。而承接浅草社的沉钟社，更强调“文章应该完全是内心的真实的表现”，认为艺术不应有特种社会功利要求，作家只是在艺术王国里“追求一点足以安慰自己心情的东西”,[②] 则见出几乎同创造社完全一致的立场。沉钟社的代表诗人冯至曾自谓是在“德国浪漫派诗人的影响下写抒情诗和叙事诗”[③]，其体现“浪漫派”的特色当然更为显著。新月社也被称为“艺术派”，其创作倾向显示出浪漫主义与唯美主义的并重，但浪漫主义是最显著的形态。徐志摩在创造社成立之初，曾以“益喜同志有人”的欣喜态度表示对此社成立的赞赏，可以见出其尊重浪漫主义的基本态度，而其前期诗作显著的浪漫特色也是毋庸讳言的。如此之多的新文学社团和作家推崇浪漫主义，一同簇拥着浪漫之花的盛开，这在中国新文学史上是绝无仅有的。

（三）强势面貌展示：体态完备的文学创作

在五四文学中，浪漫主义文学呈整体推进态势，几乎覆盖了各个文体领域，小说、诗歌、戏剧、散文，各种文体均有较为典型的浪漫主义作品，这在后来的文学发展阶段也很难见到。小说以郁达夫为代表，其创作的“自叙传”小说被视为是浪漫抒情小说的范本；诗歌以郭沫若为代表，他的激情澎湃的《女神》足以代表五四时代精神；戏剧以田汉为代表，其带有浓郁感伤情绪的戏剧作品体现出显著的浪漫情怀；散文中的创造社散文，同样显出浪漫主义文学特质。这些以浪漫主义著称的作家和他们的作品，在当时读者中都产生了热烈的回响。在这股浪漫风潮影响下，即便是倡导现实主义的文学研究会作家也不能免俗，他们

① 《浅草》创刊号，1923 年 3 月 25 日。

② 杨晦：《附记》（七），《沉钟》（14），1932 年 10 月 30 日。

③ 冯至：《诗文自选琐记（代序）》，《冯至选集》第 1 卷，四川文艺出版社 1985 年版，第 35 页。

的作品在现实主义的底色上呈现出浓厚的浪漫主义色彩，或者在现实主义的基调上弹奏出几个浪漫主义的音符，如冰心的小说、散文对母爱、童真、自然的真挚歌颂，庐隐小说以日记体、书信体的形式大胆抒发自己内心的主观情感，许地山小说取材于异域生活且灌注鲜明的宗教色彩，等等。可见五四作家的创作所蕴涵的浪漫主义特色的确甚是普遍，也十分引人瞩目。浪漫文学创作的整体推出，席卷文坛，方能显出新文学作家秉承着一腔浪漫主义那种摧枯拉朽、凤凰涅槃式的青春激情，浪漫文学潮流也会见出如火如荼的开展之势。而五四浪漫文学作品也正是在充分体现浪漫主义特质上凸显其价值的，显示出此类文本前所未有的独特品格。正如李欧梵所说，这是“一种对秩序、理性、程序化（schematixation）、仪轨化（ritualization），以及生活的组织化的古典主义传统的反叛。它们均导致了对真挚（sincerity）、自然（spontaneity）、激情、想象以及个体能力的宣泄——一句话，导致了对人的主体情感和能量的强调与渴求”①。

但是“五四”落潮以后，随着社会现实、时代主题和人们审美情趣的急遽变化，作家们纷纷告别浪漫主义，浪漫主义文学就不复有“五四”高潮期那种蓬勃发展的态势了，也因如此，五四浪漫主义文学的全盛特色就特别引人注目。

二　变革的先锋：中国五四浪漫主义诗学特质和样态

五四浪漫文学的奇特景观和后来的骤然衰落，是中国新文学发展途程中的一种重要现象。探讨五四浪漫主义诗学的生成机制及其在接受外来文学思潮中的某些特点，对于审视浪漫文学在现代中国的走势，从中探究中国新文学发生、发展的一些规律性东西，是不无意义的。

（一）中国五四浪漫主义诗学特质

首先，西方浪漫主义思想与五四精神形成契合。就现代文学的“发生学”意义而言，五四浪漫主义文学的鼎盛局面，昭示着文学由传统向现代转型所取得的突破性进展，这足以说明文学的新旧转型和新文

① Leo Ou-fan Lee, *The Romantic Generation of Modern Chinese Wrinese Writers* (Clarendon Press), p. 292.

学“发生”的必然性。浪漫主义强调尊重个体精神和反叛意识，在创作倾向上表现为反对古典主义的因袭陈规，否定艺术家遵循任何规则，因此它足以构成对固有文学传统的冲击力和破坏力。中国的旧文学传统历经数千年之久，可谓根深蒂固，欲在此基础上建构一种具有现代性意义的“新文学”，非有强大的冲击力和破坏力不可，浪漫主义文学便应运而生。它一登上五四文坛，即显出一呼百应之势，很快风靡全国，正说明它的出现适应了中国文学变革的需要；而它在五四时期的“全盛”发展态势，恰恰印证了这股带有“先锋性”的文学思潮对于中国新文学发生、发展的不可或缺的意义。陈思和先生近年来提出的五四新文学的“先锋性”命题，也是对浪漫主义文学促进新文学发生意义的精辟论述。他在五四文学中归纳出以创造社作家为代表的一种“先锋性运动”，“它们构成了推动整个20世纪文学发展的一种力量”；这个“先锋性运动”的意义是通过激烈的反叛、撞击，将传统断裂，“在断裂中产生新的模式、新的文学”[①]。由此可见，浪漫主义文学在当时作为一种“先锋性”的存在，对造就一种“新的文学”的确产生了极大的推动力量。尽管在20世纪初，就世界范围而言，浪漫主义并不是一种先进文学思潮，它在欧洲的风行已过去了一个多世纪，但对中国人来说依旧有着很大的吸引力，原因无他，而在于浪漫主义适应了中国文学的变革需求，成为中国新文学发生的一种重要机制。

其次，正因“发生期”文学有赖浪漫主义精神的推助，中国作家为创建新文学早就有对浪漫主义文学的热情呼唤，这为五四浪漫主义文学全盛格局的建构奠定了厚实基础。事实上，对浪漫主义文学的提倡，并非始自五四，新文学诞生的“前夜”时期已为五四浪漫文学的滋生作了强有力的铺垫。考察中国新文学的“发生”过程，中国近现代作家对外来文学思潮的汲取，是在相当广泛的层面上展开的，对各种外来思潮，几乎是一体“拿来”为我所用，因此吸收浪漫主义并不后于现实主义，许多文化精英接受浪漫主义甚至先于现实主义。在新文学诞生“前夜”期，王国维的美学理论就是倾向于浪漫主义的，他要求的文学

① 陈思和：《试论“五四”新文学运动的先锋性》，《复旦学报》（社会科学版）2005年第6期。

是“纯文学”，是对“真景物”“真感情”的表现，而与“思想”无关，这对文学革命后兴起的“为艺术而艺术”思潮，对前期创造社、新月派等对纯艺术的强调，无疑产生了直接的影响。在创作方面，有苏曼殊等的小说，张扬个体的心理欲求，已初具浪漫主义文学的形态特征。而最能看出这一思潮走向的，则是鲁迅早期的文学态度。鲁迅历来是作为卓越的现实主义作家为人们所认识的，就其总体创作倾向看，也的确如此。然而，他在从事新文学以前的文学思潮选择却颇显独特之处，甚至可说，其时浪漫主义占据了主导地位也不为过。最能反映其早期文学思想的是《摩罗诗力说》，该文认为“由纯文学上言之，则以一切美术之本质，皆在使观听之人，为之性感怡悦。文章为美术之一，质亦当然”，可见其对“纯文学”的推崇。而其所论之“摩罗诗”，主要是欧洲的浪漫主义诗人群体，包括拜伦、普希金、雪莱等积极浪漫主义作家和诗人，他将这个“立意在反抗，指归在动作”的诗人群体的特点概括为：“无不刚健不挠，抱诚守真；不取媚于俗，以随顺旧俗；发为雄声，以起其国人之新生，而大其国于天下。”① 不难看出，他对反抗、破坏精神的心仪神往，清楚地表明了他的浪漫主义立场。考察这些作家在新文学“前夜”期介绍西方文学思潮的侧重点，大都有欲以浪漫主义精神鼓励国人奋起的意向，但就建构新文学而言，这无疑为五四初期浪漫文学思潮的兴盛作了重要的理论导向。

最后，浪漫主义思潮在新文学诞生的五四时期呈全面铺展态势，最重要的因素取决于它同整个五四的社会思潮、理论思潮相对应。“五四”是一个改弦更张的年代，时代呼唤反叛封建传统，促成“人的解放”，这些都与浪漫主义精神不谋而合，于是“五四”成就了浪漫主义。浪漫主义与五四精神的契合，可以在两个最基本的层面得到验证。一方面，当时中国的思想文化思潮与欧洲浪漫主义初兴时期有着相似的背景：封建专制的覆灭给了人们自由呼吸、自由舒展的机会与空间，新文化运动的兴起，使自由、民主、平等成了人们耳熟能详的语汇。已经觉醒了的人们，特别是一大批青年知识分子的个性意识、理想主义得到前所未有的张扬，浪漫主义遂得以形成强大的潮流。另一方面，个性主

① 鲁迅：《摩罗诗力说》，《鲁迅全集》第1卷，人民文学出版社1982年版，第63页。

义思潮是“五四”的时代主潮，个性主义精神的张扬，赋予五四作家以全新的创作理念，并从浪漫主义这里找到最佳的表达方式。与个性主义的追求相伴而来的是对浪漫主义文学所期许的“情感的推崇”（梁实秋语）。也许中国历史上从来没有哪一个时期像五四时期那样出现过波澜壮阔的情感大解放的壮观景象。被封建道德理性压抑许久的个体情感洪流，终于在自我意识觉醒的五四时期找到了喷薄而出的突破口，“情感就如同铁笼里猛虎一般，不但把礼教的桎梏重重打破，把监视情感的理性也扑倒了”[①]。当时的作家们众口一词地推崇情感，认为“文学始终以感情为生命，情感便是它的始终”（成仿吾），“艺术的根底，是立在情感上的”（郭沫若），“文学本出于至情至性”（闻一多），“文学的定义我想可以说是作者的感情的表现”（周作人），“文学以真挚的情绪为它的生命，为它的灵魂”（郑振铎），等等。这么多的作家都赋予情感以至高无上的地位，可见，浪漫主义文学潮流其时的确已在中国找到了知音。不过，由于此后中国社会的急剧变动，文学由“个性解放”向“阶级解放”转移，个性解放的要求与时代精神总体一致的时期在“五四”以后就不复再现了，所以浪漫主义思潮没有以强劲的势头一直发展下去，它也未能成为20世纪中国文学发展的主导力量。这恰恰从反面印证了：“五四”对于中国浪漫文学而言有着多么重要的意义。

（二）中国五四浪漫主义诗学样态

就浪漫主义文学的艺术形态论，“五四”创造的浪漫主义文学，既显示出中国新文学作家对西方文学思潮的借鉴与吸纳，又见出借鉴并不充分，同原初意义上的西方浪漫主义文学还存在着较大的差距，显得浪漫主义的“纯度”不足。诸如，中国作家在接受英国浪漫主义文学时，不约而同地舍弃了其中的一些重要特征，如“浓郁的宗教色彩”“回到中世纪”的浪漫传奇色调，等等。然而，浪漫主义的表现形态本来就是各有差异的，并没有绝对统一的浪漫主义文学概念，也没有整齐划一、一成不变的浪漫主义文学形态。从接受美学角度看，一种思潮、一种文本在另一国度或另一文化体系中传播，往往会受到后者的时代环境和历史传统的制约，同时接受者在接受过程中也将积极参与阐释和创

① 梁实秋：《浪漫与古典的·文学的纪律》，人民文学出版社1983年版，第14页。

造，这样，被传播的思潮在实施影响的同时也被重构了，有的因素被强化，有的因素则被抹掉了。五四浪漫主义文学亦然。新文学作家在坚持浪漫主义基本特质的前提下，借鉴西方浪漫主义时也有所弃取，并增加了一些属于自己的东西，使之体现出民族性和中国特色。因此，“五四”浪漫主义文学虽然并不“纯粹”，但依然保持了浪漫主义文学的基本品格，且显示出自己的特色与优势。这只要考察当时出现的几种主要浪漫主义文学形态便可了然。综观“五四”浪漫主义文学形态，由于作品表达的时代内涵有别，作家的思想倾向、精神气质不同，创作呈现出很不相同的状况。大体上看，五四时期浪漫主义诗学呈现出三种文学样态。

1. “浪漫激情”型

这是五四时代精神高涨期的产物。五四时代社会大变动，思想大解放，个性大张扬，人们心灵的闸门被接踵而来的各种思潮冲开，关闭已久的情感洪流一下子奔涌而出，“浪漫激情”型创作便应运而生。诚如高尔基所言：“浪漫主义在健康的精神高涨时期是不可避免和必然的。”① 率先扛起浪漫主义大旗、开一代浪漫主义诗风的郭沫若，就成为此中代表。郭沫若的个性气质“偏于主观”，又热情奔放。他曾自谓：“我是一个冲动性的人，我的朋友每肯向我如是说，我自己也很承认。我回顾我所走过了的半生行路，都是一任自己的冲动在那里奔驰，我便作起诗来，也任我一己的冲动在那里跳跃。”② 这是其创作“浪漫激情”型诗歌的先天条件。而“狂飙突进”的五四时代正需要用高昂、热情的浪漫主义来表现，于是他便在浪漫主义这里找到了喷火口。他在诗歌创作中大胆发挥想象力，天上地下，高山大海，宇宙太空，笔锋任意驰骋，情感任意宣泄，创造出“女神体”雄奇的艺术风格，展示了人的精神处于绝对自由状态的艺术世界，诗人情感如雷鸣电闪般激烈爆发，其热情奔放、叛逆传统的个性气质也得到生动体现。这些都同他的浪漫主义主张不无关联：“生底颤动，灵底喊叫，那便是真诗，好诗，

① 高尔基：《俄国文学史》，上海译文出版社 1979 年版，第 70 页。

② 郭沫若：《论国内的评坛及我对于创作上的态度》，《时事新报·学灯》1922 年。

便是我们人类欢乐的泉源，陶醉的美酿，慰安的天国。”① 这样的主张有许多就是从西方浪漫主义诗人那里接受来的，他特别推崇惠特曼张扬个性的表达，吸收其“把一切的旧套摆脱干净了的诗风”和“豪放的宏朗的调子”，这就有了他“五四”高潮期“惠特曼式”的自由奔放的歌唱。可见，其创作同西方浪漫主义有着精神上的相通。然而，这种反叛意识和放任感情的抒情方式，毕竟又同本质上表现纯粹的个性和人性需要的浪漫主义不完全相同，其表达的浪漫情绪与社会需要的反封建传统连为一体，作品的基本主题并没有逾越社会改造层面，所以又是地道“中国式”的。但不论是何种体式，此种“浪漫激情”型创作正是五四时代迫切需要的，它契合了五四的时代精神，强化了中国文学中主体性精神意识，对建构中国新文学浪漫形态无疑是一种独特的创造。

2. “忧郁感伤”型

与“五四”高潮期疾风骤雨般的激情型浪漫主义文学相比，“五四”落潮以后出现的“忧郁感伤”型浪漫主义文学更多地呈现出一种浅吟低唱的感伤色调。在西方文学中，感伤主义与浪漫主义是一种历时性的存在。浪漫主义作为感伤主义的直接衍生物，从后者那里继承了崇尚忧郁、悲哀的审美传统，而感伤主义“沉郁的悲哀，咏叹的声调，旧事的留恋，与宿命的嗟怨”，在浪漫主义文学世界里得到了充分的表现。无怪乎赫尔岑说：“对浪漫主义来说，再没有比不幸更高的幸福，再没有比悲伤和哀痛更高的欢乐了。”② 中国现代浪漫主义文学不乏带有浓厚感伤色彩的作品，尤其在“五四”以后，人们普遍感觉轰轰烈烈的“五四”并没有实现原来的期许，黑暗与专制比以前有过之而无不及，曾经为潮流所激励的新文学作家，面对失落和绝望，落寞感伤的情绪也由此而生，这便形成了一种“感伤”文学潮流，“忧郁感伤”型创作数量之大也就远远超过“浪漫激情”型。在那个普遍“感伤的时代”，苦闷、孤独、迷惘、彷徨成了普遍的“时代病”。饶孟侃在批评新诗中的感伤主义时指出：“差不多现在写过新诗的人，没有一个人没有沾染一点感伤的余味。”“湖畔”与“新月”诗歌，创造社的小说等，

① 《郭沫若全集》第15卷，人民文学出版社1989年版，第13页。

② 高尔基：《俄国文学史》，上海译文出版社1979年版，第81页。

大都体现出此种倾向。而时代的忧郁感伤氛围一旦与作家固有的感伤气质和多愁善感情调相遇合，感伤情绪就会得到强烈表现。多具忧郁气质和敏感心理的郁达夫，就成为“忧郁感伤”型的典型代表。郁达夫始终认为艺术就是感伤，没有感伤就没有美，感伤、孤独“是艺术的酵素。或者竟可以说是艺术本身”。基于此，他的创作尽力展现自我的“自叙传”小说，情感的倾诉和宣泄构成作品的主要内容，小说驱之不去的是忧郁感伤情怀。“生的苦闷”与“性的苦闷”是他表现感伤的两大主题，它们彼此交杂，写出了当时众多知识分子挥之不去的梦魇，也借作品中自卑敏感人物之口宣泄了自己的苦闷与压抑。此种感伤型创作，表现人性的弱点，不如西方浪漫主义文学那样强调“自然人性”，而是有着一个“感伤时代”的投影，折射出对现实的一种观照，蕴涵了一定的社会意义，因而也不是纯粹西方忧郁型浪漫主义文学的翻版，依然有着中国浪漫主义文学的特色。

3. “田园抒情”型

英国浪漫主义文学有一个中心主题，就是歌颂自然，追求人与自然的合一。纯粹的“自然性”追求，在五四浪漫主义文学中很难寻觅，但一部分作家在观念和心理上从社会革命的中心退居边缘，无意去表现风云变幻的时代大潮，而是另辟蹊径，着意于田园自然的描绘，吹奏出一支优美和谐而又略带忧愁的田园牧歌。这就是以周作人、废名、沈从文等作家为代表的具有浓厚中国传统色彩的浪漫主义。周作人自谓“作文极慕平淡自然的境地”[①]，以此作为他创作所追寻的一种美学境界，一种心境上的闲适与洒脱，于是就用北京的茶食、故乡的野菜以及草木虫鱼、天地鬼神，搭建起“自己的园地”，开辟了一个精神的世外桃源。废名用《竹林的故事》《桃园》《桥》等构筑了一个颇富自然景致的“桃花源”，以表现类似古代山水田园派的“抱朴含真”情趣，体现了更显著的“自然”风味。沈从文将诗意的笔调伸向湘西神秘封闭的地域，散发着独特自然灵性的湘西大自然，对于他永远富于魅力，自此他似乎与自然山水结下了不解之缘。无论是周作人的“精神桃源”，还是废名笔下的“公共花园”，抑或是沈从文心中的“希腊小庙”，其

① 周作人：《〈雨天的书〉·自序二》。

实都是作家用“自然化人格”平衡和释放他们在都市文明中所感到的强大的文化冲击和焦虑的一种乌托邦力量，都不同程度地涂上了他们美和善的理想主义与忧郁的挽歌情调双重色彩。这种类型的浪漫主义主要根植于中国传统文化的土壤，深受老庄、禅宗思想的浸渍，师承陶渊明、王维田园诗的传统，并在一定程度上流露出中国古典主义的审美情趣。它不如激情型和忧郁型那样张扬个性、锐气逼人，而是通过疏远时代，获得乃至扩大个人心理的自由空间，并在这属于自己的天地里探索生命与人性。它接受西方浪漫主义文学的影响也更少，后者表现自然性，更多地表现了对自然的深刻的哲理和沉思，甚至有对自然的宗教般的深深崇拜，两者相较，就见出明显差异。然而，此种烙刻着更深中国印记的浪漫主义文学形态，讲究艺术的精致与诗意的叙写，也为中国浪漫主义文学提供了许多新鲜的东西。

总之，五四时期，正是中国新旧交替的一个伟大历史时期，作家们负有批判和重建的历史使命。他们对民族和社会的积弊感到哀伤和愤怒，又对朦胧的社会理想执意追求而时时感到迷惘，这种双重的情绪之流使他们热烈而焦灼地追寻着一个主观情绪的喷发口。正如高尔基所说：“浪漫主义乃是一种情绪，它其实复杂地而且始终多少模糊地反映出笼罩着过渡时代社会的一切感觉和情绪的色彩。”在这种时代背景和文化环境中崛起的浪漫主义，没有完全翻版 19 世纪前期西方浪漫主义的绪风，而是呈现出 20 世纪初期中国特色的浪漫主义面貌。

三　五四浪漫主义之流变：从“革命的浪漫蒂克”到“文艺大众化”

在中国现代诗学史上，浪漫主义作为一种诗学形态其发展并非一帆风顺，相反，它的命运几乎从它降临中国现代文学这块土壤之上时就不平静，虽然五四时期浪漫主义作为稳定的形态最终占有一席之地。一方面，1921 年，从经验主义哲学观念出发，胡适就力劝茅盾“不可滥唱什么‘新浪漫主义’。现代西洋的新浪漫主义所以能立脚，全靠经过一番写实主义的洗礼”①。1922 年，可以说，介绍西方文学思潮不遗余力

① 胡适：《胡适日记》，中华书局香港分局 1985 年版，第 156 页。

的茅盾放弃了浪漫主义，因为茅盾觉得“科学方法已是我们的新金科玉律。浪漫主义文学里的别的因素，绝对不适宜于今日，只好让自然主义先来了”[①]。其实，茅盾早在1920年就认为：“现在为着要人人能领会打算，为将来自己创造先做系统的研究打算，却该尽量把写实派和自然派的文艺先行介绍。”[②] 到了1923年，创造社的激进文艺理论家成仿吾就开始直接批判“从前的浪漫主义”了。他认为：“浪漫主义远离人们的生活和经验，极端地利用了人们的幻想。而近代以来的写实主义是这种浪漫文学的反动，写实文学‘虽无浪漫主义的光怪陆离，然而它的取材是我们的生活，它所表现的是我们的经验，所以它最能唤起我们的热烈的同情’。”[③] 1926年，郭沫若在《革命与文学》一文中干脆把浪漫主义文学定性成“反革命的文学”。另一方面，梁实秋从其古典主义文学思想出发，猛烈攻击浪漫主义文学运动，在《现代中国文学之浪漫的趋势》的长文中对五四新文学运动几乎进行了全盘的否定，而罪名就是“浪漫主义”。他认为：“浪漫主义者所需要的文学是‘从心所欲’而‘逾矩’的文学，这种文学是不负责任的。”[④] 这篇文章几乎是给浪漫主义宣判了死刑，他说：“据我自己的研究结果，我觉得浪漫主义的定义不但是不可能的，而且是无益的。”[⑤]

（一）“革命的浪漫蒂克”

中国浪漫主义诗学的生成要归于西方浪漫主义，尤其是英国浪漫主义思潮的影响。如果要探寻中国现代诗学的浪漫主义之路的历史发展特征与规律、未来发展的内在理路，就不能不客观、公正地看待西方话语对中国现代诗学的影响。但是浪漫主义自五四时期踏上中国大陆之日起，便与中国特定的历史，民族解放与民主运动以及中国社会的意识形态紧密联系到了一起，它具有了突出的民族化、本土化特征。

---

① 茅盾：《语体文欧化问题和文学主义问题的讨论》，《茅盾全集》第18集，人民文学出版社1989年版，第187页。

② 茅盾：《我对于介绍西洋文学的意见》，《茅盾全集》第18集，第3页。

③ 南帆：《二十世纪中国文学批评99个词》，浙江文艺出版社2003年版，第354页。

④ 梁实秋：《现代中国文学之浪漫的趋势》，徐静波编：《梁实秋批评文集》，珠海出版社1998年版，第49页。

⑤ 同上书，第33页。

五四浪漫主义由于创造社的转向而趋于衰落，其原因值得深思。其突出的一个原因就是五四个性解放的精神与社会革命时代的必然要求产生了错位和矛盾。随着社会革命的展开，个性主义固有的叛逆性既难为反动当局所容，它要求的个人自由又开始与无产阶级革命的原则相抵触。一些左翼批评家把个性主义视作单纯的政治概念加以批判，而忽视了它的人文意义。在人文意义上，个性主义本来是可以转化成有利于浪漫主义创作的个人视角、主观激情和奇异想象的。这样，以个性主义为思想基础的浪漫主义思潮就处于左右两大社会力量的夹缝中，生存的空间大为缩小，它被迫转入低潮。事实上，中国现代浪漫主义思潮此时仅仅处于低谷，而且它在低谷中探索着新的方向，其代表者就是郁达夫。郁达夫后期创作的成就依然要数那些带有自我表现色彩的浪漫抒情小说最为醒目，他的风格上接废名、沈从文，构成了30年代初田园牧歌型的浪漫主义。这是适应时代变化而从五四浪漫主义分化中蜕变出来的一种新的浪漫主义形态。从属于它的作家在观念和心理上从社会革命的中心退居人生边缘，通过疏远时代、与政治斗争保持一定距离从而获得乃至扩大个人心理自由的空间，以坚持走他们的“个人主义的浪漫主义”的创作道路，而这又必然地会招致被社会革命时代冷落的命运。

随着五四浪漫主义的渐趋衰落，一些人否定浪漫主义。一方面，1926年，郭沫若在《革命与文学》一文中干脆把浪漫主义文学定性成“反革命的文学”。另一方面，梁实秋从其古典主义文学思想出发，猛烈攻击浪漫主义文学运动。在《现代中国文学之浪漫的趋势》的长文中对五四新文学运动几乎进行了全盘的否定，而罪名就是“浪漫主义”。他攻击新诗的情感倾向。另一些人则对浪漫主义加以调整，试图让它以新的形态找到一个立足之地，而调整又是在不同的方向上进行探索的一个过程。30年代出现了“革命的浪漫蒂克”。它的出现反映了浪漫主义思潮试图与社会革命的实践相结合。“革命的浪漫蒂克”与五四浪漫主义有着亲缘关系，而它最终与五四浪漫主义分道扬镳，则是由于它的思想基础已经不是个性主义，而是某种程度的革命集体主义。周扬主张在“对人生的积极面作深刻透视”的同时，于作品中增加“可以令人欢欣鼓舞的浪漫的英雄的气氛"①。国统区的胡风、路翎，解放区的丁玲、孙犁则都在现实主义创作基础上吸收了浪漫主义的成分。30年代后半期，民族矛盾上升为主要矛盾，国内政治生活中提出了建立抗日民族统一战线的任务，在文学方面则要求左翼文艺界重新评价五四文学，重新评估浪漫主义的地位和作用。这样，本来处于左右两大社会势力夹缝中的浪漫主义思潮又获得了较大的回旋空间；在左翼率先放宽了文艺批评的标准后，面对国民党当局的专制独裁，包含个性主义精神的浪漫主义又重新获得了反封建的意义。以此为背景，郭沫若1936年4月在接受蒲风的采访时，重新肯定了浪漫主义的积极意义；在创作方面，他40年代初的历史剧直接继承并发展了他自己五四时期浪漫主义诗剧的风格。新中国成立后，尤其是50年代，"革命浪漫主义"几乎作为官方意识形态的一部分，被固化在了与"革命现实主义"的"结合"之中。

（二）"文艺大众化"

最值得一提的是，20年代末30年代初无产阶级革命文学运动兴起以后，革命作家从工农大众是革命的主要力量这一认识出发，对于文艺与群众的关系有了与前一个时期不同的理解。成仿吾在《从文学革命到革命文学》中指出："我们要努力获得（无产）阶级意识，我们要使我们的媒质（指语言）接近农工大众的用语，我们要以农工大众为我们的对象。"其中已经包含了革命文学应该适应工农大众的要求，即实现文艺大众化的比较自觉的想法。与此同时，列宁的文学应该为"千千万万劳动人民"服务、"艺术是属于人民"的思想被介绍到中国，在革命文艺界广泛传播。列宁的这一思想透彻地揭示了文艺大众化的根本意义。尽管当时革命作家并没有都充分领会其中的深刻含义，他们仍然从中得到了很多启示。"大众化"问题开始引起较多作家的注意，并于1930年春"左联"成立前后，展开了第一次讨论。郭沫若概括说："大众文艺的标语应该是无产文艺的通俗化。"② 郭沫若主张的"文艺大众化"，即文艺的通俗化。它是适应中国的现代性要求，是在一个积贫积

① 周扬：《关于"社会主义现实主义与革命的浪漫主义"》，《现代》杂志1933年11月。
② 郭沫若：《新兴大众文艺的认识》，《大众文艺》1930年第2卷第3期。

弱的封建王国崩塌以后亟须建立现代性民族国家的形势下提出来的，其目标是通过通俗文学启蒙大众，建构与现代性国家相适应的人格、灵魂。它的价值在于它打破了过去长期被神圣化和精英化的官方文艺的霸权地位，消解了传统文学的贵族化和文人化的叙事模式，使后来的文学实现了民间立场的转变，真正走向了民间、民众。从20年代末到30年代中期，革命作家提出了“文艺大众化”的口号，并且作了反复的讨论和初步的实践。这说明他们不仅在理论上认识到文学与群众结合的重大意义，而且开始在实际行动中正视和力图解决革命文艺脱离群众的尖锐问题。虽然，前前后后参加这个讨论的成员比较复杂，大家的思想水平和具体意见并不完全一致，但就这场运动的基本趋势而言，是在左翼作家学习列宁的“艺术是属于人民的”伟大思想号召下兴起和开展起来的。通过这一运动，对“五四”文学革命以来的“欧化”倾向及其在无产阶级革命文学运动初期的“左”的发展有所警惕和批评；对一向受到排斥和轻视的传统文学形式开始注意批判地继承；对“五四”以来的白话文学和工农群众脱节的现象也有所认识，提倡学习人民口头语言以创造新的文学语言。以上各点都有助于缩短文学和群众的距离。此外，对于文学的新旧形式的关系、对于文学语言和人民口头语言的关系等问题，在理论上作了有益的探索。可以说，文艺大众化运动真正实现了西方话语本土化、民族化，是文学社会功能和政治功用的中国式体现。

五四新文学所受外国文学的影响，以诗歌最为广泛和突出。英国诗歌尤其是浪漫主义诗歌要大于别国诗歌对中国新诗的影响。主要集中在诗歌理论和艺术观念的更新，与英国诗人的观念更多吻合，新诗体的输入与实验等上。总之，从内容到形式，中国诗歌发生了翻天覆地的变化。另外，我们可以从中发现这样的规律——外国文学思潮的引进有一个中国化、民族化的过程；从引进到鉴别，到选择，到吸收是一个重塑和创新的过程。美国的人类学家罗伯特·路威在《文明与野蛮》一书中说：“文明是一件东拼西凑的百衲衣，谁也不能夸口是他‘独家创造’，‘转借’实为文化史中的重要因子。”

第三章　影响与接受：中英浪漫主义诗学本体论阐释

文化的发展是缓慢的，是不易察觉的，它是人类情感与智慧长期积淀的结果。文化的影响更是潜移默化、适时演化的。外来文化并非一模一样地被复制，而是被选择性地接受，只有在适当的时机，外来文化与本土文化的某方面达成了契合，外来文化的影响才会凸显出来，而外来文化的其他方面则会被淘汰从而消隐无痕。卢卡契说："一个民族的特点在被对方民族接受之后，它不与原来的民族文化相同了，而起作用的也不再是那时作家在本国获得影响的同样因素。有时这个作家的社会，文学背景已模糊不清或者在对方国家中已经完全湮灭，在这种情况下常会招致读者对他的误解，但同时，这位作家的某些重大特点在这个国家里又往往比在本国中更为鲜明。"① 从接受美学的角度看，英国浪漫主义在中国五四时期的传播和发展，实质上就已经对英国浪漫主义的原初之义进行了文化重构，即被本土认同的因素得到张扬甚至强化，而有的因素则被过滤遗弃掉。英国浪漫主义在中国的影响与接受不能脱离开中国五四新文化运动的历史背景和时代机遇，中国现代文人的古典文化积淀同他们的留学经历所获得的西方文化理念共同构建起中国五四浪漫主义诗学与英国浪漫主义相似而又独特的意旨。

① 卢卡契：《卢卡契文学论文集》（二），中国社会科学出版社1981年版，第451页。

第一节　自然家园与人性自然：中英浪漫主义诗学的心灵诉求

自然是人类的家园，不仅是人类居住的家园，也是人类精神的家园。自然不仅是山川河流等外物的自然界，也是人性的本真自然，意志自由的自然。“自然”在19世纪欧洲浪漫主义者心目中具有十分重要的意义。“自然”概念的文化意义的生成，与西方基督教神学的破产，科学主义和人文主义的兴起紧密关联。既然上帝已经死亡，那么上帝为人所制定的规则也必然随着上帝这一神话的崩溃而成为应该被摆脱的旧俗。科学把“自然”推上了前台，取代了上帝，行使着上帝的权力，重新构筑着一种新的解释世界的话语体系。

一　回归自然：卢梭浪漫主义理想的源起

欧文·白璧德认为：“希腊人人性化了自然，卢梭主义者自然化了人。”如果说“卢梭的伟大发现是白日梦，而白日梦就是人与外在自然的融合”①，那么作为启蒙思想的代表，卢梭的浪漫主义理想在他“回归自然”的呼声里得到集中体现。

他在《爱弥儿》中全力肯定：“无论何物，只要出于自然的创造，都是好的，一经人手就变坏了。”“如果自然注定我们是健康的，我就几乎敢于断言，思索的状态就是反自然的状态，沉思的人就是变了质的动物。”卢梭的“回归自然”的口号，当然是为促进人类“生而平等，万物齐一”的民主与自由思想，打破基督教神学体系的封建等级秩序而提出的。他认识到基督教文化是人为的制造罪恶的文化，是权力操纵的结果，但他的这种思想却客观上为后来的人们打破古典主义艺术戒律提供了有效的思想武器。19世纪的浪漫派作家就是以此为思想基底，拒绝古典主义艺术的语言与理性陈规，抛弃对古典主义文本的模仿，倾向于从自然领悟智慧，以自然山水及其万象为他们的书本，以荒郊旷野

① 欧文·白璧德：《卢梭与浪漫主义》，孙宜学译，河北教育出版社2003年版，第163页。

为其书房，由此写出各种人类热烈的情操和心灵。他在《新爱洛绮丽》中对自然风景的描写成为以英国为代表的欧洲后人尊崇效仿的园林图景。在一篇未完成的作品《可爱的孤独》中，卢梭叹息说："可爱的孤独，在这里我仍快乐地过着完全交给了悲伤的生活。只有矮树的森林，没有水金雀花芦苇的池沼，忧郁的石南，死气沉沉的物体，你这既不能与我交谈，也不能听我说话的自然，是什么隐秘的魅力吸引着我不断回到你的中间？你没有感情，只有死寂的事物，这种魅力不在你身上，她也不可能在你身上。它只在我心里，因为我的心希望使一切各归本位。"① 在卢梭看来，自然就是一切各归本位。卢梭反叛了新古典主义者将规范强加给自然的做法，呼吁人们取消规范。他劝告人们应该逃脱那种"对宏大的错误喜爱，因为这种宏大不是为他（人）准备的，而且毒害了他（人）的快乐"。相反，"就在山巅之上，就在森林深处，就在荒芜的岛屿，自然展露出自己最强大的魅力"。在堪称心理学概要的作品《勒内》中，卢梭塑造了一个无法适应人的社会的伟大灵魂，他有超凡的感觉悲哀的能力，并渴望无限。当他开始问自己到底渴望什么的时候，却一时找不到答案，终于"我走进峡谷，登上高山，用我全部欲望的力量召唤着未来光明的理想对象；我在风中拥抱住这个对象；我想我在河流的呜咽中已经听到了它的声音。一切都是这个想象的幽灵——无论是天上的星，还是宇宙间的生活原则"②。在这里，自然不是具体的一草一木，而是万物存在的本质，宇宙间的生活原则，更能启发人的想象，使精神摆脱世俗与时空的所有限制，获得自由的感觉。因此卢梭的自然也包含着人性的自由和精神的自由，它是一种自然的自由。首先，它是一种个体的自由，是自然人凭自己的欲望和意志而行动的能力。"自然支配着一切动物，禽兽总是服从，人虽然也受到同样的支配，却认为自己有服从或反抗的自由，而人特别是因为他能意识到这种自由，因而才显示出他的精神的灵性。"③ 在这种自由状态下的人是快乐的、无忧无虑的。从这个意义上讲，卢梭的回归自然具有双层含

① 卢梭：《可爱的孤独》，《卢梭文集》，人民文学出版社 1989 年版，第 34 页。

② 卢梭：《勒内》，《卢梭文集》，第 83 页。

③ 同上。

义：回归到大众的生存家园——大自然中去；回归到大众的精神家园——人性的自然中去。自然既是大众的生存家园，也是大众的精神家园所在。

二 自然——人类的精神皈依：英国浪漫主义诗学视角

英国浪漫主义诗学的自然理念受恩于卢梭回归自然的哲学思想，并在华兹华斯、雪莱、拜伦等人创造性的发展下，形成影响巨大而富有独创性的浪漫主义自然观。自然与人或人与自然的关系，在英国浪漫主义诗学中得到了空前的体现，英国浪漫主义诗人在诗歌中描摹并表达出人与自然的和谐理念，最终达到天人合一的境界。他们通过想象联系到形象制造，并用他们心中最真实的语言表达了想象的奇思，认为思想飞翔的领域远不止整个世界，甚至能够超过整个空间的边缘。前浪漫主义的代表人物布莱克通过想象，用语言和图画展现了人与自然你中有我、我中有你的理想。“土中每一颗粒，地上每块石头……山川、丘陵、大地、海洋、云朵、彩虹和星星，远远地望去都是人。”诗中巧妙地把万事万物与人联系到一起，天人合一的境界表现得天衣无缝。

同明显表现出对城市偏爱和对乡村厌恶的新古典主义者相比，英国浪漫主义者首先把自然确立为人类适宜的居所，“我们只要我们所给的/我们的生命只有在自然中居住”①，与物化的人类社会相比，大自然才是大众的生存家园，甚至“我愿一片沙漠成为我的家园，/我要把全人类忘记得干干净净”；另外，浪漫主义者还把自然这个大众家园视为精神的皈依和灵魂慰藉。在英国浪漫主义艺术家眼中，自然界最平凡最卑微的事物都有灵魂，它们同整个宇宙的大灵魂合为一体。就诗人来说，同大自然的接触不仅能使他们从现世的创伤中恢复过来，使他们纯洁恬静，使他们不为现代都市的工业文明所污染，保持本真的自然状态，而且使他们逐步看清事物的内在生命力，感受自然的宽厚与博大。华兹华斯认为，从根本上看人与自然是互相感应的，在这个前提下，“人的心灵能够反映出自然界中最美最有趣的东西”。诗人“和普遍的自然交谈

① 柯勒律治：《文学生涯》，刘若端编：《十九世纪英国诗人论诗》，人民文学出版社1984年版，第62页。

着，怀着一种喜爱，就像科学家在长期的努力后，由于和自然的某些特殊部分交谈而发生的喜爱一样”[①]，因为“人的热情是与自然的美的永久形式合二为一的”[②]。柯勒律治建议人们说：“请相信我的话：你必须掌握住本质——有生气的自然，这就得先在自然与人的灵魂之间有一种结合”，他认为：“人的心灵是那些分散在自然界的各种形象中的智力光线的焦点……能够使自然变成思想，思想变成自然。”[③] 英国浪漫主义第二代代表人物拜伦说：“我爱人，但我更爱自然。”[④]

拜伦在大自然中找到了最慈爱的母亲，华兹华斯的心灵为庄严的自然景象而思索，雪莱在比萨附近绵密的卡辛松林里找到了爱的永恒：“你善良亲切而美好/也同那森林，会永世常青。”浪漫主义诗人向往在自然中自由地展现人的自然：“让我陶醉在她赤裸着的怀抱里头，/我是她不弃的儿子，虽然不受宠幸。”拜伦继续说：“粗犷的本色使她最显得迷人，/因为没有人工的痕迹把它亵渎”；他不仅在自然中找到了友谊，而且同时还分享到她精神的无限：“我已经和周遭的大自然连在一起，/我好像已经不再是原来的自我；/在喧嚣的城市里，我总觉得厌腻，/高山却始终会使我感到兴奋快乐；/大自然的一切都不会令人厌恶，/只怨难以摆脱这讨厌的臭皮囊，/它把我列进了那芸芸众生的队伍，/虽然我的灵魂却能够悠然飞翔，/自由的融入天空，山峰，星辰和起伏的海洋。”

英国浪漫主义诗人每一位都是礼赞自然的歌手，在这方面华兹华斯尤为出类拔萃。大自然的魅力不仅在于童年湖畔生活的美好记忆，还因为自然的宽厚与博大医救了华兹华斯因对法国大革命的失望而情绪颓唐的“一场大病”。“我甚为欣然/能从自然中，也从感官的语言中/找到我纯真信念的牢固信托/认出我心灵的乳母、导师、家长/我全部精神生活的灵魂。”华兹华斯在《诗行》这首诗中，描述了这番情景：“门前

① 华兹华斯：《抒情歌谣集》，刘若端编：《十九世纪英国诗人论诗》，人民文学出版社1984年版，第16页。

② 同上书，第5页。

③ 柯勒律治：《文学生涯》，刘若端编：《十九世纪英国诗人论诗》，第100页。

④ 欧文·白璧德：《卢梭与浪漫主义》，孙宜学译，河北教育出版社2003年版，第160页。

只是葱绿牧草的农家和寂静！树林中冉冉升起的团团青烟！”这种田园式的农家情调是诗人所梦寐以求的；在这种环境下，恬淡、幽娴、宁静的气氛使诗人产生了无穷的遐想，并在他的诗章中深深地扎下根来，从而他的诗歌中透着大自然清新的气息，自然界不仅是他描绘和抒怀的对象，同时也成为他的诗歌赖以繁衍的源泉。以华兹华斯为代表的浪漫主义自然观认为：自然与人工社会形成对照，是快乐之源泉。在《抒情歌谣集》1845年版序言中，华兹华斯明确说明他写诗歌的目的，是要说明“我们的情感和思想在兴奋状态下互相结合的方式。但是，用不大普通的语言来说，这是跟随我们的心灵在被天性中的伟大和朴素的情感所激动的时候的一起一落”[①]。《咏水仙》（Daffodils）这首诗正是华兹华斯这种情感流露的最好注释：“我独自徘徊，如一朵云霞/高高飘拂于青山翠峡，忽见一丛丛，/一簇簇金灿灿的水仙，/在碧水畔，绿树下/迎风起舞，轻盈潇洒。/似繁星点点，花影在天河时隐时现，沿一波绿湾/亭亭玉立，百里绵延。/呵，我蓦然瞥见/这万千水仙，/仰首起舞，欢快无边。/……/每当我倚榻卧躺/有时冥想，有时惆怅，/那水仙便在我心头闪亮，/孤寂时它使我神往，我顿觉心情激荡，/欣然起舞，与水仙同欢畅。”诗人描写了在现实中发现那洋溢着大自然清新气息的水仙时的激动心情，并由此联想到记忆中迎风摇曳的金水仙的景象，进一步转入内心世界的描写，从而达到心物相通，而那种真实的自然景物即转化为作者精神世界的动力。“每当我心情忧郁时，水仙就出现于眼前。那摇曳的水仙，仿佛与我一起起舞，令人神往，精神振奋。”这里，客观的水仙与主观心绪交织在一起，并化为主观情感。在看似物我两忘的境界中，实现着诗人感情的转移，人与自然息息相通。

自然是神性的代表。自然不仅是一种物质存在，而且也是一种精神存在。华兹华斯把自然神圣化，把上帝的权威转移到自然中来，并把它视为一个统一体。诗人认为，自然具有“包括宇宙精神及上帝恩德的非凡灵性”。自然融合了上帝的精神，具有庄严的神性。上帝的灵魂存在于自然之中，而人的灵魂也依存于自然界。自然引导人们追求真、

① 华兹华斯：《抒情歌谣集》，刘若端编：《十九世纪英国诗人论诗》，人民文学出版社1984年版，第7页。

善、美，使人们保持并恢复人性。在华兹华斯看来，儿童是最接近自然的，儿童的天性本身就带有自然的野性。儿童在出生以前就与上帝的灵魂彼此沟通，并且出生以后仍旧保持着上帝灵魂的天性。但是，随着岁月的流逝，随着儿童对尘世俗物涉入渐深，他们身上的神性、灵性逐渐被遮蔽。因此，诗人提出：童年是成人认识、重返自然的中介。诗人正是通过童年所保存的灵光和大自然中充沛的神性来拯救被工业文明折磨得情感麻木、迟钝的人们。同时，诗人也认为，虽然人到中年从上帝那里得到的灵性就逐步消退了，但对人生应当依旧充满希望与信心。成年人经历多舛人生之后，再度寻回纯真的自然之情时，会比童年时的天真和野性具有更多更深刻的感受。诗人在《丁登寺》中就明确表达了他的神性自然的观点。在这首诗中，诗人深刻探讨了大自然是如何伴随他的心灵成长的。大自然在诗人身上产生了不可磨灭的影响：从孩提时期到成人，诗人对自然的感受由直接的爱好变为感官的“嗜好”，并在自然中找到“整个道德生命的灵魂”。诗人这样写道：“我学会了/怎样看待自然，不再似青年时期/不用头脑，而且经常听得到/人生的低柔而忧郁的乐声/不粗粝、不刺耳，却有足够的力量/使人沉醉而服帖。/自然是充满人性的存在。”诗人认为：“她有特殊的力量，/能够把我们一生的岁月/从欢乐引向欢乐，由于她能够/充实我们身上的心智，/用宁静和美感来影响来养育我们，/使得流言蜚语、急性的判断，/自私者的冷嘲，硬心汉的随口应付，/日常人生里的全部阴郁的交际都不能压倒我们，/不能扰乱我们的愉快的信念，/相信我们所见的一切都充满幸福。”大自然是良师益友，是“联系人的灵魂的桥梁”。大自然是一门活学问，大自然的启示胜过一切呆板的书本知识。诗人大胆地提出：从书本中走出来，让“大自然做你的导师”。自然也是他的朋友和精神的慰藉。他遁迹于山水之间，醉心于大自然的美景中，和自然倾心交谈，聆听她的教诲，接受她的滋养。诗人相信自然中蕴存着神秘力量，能够拯救人类的心灵，治愈人类心灵的创伤。

同华兹华斯一样，济慈在与自然交流的过程中同自然建立了密切的关系。他的自然之歌，题材广泛，而且不乏名篇。就描写的范围而言，说得上遍及海、陆、空，如《咏海》《咏阿丽砂岩》《灿烂的星》《蝈蝈与蟋蟀》等；描写的季节，春、夏、秋、冬尽在其中，如《雏菊之歌》《呵，在夏日的黄昏》《秋颂》《漫长的冬季》等。诗人寻求自我与自然契合的主观愿望在不少诗篇，特别是在其名诗《夜莺颂》中表现得十分强烈，诗人在这首诗中运用了种种意象，去抒发他这种强烈的愿望。他原以为借一杯"新醇饮料"，一杯"南国的温暖"，就能"想起绿色之邦"，"想起花神、恋歌，阳光和舞蹈"，从而进入那个充满着夜莺美妙歌声的世界。然而，想象之酒不能实现这一愿望，只有"展开诗歌的无形羽翼"，才终于使他进入那个飘飘欲仙的境界，并"在温馨的幽暗里"，隐隐约约地领略到想象中大自然的美感。可是在幽暗里倾听夜莺的鸣叫，却令他"几乎爱上了静谧的死亡"，以夜莺的歌声作为他的安魂曲。但是诗人想象之美是极为短暂的，他最终还是无法进入这个境界。"失掉了！这句话好比一声钟"，使他清醒过来，提出了这是"幻觉"还是"梦寐"的疑问。诗人主观上是极想与自然融为一体的，但是他却不能像华兹华斯那样，起码在意念上达到这一目的。这是济慈在寻找自我与自然契合方面有别于华兹华斯的典型一例。

在浪漫主义诗人眼中，自然风光与自然界不仅是美的表现，而且通过它们，诗人有能力表现出难以捉摸的某些事实与情感。在寻找表现他们的内在情感的方法时，浪漫主义诗人向外界寻找，在自然中他们找到了自己内心的对应物，他们通过描绘自然界的对应物而把自己的情感客观化，也把客观自然情感化。也就是说，诗人将内心世界与自然界进行了换位，在这个过程中，诗人的心灵得到了自然界的洗礼。

三 自然——崇尚与摆脱：中国五四浪漫主义诗学向度

中国五四前后的知识分子，自从向西方张开了眼睛之后，对它们的一切都充满了好奇与欣羡，包括它们的科学技术，它们近现代所流行的思想与艺术。对卢梭提出的"回归自然"的思想也作出普遍积极的回应。严复在点评《老子》一书时，就有若干处发现了卢梭的自然观与道家的息隐山水的出世思想的相契之处。王国维在评论《红楼梦》时也表现出类似的思想。鲁迅在《摩罗诗力说》中，在介绍雪莱对自然的热爱时，说自己也在自然中"自感神闭"。陈独秀就在翻译《现代文明史》时，对卢梭的自然观大肆宣传，大有要以此来塑造中国新青年之势。他说："卢梭于当时的政教一无所许，彼谓人为之事反乎自然皆恶也"，"归依卢氏门下者，皆所谓'自然之友'"。与上述思想先驱的理性介绍相比，创造社、新月派、湖畔诗派的作家们则对欧洲浪漫主义自然观的响应要热烈得多。如果说卢梭的自然观作为一种社会实践的指导原则尚有诸多的可疑之处，那么作为一种艺术创作的指导思想则更富于可能性，也正迎合了五四新文学的创造者急于寻找可资模仿的艺术书写蓝本的心理。

（一）崇尚自然

作为中国自由主义知识分子先锋的徐志摩深受西方进步思想文化的影响，当他在剑桥大学王家学院学习时，当时的"英国诗人全部都是大自然的观察者、爱好者和崇拜者"①。特别是湖畔诗人对于自然风物的清远超脱和沉醉崇拜的风气，强烈地触动了青年徐志摩的诗心，从而成为他的浪漫诗情的母体。此时，他的"艺术的人生观"开始形成。这时的徐志摩常独自"一个人发痴地在康桥"，"听近村晚钟声，听河畔倦牛刍草声"。"大自然的优美、宁静、调谐在这星光与波光的默契中不期然的淹入了。"② 他的性灵使他的作品"含有着好些唯美主义印象主义的要素"，但"不是颓废的，而是积极的"③，富有浪漫主义的自然唯美情绪。他努力张扬自己的个性品格，力图展示自己追求美与自由统一的人生理想，以及迥异于世俗的价值取向，在徐志摩短暂的生命历程和文学创作中，突出体现着反传统、爱人类、爱自由，眷恋大自然的本色美的思想。他的诗行里展现着"新绿的藤萝""群松春醉""清风""松影""星光疏散""海滨如火""河畔的金柳""软泥上的青荇"等众多美不胜收的意象。他把自然景色与主观情感有机地融合在一起，表达他心中的真爱与真美理念。在《月下小景》中，诗的第一节："深深的黑夜，依依的塔影，/团团的月彩，纤纤的波鳞——/假如你我荡一只无遮的小艇/假如你我创一个完全的梦境！"在月色微明的

① 勃兰兑斯：《十九世纪文学主潮·第四分册：英国的自然主义》，徐式谷等译，人民文学出版社1984年版，第6页。

② 徐志摩：《我所知道的康桥》，《徐志摩全集》第3卷，广西民族出版社1991年版，第108页。

③ 同上书，第343页。

晚上，纵一叶扁舟，听水声潺潺，岸列烟柳，塔依远山，这样的情景，一切皆可以不想，一切都可以在无言中意会。诗歌着墨于月彩，波粼，塔影，用叠词竭力渲染出花前月下的情调，可他抒发的情思却来自心灵深处，沾满晶莹的露珠，洋溢着青春激情。“至于徐志摩一些正面描写恋情，含着几分情欲的诗，像她是睡着了，我来扬子江边买一把莲蓬，按说更近绸缪婉转之度，但他善把情欲掩藏在香草粉蝶，莲蓬沙鸥的意象里，避免了庸俗和直白。”①

闻一多曾主张艺术以美为核心，而被视为唯美主义者、纯艺术主义者。他不仅写下《红豆》这样借物抒发缠绵悱恻爱情的情诗外，也写下了《荒村》《雪》《黄昏》《花儿开过了》《深夜底泪》《青春》《宇宙》《春之首章》《春之本章》《太平洋舟中见二明星》《秋色》《春光》《稚松》等借景抒怀的诗，诗中展现着大自然与生命的普遍，尽显人与自然的交融所迸发的精神愉悦。沈从文被誉为“中国最后一位浪漫派”，他确实不虚此名。在他的乌托邦世界里，人与自然和谐交融，达到了如诗如画的境界。“近水人家多在桃杏花里，春天时只需注意，凡有桃花处必有人家，凡有人家处必可沽酒。夏天则晾晒在日光下耀目的紫花布衣裤，可以作为人家所在的旗帜。秋冬来时，酉水中游许多无名山村，人家房屋在悬崖上的、滨水的无不朗然入目。黄泥的墙，乌黑的瓦，位置却永远那么妥帖，且与周围环境极其调和。”在沈从文的“湘西世界”里，人在自我忘却和近乎无意识的状态下，作为宇宙伟大和声的一个音符和自然融为了一体。沈从文笔下的湘西乡村孕育了聪明如水晶、善良活泼如麂子的翠翠、夭夭、三三等美丽健康的少女。对都市与乡村这种爱憎分明的强烈情感，竟使沈从文在《边城》中写道：“即便是吊脚楼的娼妓，也常常较之讲道德知羞耻的城市中绅士还更可信任。”② 在五四浪漫抒情小说家中，郁达夫无疑最以感伤著名。他以自我表现的方式抒发了时代的苦闷，喊出了一代青年的共同心声。郁达夫也是描写大自然的高手，大自然的美在他的抒情风格中占有极为重要的位置，而且总是跟多余人的心境连在一起。

---

① 陈国恩：《浪漫主义与20世纪中国文学》，安徽教育出版社2002年版，第141页。

② 《沈从文文集》第11卷，花城出版社1984年版，第95页。

可以设想，如果没有这些优美的写景文字，他的作品里的感伤情调就会缺乏诗意的美。在《南迁》里有这样一段描写："她那尾声悠扬的游丝似的哀寂的清音，与太阳的残照，都在薄暮的空气里消散了。西天的落日正挂在远远的地平线上，反射一天红软的浮云，长空高岭，带起银蓝的颜色来，平波如镜的海面，也加了一层橙黄的色彩，与四周的紫气融做了一团。"[①] 可见，郁达夫不是冷冰冰地描摹山水景物，而是用整个心灵拥抱自然，融情入境，在情景相互激荡感应中提炼诗意，写出大自然的光色变幻和生命质感，以此反衬"零余者"落寞惆怅的情怀。郁达夫很少抒写人生快乐、飞扬的一面，而总是关注人生苦难、不幸的一面，他的作品因为充满了悲苦、颓废情调而常常受到人们的指责。他作品中的人物没有能力寻求自己苦闷的社会原因，也没有"猛进的豪气与实行的毅力"，更不可能挣脱苦闷之网。于是他们只好整日拖着病躯生活在苦闷、孤独、哀伤的阴云之下，在不断地追求与幻灭中尝尽人生的孤独、颓败和哀伤。感伤忧郁、寂寞凄凉、孤寂无聊甚至成了他们的精神常态。灰暗而落寞的自然世界，落日、残阳、薄暮、秋风、衰柳、细雨等衰败萧瑟的景物才契合他们的心境，即便是满怀兴致地欣赏清山丽水的美景，也常常会为现实的丑恶所打断，无端的感伤随即扑面而来。

（二）摆脱自然

郭沫若的第一部新诗集《女神》的问世，震动了五四新文坛。他以崇尚主观、崇尚自我、崇尚自然的崭新艺术风格，开一代诗风，奠定了五四新文学浪漫主义诗人的不朽地位。但是郭沫若的自然观呈现出矛盾并行的两种样态浪漫主义的自然观和表现主义的自然观。受当时德国表现主义的影响，郭沫若在《自然与艺术》一文中，满怀激情地写道："德意志的新兴的表现派哟，我对你们的将来寄以无穷的希望。"[②] 郭沫若之所以倾心于表现主义，是因为表现主义与浪漫主义有着格外密切的承继关系，郭沫若也是立足于浪漫主义文艺观去理解吸取表现主义理论

① 郁达夫：《炉边独语》，《郁达夫全集》第 7 卷，浙江文艺出版社 1992 年版，第 87 页。

② 郭沫若：《文艺论集·自然与艺术》，《沫若文集》第 10 卷，人民文学出版社 1959 年版，第 87 页。

的。其中对艺术与自然的关系的认识表现出浪漫主义的崇尚自然和表现主义的反自然两种并行而矛盾的观念。表现主义者力图从物欲中拯救人性，从自然中拯救神性，因此他们坚决反对作为物质主义在艺术上的自然主义和印象主义，认为不论自然主义还是印象主义都打着科学的幌子，以忠实地摹写客观事物和印象为艺术的基本任务，这样便压制了艺术家的心灵创造和自由意志，从而使艺术家同样沦为自然的仆人。表现主义者认为，在艺术创作中当务之急就是“废黜那永恒的女皇：自然”，把艺术从自然与物质的束缚中解放出来。表现主义理论家卡·埃德施密特明确地说：“自然中的解出，即是文艺的起点。”在《自然与艺术》这篇文章里，郭沫若批判了上自亚里士多德，下至近代的现实主义自然主义所崇奉的模仿说、再现论，他指出：“19世纪的文艺是受动的文艺，自然派象征派印象派乃至新产生的一种未来派，都是模仿的文艺，他们都还没有达到创造的阶段，他们的目的旨在做个自然的肖子。”[①] 他认为，弊病在于艺术家不应该使心役于物，使艺术受制于自然；不应该做自然的孙子，也不应该做自然的儿子，而应该做自然的老子。所以他强调：“近代的文艺在自然的桎梏中已经死了，20世纪是文艺再生的时代，是文艺再解放的时代，是文艺从自然解放的时代。”[②] 尽管从郭沫若的言辞中可以感到表现主义理论的回响，但是他未必真正把握表现主义反自然的底蕴。表现主义的“自然”是承接了古典主义的“自然”概念，是人化了的自然，是人的理念和秩序化的自然，是规则与约束的代名词，它与浪漫主义“自然”的内涵大相径庭。浪漫主义的“回归自然”即是指投入外物的大自然中，也指回归人的本真与本性，甚至回到原始状态，以达到人性自由的最高境界。由此我们看到，中国五四浪漫主义诗人们更多的是接受理解了外物自然的层面。正因为这个缘故，反对模仿自然与回归自然的理念在郭沫若的文论中并行不悖。另外，郭沫若也受到德国浪漫主义，尤其是歌德浪漫主义思想的影响。在《〈少年维特之烦恼〉序引》中，郭沫若毫不讳言，使它与歌

---

① 郭沫若：《文艺论集·自然与艺术》，《沫若文集》第10卷，人民文学出版社1959年版，第94页。

② 同上书，第87页。

德产生共鸣的思想之一，就是歌德对自然的崇拜与赞美，他说，歌德“亲爱自然，崇拜自然，自然与之以无穷的爱抚，无穷的慰安，无穷的启迪，无穷的滋养，所以她反抗技巧，反抗既成道德，反抗阶级制度，反抗既成宗教，反抗一切的学识。”歌德的态度极其鲜明地体现了浪漫主义者对待自然的态度。浪漫主义者憎恶社会现实，对现实感到失望，于是转向大自然去寻求心灵的归宿，不仅赋予大自然以朴素纯真的品格，把它与黑暗的腐败的现实相对立，而且从自然中汲取精神的力量来反抗社会的陈规陋习。卢梭“回归自然”的口号一直是浪漫主义者的精神指南。可是在浪漫主义之后的一个世纪里，机械文明的发展已摧毁了昔日浪漫主义者在现实世界中的最后一块栖息地，浪漫主义者所讴歌的自然也已花白了，艺术家在现实世界再也找不到心灵的归宿，于是现代主义者循着浪漫主义者的探寻足迹，进一步从自然退避到心灵。从“回归自然”到“退向内心世界”，这标志着浪漫主义向现代主义的转变。

借景抒情、情景交融的写法是中国古代文学中最早最突出的传统，在古典山水诗词中比比皆是。早在中国先秦时代，自庄周阐发了崇尚自然、与自然为一的思想以来，歌颂自然就已成为其后许多具有浪漫风格作家所热衷的题材，历朝历代都有饱含浪漫思想的作家，他们的作品不同程度地表现出倾慕自然、崇尚人类自然感情的倾向，他们在其作品中精心描绘宇宙、自然，或着意表现人类向往自然的情感、意绪、心理状态，或表现人与自然的亲近、沟通、交融的和谐关系。人类的自然居所也成为中国五四浪漫主义作家的描摹对象和精神寄托。五四浪漫主义文人都受过良好的中文教育，他们中又有相当多的人具有异国学习他乡游历的经历，对西方文艺思想的接受也相对多一些。可以说，古典文学修养同外国文学传统在他们身上达到了契合。浪漫主义文学青年，崇尚天才，讴歌创造，鼓吹灵感，礼赞自然，拒绝平庸，蔑视一切陈规陋习，也蔑视整个社会对他们的压抑。他们在艺术创作上听从自然心灵的声音，响应精神扩张的需求，情感的放纵，想象的驰骋，意识的突现，以及个体心灵诚实的自白，成为他们创作的本质特征。

第二节　语言作为人类生存家园：中英浪漫主义诗学的语言观

20 世纪初哲学领域出现了一次革命性转向，即语言学转向。在文学和美学领域相应地出现了突出语言中心地位的理论流派，例如俄国形式主义和新批评理论等，这些理论使得文学批评开始回归文学自身的内部规律，即研究文学作品的语言、风格、结构等形式上的特点和功能；研究作品文本和肌质，即语言文字和各种修辞手法等。后现代人本主义美学也体现了语言学转向这一思想，最突出的恐怕就是海德格尔、伽达默尔和福柯。海德格尔那句“人，诗意地安居”① 的名言，把语言提升为人的生存家园，把诗看作是真正让我们安居的东西；伽达默尔提出“谁拥有语言，谁就拥有世界”的观点；福柯的权力话语理论，强调“话语是在权力相关领域里起作用的战术因素”②。于是话语权的纷争便充满了浓厚的意识形态色彩，语言大战已经达到高潮。事实上，文学语言的变革暗流很早就悄悄出现了，尤其是诗歌方面最为突出。文学语言从统治者的操纵，知识分子的特权中获得解放，大众语言为文学增添了灵活清新的气息和亲近朴实的风格，今天的大众文化中不可缺少的成分便是大众语言和大众艺术形式的隆重登场。追根溯源，应该说，大众语言的崛起与中英浪漫主义诗学的发生发展是同时进行的。

一　“采用人们真正使用的语言”：平民化立场

华兹华斯在《抒情歌谣集》“序言”中表白：“这些诗的主要目的，是在选择日常生活里的事件和情节，自始至终竭力采用人们真正使用的语言来加以叙述或描写……”这是一种“更淳朴和有力的语言”，是“从屡次的经验和正常的情感产生出来，比起一般诗人通常用来代替它

① 《人，诗意地安居：海德格尔语要》，郜元宝译，广西师范大学出版社 2002 年版，第 73 页。

② 福柯：《性史》第 1 卷，安徽人民出版社 1996 年版，第 67 页。

的语言，是更永久，更富有哲学意味的"[①]。柯勒律治非常赞同华兹华斯关于诗歌语言的看法，并进一步说明了改革诗歌词汇语言的必要性：因为在当时的古典主义诗风里"形象与隐喻被剥夺了它们存在的正当理由，而变成只是联系的手段或装饰品，这就构成现代诗风所特有的虚伪"。继而他解释了"诗的正当词汇一般在于完全采用实际生活中人们的口头语言（应有例外），一种在自然感情的影响下实际上形成人们的自然文化的语言。"[②]

华兹华斯的诗歌语言经历了从诗化的语言向通俗化的生活语言的转变，他抛弃了古典主义诗歌华丽夸饰的诗意词藻，选择了为人们日常真正使用的通俗的语言，但是华兹华斯对纯净的不受污染的语言的倡导并没有使诗歌语言走向直白无味，他的语言在朴实之中蕴含深义，隽永而深厚。华兹华斯诗歌注重对素朴的口语化词语的选择，这一点我们可以从一些统计数据中加以说明。有人对《孤独的割麦女》《咏水仙》《无题》和《致布谷鸟》四首诗中的名词（不包括专有名词）、动词（不包括助动词）、形容词、副词进行了考查，从辞源上讲，盎格鲁—撒克逊词约占 88%，其余 12% 来自法语、德语、拉丁语等。一般说来，英语中盎格鲁—撒克逊词最常见、最口语化，显得朴素亲切；法语较庄严、文雅；拉丁词多为书面词，书卷气味较浓。由此我们可知华兹华斯诗歌中语言风格的一个特点即质朴。另外，"thing"这个词在英文中是一个极其常见的词，它可以指代许多事物，是许多诗人不屑一顾的日常用语，而华兹华斯对"thing"以及它的复合词"something""anything"这一类词汇的运用十分频繁。在《丁登寺》中，他就用了六次"thing"这个词。在《致雏菊》中，"thing"以及它的复合词也使用了三次，对"thing"这个普通词汇的运用也常出现在他的其他诗作中，如《在西斯敏斯特桥上》《致杜鹃》和《露西组诗》当中。在同一首诗歌中出现的每一个 thing 都代表了不同的意思，非但不给人重复的感觉，反倒让人觉得亲切、质朴、自然。当华兹华斯把双脚踏在田园生活那粗糙而质朴

---

① 华兹华斯：《抒情歌谣集》，刘若端编：《十九世纪英国诗人论诗》，人民文学出版社 1984 年版，第 55 页。

② 柯勒律治：《文学生涯》，刘若端编：《十九世纪英国诗人论诗》，第 77—78 页。

的地面上时，就跳过了绅士、富翁、专家、淑女的圈子，到茅舍田野中去，到孩子中去，他所选择的就是那些与生活现实直接接触的，虽缺乏逻辑的明晰性，但却丰富、生动，并充满了生机和不确定性的日常生活用语。以《孤独的割麦女》第二节为例："No Night in gale did ever chaunt/More welcome notes to weary bands/Of travellers in some shady haunt, /Among Arabian sands: /A voice so thrilling ne'er was heard/In spring-time from the Cuckoo-bird, /Breaking the silence of the seas/Among the farthest Hebrides."

"chaunt""haunt""heard"在英文里是口语词，"silence"在英文中也属于常用词，在那高原山地，一位农家女一边割麦一边唱歌，抒情主人公聆听她的歌声，赞美她的歌喉，歌声中的哀怨与忧伤使抒情主人公凝神屏气，久久不能忘怀。由于抒情主人公表达情感使用的是一些极其朴素的词，使读者感到这是一位普通人，他和农家女情感上的沟通十分自然，从而做到了诗人和所描写的人打成了一片。在《我们是七个》中，主人公"我"和一个农家小女孩有一大段对话，这段对话和人们在日常生活中的对话没有区别，没有经过任何刻意的雕琢，平易、通俗："'Sisters and brothers, little Maid, /How many may you be?' / 'How many? Seven in all,' she said /And wondering looked at me. / 'And where are they? I pray you tell.' /She answered, 'Seven are we; /And two of us at Conway dwell, /And two are gone to sea.' / 'Two of us in the church yard lie, /My sister and my brother; /And, in the church yard cottage, I / Dwell near them with my mother.'"

通过比较新古典主义诗歌，我们会更加清晰明了华兹华斯的语言风格和诗歌特色。这里我们引用新古典主义诗人托马斯·格雷的一首十四行诗《悼韦斯特》开头四行诗段作一个比较："In vain to me smiling mornings shine, /And reddening Phoebus lifts golden fire; / The birds is vain their amorous descant join, / Or cheerful fields resume their green attire."

从上面一个诗段中，我们看到文字整齐的排列，每行都含有五个音步，每个音步都无一例外地把重音落在第二个音节上，形成五步均齐的抑扬格；同时第一、二、四行押韵相同，整个诗段抑扬顿挫，朗朗上口。在词语的使用方面，诗中用 reddening Phoebus（红脸的福波斯）代表太阳，用 golden fire（金色的火）代表阳光，用 amorous descant（多情的曲调）指代歌谣，这些双字比喻的用法很文言，很书面，就是浪漫主义者所要摒弃的浮华"诗意词藻"。再比较一下蒲柏的名作《卷毛遇劫记》中的诗句，我们可以窥见古典主义诗歌语言风格之一斑。这首诗讲述的是一个青年男爵偷剪一位小姐的秀发的故事。蒲柏讽刺男爵的语言突出地表现了蒲柏自己文辞典雅的风格："Resolved to win, he meditates the way, /By force to ravish, or by fraud betray."这两句诗在选词方面，蒲柏多用的是书面语，如决心（resolve）、考虑（meditate）、夺取（ravish）、欺骗（fraud）和诡计（betray）都是英语中书面色彩较浓的词语，而非人们日常生活的语言，这些词如果用人们日常使用的词语来代替的，分别可以换用 decide，think，take，cheat，trick 等。读蒲柏的诗，就像在听喜欢咬文嚼字的秀才们比才学，而华兹华斯的诗则让人觉得仿若是与邻居朋友亲切交谈。和蒲柏刻意精雕细琢的文人语言相比，华兹华斯诗歌的语言显得纯净自然、朗朗上口。

"诗意词藻"是文艺复兴时期英国文学在语言上民族自觉的结果。由于文学家对本国语言的提炼琢磨，英语词汇大大增加而且造成了文学语言与口语的不同。它的特点是带有忧郁色彩、带有浓厚拉丁文色彩的古典词藻占有很大比重，带有拉丁词尾带 y 的形容词大量增加，而且在句法逻辑上，由形容词与名词结合在一起，形成一种语言上的套式和平铺直叙的句法，形容词与名词意义重复的句式大量出现。18 世纪模仿者不论内容是否合适，都对这类词藻进行了无节制的使用，形成了诗歌语言浮华夸饰的风格，在诗歌的语言受到如此局限的时候，诗歌的创作已走上了穷途末路，一种新的语言形式应运而生。华兹华斯对"诗意词藻"的摒弃与他的生活环境的变化是有着密切关系的。华兹华斯认为，"诗意词藻"是与封建社会四平八稳的生活方式相对应的，在封建社会里一切生存方式都存在着一个标准的答案，生活在农耕社会当中，社会关系单纯，"诗意词藻"能够表达诗人的情感和对社会的认知。在华兹华斯生活的时代，法国资产阶级革命和现代工业文明的兴起打破了这宁静的一切，在历史的进程中语言的本质丧失了，它要么沦为形而下的、单纯的表达工具和营营碌碌的手段，要么被剥离为只有少数人才拥有的“诗意词藻”。在这种历史条件下，华兹华斯提出了一种新的语言观，就是用一种新的语言方式来取代以“诗意词藻”为中心的新古典主义诗歌规则，通过重新发现“活的语言”来建构人与世界的关系，使人们富有的创造性感受力变得生动起来。

然而，在强烈地反对“诗意词藻”传统，追求口语词藻的同时，华兹华斯并没有使诗歌语言走向原始主义的直白和粗拙。华兹华斯不可能完全拒绝传统，他在拒绝传统的同时也接受着传统的滋养，他终身奉为自己做人与作诗楷模的，是弥尔顿和斯宾塞，这两位诗人都是英国文学史上博学且带有书卷气的诗人。华兹华斯在推崇用民间语言进行写作的同时，也反对不加选择地使用民间土语。华兹华斯对质朴语言的选择是自发的，而诗人发自内心的真挚情感一旦作用于这种看似平淡无奇的语言时，则显示了与他的初衷不同的特点。他在《抒情歌谣集》序言中是这样评价的：“这本集子里的诗所用的语言，是尽可能地从人们真正使用的语言中选择出来的。这种选择，只是出于真正的趣味和情感，自身就形成一种最初想象不到的特点，并且会使文章完全免掉日常生活的庸俗和鄙陋。”① 华兹华斯认为，诗歌的目的是真理，而这种真理从普通的日常语言中传达出来的话，比起用经过雕琢的语言表达出来，更永久而富有哲学意味。因此，他以当时的口语为基础，把情感、哲理融入其中，创造出了一种虽然简洁、朴实但是又深厚隽永的语言。

华兹华斯的自然诗中描写的是大自然的风景，小雏菊、水仙、夜莺、布谷、农家女孩等都是他的描写对象，诗人用不事雕琢的语言，对它们的美进行了真实的描述，这种平实没有影响诗歌所固有的美，华兹华斯在描写自然的诗歌中，并不只是为了描写风景描绘自然，他更注重的是人与自然的交流，他认为，自然都是与人的内心世界密切联系的。在华兹华斯的诗歌中，自然景观与强烈情感是水乳交融的，他在用清新质朴的语言书写自然的同时往往把自己融入其中，达到一种天人合一的境界，一切景语皆情语，于是他的诗歌语言也像小雏菊一样，素朴雅致，别有一番韵味。他能够敏锐地感受到大自然的微妙变化并用准确、

① 华兹华斯：《抒情歌谣集》，刘若端编：《十九世纪英国诗人论诗》，人民文学出版社1984年版，第58页。

简洁、生动的语言表达出来，细腻入神。诗人善于用平常的语言描绘从最普通的事物中发现的美，他对事物的描述也并不仅仅停留在其表面上，而在对其本质的洞察上。在这些平实的描写之中，我们可以体会到动与静在大自然的微小生物上体现的是如此灵动和谐，其中作者的激情也自然流露——那就是对于自然的热爱之情。这种激情的自然流露，使得“情”与“景”的交融在此变得更加和谐、自然。而口语化的语言在平淡中显示出深厚的情感和魅力。

在诗歌《我们共七个》中，主人公同小女孩的对话，语言通俗简洁，完全是日常生活的对话，作者反复地引导小女孩说你们一共只有五个，而小女孩执意要把两个死去的姐弟加在一起说我们一共是七个。作者表面上是在让小女孩承认他们是五个，而实际上则表达出对小女孩这种观念的认同。诗歌中饱含了作者对生与死的思考，渗透了浓厚的生命意识，表达了诗人对生命的尊重和对灵魂永存的美好向往，富有哲理。从这里我们可以看到，语言的朴实并不是诗之所以为诗的障碍，当作者把自己的感情和对人生的思索附着进去的时候，它们就会闪耀着哲理的光辉，尤其是诗歌的最后一节，以小女孩固执的坚持结尾，旨意绵长，真是“其中有真意，欲辩已忘言”。我们在重新审视华兹华斯的诗歌语言时，会发现质朴而有文是其最大的特点。

华兹华斯的诗歌创作始终遵循着他的这种“竭力使我的语言与人们真正的语言接近”的创作准则。尽管华兹华斯所用的诗体多变，有素体无韵诗、古歌谣体、十四行诗等；题材各异，有抒情持、叙事诗、析理诗等，但在字里行间无不渗透着朴素、亲切、隽永、清新的气息。其语言的特色不但与18世纪新古典主义者如蒲柏等人所擅用的工整优雅、警句格言迭出的英雄双行体诗有天壤之别，而且与同属浪漫主义时期的布莱克，以及第二代浪漫主义诗人拜伦、雪莱、济慈等人也大相径庭。新古典主义诗人刻意追求“诗歌词藻”，而华兹华斯却要另辟蹊径：在《抒情歌谣集》里也很少看见通常所称为诗的词汇：“我费了很多力气避免这种词汇，正如普通作者费很多力气去制造这种词汇。”①

① 华兹华斯：《抒情歌谣集》，刘若端编：《十九世纪英国诗人论诗》，人民文学出版社1984年版，第53页。

华兹华斯的大部分诗作都是用这种朴素的、看似平淡的语言写成的，给人以返璞归真之感。

二 “返回中世纪”与重新发现民谣

如果说新古典主义提倡“回归古希腊罗马”，浪漫主义则是要“返回中世纪”。“返回中世纪”不是要人民重新笃信宗教教义，不是要让人们的一切又掌控在宗教权威之下，而是要返回中世纪的原始，回归中世纪文学：民谣。“民谣”（Ballad）一词起源于拉丁语“Ballad”，意为“舞蹈”。英国民谣主要是指英格兰和苏格兰民谣（*English and Scottish Popular Ballad*）。它作为一种诗歌形式是中世纪的产物，始于十二三世纪，盛于十四五世纪。当时，在苏格兰南部，即所谓的“低地”（Lowland）以及英格兰北部和苏格兰接壤的地区，即所谓的（边区）（Border）流行着无数民谣，也叫“边区民谣”（Border Ballads）。那一带没有新兴的城市和城市阶层，社会情况比较单纯、比较原始，文艺创作基本上还是百姓大众之事。创作在集体的基础上进行，没有宫廷和专业诗人的影响，在这样特殊的社会条件下，民谣得到了空前的繁荣和发展，还出现了以吟唱民谣为生的游吟诗人（Minstrel），他们对于民谣的传唱和完善起到了重要的作用。

民谣用诗歌的形式讲述各种各样的故事，内容极为丰富，题材十分广泛，反映了早期英格兰和苏格兰人民生活的各个方面。有传述史实的，如《彻维山追猎》（*Chevy Chase*），讲述苏格兰人和英格人在边境上的战斗；有关于海上生活的，如《帕特里克·斯本士爵士》（*Sir Patrick Spens*）；有关于家庭悲剧的，如《厄舍尔井的妇人》（*The Wife of Usher's Well*）；有表现普通百姓日常生活乐趣和幽默的，如《起来插门》（*Get Up and Bar the Door*）；有寄托人民美好愿望的，如《绿林英雄罗宾汉组诗》；有讲述爱情悲剧的，如《伦得尔勋爵》（*Lord Randal*）等；还有讲述神怪和迷信的。民谣中最值得一读的是《绿林英雄罗宾汉组诗》（*Robin Hood Cyele*，也叫 *The Geste of RobinHood*）。罗宾汉组诗出现在中世纪末期，罗宾汉是一个传说中的人物，也可以说是民谣中的人物。他和他的伙伴们以森林为家，劫富济贫，扶弱抑强，在他们身上寄托着劳苦大众要复仇出气的愿望。民谣的特点首先表现在开门见山上。

其最大特点就是故事性，因而英语中多数民谣一开头就叙述故事，而对故事的背景、故事中的人物则极少交代。如在《帕特里克·斯本士爵士》（*Sir Patrick Spens*）的第一节就点明这是一个关于海上航行的故事，“血红的酒”既象征国王的残忍，又预示了故事的悲剧结局。这样的开头直入主题，总能以强悍的故事性吸引人，使读者很快进入故事情境中。其次民谣表现为极强的戏剧性。戏剧是通过人物的动作和对话来推进情节变化的，民谣的戏剧性就主要通过动作（Action）和对话（Dialogue）来体现。如在《帕特里克·斯本士爵士》中，当帕特里克·斯本士爵士收到国王要他开船起航的信后，他的反应是：大笑继而大哭。他心中的矛盾通过这一笑一哭的动作得以非常形象的体现。同样地，直接引用对话来讲故事，真实而生动，而且人物的性格也通过其话语淋漓尽致地表现出来了。结局虽有点出乎人的意料，却增添了全诗的戏剧性。民谣的句子和结构特点主要表现为重复——词语的重叠，句式的重复等，民谣的术语叫迭唱。重复可以使吟唱时的气氛更加热烈，并表现出极强烈的音乐性，使故事情节更加扣人心弦，富有感染力。作为诗歌，民谣的重要性还表现在它的形式，尤其是韵律上。总的来说，民谣的形式是多样的、灵活的。但最常见的、最有影响的形式是一节四行，一三行各四音步，二四行各三音步，韵脚落在第二四行的末尾。以《厄舍尔井的妇人》的第一节为例：There lived a wife at usher's，well，/And a wealthy wife was she；/She had three stout and stalwart sons，/And sent them o，er the sea. 当然，这种形式并不死板，在一些民谣里多少都有些变化，还有的民谣的形式与此截然不同，所有的表现形式都统称为民谣体（Ballad style）。

民谣一直默默地流传在民间，它的巨大魅力和价值在浪漫主义时期得以挖掘出来，不仅受到浪漫主义诗人的重视，并且经由浪漫主义诗人的创作，使它成为诗歌中的璀璨明珠，犹如埋藏地下很久的宝藏，终于重见天日。浪漫主义诗人采用民谣的形式和题材写出了精美的诗篇。华兹华斯和柯勒律治合作出版的浪漫主义宣言，就起名叫做《抒情歌谣集》（*Lyrical Ballads*）。不仅如此，华兹华斯的名篇《我们兄妹七个》（*We Are Seven*）和柯勒津治最著名的《老水手谣》（*The Rime of The Ancient Mariner*）（旧译《古舟子咏》）都是地地道道的民谣。事实上，在英国诗坛上民谣的传统始终不坠，这也说明了民谣在英国文学史上的重要地位，以及民间文学坚实而旺盛的生命力。正因为如此，民谣才得以对英国诗歌发展起到长期的、默默的也是巨大的影响。

在挖掘民谣资源，使民谣传统得以传承，给诗歌语言带来新气象的贡献者当中，还有一位前浪漫主义诗人，被誉为苏格兰民族诗人的罗伯特·彭斯。作为苏格兰乡下土生土长的，从未受过高等教育的地道农民，彭斯的诗歌创作从民谣开始，也以民谣结束。他收集了大量流传于民间的小歌小调，整理民间的口头创作歌词，搜集补充残缺不全、日渐消失的曲调，填充歌词，并把它同 18 世纪苏格兰民族民主解放运动结合起来，吸取民间文艺的精华，把它提升到艺术的新高度。彭斯在创作诗歌时有几条原则：首先是熟悉曲调。彭斯不是职业音乐家，但是他说："我的音乐欣赏能力只是大自然赋予的一些本能。"可是，他从小就学会拉小提琴，能把民间曲调准确地记录下来。对音乐感的敏锐使他创作的民谣充满韵律和节奏。其次是选用方言。他的诗歌几乎全部使用苏格兰方言。彭斯懂得规范的英语，说得好，写得也好，但他说："我觉得我的思想在英语里要比在苏格兰方言里干枯得多。"他觉得苏格兰的歌谣小调独具牧歌式的单纯性，只有配上苏格兰方言才特别吻合，民间的曲调唯有民间方言才匹配。最后是歌词须与曲调吻合无间。他在笔记里这样写道："古老的苏格兰曲调充满着高贵的情感。在创作新词的时候，应当向苏格兰老人那样反复哼唱，这是吸取灵感的最简捷办法"。①

无论是华兹华斯倡导使用"人们真正使用的语言"还是彭斯引导人们认识民谣和方言的价值，英国浪漫主义都开创了一种朴素、清新、自然、洗尽铅华的语言风格，用"人们真正使用的"质朴的语言把幽微之思、徜恍之情以及人生哲理都进行了淋漓表达。

三　文学革命与白话"活的语言"

1958 年 5 月 4 日，在题为"中国文艺复兴运动"的演说上，胡适谈道："白话是什么？是我们老祖宗的话，是我们活的语言，人人说的

① 范存忠：《英国文学论集》，外国文学出版社 1981 年版，第 79 页。

话……这是老祖宗多少年，几千年慢慢的演变的话……这并不是我们造出来的，是老祖宗几千年给我们留的这一点资本。……所以我们说：文艺复兴使我们祖宗有了这个资本，到这个时候给我们来用，由我们来复兴它。”①

作为五四文学革命当之无愧的领袖，胡适的开风气之先及对五四精神的造就与执着，使得很多人将他看作五四精神传统的象征，而这种开风气之先首先就体现在他倡导白话文学、为现代文学和思想启蒙注入现代化的理念上。胡适对新文学运动做过这样的总结：“我们的中心理论只有两个：一个是我们要建立一种‘活的文学’，一个是我们要建立一种‘人的文学’。前一个理论是文字工具的革新，后一种是文学内容的革新。中国新文学运动的一切理论都可以包括在这两个中心思想的里面。”② 可以说，胡适的白话文学观是其五四文学理念的重要基础，其中包含了许多涉及思想文化方面独到的内容，在很大程度上影响了中国现代文学史甚至思想史的发展方向和历史进程。每每在追及有关白话文运动的起源时，胡适总是爱将自己的动机归为与梅光迪诸君的文学论争。从一开始胡适就非常重视文学的功用，他认为，“致力于中国文学革命，其贡献并不下于征服自然”，而这种争论使他有机会对中国文学的问题作仔细和系统的思考。作为杜威的学生，胡适最终所得到的结论无疑是具有明显的实验主义特征的：“原来一整部中国文学史，便是一部中国文学工具变迁史——一个文学或语言上的工具去替代另一个工具。中国文学史也就是一个文学上的语言工具变迁史。”鉴于此，胡适选择了改革语言工具作为文学革命的突破口，并把文言与白话的对立看作是“死文学”与“活文学”的对立：“一部中国文学史也就是一部活文学逐渐代替死文学的历史。……当一个工具活力逐渐消失或逐渐僵化了，就要换一个工具了。在这种嬗递的过程之中去接受一个活的工具，这就叫做‘文学革命’。”③

① 胡适：《中国的文艺复兴》，姜义华编：《胡适学术文集·新文学运动》，中华书局1993年版，第287—288页。

② 胡适：《中国新文学大系》第1集，姜义华编：《胡适学术文集·新文学运动》，第244页。

③ ［美］唐德刚：《胡适口述自传》，华东师范大学出版社1993年版，第141页。

当然，胡适对白话文运动意义和价值的探究在五四运动爆发后逐渐加深，一方面，他深刻地感受到白话文的推广给社会生活和人民思想所带来的一种活力，“我们也知道单有白话未必能造出新文学；我们也知道新文学必须要有新思想做里子。但是我们认定文学革命须有先后的程序，先要做到文学体裁的大解放，方才可以用来做新思想新精神的运输品。”[①]“以前的那些旧文学，是死的，笨的，无生气的；至于新文学可以代表活社会，活国家，活团体。”[②] 而五四运动无疑就是这种“活力”的直接表现。另一方面，胡适认为“五四”以后中国的一大显著变化，同时也是现代社会的重要特征之一，就是对于之前特权阶层的破坏和伴随而起的平等自由的市民社会的建立。胡适将这种任务有意识地赋予他所提倡的白话文之中，他进一步将文言和白话的区别上升到社会等级制度的层面，认为中国社会长久以来存在两个阶级：“一种是愚妇顽童稚子，其他一种是智识阶级，如文人学士，绅士官吏。作白话文是为他们——愚夫愚妇，顽童稚子——可以看而作，至于智识阶级者，仍旧去作古文”，但这种现象“并不是共和国应有的现象”[③]。胡适认为，学习古文是一个艰难而漫长的过程，其间所需要的时间与财力，使得普通老百姓与之无缘。而用白话代替文言，其直接的用意就在于普及教育，让新教育能深入平民阶级中去，大的意义就在于打破这种社会的二元划分，打破传统中国统治者与被统治者之间的等级界限。所以这场语言工具变革的目标就“远远超出了对一种文学风格的破坏”，更是对“一完整的社会价值体系”的挑战。[④] 从当时围攻白话文运动的文字中，我们就可以了解到，他们所惧怕和极力维护的，无疑就是自己作为智识阶层的特殊权力。正如其代表林纾所言，白话文的推广和文言的取消，其最大的后果就是“则都下引车卖浆之徒，所操之语，按之皆有文法，不类闽

① 胡适：《尝试集》，姜义华编：《胡适学术文集·新文学运动》，中华书局 1993 年版，第 382 页。

② 胡适：《新文学运动之意义》，姜义华编：《胡适学术文集·新文学运动》，第 169 页。

③ 同上书，第 179 页。

④ ［美］格里德：《胡适与中国的文艺复兴——中国革命中的自由主义》（1917—1937），江苏人民出版社 1996 年版，第 85 页。

广人无为文法之啁啾，据此则凡京津之稗贩，均可用为教授”[①]。

此外，胡适也对白话文运动的第三重意义作了发挥。在《文学改良刍议》发表一年后，胡适推出了他的《建设的文学革命论》一文，旨在从建设方面为白话文学立言。他将自己的主张归纳为十个字“国语的文学，文学的国语”，并将之前的“八不主张”改作了四条肯定的语言原则：“一，要有话说，方才说话。二，有什么话，说什么话；话怎么说，就怎么说。三，要说我自己的话，别说别人的话。四，是什么时代的人，说什么时代的话。”[②] 以上四条可以反映出，胡适已将个人主义的思想蕴含在他的白话文学主张中。如果说之前艰难晦涩的古文限制了人民大众说话的权利，那么白话的普及就是将说话的权利还给个人，使他们免去了繁琐的阅读和表达程序，充分表达感情和观念，而不倚赖他人，话语和思想的独立性就此确立。真实的个人也必然伴随着对虚伪的社会制度的摧毁。说到底，胡适凭借白话文的普及，就是想为现代社会塑造出“有感情，有血气，能生动，能谈笑的活人”[③]。前面的三点，都可以看作是白话文在思想启蒙方面的特殊作用。他从宣传白话文开始，就有意识地用历史进化法则来解释这一命题，历史也证明了白话文顽强的生命力。晚年的胡适在总结文学革命成功的原因时，认为这种历史的法则在一定程度上功不可没，因为，“把一部中国文学史用一种新观念来加以解释，似乎是更具说服力。这种历史成分重于革命成分的解释对读者和一般知识分子都比较更能接受，也更有说服的效力”。[④] 胡适曾形象地把新旧文学的对立比作是老年和少年，旧的中国文学和文化已经到了“暮气攻心，奄奄断气”的时刻，几乎无药可救，而唯一的生路，就是“打一些新鲜的‘少年血性’进去”[⑤]。作为一个理论的倡导者和实践的先行者，胡适最早做白话诗，并要求打破诗的规则：

---

① 林纾：《致蔡鹤卿太史书》，《公言报》1919 年 3 月 18 日。

② 胡适：《建设的文学革命论》，姜义华编：《胡适学术文集·新文学运动》，中华书局 1993 年版，第 44 页。

③ 同上书，第 41 页。

④ ［美］唐德刚：《胡适口述自传》，华东师范大学出版社 1993 年版，第 165 页。

⑤ 胡适：《文学进化观念与戏剧改良》，姜义华编：《胡适学术文集·新文学运动》，第 84 页。

"我们做白话诗的大宗旨，在于提倡'诗体的解放'。有什么材料，做什么诗；有什么话，说什么话；把从前一切束缚诗神的自由的枷锁镣铐，统统推翻：这便是'诗体的解放'。"① 可以说，"人的文学"的理论在此就具体化为一种诗体的解放，并进而推动思想的解放。胡适认为，形式是为内容服务的，所以"形式上的束缚，使精神不能自由发展，使良好的内容不能充分表现"。只有有了诗体上的解放，"丰富的材料，精密的观察，高深的理想，复杂的感情，方才能跑到诗里去"②。胡适要求废除旧的格律诗，建立一种自然、明白、朴素的新诗。他欣赏称赞的诗人，大体也是朝着这个方向发展的，譬如徐志摩、康白情、"湖畔诗人"汪静之等。特别是对汪静之的肯定、宽容和大力举荐，更显示了胡适对年轻人积极的扶植和肯定的态度。汪静之在还是一个不到20岁的中学生时就开始创作新诗，在《新潮》与《新青年》等刊物上发表，胡适不仅是发现汪静之的伯乐，还三番五次地资助汪静之渡过生活上的难关。他审阅删改汪静之的爱情诗集《蕙的风》，并介绍给亚东图书馆出版。当时，这本诗集的出版无疑是向旧社会道德投了一颗猛烈无比的炸弹，因此胡适在序言中希望人们不要"戴上了旧眼镜来看新诗"，"不要让脑中的成见埋没了这本小册子"，并呼吁社会给这些少年诗人们"一个自由尝试的权利"。从胡适将自己的白话诗集取名《尝试集》开始，他一直提倡的就是一种尝试的态度，而对勇于"尝试"的新文学作者，胡适又希望读者和社会能采取容忍的态度。因此，五四新文学的繁盛，新作家的层出不穷，在一定程度上与胡适所提倡的这种态度有关。

新文学的发展，不仅需要打破传统的桎梏，确立白话文学的地位，同时也需要用评判的眼光和科学的方法来研究过去的文学史，从中获取再造文明的创造性资源。在这方面，胡适的《白话文学史》是20世纪20年代出版的文学史中非常突出的一种。在这本书的"引子"中，胡适交代写这本书的目的有两个："第一，我要大家知道白话文学不是这

① 胡适：《答朱经农》，姜义华编：《胡适学术文集·新文学运动》，中华书局1993年版，第63页。

② 胡适：《谈新诗》，姜义华编：《胡适学术文集·新文学运动》，第385—386页。

三四年来几个人凭空捏造出来的；我要大家知道白话文学是有历史的，是有很长又很光荣的历史的”；“第二，我要大家知道白话文学在中国文学史上占一个什么地位”①。可以说，胡适正是希望通过《白话文学史》来为新文学张目，确立白话文学在文学史上的正统地位。如果说新文化运动为五四运动的爆发奠定了思想基础，那么白话文运动则为新文化运动的深入开辟了道路，扫清了障碍。正因为认识到白话文运动在思想文艺上的巨大功效，所以胡适毕生都在倡导白话文的普及。“五四”以后，胡适在继续推广白话文学的同时，将重点放在督促学校和政府对白话文的倡导上。在他看来，对白话文的态度直接代表着反对还是赞成思想文化上的革新。胡适在晚年称五四运动是对中国文艺复兴的一种政治上的干扰，但他一直不讳言五四运动对传播白话文的功劳，因为“它把白话文派了实际的用场。在全国之内，被用来写作和出版”，于是本来预计要经过长期斗争才有结果的运动，“只用了短短的四年时间，要在学校内以白话代替文言，几乎已完全成功了”②。

从以上论述可以看到，在时代的催生和实验主义哲学的影响下，胡适从白话文入手，明确宣布对古文的不拔地位予以怀疑和批判，从而构建了自己的“五四”文学观，对现代文学的发展进程产生了重大影响。然而，白话文之于胡适，归根结底并不只是改革旧文学、建设新文学的工具，它还具有“重估一切价值”的思想启蒙的巨大意义。正如格里德所认为的，“文学革命从其发端就是更广阔范围的思想改革运动的工具”，所以对新文学特别是白话始终保持最大热情的胡适，“他所关切的事情远非是使书面语言恢复活力”那么简单，“他的新国民和新社会的幻想，他的社会再建与理性复兴的方案，他对中国与现代西方关系的观点，以及他对20—30年代各种政治运动的看法”，“在他论述文学革命的观点中，已经清楚地表现出了他探讨这些广泛问题的某些特点”③。

---

① 胡适：《白话文学史》，上海古籍出版社1999年版，第1—2页。

② ［美］唐德刚：《胡适口述自传》，华东师范大学出版社1993年版，第164页。

③ ［美］格里德：《胡适与中国的文艺复兴——中国革命中的自由主义》（1917—1937），江苏人民出版社1996年版，第97页。

四　民间歌谣与五四浪漫主义诗学的平民化表达

歌谣在中国历史悠久，虽然“古有采诗之官”，但大多数民歌是任其自生自灭而大量湮没的，即使采风问俗也是为了“观风俗，知得失”，亦如司马迁所主张的那样：“博采风俗，协比声律，以补短移化，助流政教”，并非真正立足于民间的立场。而北京大学一批激进文人刘半农、沈尹默、蔡元培自1918年展开的向全国征集近世歌谣的运动，则显然有别于此。它是五四新文化运动的重要组成部分，是一场以现代民主意识和科学手段走向底层民众文化审美空间的伟大尝试。五四新文学的产生，可以在中国民间文学的源流中寻找到与它相关的渊源。从表面来看，新文学的出现是学习和借鉴外国文学的成果，但中国文学自身的传统尤其是民间文学也对它产生了直接影响。周作人说：“我相信新散文的发达成功有两重的因缘，一是外援，一是内应。”① 外援即是西洋的科学哲学与文学上的新思想之影响，内应即是历史的言志派文艺运动之复兴。假如没有历史的基础，这成功不会这样容易取得，但假如没有外来思想的加入，即使成功了也没有新生命，不会站得住。这段话虽然只是针对五四散文发达成功的情形而言的，但何尝不能概括整个中国新文学发生的来龙去脉。就中国文学历史上的“内应”来说，言志派散文当然是其中一个重要的因素，但对于新文学产生重大影响的“内应”也绝非只有言志派一种，譬如《诗经》以来的民歌、民谣与新文化运动就有着密切的联系。具有激进思想的五四文人，对民间文学的思考是与建设新文学同步进行的，民间文学尤其是歌谣的搜集促进了文学革命的进程。

我们知道，民间文化显然与文人写作之间存在着毋庸置疑的分野。明人冯梦龙早就说过：“书契以来，代有歌谣，太史所陈，并称风雅，尚矣。自楚骚唐律，争妍竞畅，而民间性情之响，遂不得列于诗坛，于是别之曰山歌，言田夫野农矢口寄兴之所为，荐绅学士家不道也。唯诗坛不列，荐绅学士不道，而歌之权愈轻，歌者之心亦愈浅。”这就是

---

① 周作人：《艺术与生活·新文学的要求》，《文学研究会资料》，河北教育出版社1981年版，第152页。

说，典雅的诗文由文人学上掌管，而民歌则出自村夫田叟之口，它长期遭受权力话语、文人士子的蔑视、遗忘和排斥。不过，另一个为历史证明了的不争事实也是非常突出和显豁的，那就是民间文学乃文人创作的最早范本，是文人写作的重要源头。欧洲的民俗学家几乎一致相信，像歌谣、谚语、传说之类的民间文学与浪漫主义文学思潮密切相关，正是民间的传统力量导致了诗歌、文学和音乐的更新。1936 年，胡适在为《歌谣周刊》撰写复刊词谈及中国新诗本源问题的时候，虽然也像周作人那样指出中国新文学有两个来源，但在论说“中国新诗的范本，有两个来源：一个是外国文学，一个就是我们自己的民间的歌唱”的时候，却特别注重民歌对于新诗的重要性，因为他对中国新诗运动 20 年来过分偏重引进外国文学而忽略吸取中国民歌精髓提出了一些批评。无独有偶，周作人在另外的场合中就更为明确地指出了民歌在新文学中的价值和意义，认为民歌一方面“原是民族的文学的初基”，另一方面又可以“供诗的变迁的研究，或做新诗创作的参考”。

从具体的实践来看，歌谣运动促进了新文学面貌的改观和助长了新诗的文学地位，这是五四文人发动歌谣运动的一项重要收获，正如时人所言：“现在文学的趋势受了民间化了，要注意的全是俗不可耐的事情和一切平日的人生问题，没有工夫去写英雄的轶事、佳人的艳史了。歌谣是民俗学的主要分子，就是平民文学的极好的材料，我们现在研究它和提倡它，可是我们一定知道那贵族的文学从此不攻自破了。”而五四文人在从事文学创作之际，正是把民间歌谣作为文学的典范，不仅将民间语言直接融会于自己的诗歌创作中，而且出现了不少模仿民歌的文人作品，譬如胡适的《尝试集》用民间口语作诗，刘半农用江阴方言、模仿家乡四句头山歌曲调创作的《瓦釜集》，沈尹默、周作人等人诗中流露出的民歌韵味，一些形式活泼、格调明快、通俗晓畅、语言朴实的诗歌如《卖布谣》《天竺来》《收成好》都是学习民歌而成的优秀诗章，而《女神》正是“汲取了民歌、古典诗词在形式上的某些特点，同惠特曼式的自由体融合起来，所以才使郭沫若的自由体并不完全相同于惠特曼的自由体，或深或浅地带上了一定的民族色彩”。这些都有力地证明了民间歌谣对于新诗创作所起到的建设性作用，并由此规划了中国现代诗歌史上“民间化”的创作路径。最后，五四文人对于民间歌谣的征集，把民间精神与文化相结合，提倡民间文学，反叛旧文学、建设新文学，这样做更利于其启蒙精神的表达和民众意识的复苏。虽然诗是“贵族”的，但文人化的诗是经过有意加工和润饰的，而民间的诗歌大半是“赤裸裸”的，民间的诗是诗歌创作的重要宝库，忽略民间的诗歌是没有前途的，正如俞平伯呼吁的那样：“平民性是诗底主要素质，贵族的色彩是后来加上去的，太浓厚了有碍于诗底普遍性。故我们应该另取一个方向，去‘远淳反朴’，把诗底本来面目，从脂粉堆里显露出来。”① 他以为将来的诗应当是平民的，因此他“不愿意把歌谣和诗截然的分开”。胡适对此极为赞同，他认为诗和文学本来不是贵族的，文学、诗歌的发展从来都是从民间获得了启迪和营养的。他肯定北京大学歌谣研究会收集歌谣的功绩，认为“这些歌谣的出现使我们知道真正平民文学是个什么样子”，从而指出“一切新文学的来源都在民间。民间的小儿女，村夫农妇，痴男怨女，歌童舞伎，弹唱的，说书的，都是文学上的新形式与新风格的创造者”，并断言“这是文学史的通例，古今中外都逃不出这条通例”②。鲁迅也在30年代文艺大众化讨论时明确指出民歌实乃文学的最早源头：“人类是在未有文字之前，就有了创作的，可惜没有人记下，也没有法子记下。我们的祖先的原始人，原是连话也不会说的，为了共同劳作，必须发表意见，才渐渐的练出复杂的声音来，假如那时大家抬木头，都觉得吃力了，却想不到发表，其中有一个叫道‘杭育杭育’，那么，这就是创作；大家要佩服，应用的，这就等于出版；倘若用什么记号留存了下来，这就是文学；他当然就是作家，也是文学家，是‘杭育杭育派’。”③

胡适文体建设的指导思想可以“解放”和“创造”四个字概括。他说：“我常说，文学革命的运动，不论古今中外……都是先要求语言文字文体等方面的大解放。新文学的语言是白话的，新文学的文体是自由的，是不拘格律的。……若有一种新内容和新精神，不能不先打破那

① 胡适：《白话文学史》，上海古籍出版社1999年版，第34页。

② 同上书，第52页。

③ 鲁迅：《上海文艺之一瞥》，《二心集》，人民文学出版社1980年版，第102页。

些束缚精神的枷锁镣铐。"[①] 可见，"解放"是文体建设的第一步工作，即"先打破那些束缚精神"，已成"枷锁镣铐"的旧文体；"创造"是第二步工作，即创造"白话的""自由的""不拘格律的"新文体。这一指导思想形成胡适文体批评的基本标准，贯穿于他所撰写的文学批评中。他肯定和倡导作家创造新文体的试验，认为"只有不断的试验"，才可以为中国新文体"开无数的新路，创无数的新形式，建立无数的新风格"。他说："中国文学有生气的时代多是勇于试验。"综上所述，五四激进文人从民间文学资源中为新文化、新文学的创造和为旧文化、旧文学的颠覆寻找到了强有力的传统依托和理论根据，而五四不少新诗不但在材料上选取了平民的生活、民间的传说和故事，而且在风格上也呈现出通俗易懂的平民风格。他说："中国文学有生气的时代多是勇于试验新体裁和新风格的时代。从大胆尝试退到模仿和拘守，文学便没有生气。"[②]

文学是语言的艺术，而在文学的各种体裁中，语言对诗歌显得尤为重要。18 世纪末 19 世纪初的英国浪漫主义文学是诗歌的黄金时代，华兹华斯在浪漫主义宣言书《抒情歌谣集》"再版序言"中第一段话便开宗明义，提出自己关于诗歌语言的思考："这些诗在第一版中已经给人家读过了。当时印行出来，是当作一种试验，希望可以看出，把感觉敏锐的人们的真正的语言选择出来给以韵文的安排，究竟能否表达出诗人所合理地力求表达的那种愉快，并且能够表达出多少。"[③] 答案是肯定的，试验也是成功的，似乎还有点出乎华兹华斯的预料："感到高兴的人比我当初敢于希望的还要多些"。华兹华斯以其清新、质朴、自然的语言开创了一个崭新的诗歌时代，冲破了 18 世纪新古典主义用"诗歌语言"描写贵族生活的桎梏，开创了诗歌口语化、大众化的道路。在冲破贵族化诗风的道路上，中国五四白话文运动的开拓者与英国浪漫主

---

① 胡适：《谈新诗》，姜义华编：《胡适学术文集·新文学运动》，中华书局 1993 年版，第 78 页。

② 胡适：《寄志摩谈诗》，姜义华编：《胡适学术文集·新文学运动》，中华书局 1993 年版，第 364 页。

③ 华兹华斯：《抒情歌谣集》，刘若端编：《十九世纪英国诗人论诗》，人民文学出版社 1984 年版，第 35 页。

义者走到了一起。“五四白话新诗的开拓者们几乎都是贵族化诗风的反对者，在写什么上，它们的态度是眼光向下，面向平民生活，强调诗的言之有物，鄙视诗的无病呻吟；在怎么写上，明确主张诗须用具体的作法，注重实地的描写，以质朴的文字写人性；同时还倡导可懂性和明白清楚主义。”[①] 其次中英两国文学史上的这次语言大变革，是与两个国家民主思想和时代思潮的要求相适应的。英国浪漫主义诗人生活在一个历史的大变动时代，尽管英国资产阶级革命早在17世纪就已发生完成，但“光荣革命”和君主立宪制的确立是王权与资产阶级议会之间达成妥协的无奈之举，王权与资产阶级之间的矛盾并未得到彻底解决，资产阶级的权利和利益还在不断争取中。与此同时，以工人阶级为代表的人民大众的民主权利斗争还在不断展开，从欧陆吹来的法兰西人民“自由平等博爱”思想和法国资产阶级革命，美洲大陆美利坚民族独立运动等风起云涌的革命大潮，一浪又一浪地震动着英吉利海峡以西的英伦三岛，英国浪漫主义的两代诗人无不被这些革命的理想感召着，但是法国革命的结局却在昼夜间将希望与未来憧憬幻化成了失望哀痛与忧郁。这骤然的变革与突变怎能让这些诗人保持平静和谐，怎还能容得下秩序和规则？一种能够表达真实感受与强烈情感，或忧郁或激情的语言与诗歌体制应运而生了。同样，在五四时期的中国，西方各种思想连同科学与民主理念蜂拥而至，陈独秀在《文学革命论》中开宗明义地表示：“自文艺复兴以来，政治有革命，宗教界已有革命，伦理道德已有革命，文学艺术亦莫不有革命，莫不有革命而新兴而进化。”新诗运动的倡导者不但把进化论学说运用于诗界革命中，而且还疾呼重新估价一切价值的口号，高举民主与科学的旗帜，对在中国诗坛上统治数千年之久的陈腐旧诗进行猛烈的攻击，中国诗歌运动史上从来没有出现过如此强烈的批判意识和如此强烈的变革精神。“新社运动的蓬勃发展，正是取决于变革所引起的种种观念的变化。诗歌观念的变革与中国新诗的建造是异常艰巨的战斗，但是，中国诗歌的应变已经有了坚实的客观基础和必备条件，它是适应社会的需要而产生的，因而也是不可逆转的了。”[②]

---

① 龙泉明：《中国新诗流变论》，人民文学出版社2003年版，第60页。

② 同上书，第27页。

最后从今天语言哲学理论中“语言是人类的生存家园”的角度看，无论是英国浪漫主义的诗歌语言平民化还是中国五四白话运动，都把语言推到了社会变革的最前列，正是这一语言哲学思想的体现。语言的解放，伴随着诗体的解放，不拘格律、自由解放的诗歌文体，才符合对封建思想的瓦解目的和追求自由民主的理念。正如胡适所说“若想有一种新内容新精神，不能不先打破那些束缚精神的枷锁镣铐”，因为“形式上的束缚，使精神不能自由发展，使良好的内容不能充分表现”①。

第三节 “世间未冕的立法者”：诗人主体性建构

对个人主体性的无限张扬和崇拜是浪漫主义诗学的重要表征。同笛卡尔“我思故我在”所强调的人的理性存在是认识的一切出发点的主体性观点不同，浪漫主义的主体更“强调个体自身为存在整体的激情主体性，更多的是强调个人的非理性一面的主体生存的有限性，中心型，更多地表现出主观性。”② 浪漫主义理念是在人自身内部感受人和整个世界的一种感受方式和生存方式，它把主体性的自由创造作为自己的原则。因此诗人，作为诗歌创作的主体被上升为“世间未冕的立法者”地位，诗人的天才和灵感、想象情感表达，包括激情、忧郁、感伤等成为浪漫主义诗学主体性的重要内涵。

一 雪莱的西风颂歌与郭沫若的凤凰之舞：天才与灵感

作为浪漫主义诗学的重要理论家、实践家，雪莱在他短暂而充满坎坷的30年里留给世人的是一笔丰厚的文化财产。无论是他的诗歌作品，还是诗学理论著作都树立了一个后人难以攀登的高峰。他那“（西）风啊，如果冬天来了，春天还会遥远”的著名诗句以奔放的激情歌颂新生命的到来和新世界的建立，既鼓舞带动了中国五四时期像郭沫若一样的热血青年，也为中国五四新文学吹来了浪漫主义之风；郭沫若代表作

① 胡适：《谈新诗》，姜义华编：《胡适学术文集·新文学运动》，中华书局1993年版，第81页。

② 寇鹏程：《古典、浪漫与现代》，上海三联书店2005年版，第179页。

《凤凰涅槃》，“通过凤凰死而复生，象征旧世界旧我的毁灭，象征祖国的新生民族的新生和自我的新生”[①]，也树立了中国五四浪漫主义文学的典范。

雪莱的诗歌和诗学理论所充溢着的浓厚的浪漫精神震动着同时代的人，也感染、影响了后世的各国人民。雪莱在中国的接受从 20 世纪初开始，苏曼殊是最早翻译介绍雪莱诗歌《含羞草》的中国人。随后对雪莱的作品译介越来越多，到五四新文化运动时形成高潮。当时许多著名诗人翻译家像陈南士、周作人、宗白华、成仿吾、朱湘、李唯建、梁宗岱都纷纷翻译雪莱的诗作；当时著名的文学杂志期刊，如《文学旬刊》《创造》《小说月报》《文学》《诗》《文艺杂志》《语丝》等都登载介绍雪莱的作品。雪莱对中国现代文坛上的创造社和新月社诗人都产生过较大影响。郭沫若可以说是中国最早的雪莱诗集选译者，他在学生时代就阅读了大量外国文学作品，他说：“我接近了泰戈尔、雪莱、莎士比亚、海涅、歌德、席勒……这些便在我的文学基地上种下了根，因而不知不觉地便发出了枝干来……”[②] 郭沫若对雪莱作品的翻译和接受比较早而且全面，或者可以说，雪莱对郭沫若诗歌理论的形成和早期诗歌创作的影响明显而深刻。郭沫若曾说：“雪莱是我最敬爱的诗人中之一。他是自然的宠子，泛神论的信者，革命思想的健儿。他的诗便是他的生命。他的生命便是一首绝妙的好诗。……译雪莱的诗，是要使我成为雪莱，是要使雪莱成为我自己。……我爱雪莱，我能感听得他的心声，我能和他共鸣，我和他结婚——我和他合而为一了。”[③] 虽然郭沫若也广泛接受了歌德的美学思想，但对郭沫若早期文艺思想起到关键性影响作用的应该说是雪莱和他的著名诗学论著《为诗辩护》。1920 年 1 月 18 日，郭沫若在写给宗白华的信中集中表达了当时他对文艺问题的整体性美学认识，而这封信也可以说是郭沫以自己的认识，对雪莱《为诗辩护》诗学思想所作的概括和总结，其中的一些主要观点，乃至一些形象性的比喻，都明显地印证是从雪莱的《为诗辩护》中接受过

① 陈国恩：《浪漫主义与 20 世纪中国文学》，安徽教育出版社 2002 年版，第 99 页。

② 郭沫若：《学生时代》，《沫若文集》第 7 卷，人民文学出版社 1962 年版，第 12 页。

③ 郭沫若：《雪莱的诗 · 小序》，《创造》第 1 卷第 4 期，1923 年 2 月 10 日。

来的。

（一）诗人主体特质——灵感

同其他英国浪漫主义者一样，雪莱是从艺术家的主观内面寻找艺术的发生根源的。他说，艺术（诗）是无上威力所创造，“这威力的宝座却深藏在不可见的人类天性之中”[①]。他特别突出主观想象的作用，并以此作为诗（艺术）的定义。他说：“一般说来，诗可以解作‘想象的表现’。”[②] 他还用风吹竖琴奏出曲调来比喻文艺的产生过程：“自有人类便有诗。认识一个工具，一连串外来的和内在的印象掠过它，犹如一阵阵不断变化的风，掠过奥利亚的竖琴，吹动琴弦，奏出不断变化的曲调。”[③] 郭沫若也借用了这个比喻，表达了自己对艺术本质的认识。他写道：“我想我们的诗只要是我们心中的诗意诗境底纯真的表现。命泉中流出来的Stream（泉流），心琴上弹出来的Melody（曲调）……”[④] 郭沫若还把上面引用雪莱比喻中的风直接理解为“灵感”，因为雪莱在《为诗辩护》中的另一处更明确地用风比喻灵感的袭来：“人不能说，‘我要作诗’。即使是最伟大的诗人也不能说这种话语；因为，在创作时，人们的心境宛若一团行将熄灭的炭火，有些不可见的势力，像变化无常的风，煽起它一瞬间的光焰；这种势力是内发的，犹如花朵的颜色随着花开花谢而逐渐退落，逐渐变化，并且我们天赋的感觉能力也不能预测他的来去。……我愿请教当代最伟大的诗人们：若说美好的诗篇都产自苦功与钻研，这说法是不是错误。批评家劝人细致推敲和不求急就，这种意见如果予以正确解释，不过是主张应当留心观察灵感袭来的瞬间……”[⑤] 由于雪莱重视创作灵感在创作过程中的关键性作用，所以他认为诗的才能中含有本能性和知觉性，他用婴孩在娘胎中逐渐成长的过程做比喻，说文艺作品的产生就是指挥着手来造型的心灵也不能替自

① 郭沫若：《文艺论集·文学的本质》，《沫若文集》第10卷，人民文学出版社1962年版，第221页。

② 同上。

③ 同上书，第223页。

④ 同上。

⑤ 雪莱：《为诗辩护》，刘若端编：《十九世纪英国诗人论诗》，人民文学出版社1984年版，第153页。

己说明那创造过程中的起源、程序或手段。他认为："事实不受心灵的主动能力的支配，诗的诞生及重现于人的意识或意志也没有必然的关系。"[①] 在致宗白华的信中，郭沫若引用了雪莱"人不能说，'我要作诗'"的话，以说明艺术创作需要灵感。后来在《文艺上的接产》中，郭沫若又借用雪莱的比喻，把文艺创作的过程比喻为婴孩还在娘胎中的成长，说艺术家应当耐得住伟大而悠长的等待，"在未从事创作之前等待的是灵感"[②]。郭沫若曾归纳了一个公式来说明诗的本质："诗 =（直觉 + 情调 + 想象） +（适当的文字）。"[③] 他解释说："我想诗人底心境譬如一湾清澄的海水，没有风的时候，便静止着如像一张明镜，宇宙万汇底印象都含映着在里面。这风便是所谓直觉，灵感（inspiration），这起了的波浪便是高涨者的情调。这活动着的印象便是徂徕着的想象。这些东西，我想来便是诗底本体，只要把它写了出来，它就体相兼备。"[④] 他回忆诗歌灵感来临之时，"就好像生了热病一样，使我作寒作冷，使我提起笔来战颤着有时候写不成字"[⑤]。他这样描述创作《凤凰涅槃》时的情景："上半天在学校的课堂里听讲的时候，突然有诗意袭来，便在抄写本上东鳞西爪的写出了那诗的前半。在晚上行将就寝的时候，诗的后半意趣又袭来了，伏在枕上用着铅笔只是火速地写，全身都有点作寒作冷，连牙关都在打战。就那样把那首奇怪的诗也写出来。"[⑥]

从雪莱与郭沫若各自对诗歌创作经历的记述里，我们不难看到二人都把灵感作为诗歌的开始甚至全部，从而认识诗歌的本质，对灵感的强调是二人浪漫主义诗学的共同观点。灵感是心灵的感觉和感受，它不依赖于外物，而是一种主观的内心反应。然而，我们也发现他们二人对灵感解释的出发点还是有所不同的。雪莱的灵感说是基于对新古典主义模仿说的一种反动，是对新古典主义理性至上命题的否定，是对新古典主

---

① 雪莱：《为诗辩护》，刘若端编：《十九世纪英国诗人论诗》，人民文学出版社 1984 年版，第 153 页。

② 郭沫若：《我的作诗经过》，《沫若文集》第 11 卷，人民文学出版社 1962 年版，第 144 页。

③ 郭沫若：《论诗三札》，《郭沫若论创作》，上海文艺出版社 1982 年版，第 39 页。

④ 智量：《比较文学三百篇》，上海文艺出版社 1990 年版，第 413 页。

⑤ 郭沫若：《创造十年》，《沫若文集》第 7 卷，第 59 页。

⑥ 郭沫若：《我的作诗经过》，《沫若文集》第 11 卷，第 144 页。

义规则秩序的推翻。针对新古典主义提出的模仿经典，模仿古希腊罗马的要求，雪莱用灵感告诉人们，艺术是一种创造，创造意味着反叛，意味着不同和革新，创造的结果是一种史无前例、前无古人的作品，它不是对世界的描摹，更不是对他人的效仿；针对新古典主义对理性的推崇，雪莱用灵感向人们证明，艺术不是科学，客观诉求不是它的宗旨，诗歌是心灵感受的表达，是情感心绪的主观体现，面对人的个性、情感和内心世界已被工具理性异化的现实，雪莱要用灵感去创造人生的诗意，诗意的人生；针对新古典主义要求秩序与规则，雪莱用灵感向人们说明艺术以及生活都是丰富多彩、富于变化的，芸芸众生是千差万别的，个性是生命鲜活的体现，艺术是个性的张扬，因而没有陈规戒律。与因宣扬无神论思想而被大学开除的雪莱不同，20 世纪初的郭沫若则是坚定的泛神论者。“郭沫若的泛神论主要不是一种哲学上的泛神论，而是表现在诗歌中的诗人的泛神论思想，而这种思想有时同他的个性主义、表现自我的思想紧密结合在一起的”，是“以反封建专制和神权统治为其特征，它与‘静的忍耐的文明’的产物——佛学是对立的”①。通过对诗歌创作中灵感的强调，郭沫若对严重束缚人的个性和欲望的儒学、佛学进行批判，从而赞美天才，赞美创造。灵感及其诗歌中的想象，“既是人的自我形象，又是一种精神，一种人神，一种自然力，一种宇宙意志，但归根到底，还是诗人自我”②。通过泛神论思想，郭沫若“展开了一个辽阔而丰富的新世界”③。通过灵感，让想象延伸，使主观精神得以扩张，达到人与自然、与世界融合的境界，并为诗人个体心灵自由和情感驰骋提供了穿越时空的可能。

尽管郭沫若同雪莱对诗学灵感强调的出发点不同，但对灵感在诗歌创作中重要作用的强调是异曲同工的，对灵感作为浪漫主义诗学的重要特质的观点是一致的。

（二）诗歌职能——功利与非功利

雪莱把艺术和艺术家的地位推到了很高的位置上，认为诗人是

① 龙泉明：《中国新诗的现代性》，武汉大学出版社 2006 年版，第 183 页。

② 同上书，第 184 页。

③ 冯至：《我读〈女神〉的时候》，《诗刊》1959 年第 4 期。

“世间未冕的立法者”[①]（也译作“世间未经公认的立法者”），本质上包含并综合了立法者和先知的两种特性。他把艺术置于一切科学之上，认为诗是最神圣的东西。他说：“真的，诗是神圣的东西。它既是知识的圆心又是它的圆周，它包含一切科学，一切科学也必须溯源到它。它同时是一切其他思想体系的老根和花朵；一切从它发生，受它的润湿；如果害虫摧毁了它，它便不结果，不成种子，不给予这荒芜的世界以养料了，使得生命之树不能继续繁殖。”[②] 这种艺术至上主义的理论倾向，产生了他艺术社会职能观的两个相联系又相对立的方面。一方面，他把艺术当作高于任何社会领域的最神圣的东西，因而反对艺术为任何具体的社会目的服务，它强调灵感，强调文艺创作中的直觉性、本能性和不自觉性，认为艺术家创作是不能顾念到狭义的功利目的的。但另一方面，他又特别强调乃至夸大了艺术的巨大社会作用。他说，即使世界上从来没有存在过洛克、休谟、伏尔泰、卢梭这类的思想家，要估计现今世界的状况也非难事，但若但丁、莎士比亚、弥尔顿、拉斐尔、米开朗琪罗这类文学家艺术家不曾诞生人间，世界就是不堪设想的了。他把艺术的社会功用集中于它可以产生和保证一种最高意义的快乐，认为这才是真正的功用。也就是说，他从艺术可以给人带来艺术审美快感出发，说明艺术可以达到乐、德、善、真、爱这种种形式所可达到的社会目的，它能撕下世界的沉浮面目，露出赤裸的、酣睡的美，为人们创造另一种人生；它能激起人们的快感，洗练人们的感情，扩大人们的胸襟；它能鼓舞人们的精神，促使他们觉醒起来而去发明那些“比诗粗浅的实用科学”，“去应用分析的推理以纠正社会的越轨行为”；他可以丰富人们的想象，增进人们之间的了解，加强人与人之间的爱，提高人们的道德观念，因为“要做一个至善的人，必须有深刻而周密的想象力”，“想象是实现道德上的善的伟大工具”，而诗便以不断使人感到新鲜而有乐趣的思想来充实想象，扩大想象力。作为一个革命的浪漫主义者，雪莱还特别强调艺术在解放事业中的伟大作用。他说：“在一个伟大民

① 章安琪编：《缪灵珠美学译文集》，中国人民大学出版社 1988 年版，第 177 页。

② 雪莱：《为诗辩护》，刘若端编：《十九世纪英国诗人论诗》，人民文学出版社 1984 年版，第 153 页。

族觉醒起来为实现思想上或制度上的有益改革而奋斗当中，诗人就是一个最可靠的先驱、伙伴和追随者。”①

郭沫若的艺术社会职能观在总体性的性质和特点上与雪莱也是相近的。他也十分尊崇艺术与艺术家的地位，并且以雪莱的《为诗辩护》为其理论依据。在《神话的世界》一文中，郭沫若介绍了雪莱的《为诗辩护》，并热情地写道：“无怪乎热血的诗人雪莱，要愤激而成《诗之拥护论》，要主张诗的神圣，想象的尊崇，诗人是世界的立法者了。”雪莱用黄莺歌唱比喻诗人作诗，说诗只为了慰藉自己的寂寞，郭沫若也曾用与之近似的杜鹃啼血、日本莺鸣和小儿啼号比喻诗人写作，说诗歌“一啼一号都是他自己的心声”。他也像雪莱一样，重视灵感直觉和不自觉性，反对诗人带着功利目的去写作。他说：“我想诗人底心境譬如一湾清澄的海水，没有风的时候，便静止着如像一张明镜，宇宙万汇底印象都含映着在里面。”“心境如一湾清澄的海水”，“像一张明镜”，这是对诗人创作无功利目的的最好比喻。与此同时，他同雪莱一样强调甚至夸大文艺的社会作用，提出艺术有两种伟大的使命：“统一人类的情感和提高个人的精神，使生活美化。”在艺术家与革命家中，他把文艺家同革命家等同起来，说“一切真正的革命运动都是艺术运动，一切热诚的实行家是纯真的艺术家，一切志在改革社会的热诚的艺术家也便是纯真的革命家”。不难看出，在西方浪漫主义者特别是雪莱的影响下，郭沫若已经奠定了自己早期文艺理论的基础，也就是说，他早期文艺观的基本性质是浪漫主义的。

（三）诗人主体表现——想象与激情

《不列颠大百科全书》对雪莱的评价是：“在一个伟大的诗的时代，写出了最伟大的抒情诗剧、最伟大的悲剧、最伟大的爱情诗、最伟大的牧歌式挽诗，和一整批许多人认为就其形式、风格、意象和象征性而论，都是无与伦比的长诗和短诗。”② 从雪莱诗歌的表现手法中，我们看到，雪莱的诗歌运用了丰富的想象，把大量的自然界意象，作为象征

① 雪莱：《为诗辩护》，刘若端编：《十九世纪英国诗人论诗》，人民文学出版社 1984 年版，第 137 页。

② 江枫：《疯子雪莱，不信神的雪莱》，《雪莱抒情诗全集》，湖南文艺出版社 1996 年版，第 947—948 页。

来充满激情地表达他的思想和主题。如果说诗与美、诗与自由体现了雪莱的诗歌理想的话，诗与想象加激情则是他诗论中的艺术主张。正是基于对诗与想象的成功解答，成就了雪莱抒情诗的妙音神思之境。雪莱在《为诗辩护》中开宗明义地提出："诗可以界说为'想象的表现'。"他说："心灵有两类活动，叫做推理和想象。按照一种看法，前者可以认为是心灵在审察一个思想对另一个思想的关系，不论这关系是如何产生的；后者则是心灵在作用于这些思想时，以自己的光辉给它们加上色彩，并把它们当做素材，从而组成一些别的思想。"[①] 雪莱是一个具有浓厚民主主义和空想社会主义革命思想的浪漫主义诗人，他的诗歌作品除了反映他崇高的理想、澎湃的热情、杰出的才华、广博的知识之外，在艺术表现上还始终贯穿着一系列大胆的想象。他认为，诗人主要是运用想象去创造作品："我们读到当代最著名的作家们的作品时，对于他们字里行间所燃烧着的电一般的生命不能不感到震惊。他们无所不包、无所不入的精神，度量着人性的范围，探测人生的奥秘。"[②] 这里所说的"无所不包、无所不入"，就包含了丰富和广博的艺术想象。请看他那首著名的抒情长诗《云》的开头："从海洋、从江河，我为焦渴的花朵，/带来清新充沛的甘霖，/我用凉荫遮蔽绿叶，当她们都息歇/在中午午休时的梦境，/我从翅膀落下露滴，去唤醒那些/鲜嫩萌蘖，甘美蓓蕾，/当她们的母亲围绕太阳舞蹈着轻摇/让她们贴着胸脯入睡。/我挥动冰雹的连枷把绿色原野鞭挞，/直到她有如银装素裹，/再用雨水把冰溶掉；我有时哄然大笑，/当我在雷鸣声中走过。"（雪莱：《云》）诗人把自己幻化为一片祥云，为焦渴的花儿带来甘霖；把自己想象为一片凉荫，遮蔽绿叶走进午休的梦境；从翅膀下滴落朝露去滋润鲜嫩的蓓蕾，围绕太阳轻轻起舞溶入母亲的胸怀，挥动冰雹鞭挞原野，再用雨水溶化坚冰、用笑声穿过雷鸣……这样的诗意想象可谓妙音神思，意境雄浑、神奇、廓大而悠远。雪莱善于从自然风光、山川姿色、神灵世界、人间美景中汲取诗歌形象的营养，让笔下的诗篇开放出绚烂的浪漫主义之

① 雪莱：《为诗辩护》，刘若端编：《十九世纪英国诗人论诗》，人民文学出版社 1984 年版，第 119 页。

② 同上书，第 124 页。

花。他曾说："一切崇高的诗都是无限的，好像一颗橡实，潜藏着所有橡树。我们固然可以拉开一层层的罩纱，可是潜藏在意蕴深处的赤裸的美却从不曾完全被揭露过。"① 他就是要通过丰富的艺术想象将这种美"揭露"出来。

鲁迅先生曾赞叹雪莱是"神思之人"，称他"品行之卓，出于云间，热诚勃然，无可沮遏"，"自趁其神思而奔神思之乡；……出入间而神行，冀自达所崇信之境；复以妙音，喻一切未觉"。诗人郭沫若也评价说："雪莱的诗心好像一架钢琴，大扣之则大鸣，小扣之则小鸣。他有时雄浑倜傥，突兀排空；他有时幽抑清冲，如泣如诉。他不是只能吹出一种单调的稻草。"确实如此，雪莱的众多诗作，特别是那些广为传诵的抒情诗，除了前面提到的《西风颂》《致云雀》《云》《苍天颂》等作品外，还有早期的《无常》《死亡》《夏日黄昏墓园》《无题》，1816 年创作的《日落》《赞智力美》《勃朗峰》，1817 年创作的《玛丽安妮的梦》，1818 年创作的长诗《尤根尼亚山中抒情》《樵夫和夜莺》，1819 年创作的《颂歌》《印度小夜曲》，1820 年写的长诗《含羞草》《海的幻景》，1821 年创作的《爱，希望，欲望和恐惧》《古妮芙拉》，1922 年的《一盏明灯破碎》《写在勒瑞奇海湾》，等等，无不妙音神思，喻言万象，仪态万方，无不是采用浓墨重彩铺陈天宽地阔般的幻想遐思，或超凡，或俊逸，或空灵，或凄迷，用一个个奇妙的艺术境界叩击出那个时代诗坛的绝响，曲尽其妙地表达诗人的抱负、情怀、胸襟、理想和追求。

抑或是由于郭沫若易于动情的天赋和大胆的个性，郭沫若的诗"好做激情宣泄"，"具有动的激烈"②。郭沫若的诗"往往把客观事物打碎简化，消溶于情感洪流中，让它成为情感的形式或媒介"③。在选择自然界的意象时，郭沫若的诗中少有小草、小船、小河、小鸟、花朵、蝴蝶等抒情性的吟咏对象，他一反旧俗——或探究星空，或拥抱地球，或讴歌大海，或赞美太阳，以狂放的笔力，玄幻的意境，把自己和

① 雪莱：《为诗辩护》，刘若端编：《十九世纪英国诗人论诗》，人民文学出版社 1984 年版，第 120 页。

② 龙泉明：《中国新诗的现代性》，武汉大学出版社 2006 年版，第 175 页。

③ 同上书，第 174 页。

大自然的雄伟融合在一起，抒发激情与豪放。“他随手捏来一些有力度的词语融入或嵌进句里，以加强诗的硬度和强度；他往往连续使用排比和反复的修辞手法，以增强诗的气氛和力感；他所写的人物也大都是英雄勇士叛逆者，‘他把主观世界的英雄精神和客观世界的一切壮美雄强的形象互相交流，以达到最高的英雄诗的效果’。”①

（四）诗歌意象——力量与神奇

在诗歌的意象选择方面，雪莱同郭沫若有着相像之处：雪莱以西风为突出代表，郭沫若则以火凤凰为例证。《西风颂》是雪莱最著名的抒情诗代表作。创作该诗时，正值英国和欧洲革命运动风潮迭起、如火如荼之际，资产阶级的民主革命正处于低谷。这种压抑、沉重的氛围使雪莱坚定了呼唤光明、冲破黑暗的决心，他要用诗情张扬出逆风飞扬的火光，用诗美荡涤出新世界的欢场，于是，诗化的激情给了他抒情诗中“西风”这样一个狂傲不羁的形象：“就把我的话语，像灰烬和火星/从还未熄灭的炉火向人间播撒；/让预言的喇叭通过我的嘴唇/把昏睡的大地唤醒吧！西风呵，/如果冬天来了，春天还会远吗？”② 在这首诗里，诗人创造的是一种粗粝之美、激越之美、豪迈之美和神往之美。纵观全篇，诗人以奔放的激情歌颂狂暴有力的西风，赞美西风以摧枯拉朽之势扫除残枝败叶，以磅礴之气驱散高空的流云，招来冰雹、暴雨和雷电，为黑夜的世界唱响葬歌；赞美西风把昏睡的大海唤醒，掀起汹涌的波涛，震撼海底的花草树木；还赞美西风既是破坏者又是保护者，她到处播撒生命的种子，催促万紫千红的春天的到来。诗人采用象征手法歌颂了人间社会的革命风暴，不仅正无情地破坏失去了存在合理性的旧世界，而且让播撒下的希望的种子放射出如火如光般的灿烂姿容，在逆风飞扬的艺术风暴里鸣响那历史脉动的号角，用诗情与诗美的吉祥的喇叭预言春天的到来。郭沫若被称为中国“五四”诗坛的“霹雳手”。在那个地震式的大“灾变”年代，感应时代精神极为敏锐的郭沫若迅速发出自己激越的呼喊，在《凤凰涅

---

① 龙泉明：《中国新诗的现代性》，武汉大学出版社 2006 年版，第 188 页。

② 雪莱：《西风颂》，江枫主编：《雪莱全集》（1），河北教育出版社 2001 年版，第 177 页。

槃》中，郭沫若在遭受来自个人精神状态和民族命运现状的双重打击后，发出心底的感叹："我们这飘渺的浮生/好像那大海里的孤舟，/左也是漶漫，/右也是漶漫，/前不见灯台，/后不见海岸，帆已破，/墙已断，/楫已漂流，/柁已腐烂，/倦了的舟子只是在舟中呻唤，/怒了的海涛还是在海中泛滥。/啊啊！/我们这飘渺的浮生，/好像这黑夜里的酣梦。/前也是睡眠，/后也是睡眠，/来得如飘风，/去得如轻烟。/来如风，/去如烟，/眠在后，/睡在前，/我们只是这睡眠当中的/一刹那的风烟。"但是我们看到对现实失望的宣泄不单只减轻了身心压抑而产生的挫折感和焦虑感，起到疗救自己苦痛灵魂的功效，从而让诗人度过了精神迷惘的危机，而且，它所焕发的诗人的主体能动性、生命元气、原创性和行动意志，可以转变为按他自己的希望和理想去改变现状的精神动力和资源。"鸡鸣/听潮涨了，/听潮涨了，死了的光明更生了。/春潮涨了，/春潮涨了，/死了的宇宙更生了。//生潮涨了，/生潮涨了，/死了的凤凰更生了。//凤凰和鸣/我们更生了，/我们更生了。/一切的一，/更生了。"（郭沫若《凤凰涅槃》）《凤凰涅槃》在以雄浑、豪放、宏朗的调子掀起的奔涌、激动、奋发的情感风暴中结束。全诗猛烈地冲决封建罗网，以"药石的猛和鞭策的力"冲破东方古典文学温软、忧郁的"中和"美，也冲破了西方世纪末文学感伤、颓废的情绪，表现出喷薄而出的新世纪黎明所特有的乐观情调和破旧立新的革命精神，抒写了由这种乐观情调和革命精神所带来的欢畅激情。

二 济慈的秋天与废名的田园：忧郁感怀

尽管有着明显的时空差距，我们却能从济慈——这位英国浪漫主义最后诗人的诗作里，与废名——这位在"五四"退潮声中走上文坛的中国知识分子的小说里，读到相似的格调：忧郁。济慈 26 岁的人生可谓短暂，他以细敏的感官描写留给世人唯美忧郁的诗文，他的字字句句总能触动读者的指尖、眉梢、唇边，振动最轻薄的鼓膜，激起最细小的味蕾，让每个细胞尽情伸展，让淡淡的情绪舒散蔓延……他有华兹华斯对自然的爱慕，有柯勒律治对感官的依恋；他少了雪莱的革命激情，少了拜伦的潇洒倜傥。他短暂的生命承载了太多的感伤，羸弱的身体负荷了太多的愁思，缕缕不断的诗情耗尽了他的精血，而生命被感动的瞬间足以让他享寿千年。废名这位心想佛禅的浪漫主义者，虽然身居闹市却心向田园，渴望“人与自然的契合”，蔑视都市的浮华虚饰，拒斥近代文明对人性的侵蚀与异化，他从故都眺望乡野，在生活底层发现人性的真纯与圣洁，集中展现了古朴善良的个体生命，为这个社会提供了一个文学体验的新方式，这是一种深入人们心灵的、在想象中体验的方式，并被他以诗化的风格加以强化，而被强化后小说的诗性尽显着他对理想的人生形式和生存境界的追求。

（一）忧郁的源起

济慈与废名的忧郁诗学表现有所不同，因为他们忧郁的起源大相径庭。济慈8岁丧父，当年母亲再嫁，他们兄妹四人跟外祖父过活，尝到了没有自己家庭的凄凉滋味。15岁他做了外科医生的学徒，19岁进入该市医院继续学习，一年后通过药剂师考试。医院所在的伦敦桥南区是“一个肮脏的鬼地方，有许多弯弯曲曲的街巷”①。王佐良描述道：“当时的外科手术是野蛮的，没有麻醉剂，病人被按在手术桌上，医生在他大哭大喊声中被吓倒。济慈最初的工作是清洗和包扎伤口，而当时伤口几乎无一不受感染，因此他终日与脓血打交道，干了一年多，就坚决离开了。”所以“在最易感受事物的少年时期在如此的环境中过着如此的生活，这就使济慈从头起不同于拜伦、雪莱和大部分其他诗人。他的境遇艰苦得多，他对人世的忧患有着比他们更实际更具体的体验”②。除了济慈生命早期的苦难经历在他心灵上刻下感伤忧郁的印痕外，济慈本人在诗歌创作中也追求唯美，苛刻的性格是促成他诗学忧郁格调的重要原因。针对刊物对他诗歌的批评，济慈这样写道：“赞美或责备对于一个爱好抽象的美而对自己作品采取严厉的批评态度的人只有短暂的影响。我自己内心的批评给我的痛苦，根本不是《波拉克乌特》或《季刊》所能比的。……在《恩狄米昂》中，我一头扎进海里，因而知道了还说深浅，何处有流沙，何处有岩石，而如果我待在绿色的岸上，抽一锅可笑的烟斗，喝茶，听取明智的意见，那我就什么也不会动了。我

① 济慈：《致考登克拉克信》，《济慈书信集》，王柝若译，百花文艺出版社2003年版，第114页。

② 王佐良：《英国浪漫主义诗歌史》，人民教育出版社1991年版，第207页。

从来不怕失败，我宁可失败，也要进入最伟大的人的行列。"[①] 从信中，我们感受到济慈的苦痛感伤，来自于灵魂中对美的柏拉图式的爱恋，及这种爱恋与自我批评似的苛求之间所形成的矛盾，表现为内心对完美诗歌企及而不达的自怜，对唯美艺术境界追求而不得的失落。

废名的忧郁则源于他的佛禅思想。废名生于禅宗五祖弘忍传法之处的黄梅，而五祖寺对莫须有先生有着重大影响，"那时宗教，是艺术，是历史，影响于此乡的莫须有先生甚巨"[②]。莫须有先生就是废名心中的废名。后来受周作人的熏陶，并一心追随周先生习静打坐，谈禅论道，以致卞之琳和鹤西都在文章中回忆说看见过废名打坐释经的场面。有道是，人人有佛性，只要直悟自心，便可成佛。禅宗强调顿悟，以心传心。宗白华曾这样描述审美境界："人生忘我的一刹那，即美学上所谓静照。静照的起点在于空诸一切，心无挂碍，和世物暂时隔绝。这是一点觉心，静观万象，万象如在镜中，光明莹洁，而各得其所，呈现着他们各自的充实的内在的自由的生命，所谓万物静观皆自得。"[③] 陈国恩认为："这种圆融、自在空灵的审美心理，就近于禅悟的境界。他的特点是情感内敛，想象指向自心，即'空诸一切，心无挂碍，和世物暂时隔绝'。"[④] 另外，与禅宗相联系的是避世与超然态度里所潜藏着的哀怜与忧郁格调。而更有说服力的原因在于废名浪漫主义诗学的审美理想追求祈望与现世民众生活悲凉的现实之间的鸿沟所产生的忧患意识。因此，废名的小说，即使是前期诗意很浓的田园诗化小说，仍然与现实本身构成了重要的隐喻和象征关系，他力图将现实生活归入个人主观心灵的统摄之下，通过记忆与"反刍"，从整体上诗意地反观现实，他的田园诗化小说中不光有积极的肯定性指向，还有消极的否定性指向。与这种表述相结合，他选择"田园诗化模式"来反观现实中人们精神上缺少的东西以完成他的预期目的，这是中国人用诗意去化解现实苦难的

① 济慈：《致赫西函》，《济慈书信集》，王杤若译，百花文艺出版社 2003 年版，第 74 页。

② 废名：《莫须有先生坐飞机以后》，《废名选集》，四川文艺出版社 1988 年版，第 62 页。

③ 宗白华：《艺境》，北京大学出版社 1987 年版，第 176 页。

④ 陈国恩：《浪漫主义与 20 世纪中国文学》，安徽教育出版社 2002 年版，第 189 页。

一种方式，这成为废名小说浪漫主义诗学的重要特征。废名的小说侧重于表现，而不是简单的复制或再现；而表现的格调是忧郁，这是废名将对人类生存境遇的历史关怀与文学作品的审美机制联系起来的有力证明，是20世纪初中国一部分知识分子精神生长的个人性和曲折性的诗学表现。

（二）忧郁的表现

济慈诗歌的忧郁格调无处不在，即使在赞颂自然之神奇与美的诗歌中，也会感受到他那低垂的内心所发出的郁郁音符。济慈诗歌的艺术成就集中体现在他的六首颂诗里，《惰颂》《心灵颂》《夜莺颂》《希腊古瓮颂》《忧郁颂》和《秋颂》可以说造就了济慈浪漫主义诗歌的一个高峰，成为对后世诗人具有长远影响力的作品。而这六首诗歌无一例外地弥漫着或浓或淡的忧郁，其中《忧郁颂》直接歌颂忧郁："当忧郁的情绪突然袭来，/像是啜泣的阴云，降自天空，/像是阵雨使小花昂起头来，/把青山遮在四月的白雾中，/你呵，该让你的悲哀滋养于/早晨的玫瑰，锦簇团团的牡丹，/或者是海波上的一道彩虹；/……/隐蔽的忧郁，/原在快乐的殿堂中设有神坛，/虽然，只有以健全而知味的口/咀嚼喜悦之酸果的人才能看见；/他的心灵一旦碰到她的威力，/会立即被俘虏，悬挂在云头。"（济慈《忧郁颂》）《夜莺颂》原本是歌颂这本身的快乐，并给人间带来的精灵的"快乐"诗篇："在林间嘹亮的天地里，/你呵，轻翅的仙灵，/你躲进山毛榉的葱绿和阴影，放开了歌喉，歌唱着夏季。"但当作者面对与现实的对照时，忧患与悲叹立刻涌上思绪："在这里，青春苍白，消瘦，死亡，/而'瘫痪'有几根白发在摇摆；/在这里，稍一思索就充满了/忧伤和灰暗的绝望，/而'美'保持不住明眸的光彩，新生的爱情活不到明天就枯凋。"（济慈《秋颂》）《秋颂》一诗乍看起来只是描写大自然美丽景色的，是歌颂秋天的成熟宁静和音乐美的。但这首诗绝不只停留于单纯地描写秋天的自然景观上，而是通过诗歌深刻地揭示了诗人济慈对人生的伤感、惆怅心绪。正如固吉尔（Unger）所说："很显然，在济慈的观念中，美是和伤感紧密联系着的，真正的伤感只能在生命的成熟中，在美和欢乐中，在愉快中找寻到，只因那些经历才会使时光的流逝显得异常刻骨铭心。随着时光流逝，这样的经历和生命都走向穷途末路。"① 济慈的这种伤感情绪流露在《秋颂》这整首诗的字里行间，在诗的最后一节表现得最为明显。此时，深秋虽然美丽，但不再有丰硕的景象了。取而代之的是因为即将的衰败和死亡而产生的烦躁不安，因为无法抗拒的死亡而忧郁自哀——成群的蚊虫上下飞舞和燕子的喳喳叫声。深秋的虫鸣和燕子的喳喳声所构成的交响乐是驻留与分离、生与死的象征。蚊虫合唱团在悲恸地哀鸣，轻风也在起起落落，秋日虽还美丽，可也在慢慢衰亡。在济慈眼中，这是一曲伤感的交响乐，是人类一代代兴起而又没落的象征和写照。本节的第一行就很清楚地表明了诗人对美好事物消逝的怀念和惆怅心情。此时成群的蚊虫那低沉而悲哀的吟唱，不能不使读者联想起那为过往的岁月而唱出的挽歌。除此而外，诗人对死亡的暗示还是显而易见的。这首诗从描绘夏末秋初那种平和、安详的温馨与丰硕画面转向描述即将到来的冬天的寒冷与凄凉萧瑟景象。这会使读者联想到季节的循环，从产生、成长、成熟、衰老到最后消亡。人类依靠着四季的循环，但却无法控制和改变这种循环。无论人类怎么做，冬天总会如期而至的。而人类本身也有其生命周期的循环，像四季的循环一样，人类也要经历出生、成年和死亡的过程，这是人类所无法超越或逃避的。这首诗所蕴涵的就是这样的人生处境和哲理。"它真是一种态度，一种对生活的深刻直感，这种态度对诗的意象、节奏和语气起到修饰、变化和增色作用。这种态度归根到底是一种对生活感受，一种对现实那不可逃避的，可怕的和无可奈何的不安感。"②

尽管学界常用歌颂人性美好、风格清新淡雅的田园小说概括废名《竹林的故事》《浣衣母》和《河上柳》等早期创作。但在平淡冲和的生命形态和文体风格的创作表象之外，废名小说更试图揭示的是生命的沉重与悲哀。吟咏生命之悲是废名创作这些"田园小说"的共同缘起，也作为一种内置性的背景不时在作品中凝重地呈现，它更是贯穿性主题，构成废名前期创作的内在倾向和浪漫主义的忧郁特性。废名的忧郁

① L. Unger and W. Van O'Connor, *Poems for Study* (New York, Rinehart & Company, Inc., 1953), p. 454.

② William Walsh, *Introduction to Keats* (London, Methuen & Co. Ltd., 1981), p. 59.

诗学从他所说的这样一句话中得到诠释。废名曾说："凡是美丽都是附带着哀音的，这又是一份哲学，我们所不可不知的。"[①] 我们看到，"美丽附哀音"的忧郁已成为废名的生命哲学并一直把这一观念贯彻在他的创作中。阅读废名的小说文本，我们不难发现：他在每一个生活细节中感受、关注生命的美好和沉重。生命的悲情，既形成文本的张力，也是贯穿所有生活片断的中心线；这悲情也使废名的小说凝结着低婉，浸淫着哀伤。生命美丽却是悲哀的哲学思想，使废名的小说清雅而不单薄，纯彻而又有风骨，即便是在有意制造的或诙谐或克制的气氛中，也能引发读者对于生命的深深怅惘。从此意义上看，"田园小说""乡土小说"的评价只是概括了废名小说创作的表象。作为京派作家的开山，加之后来参禅打坐的经历，废名给人的印象往往是隐逸的、超然于现实的。但正如周作人所言："冯君的小说我并不觉得是逃避现实的。他所描写的不是什么大悲剧大喜剧，只是平凡人的平凡生活——这却正是现实。"并且，废名曾宣称："在文艺上，凡是本着悲哀或同情来表现卑贱者的作品，我都喜欢。"[②] 通过分析可以认定，废名"并不逃避现实"，而是一直实践着他关注卑贱者的诺言。而且，即使关注凡人小事，也从情感寄托与生活现实这样生命生存的物质和精神两个层面入手，具备观照生命的整体性眼光。而其"悲哀或同情"的眼光，则源于他对隐藏在细碎的生活事件和看似美好的生命形态背后充满艰难和血泪的生存真相的深刻理解与同情。从根本上说，这些直指某些生存悖论的小说，是对于生命和生存看似平淡，实则沉郁的叹息。废名以他直面生存真相的务实姿态与穿透力，深深地扎根于中国的乡土大地上。

（三）忧郁的诗学本质

济慈作为浪漫主义诗人，在诗歌理论中也一再强调情感的作用，但后来意识到理智的重要性，这是济慈区别于其他浪漫主义诗人的一个重要方面。他还在其书信中创造了一个忧郁诗学本质的新名词："消极感受力"（negative capablility）。所谓"消极感受力"，是指审美主体在创

---

① 废名：《林庚同朱英诞的新诗》，《论新诗及其他》，辽宁教育出版社 1998 年版，第 173 页。

② 同上书，第 174 页。

作时应取的一种态度，济慈认为，诗人要“有能力经得起不安、迷惘、怀疑，而不是烦躁地要去弄清事实，找出道理”①。显而易见，它排斥个人主观意志，要求诗人认识主体无意志，抛开内在的盲目性，达到内心澄明境界时再对事物进行直观把握，是诗人主体观照下无主体色彩的客观事物的再现，是主体色彩淡化后感性个体的浓出。在诗歌创作时，这种“消极感受力”能摆脱诗人认识主体的意志、观念、时间等考虑，在诗歌中呈示给读者完全赤裸裸的事物。总而言之，“消极感受力”要诗人摒弃纯个人的感受，避免情感盲动。当然，济慈的“消极感受力”的提出还是浪漫主义兴盛的时候，影响力并不大，直到丁尼生、勃朗宁等新一代维多利亚诗人的出现，才真正使诗歌转向内敛内省。济慈为控制情感，在其诗歌创作中着重叙事，尝试戏剧化写作，表现自然的客观事物，以沉淀诗人自己的情感色彩。在其《海披里安之亡》中，诗人已经不再满足于渲染神祇的高大神武，宫殿的威武壮丽，也不再让他们口若悬河、夸夸其谈，而是着力叙述新老神族交替、斗争的故事本身，由于有了情节，可以减少因描写、抒情而导致的情绪起落；从神口中说出的语言也极其简练、理性，充满了智慧，“最美的就该是最有力量的，这是永恒的法则”，“谁也无法到达这个顶峰，除了那些把世间的苦难当作苦难并日夜为之不安的人”②。在以情感为诗歌最根本性因素之一的浪漫主义诗人中，济慈有关“消极感受力”的说法显得别具一格。

废名的诗学观可以用“文学即梦”来概括，它同“文学是灵感”“文学是理想”的诗学理念在本质上是极为相似的。梦、灵感以及理想都是主观感性和充满个性特征的概念。废名正是本着这种诗学观念走向文学创作的成熟之路的。1925 年 10 月，第一个短篇小说集《竹林的故事》出版时，废名以波特莱尔《巴黎的忧郁》中的《窗》作为卷头语，用意可谓深长。废名自己译为：“一个人穿过开着的窗而看，决不如那对着闭着的窗看出来的东西那么多。世间上更无物为深邃、为神秘、为丰富、为阴暗、为眩动，较之一只烛光所照的窗子。我们在日光下所见到的一切，永不及那窗玻璃后见到的有趣，在那幽或明的洞隙之中，生

① 济慈：《济慈书信集》，傅修延译，东方出版社 2002 年版，第 59 页。

② 济慈：《济慈诗选》，屠岸译，人民文学出版社 1997 年版，第 18 页。

命活着、梦着、折磨着。”（废名《竹林的故事》）在这段话中，废名想要表达的是他不愿直接地表现生活，也不刻意追求所谓的真实性，而是希望在一种朦胧中含蓄地表现自己的个人性情。这是废名“文学即梦”的美学观或艺术趣味的最初表述。随后，他不止一次地在作品中阐述他的这一观念，在散文《说梦》中，他总结自己早期《竹林的故事》等作品“简直是一个梦”①，并称他为鲁迅《呐喊》所写的文章是“以自己的梦说人家的梦”②，他还说：“字与字，句与句，互相生长，有如梦不可捉摸。然而一个人只能做他自己的梦，所以虽是无心，而是有因。结果我们面着他，不免是梦梦。但依然是真实。”③ 他认为，创作应追求的是成为一个梦。周作人在《竹林的故事》序中指出废名所写的“是他所见的人生”，“不是实录，乃是一个梦”④。而且他认为，人生追求也如做梦一般，他一再借作品里的人物之口表白“人生如梦”的感慨。废名小说以对社会功利的回避与抗拒为特征，在一种独特的历史境遇中形成独有的文化个性。废名对文学的历史与现实境遇的反思，对周作人关于抒情小说和乡土文学的文艺观念与自己“文学即梦”的文学观的结合，使他选择与重建了一个能够回避与抗拒社会功利的田园诗化模式。这是他找到处理现实的一种新型态度，一种新的艺术手法。这一新方法给现实戴上了一具特殊的假面，不仅使他能够对抗艺术成就相对薄弱的左翼文学，又使他得以回避国民党当局的指挥刀的锋利，为自己提供了一块安身立命的精神绿洲。周作人曾把梦区分为两类“反应的梦”和“满愿的梦”，废名小说的大部分与周作人对梦的区别吻合，他一方面写“反应的梦”，即对外界生活发生感应而做的梦，也可称“感知梦”，如《浣衣母》《火神庙的和尚》《四火》等。另一方面写“满愿的梦”，离现实生活的距离远一些，是想象的结果，是内在世界的反映，因此隔了一层，让人觉得有距离，也可称“诗之梦”，如《竹林的故事》《河上柳》《菱荡》《桥》等都是，这一部分在他的田园诗化小说中所占的比重较大，其中印刻着作者对生活深刻体验过的痕迹。

---

① 废名：《说梦》，冯健男编：《冯文炳选集》，人民文学出版社 1985 年版，第 319 页。

② 同上书，第 320 页。

③ 同上书，第 323 页。

④ 钟叔河编：《周作人文类编 · 本色》，湖南文艺出版社 1998 年版，第 626 页。

济慈与废名的忧郁浪漫主义诗学也存在其他方面的不同和差异。首先在于选取的视角的不同：济慈多半以自然景物为表现对象，通过细腻的感官感受加以描绘，尤其是通感手法的运用，结合联想和对比，抽出缕缕哀思和淡淡的忧郁情绪，着实带有一种“剪不断，理还乱”的味道，有一种愈咀嚼，愈深浓的诱惑力；而废名的小说则多半选用社会人文景物，以尽享社会化弊端的城市与乡村为背景，描摹生活在这种鄙陋背景下的低俗之人，以及发生在城市与乡村交叉空间的边缘生活。具体表现在以下两方面：

1. 济慈的通感手法：济慈是一个敏感于外物的人，对自然的描摹总是能引起视觉、听觉、触觉，甚至味觉、嗅觉的细腻反应。徐志摩在《济慈的夜莺歌》里称赞济慈出神入化的诗歌表现手法：“雪莱制《云歌》时我们不知道雪莱变成了云还是云变成了雪莱，歌《西风》时不知道歌者是西风还是西风是歌者……同样的，济慈咏《忧郁》时，他自己就变成了忧郁本体；‘忽然从天上掉下来像一朵哭泣的云’，他赞美‘秋’时，他自己就是在树叶底下挂着的叶子中心那颗渐渐发长的核仁儿，或是在稻田里静惬着玫瑰色的秋阳。”[①] 除此之外，济慈尤其善于抒发出异于常人的内心感觉，他往往打破常人视觉、听觉、触觉和嗅觉的界限，使这些感受凭借诗人的独特感受和联想，创作出新颖的艺术形象。这种“通感”的例子很多，如济慈诗中的通感意象“a sweet kevel”，“icy silence of tomb”，“cloudy winds”等。济慈运用“通感”，使几种感觉相互沟通，诗人以他独特的艺术技巧表现了他实现理想而不得的苦闷心情。当诗人对外界事物的感觉发生变化、转换、移植的时候，诗人的感觉想象，可以由抽象变成具体。又如《夜莺颂》的第五节：“看不见我脚边是什么花在开，/也不辨挂在枝头哪种花吐幽香，/我却在温馨的暗中，不看也能猜/每一朵竞放的花蕾当令正辉煌，/在草丛，丛薄中，果树枝旺的枝上头/白花山植子，牧歌里边的野蔷薇，/易萎的紫罗兰，有树叶把它们遮掩，/和五月的大儿吐英秀，/那待放的康香玫瑰，满含着香露醇，/夏日夜晚时萤火虫焕焕去聚攒。”轻柔的馨香悬挂在树枝上，黑暗里透出芬芳，济慈把他倾听夜莺歌唱的树丛写得

① 徐志摩：《济慈的夜莺歌》，《小说月报》第16卷第2号。

十分令人神往，这里运用的通感手法正是产生于感觉想象。诗中多种感觉互相沟通，创作了新颖的形象和感人的意境，增强了感染力。再如《夜莺颂》的第三节：“消逝得远去，融化掉，整整地忘记/你在浓阴的绿艾丛中所从来/未曾知道的，这疲累，烦躁和奋历，/在这里，人们危坐着，听彼此伤怀/瘫痪在这里摇撼着最后的几根/灰头发，华年变灰白，鬼干瘪，死掉/在这里只要一想起就勾引出哀愁/万种，绝望将病眼瞪/在这里花容保不住她的明眸妙，/或是新生的眷恋相思到明朝后。”①那是悲哀的呻吟，稀疏的白发，呆滞绝望的目光，垂死的青年苍白消瘦，如同鬼魂一般……驰骋着无形的思诗。这种与自然谐和的变术，表现在具有社会进步思想的杰出诗人济慈身上。他也是一位描绘大自然、赞颂世界之美和完善的歌手。中国浪漫主义诗人徐志摩十分赞赏他运用绝妙的想象力所创造出来的那些融入自然、富有美感魅力的意象和表达的境界。济慈与拜伦、雪莱一样，欣赏世界上感性的物质的美，因此崇拜美的唯美主义是济慈浪漫主义诗学的又一特征。

2. 废名在城乡之间：在废名的小说中，我们经常会发现这样一些类似的空间形态的描述：“我同柚子都住在城里……出城不过三里，有一座热闹村庄，妻的家便在那里。”（废名《柚子》）“出城一条河，过河西走，坝脚下有一簇竹林……”（废名《竹林的故事》）看来游移在城与乡之间，或干脆选择在城乡之交的边缘地带，成为废名小说田园空间的设置特征。前者如《柏子》《可妹》《火神庙的和尚》《文公庙》《桥》等，后者如《竹林的故事》《河上柳》《桃园》《菱荡》等。从表面上看，这种选择与他童年时穿梭于小城和近郊的经验有关。废名家在黄梅县城，但作家童年时几乎一直生活在距自己家二里地的外祖母的乡村——岳家湾，它是最典型地反映了作者心目中没有遭遇现代都市物质文明和精神文明侵袭的纯粹“道德”本体的理想世界，所以他的田园小说的叙述空间多选择在城与乡之间，小说中的背景或角色都是以外祖母的乡村世界为原型来构造的。作者让小说中的故事发生在这种与整体时代色调不相协调的封闭性文化环境中，以水墨画般的笔触来表现和赞美故乡宁静恬然的自然环境，并把对平凡人生的描写与诗情画意相糅

① 《英诗选译集》，孙大雨译，上海外语教育出版社 1999 年版，第 167 页。

合、交织，发掘自然的古朴美、意境美，表现人物的情感美、道德美，以此摆脱尘网的束缚和羁绊，以一种超功利的审美心态来远距离地静观人事。

然而，更重要的是这样的选择本身以及小说中位于边缘的生存环境，与废名本人在现实中边缘性的处境构成了一个隐喻。从作家与乡村之间的关系而言，废名与乡村之间总是存在着难以逾越的沟壑，虽然他的母亲出身乡村，但他的家庭所属的社会身份和经济地位属于世代相传的诗书礼仪之家，幼年的他由于舅家在城郊的缘故，经常穿行于城乡之间，但成人后大部分时间都寄居在北京求学、求生，城市景象越来越窒息着外部的自然和人身上的天性，生活在其中的他，却不能冲破社会虚伪和社会习俗的铜墙铁壁。那么，回归乡村，目力所极的景象大都如同时代的乡土作家所描述的那样，遍布着无法化解的血和泪，如同他别一种风格的小说《莫须有先生传》给我们展现的京郊西山的破败、粗陋一样。这种对城市抗拒疏离的情状与回归乡土却归而不能的尴尬情境，使他在内心深处营造着“道德”本体的理想世界——岳家湾、陶家村、史家庄等，让他的主人公行走其中。废名对这一空间在心灵上弥漫出强劲的亲和力，但由于自身在20世纪二三十年代不断被边缘化的处境，不可避免地使文本的叙述同样镶嵌上边缘化的描述和想象，变成边缘化的标本。恰似小说中所描述的“我”的家在城里，出城三里便到岳家湾这个热闹的村庄，或者干脆“出城一条河，过河西走，坝脚下有一簇竹林……”那么正如小说中的主人公穿梭于城乡之间必然要经过厚厚的城墙一般，废名的城乡顾盼给我们显示出由城到乡，永远隔着一堵无法跨越的城墙。《我的邻居》便成了他这种尴尬情境的最好注脚。大人们对“我”这个省城先生的尊敬，对城里人乡下人好坏的争执……让人看到现代都市文明对乡村文明居于绝对优势的无形侵蚀和挤压，在这里，“我”俨然成了家乡这个封闭乡村民间文化的“他者”，一个被看的对象。我与细女等孩子的亲近却招来大人与孩子同时的畏忌，我与淑姐朦胧的感情永远只能深存心底，因为我已经属于“省城”，属于芹了。当淑姐的妈妈说我“二先生真是先生模样了”的时候，她早已把“我”看作非乡间人士了，她也希望儿子小松“将来有一日上省城”，认为“那才是福气”。可见，正是对现代文明的向往将“我”引入了都市，同时也是人们对现代都市的抵触将“我”逐出了乡村，“我”在享受乡村人的敬畏中，永远失去了与他们融为一体的身份认同。因而城乡之间的城门这一具象就充满了二元形式的象征，诸如城内城外、现实想象、此岸彼岸等。而出城后的乡村空间也仅仅是作为城市的依附而设置在离城二三里的交叉地带，如果要贸然地闯入纵深化的田园世界，作者在空间上的这种边缘化构建本身已表明了拒绝一切的深入和进驻。所以，从废名的文本世界对城与乡之间空间的选择中，我们即可以看到他的达观，又能倾听到他作为边缘人的无奈，这一无法调解的矛盾，使废名别无选择地陷入了他自己也未曾预料到的宿命中，构成了一个小说文本与作家处境的绝妙隐喻。

忧郁，作为浪漫主义诗学情感表现的重要特征，在英国不仅局限于济慈和他的诗歌作品中，在华兹华斯、柯勒律治、雪莱、拜伦的诗歌中都有明显抒怀；在中国五四浪漫主义作家中，忧郁与感伤的情绪也在郁达夫、徐志摩、冯志、穆木天等作家的作品中弥漫着。甚至一向感情激越的郭沫若，也在爱情诗集《瓶》中抒写着爱情失意的感伤和痛苦情绪，可谓“感伤主义在激情掀动”[①]。但任凭忧郁感伤的格调肆意，结果就是走向颓废主义，而这种迹象在英国唯美主义后期已呈现出来；在中国，带有民族自律和文学自觉的文学家和理论家及时洞察弥端，闻一多、梁实秋等纷纷撰稿批评这一忧郁情绪。徐志摩在《新月的态度》一文中更是指出自由滥情的创作危害了文学“健康”和“尊严”。应该说，新月诗派对浪漫感伤的滥情倾向的反拨，以及他们在诗歌创作中对“理性节制感情”的文学纪律和美学原则的执行，在一定程度上对克服“五四”新诗感情直露和泛滥的倾向起到了积极的作用。

三　拜伦的希腊之旅与徐志摩的康桥一别：异国情调

在中英浪漫主义诗歌作品中，都存在着不同程度的异国情调，或是对异国的眷恋和怀念，或是对异国文明的崇尚和赞叹，这种异国情调的文学表现与这些诗人的异乡情结是分不开的，与这些诗人曾经的异乡生活经历或者学习经历有着不可分割的内在联系。曾经的生活体验已经成

---

① 龙泉明：《中国新诗流变论》，人民文学出版社1999年版，第103页。

为情感和精神世界里无法抹去的记忆，而对异乡文化的崇拜与赞赏则是使这种记忆得以深化和绵长的终极释义。

（一）拜伦的希腊之旅

古希腊是欧洲文明的发祥地，是欧洲文学艺术和民主政治的摇篮。她辉煌而灿烂的文化，浓郁的异国风情都深深地吸引着英国浪漫主义诗人，并都在作品中表达他们对希腊文明的赞叹和热爱；更重要的是希腊，英国浪漫主义者从她古远的神话故事，曾经辉煌的史诗和戏剧艺术，集原始古典与浪漫于一体的民风中汲取了创作资源和创作灵感，开启了富于异国情调的浪漫主义诗学。“就像浪漫主义本身，浪漫的希腊精神是一种文学和文化现象。它的存在很明显是广泛的……在英国以多样形式存在的浪漫主义希腊精神是强大但并非恒定的。”① 拜伦对希腊情有独钟，如果说英国是拜伦的出生地，苏格兰是拜伦的第二故乡，那么希腊就是拜伦最后的心灵归宿。希腊是拜伦心中永远的情人，拜伦永远是希腊文明的赞美者和希腊人民的支持者。拜伦的希腊情结主要表现在身份认同、永远的爱人、平民思想和民族精神等几方面，这些都与希腊息息相关。

1. 身份认同在希腊：拜伦虽然贵族出身，但对人世的苦难并不陌生——他脾气暴躁的祖先，缺乏同情心的母亲，他的跛足，他的勋爵称号，都是形成他独特个性的原因。他大半生漂泊异乡，连尸骨都葬在了异邦，不能还乡。可以说，拜伦的人生坐标不是也无法在英国确立。在宗教上他靠近加尔文教派，猛烈抨击基督教教义，甚至抨击上帝，他以僧侣之敌薄伽丘为楷模，成为渎神者。在政治上拜伦可望成为一个积极的社会活动家，讨厌成为诗人，却“有心栽花花不开，无心插柳柳成荫”，他成了一位伟大的诗人，却在政治上一败涂地。在情感上，他一生都在追求真挚的爱情，多情甚至放荡，却没能为自己筑起稳固舒适的爱巢。在对国家的态度上，他讽刺批判英国时弊，却又渴望回到英国，但希望渺茫。流浪与漂泊的处境使拜伦产生了身份危机感。他的忧郁与

① Stuart Curraan, *British Romanticism* (Cambridge University Press, 1993), p. 148. 英文原文是：“Like Romanticism itself, Romantic Hellenism is a cultural and literary phenomenon whose existence is widely in evidence. …In England Romanticism Hellenism is a powerful but inconstant presence that expresses itself in a variety of ways.”

悲哀与他天生跛脚的身体残疾有直接关系，并在幼年心灵里萌发形成了对社会底层人民的同情，也造就了他不羁的性格；但真正让他成年之后倍感危机的是无法为自己的人生定位。苏曼殊看到了他的这一点，曾这样评价拜伦："词客漂蓬君与我，可能异域为招魂。"尽管拜伦赞美希腊并为希腊倾注了财力、物力和情感，但希腊毕竟是异邦，他渴望在自己的祖国千古流芳，渴望死后葬在威斯敏斯特教堂而受到后人的膜拜，当然，拜伦也清楚地知道，这都是空想。后来的结果正如他所料：连尸骨都被英国拒绝。拜伦这样一个无国无家的人，如在大海中漂泊的小船，无处靠岸。在他需要港湾的时候，他找到了希腊，也许是希腊找到了拜伦。也许是不谋而合，1823 年，拜伦雇用大船"赫勒克特拉"号，去拯救"被傅的普罗米修斯"希腊，当时希腊人民正在进行推翻土耳其统治的解放革命；也可以说是去寻找自我，并为自己确立身份，并真的为希腊捐躯。正如他自己所说："不幸的人们，不幸的希腊，为了她，我付出了我的时间，我的财产，我的健康；现在又加上了我的生命，此外我还能做什么呢？"从这句话中我们可以读到拜伦对希腊无限的情感，和为她付出一切的坚决；同时，那种因为无家可回、无国可归的别无选择，无法证明自我的抑郁无奈心绪，也尽在话语中。拜伦拯救希腊的过程实际上是拜伦拯救自我的过程。幸运的是，拜伦终于在希腊确立了自己的身份，找到了安身之处。希腊独立政府宣布为拜伦举行国葬，全国哀悼三天。"举行殡仪时，希腊士兵列队肃立街头，一对牧师随灵柩高唱赞歌，灵柩上置宝剑一柄，盔甲一套，桂冠一顶，诗人生前的坐骑也跟随其后。"[①] 拜伦后来在中国的伟大名声，是与他对希腊民族革命的支持和献身，与那首《哀希腊》紧密相连的。我们也看到拜伦的希腊情结源于他的身份认同。

2. 永远的爱人在希腊：拜伦一生追求纯真的爱情，他对爱情的憧憬使他漂泊了 36 年，充满浪漫故事和爱情传奇。他在感情上作过的蠢事丝毫没有动摇他对美好爱情的追寻和赞美。在他洋洋洒洒的诗歌作品中都可以找到他对爱情的崇拜和对爱人的描绘。这在他的杰作《唐璜》里表现得最为清楚。在这部长诗中，拜伦倾泻了自己所有的感情，为当

---

① 《拜伦抒情诗七十首》，杨德豫译，湖南人民出版社 1981 年版，第 236 页。

时的社会生活作了全景描述——从爱情到战争，从奴隶市场到社会高层，因此被称为"色彩斑斓""欢宴的史诗"。在这些色彩中，爱情是最亮丽的一笔。诗中的浪漫逸事包括各种女性：从少妇朱利娅、土耳其苏丹后宫的妃子古尔佩霞、俄罗斯女皇叶卡捷琳娜，直到英国社会贵妇阿德琳公爵以及名媛奥罗拉；从"古怪、滑稽"到"温柔多情"。事实上，作品中所描绘的有着大半希腊血统的海盗女儿海蒂才是拜伦心中永远的爱人。首先，海蒂的美超凡脱俗。在拜伦笔下，海蒂美艳绝伦，她的美不属于人间，她不像是一个真实的存在，而更像是住在伊甸园般美丽的孤岛上的神美天骄："这时，海蒂与晨光迎面相逢/她的面容比晨光更为鲜艳……/……妙龄的奥罗拉以露水亲吻她的唇，/把她错认成姐妹——这实在难免，/谁瞧见她俩/也都会错认/人间的这个，同样清新和秀丽，/却更胜一筹/不是空灵的大气……"（拜伦《唐璜》）其次，海蒂的自然性格是拜伦式英雄的最佳诠释。海蒂出色的美丽一方面代表着"拜伦式英雄"在肉体上具有"支配地位的人格"，可以说，她是拜伦精心创作出来的最具代表性的拜伦式英雄——她远离被拜伦所厌恶的主流社会，没有虚伪做作的姿态，没有庸俗陈腐的观念。"海蒂生来是'自然'的伴侣，不懂得世情/海蒂是热情的女儿，她生长的地方骄阳/倾洒着三倍的热焰和光明，/把明眸少妇的亲吻也烤成火烫/她生来就要爱，要属于她的意中人，/除了这，/什么话、什么事都不在心上/除了这，她不爱、不怕、不指望、不关切/她的那颗心只守着这一处跳跃。"（拜伦《唐璜》）另外，海蒂为爱而爱正是拜伦对爱情的态度体现。诗中唐璜与海蒂立即成为快乐的情侣，她全身心地沐浴在狂喜中，不去想后果，他们的爱热烈如火，纯洁如玉。拜伦以激荡的文字赞颂它，创造了尚未受到自私利益束缚和败坏的人类情感所能达到的崇高境界。拜伦向读者指明，唐璜和海蒂的爱情是真正的圣礼，它比在资产阶级文明条件下处于买卖和交易那种可怜状态的婚姻要圣洁万倍。"……大海是他们的证人，岩洞是喜榻/'幽寂'是慈祥的神父，给他们缔姻/'真情'使这段良缘神圣、合法/一对幸运儿，照他们稚气的眼光，/他们就是天使，地面是天堂。"（拜伦《唐璜》）最后，面对死亡的态度也是海蒂身上拜伦式英雄的化身。诗歌中海蒂做了一个恐怖的梦，预见了她的死亡。然而面对灾难，她没有丝毫畏惧，而是表现出极大的勇气。她先是请求她父亲的原谅。看到没有结果，她便显示出不顾一切的决心。“她平素温顺，可也像一头母狮。”（拜伦《唐璜》）而此时她“……厉声呼叫着，严厉一如她的父亲/要杀就杀我，我的错，这是杀人的海岸/他是碰上的，又不是成心找上门。/我爱她，是他的，死也要死在一块……”（拜伦《唐璜》）于是，在接下来的12个昼夜里，她像花一样凋零枯萎，她的死是不同寻常的美：“头颈低垂，像雨中零落的百合……”（拜伦《唐璜》）此时的她又成为拜伦式英雄的精神化身——要么灿烂地生，要么壮烈地死。

海蒂，这个拥有多半希腊血统的，代表希腊原始自由、自然、本真的女孩成为拜伦心中永远的爱人。不仅因为她有异域的美丽纯洁，而且有希腊人的坚韧果断。她生来就不是要过漫长、平庸的生活，而是要像一团火，宁愿燃烧得短暂但一定要热烈。这些都是拜伦本人的性格体现，他理想中的爱人也是这样：完全释放自己，享受灿烂青春，为自己的理想不惜牺牲生命。除此而外，拜伦借助一心要扼杀海蒂和唐璜之间纯洁热烈的爱情，并最终导致海蒂之死的海盗形象，尖锐地讽刺了英国社会的无情及残忍，使他更向往给他慰藉和自由，也遭受蹂躏的希腊国度。这可以看作是拜伦希腊情结的爱情体现。

3. 民主思想在希腊：也许是拜伦天生跛脚这一残疾，让他满心羞惭，在学校里阻碍他成为群体的一员；也许是他无法释怀的充满父母争吵的最幼小回忆；也许是他那残酷得叫他害怕、庸俗得让他鄙视的母亲；也许是十岁前，在没有封爵前破落寒酸的生活体验，使他建立起对下层人民的同情和对贵族社会的反叛，对遭受蹂躏民族的支持。拜伦同情弱者，谴责强者，对那些趋炎附势的人从不吝惜自己讽刺的言语，拜伦渴望民主，渴望没有压迫，没有欺凌的社会。在初上议院时，第一次发言就是反对惩治那些由于失业而捣毁纺织机的织工；第二次议会演说反对英国对爱尔兰的入侵和统治，站在弱小的爱尔兰人民一边；第三次演说反对国会，支持英国人民，同样是站在了强权势力的对面。当英国同希腊发生冲突时，拜伦站在了希腊一边，痛斥英国对希腊的掠夺。总之，拜伦的一生渴望民主、自由和平等，对于一切压迫和不公，他都会不遗余力地加以斥责。当希腊遭到土耳其的殖民统治时，拜伦不仅撰写诗文、缅怀古希腊文明的被摧残，还一直号召希腊人民起来反抗土耳其的统治，夺回希腊往日的自由和光荣，他倾其财力、物力、人力，亲自参加到争取希腊独立的枪林弹雨中，直到牺牲生命。正如他同父异母的姐姐奥古斯塔为他撰写的墓志铭："他在 1824 年 4 月 19 日死于希腊西部的麦索隆基翁，当时他在英勇战斗，企图为希腊夺回她昔日的自由和光荣。"至今拜伦那哀叹希腊文明的声音还在回响："希腊群岛，希腊群岛！/火热的莎福在此苦练抒唱；/蒂洛斯在此涌现，菲伯思茁壮生长！/永恒的夏日仍使群岛闪金光，/但除了太阳，一切都已沦亡。"（拜伦《唐璜》）

（二）徐志摩的康桥一别

徐志摩说："我的眼是康桥教我睁的，我的求知欲是康桥给我拨动的，我的自我意识是康桥给我胚胎的。"① 这句话道出了徐志摩与英国文化尤其是英国文学的血肉关系，英国的诗学传统成为徐志摩诗艺活动的主要源头。据徐志摩讲，他是到了英国剑桥之后，"对文学艺术的兴趣"才得以"固定成形"的。他译介的西方诗作中，95% 以上都是英国诗人的作品，在他所论及、介绍的 60 多位外国文学家里，英国作家几乎占了三分之二。

康桥是英国著名剑桥大学的所在地，也是英国文化学术的孕育地。1920 年秋，徐志摩经美国到伦敦，在剑桥大学、伦敦大学学习；1922 年上半年由剑桥大学皇家学院特别生转为正式研究生，过了半年的正式学生生活后，8 月中旬回国。这段英伦求学生涯成为徐志摩一生的转折点。康桥秀丽的风景和深厚的文化底蕴给徐志摩印下了美好的回忆。诗人把康桥评价为"汝永为我精神依恋之乡"。

1. 康桥——浪漫主义梦想之乡：康桥是徐志摩生命中的一个永远无法释怀的情结。纵览徐志摩的一生，他的理想追求和气质性格，无不受到剑桥的影响。他在《吸烟与文化》一文中写道："但我在康桥的日子可真是享福，生怕这辈子再也得不到那样甜蜜的机会了。我不敢说康桥给了我多少学问或是教会了我什么。我不敢说受了康桥的洗礼，一个人就会变气息，脱凡胎。我敢说的只是——就我个人说，我的眼是康桥教我睁的，我的求知欲是康桥给我拨动的，我的自我意识是康桥给我胚

① 徐志摩：《吸烟与文化》，《巴黎的鳞爪》，新月书店 1931 年版，第 21 页。

胎的。”① 在徐志摩看来，剑桥是他的人生道路发生重大转折的地方。从某种意义上可以说，“诗人的世界观、艺术观都是在剑桥逐步形成的”。康桥之与徐志摩是一种精神上的重生，他在此不仅发现了康桥、发现了自己，而且确立了自己终生追求的人生信仰。胡适曾经把徐志摩的人生观归纳为一种“单纯信仰”：“他的人生观真是一种‘单纯信仰’，这里面只有三个大字，一个是爱，一个是自由，一个是美。他梦想这三个理想的条件能够汇合在一个人生里，这就是他的‘单纯信仰’。他的一生的历史，只是他追求这个单纯信仰的实现的历史。”② 徐志摩的“单纯信仰”实质上是一种理想的浪漫主义精神。他之所以轻易地放弃在美国唾手可得的博士学位而毅然奔赴英国，多半是因为大学里枯燥的学习和美国实用功利的社会氛围与他崇尚自由、探索精神事物的天性格格不入。他崇拜罗素，为了追随罗素而从美国来到英国，但当他来到英国时，罗素已经被剑桥大学的圣三一书院除名。在巨大的失望之余，徐志摩结识了狄更生，并潜移默化地接受了他的影响；后来又结识了大作家威尔斯，并折服于威尔斯广博的学识、宽厚的胸襟和随和的风度；之后又结识了汉学家魏雷、诗人卡因、嘉本特和哲学家罗素，以及令他终生难忘的女作家曼斯菲尔德。“从徐志摩与西方文化名流的交往中，我们可以看到，这不仅仅是中西文化接触的问题，而是升华为一种性灵的汇合交流，因此极大地影响了他的整个精神面貌。这种灵魂的升华激发了徐志摩的浪漫气质和自然天性。”③ 比起当时和后世在海外留学的许多学者，徐志摩是最适应西方社会的中国文人。徐志摩崇拜英雄、交结名士，像蜜蜂采蜜，在奇花异卉里飞来飞去，吸芬芳、取营养，在心之巢里酿蜜。徐志摩的人文精神、世界观、人生观、艺术观正是在这潜移默化的熏陶和浸染中形成的。

2. 康桥——浪漫主义自然情怀：无论是华兹华斯、柯勒律治，还是雪莱、济慈的浪漫主义自然观都潜移默化地融进徐志摩的性格中，徐志摩崇尚自然、热爱自然的情怀成为康桥情结中的重要部分，也成为徐

① 徐志摩：《吸烟与文化》，《巴黎的鳞爪》，新月书店 1931 年版，第 23 页。

② 胡适：《追悼徐志摩》，《新月》1941 年第 7 卷第 2 期。

③ 刘介民：《风流才子徐志摩》，广东人民出版社 1998 年版，第 4 页。

志摩诗学理论和文学创作的有机组成部分。徐志摩接受剑桥文化的洗礼，游学于剑桥的思想和文化界的师友，不仅吸收了西方政治、思想、文学的乳汁，还忘情于康桥的自然美景。剑桥的风光蕴含了丰富的人文色彩，大自然的优美、和谐、宁静，不期然地浸入了徐志摩的灵魂。徐志摩天生是一个感性的人，感情使他在这蕴藏着无限生机的天地间，构筑他独自知道的别一个世界。无论登山还是临水，徐志摩总能达到倾听和与自然交感契合的妙悟境界。做客山中的妙处，徐志摩体会尤深，因为山中的大自然，是远离都市文明喧嚣嘈杂的一个幽僻去处。他在剑桥大学时已经开始倾向于自然崇拜，自然崇拜成为他浪漫人生的一部分。他要在大自然的天籁中寻找伟大的深沉和清明优美的思想根源。他把接近自然视为灵丹妙药，人在遭遇痛苦、烦闷、拘束、枯燥、绝望时，只要不完全遗忘自然，就有缓和与根除的欲望。“在青草里打个滚，到海水里洗几次浴”，出去看几次朝霞与晚照，肩背上的负担就会轻松了去的。面对自然即使在痛苦的时候，也仍然知道生命是有意趣的，于是就不再计较个人得失，生死烦恼。在某种意义上，神秘、不可言说的大自然，已经成为他生命中不可或缺的一种意义。另外，英国剑桥文风鼎盛，浓郁的人文气息激活了徐志摩天生的文学灵性。剑桥使他完全放弃了社会学、政治经济学专业，把他引入了文学的殿堂，正是康河的水，开启了他诗人的灵性，唤醒了蛰伏在他心中诗人的天命，作为诗人的徐志摩在此诞生了。在十年后回忆这段生活时，徐志摩仍然记忆犹新、感慨万千：“整十年前，我吹着了一阵奇异的风，也许照着了什么奇异的月色，从此起我的思想就倾向于分行的书写。……我的诗情真有些像是山洪暴发，不分方向的乱冲。那就是我最早写诗那半年，生命受了一种伟大力量的震撼，什么半成熟的未成熟的意念都在指顾间散作缤纷的花雨。我那时是绝无依傍，也不知顾虑，心头有什么郁积，就付托腕底胡乱给爬梳了去，救命似的迫切，那还顾得了什么美丑！”[①] 总之，徐志摩的文学之眼、爱情之眼、人生社会的理想之眼都是在与康桥相遇的那一瞬间打开的。正如李欧梵先生所言：“去了剑桥后，他才真正认识自己的个性和能力，他从前那种以国家意识为中心的使命感，逐渐为个人

① 徐志摩：《猛虎集·序文》，《徐志摩文集》（上），长城出版社2001年版，第210页。

主义所取替……一直到了他生命中最后的岁月，当他的理想主义受到绝望的情绪所侵蚀的时候，形象和真实才背道而驰。”[①] 康桥情结是徐志摩的生命情结、青春情结。康桥已经成为他精神的圣地、灵魂的殿堂。

3. 康桥——浪漫主义怀旧之地：难忘过去生命中的好时光。对于文学或艺术创作来说，回忆是美的源泉。那往日的情景淡释了有过的痛苦与忧烦，带着美的光晕走进了作品。也许就是昨天，也许是无数岁月之前的往事，在世人的凝思中化成了动人的意象，呈现在人们的审美观照面前。那尘封的记忆库藏，在诗人的回忆中获得了形式，敞亮在时空之间。1922 年 8 月徐志摩突然决定回国，为了爱情，他又一次放弃了博士学位，离开英国时他写下了一首诗《康桥再会吧》，全诗流露出一种依依惜别之情，和来春花香时节重回康桥读书的愿望。然而，这只是一个一厢情愿的承诺，重来此地已是多年之后的短暂游历，康桥只能成为他魂牵梦绕的一个梦，他只能以诗的形式倾诉对剑桥的无尽相思。不足两年的剑桥生活，成为他人生历程中一段难忘的记忆，一个失落的梦境。“我早想谈谈康桥，对它我有的是无限柔情。但我又怕亵渎了它似的始终不曾出口。”他无时无刻不在思恋着康桥：“一别二年多了，康桥，谁知道我这思乡的隐忧？也不想别的，我只要那晚钟撼动的黄昏，没遮拦的田野。独自斜倚在软草里，看第一个大星在天边出现!”[②] 徐志摩关于康桥的诗文，就是诗人立足于现在对过去的追忆和寻找。后来，徐志摩两度游历欧洲，每一次回到康桥，都如痴如醉，难舍难分。他回忆“康桥西野的暮色”，歌颂康河晚照：“晚霞在林间田里/晚霞在原上溪底/晚霞在风头风尾/晚霞在村姑眉际/晚霞在燕喉鸦背/晚霞在鸡啼犬吠。”

1922 年 9 月回国，1923 年作《康桥再会吧》，1925 年 3 月第一次游历欧洲，回到康桥，重温了当年的旧梦，1926 年初撰写散文《我所知道的康桥》。其中的相思离别、缠绵悱恻之情，犹如一曲恋歌：河上的风流，两岸的秀丽，写不尽康桥的幻美与灵性。岸边有四季常青的草坪，对岸的草场上滋蔓的草丛中，有黄牛白马，风中摇摆的是星星的黄

---

① 李欧梵：《中国现代文学与现代性十讲》，复旦大学出版社 1999 年版，第 121 页。

② 徐志摩：《猛虎集·序文》，《徐志摩文集》（上），长城出版社 2001 年版，第 201 页。

花。“桥的两端有斜倚的垂柳与掬荫护住。水是澈底的清澄，深不足四尺，匀匀的长着长条的水草。这岸边的草坪又是我的爱宠，在清朝，在傍晚，我常去天然的织锦上坐地，有时读书，有时看水；有时仰卧着看天空的行云，有时反仆着搂抱大地的温软。”这里有无尽的“梦意与春光”，置身其间，能够忘却人世间的一切忧愁与烦恼，所以当徐志摩经历了人生的坎坷、艰辛与复杂以后，忆恋康桥那一段生活，无限感慨地写下了自己的心声：“我要没有过康桥的日子，我就不会有这样的自信。我这一辈子就只那一春，说也可怜。算是不曾虚度。就只那一春，我的生活是自然的，是真愉快的（虽则碰巧那也是我最感受人生痛苦的时期）。我那时有的是闲暇，有的是自由，有的是绝对单独的机会。说也奇怪，竟像是第一次，我辨认了星月的光明，草的春，花的香，流水的殷勤。我能忘记那初春的睥睨吗？曾经有多少个清晨我独自冒着冷去薄霜铺地的林子里闲步，——为听鸟语，为盼朝阳，为寻泥土里渐次苏醒的花草，为体会最细微最神妙的春信。啊，那时新来的画眉在那边凋不尽的新枝上试它的新声！啊，这是第一朵小雪球花挣出了半冻的地面！啊，这不是新来的潮润沾上了寂寞的柳条？”这是徐志摩生命里的春天。徐志摩用人世间最优美的语言，用最温润的记忆诉说着康桥的美，以及对康桥春天的迷恋。在无限的春光里——带一卷书，走十里路，选一块清净地，看天、听鸟、读书，倦了时，和身在草绵绵处寻梦去——还能想象更话情更适性的消遣吗？康桥是徐志摩的精神故乡，那里有他的青春，他的梦想，那里是他生命的福地和精神的源泉。然而，随着时光的流逝，青春的老去，阅历的增长，面对康桥诗人能否找回曾经的生命勃发的感觉？面对永恒、幻美的大自然，徐志摩的心中为何有一种幻灭的忧伤？

4. 康桥——浪漫主义忧郁之音：朝向时间过去的黯然神伤。读徐志摩的诗文可以明显地感觉到，他的人生经历了一个由乐观到悲哀的过程。他的四部诗集《志摩的诗》《翡冷翠的一夜》《猛虎集》《云游》，勾勒了由积极向上到颓废绝望的图画。徐志摩的人与诗不仅有青春浪漫的乐观，同时也有深刻的沉重和忧郁，而这一面才是徐志摩至为深刻和本质的一面。美国著名的汉学家西利尔·伯奇曾说：“我认为，如果无视徐志摩对哈代的憧憬仰慕和偶然模仿，就不能解释他诗歌生涯中的一个问题，即他的忧郁。翻开他四部诗集中的任何一部，人们都会发现，在他那热烈奔放、才思焕发、恋情炽烈的诗篇中，还夹有一类诗，充满惊人而深刻的哀怨。”然而，这一点往往为人们所忽略。茅盾在《徐志摩论》中也曾指出了徐志摩诗歌的挽歌情调。尽管徐志摩曾是“跳着溅着不分昼夜的一道生命水”，但是，读他的诗歌并不仅仅“让你觉得世上一切都是活泼的、鲜明的”。在某种意义上，徐志摩也是一个典型的悲剧诗人。

徐志摩经历了与陆小曼爱情的几次波折和婚后生活的折磨，心灵受到了严重的创伤。人事纠葛、社会的苛求，使幻灭、怀疑、悲观的情绪，逐渐从天真烂漫的心海升起。从《康桥再见吧》《我所知道的康桥》到《再别康桥》，徐志摩的心灵完成了一个人道主义者从天堂到地狱的幻灭的悲剧过程。《再别康桥》真实地再现了徐志摩此时此刻面对康桥的复杂心态。《再别康桥》距离诗人第一次离开康桥已经有六年之久，在这六年中，世界、社会、自我都发生了巨大的变化，此刻的徐志摩经历了太多的人生磨难，他的心灵已经伤痕累累。眼前的康桥，是一段似曾相识的回忆，一个重新打捞起来的梦境。这个梦，在他的人生岁月中，那么真实地存在过。现在的康桥，作为永恒生命的自然，因承载着诗人的青春年华而魅力依然。康桥像一棵圣诞树，挂满了红宝石般的回忆：纯洁的爱情，如火的青春，花样的年华，缤纷的梦想……康桥，已经不是一种客观的自然存在，而是成为徐志摩生命中一段最华美乐章的载体和介质。在《再别康桥》中，已经没有了《康桥再会吧》中的希望和激情，在依依的惜别的离愁中，诗人显得低调而沉默。未来的希冀和重逢的渴望，在此已消失得无影无踪。所以诗人只能“悄然地抒发那种绝对孤独的感受”，在似曾相识的、如梦如幻的美景中、在依依惜别的柔情中，一缕忧伤缓缓升起，赋予这首诗一种抑郁且感伤的美。在别后的归途中，在茫茫的大海上，诗人为何不再有“魂牵梦萦”的别情？此刻的徐志摩为什么“不能放歌”？为什么诗人心头萦回的只是悄悄离去的黯然情愫？《再别康桥》是维系在徐志摩“康桥情结”上的一颗宝石，也是诗人对自己“曾经拥有”和“永远不再”的青春生命的伤逝与追悼。再次重逢康桥，往事历历在目，但是，“像变化一样，时间总是在同一时刻形成和瓦解，进步与衰落彼此是同时代的，出生和死亡都是时间的女儿”①。时间中的人与事物都在流逝，生命以及与生命相关的事物都是一次性的，都是不可重复的。曾经的纯真、浪漫和理想，都被现实更替和取代了。徐志摩意识到时间的不可拯救性，他无法阻挡事物的流逝，在赞美自然的同时又为人与事物的流逝而悲伤。这里是梦开始的地方，也是梦失落的地方，失去的却永远也找不到了。正是这种寻梦者的忧伤，赋予此诗一种难以拂去的幻灭感。

如果说第一次回到康桥时徐志摩遭遇的更多的是空间，现在与过去还属于一种相对整合的状态，那么，最后一次游历康桥时徐志摩相遇的就是时间了。此刻的过去与现在已经处于分裂的状态，过去已经成为一个结束了的“绝对的”过去。实际上，此时此刻，过去和现在同时到来，只不过过去与现在却是迥然不同的两重天地，过去的到来成为今天的反讽。因为过去的重现，反而增加了诗人感伤的深度。如果时间还停留在昨天，诗人的生命将是别一番天地。在徐志摩三次与康桥的相遇中，他的康桥情结不是历久弥新，而是不断消解，随着时间的流逝，康桥已经成为似曾相识的梦境。在某种意义上，这首诗抒发的情感，不仅是别离的轻愁，而且是一种朝向时间过去的黯然神伤。诗人清楚地知道，过去的已经成为过去，成为过去的时间，再也不能走进其中。一种脱离了时间的空间，被时间分离的空间，即使能够走进其中，仅存的也只是似曾相识而已。此刻的他，已经不再拥有在过去时间里曾经拥有的幸福感。曾经拥有，之所以令人悲伤，是因为它意味着永远失去。无论失而复得的时间，还是似曾相识的空间，对于时间现在都显得荒诞而不真实。“假若我们能够没有忧伤，以全部热忱生活，再次生活在最初的世界里，我们将会多么坚实有力。”事实上，而今康桥风景依旧、美丽依旧，只是诗人的青春不再，梦想不再。曾经流光溢彩的生命已经被无情的岁月尘封起来，再也打不开来。所以，《再别康桥》既写下了康桥的美，同时也倾诉了诗人的无限感伤。康桥梦一般的美、诗人依依惜别之情只是这首诗歌的情感表层，悲悼和忧伤才是它的深层意蕴。《再别康桥》是一首赞美之歌，一首别离之歌，也是一首伤逝之歌。“挥一挥衣袖，不带走一片云彩。”诗人不仅作别了如梦如幻的康桥，也作别了

① 希尔维亚·阿加辛斯基：《时间的摆渡者》，中信出版社2001年版，第178页。

自己曾经拥有的流光溢彩的青春年华。所以，在某种意义上，《再别康桥》也是一首成长诗歌，徐志摩的康桥情结在不断释放的过程中，也向人们展示了诗人成长的精神和情感历程，诗人的浪漫主义梦想，浪漫主义自然情怀以及怀旧和忧郁情绪都涵盖在深浓的康桥情结中。

第四节　表现客体的重新发现：浪漫主义诗学的现实维度

文学起源于劳动，起源于民间，但随着社会与文学的发展，文学走进了庙堂，走上了宫殿，进入了“象牙塔”，反而与平民拉开了愈来愈大的距离。在欧洲，“文艺复兴”开始将文学拉回民间，不论是塞万提斯的小说、乔叟的民间故事、莎士比亚的悲喜剧，还是稍后莫里哀的喜剧，已经有意识地将平民思想、平民情绪带进他们的杰出作品中。英国浪漫主义者在法国革命“自由、平等、博爱”口号的感召下，在反抗新古典主义工具理性，涤荡贵族等级观念和奢华风气的抗争中，在目睹工业化所导致的城市膨胀、物欲横流的现实面前，以诗歌文学革命为开端，表达了他们的平民意识和民主思想。中国的五四浪漫主义在相当程度上反映着当时的中国社会现实。它的重要特点是以热烈的怀疑与破坏精神，推倒一切的因袭制度、传统道德，批判旧世界。不仅是个人心灵的呼唤，而且把个人的困惑、孤独与失落和对中国现实的危机意识结合起来。尽管创造社初期突出“为艺术而艺术”的文学信仰，但同时他们又注重文学表现“时代的使命”。中英浪漫主义作家都在表现客体方面，不忘把目光投向现实平民的生活，反映社会和时代的主旋律，体现了对现实的诸多观照。

一　“卑微的田园生活”：英国浪漫主义诗学的题材转向

如果说古典主义是一种宫廷贵族文学，浪漫主义则开启了普通平民的文学大门；如果说古典主义是浮华的都市文学，浪漫主义则把目光投向了质朴甚至卑微的田园乡村。从这一点上看，浪漫主义确实为后现代大众文化的流行做了理论性和实践性的铺垫。风格各异的浪漫主义者都接受“平民”（the folk），即前工业化时期的农民或工匠，是纯洁美德的榜样。重返那种纯朴和美德是华兹华斯和柯勒律治撰写《抒情歌谣集》的目标，也是浪漫主义平民意识的文学表现。浪漫主义平民意识在文学创作中主要表现在两方面：一是创作题材取自乡村背景的平民生活，；二是创作语言来自日常生活的平民用语。

“选择微贱的田园生活做题材”是华兹华斯在《抒情歌谣集》序言中最清晰的表白：“因为在这种生活里，人们心中主要的热情找着了更好的土壤，能够达到成熟境地……因为在这种生活里，我们的各种基本情感共同存在于一种更单纯的状态之下……因为这些人时时刻刻是与最好的外界东西相通的……因为他们在社会上处于那样的地位，他们的交际范围狭小而又没有变化，很少受到社会上虚荣心的影响，他们表达情感和看法都很单纯而不矫揉造作。”①

在诗人笔下，孤独割麦女清越凄婉的吟唱，农家小女孩巴巴拉的俊俏脸庞，整天手脚不闲的主家婆，倔强慈祥的牧羊人迈克尔……都成为华兹华斯诗歌表现的对象。他们远离喧嚣的工业文明，与自然朝夕相处；他们在大自然中寻找安慰，在平淡的日常生活中感受欢乐。更重要的是作者从他们那里感受到震撼心灵的东西：人性中的坚毅、乐观、隐忍、庄严、宽厚、从容……在采蚂蟥老人的言谈中眉宇间，在白发苍苍的牧人饱含教诲的故事里……这一切与都市里“世人无情无义/以冷漠回报善心”的景象形成鲜明对比，涌动起诗人强烈的情感，才会自然流露于诗行。在《坚毅与自立》一诗中，在“空气里充溢着潺潺流水的嬉笑喧哗”的“迷人季节”里，采蚂蟥的老人从事着“艰险而又累人的活计”。饱经人世沧桑、孤苦一生的老人，却是“愉快亲切，更有庄严的气派”。触动诗人心弦的是“他那把瘦骨残骸/藏着一颗心，却如此坚强豪迈”。还有早年在大自然中过着无忧无虑生活的猎人“西蒙·李”，到了老年“病病歪歪，干枯消瘦/身躯萎缩了，骨架倾斜，/脚腕子肿得又粗又厚，/腿杆子又细又瘪”。即使这样，在受到别人的点滴相助时，“泪水顿时涌上他两眼，/道谢的话儿来得那么快——/感激和赞美出自他心间，/却实在出乎我意外”（华兹华斯《西蒙·李》）。

① 华兹华斯：《抒情歌谣集》，刘若端编：《十九世纪英国诗人论诗》，人民文学出版社1984年版，第5页。

只有心底保有纯真，不被闹市污染的胸襟，才会容易感动，并永远对生活和世界充满感激。从这些普普通通、实实在在、地位卑微的平民身上，诗人找到了宫廷贵族与都市资产阶级所缺少的人性自然、朴实的高尚和真诚的高贵。

如果说英国浪漫主义诗人的平民意识同华兹华斯、柯勒律治、骚塞等的平民阶层身份有关，拜伦和雪莱则是例外。两人同是贵族出身却充满着对自己身份的叛逆，毅然决然地走向平民阶层，不仅在诗歌创作中批判统治阶层，表达对处在社会最底层人民的同情和支持，大声疾呼自由和民主，而且在生活中也实践着自己的民主理想。雪莱在《诗辩》中对诗人的社会职责做过这样的描述："诗人们是祭司，对不可领会的灵感加以解释；是镜子，反映未来向现在所投射的巨影；是言辞，表现他们自己所不理解的事物；是号角，为战斗而歌唱，却感受不到所要鼓舞的是什么；是力量，在推动一切，而不为任何东西所推动。诗人们是世界上未经公认的立法者。"[①] 与此同时，自觉的平民意识使雪莱承认"诗是现实生活的形象反映"，诗的重要任务还在于帮助人民了解事情的真相、事件的精神，揭示出普通人生活中所潜在的美、内在的真理。尽管雪莱反对说教，但是为了实现他面对人类命运而自封的使命，他又不回避降低艺术的门槛，用普通平民使用或听得懂的语言评说是非，指点风云，表达普通平民的生活现状，号召他们起来争取平等自由。"英格兰的人们，凭什么要给/蹂躏你们的老爷们耕田种地？/凭什么要辛勤劳动纺织不息/用锦绣去装扮暴君们的身体？/凭什么，要从摇篮直到坟墓，/用衣食去供养用生命去保卫/那一群忘恩负义的寄生虫类，/他们榨取你们的汗和你们的血？"（雪莱《给英格兰人民的歌》）雪莱不仅写了这首《给英格兰人民的歌》，还在 1819 年奋笔疾书了一系列政治抒情诗和讽刺诗来讽刺时弊，关注普通人民的生活，平民意识和民主意识一直贯穿着他的一生。

儿童一直是被社会忽视甚至被蹂躏的对象，古典主义者从未考虑过把他们写进文学，更不要说在作品中描写他们赞颂他们了；而在浪漫主义诗学中，儿童成为人性自然、纯真与理想的化身而受到关注和推崇，

① 雪莱：《诗辩》，《西方文论选》（下编），上海译文出版社 1979 年版，第 56—57 页。

或作为抨击时弊，表达反抗压迫的民主思想而成为同情和怜爱的对象。儿童观是华兹华斯自然观的重要组成部分。“儿童乃成人之父”和“灵魂前存在”是华兹华斯儿童观的核心思想，对华氏的诗歌创作产生了重要影响。其中，“灵魂前存在”是“儿童乃成人之父”成立的前提条件。华兹华斯的儿童观是在以下因素的影响下逐渐形成的：第一，诗人早年生活经历。华兹华斯虽然父母早逝，兄弟姐妹分离，长期寄宿学校，但他自幼对大自然充满了热爱。这种热爱使他随时有一种“归家感”。这种“归家感”使他远离孤独。第二，政治运动。法国大革命由理性的倡导变成了疯狂的杀戮，这使诗人感到绝望。他不得不将目光再次投向自然，寻求人类救赎的途径。第三，文学背景。弥尔顿是华兹华斯敬仰的诗人，弥尔顿早在《失乐园》中就提出了“儿童给成人引路”的理念，华兹华斯的儿童观不可避免地受到了弥尔顿的影响。第四，宗教背景。亚当和夏娃因为触犯神条，被赶出伊甸园。亚当和夏娃在伊甸园的生活是前灵魂的经历，华氏的“灵魂前存在”也由此而来。亚当和夏娃在伊甸园外的生活象征着个人和整个人类的童年状态，距离前世还是比较近的。前世的更多记忆使儿童比成人“聪明”。华兹华斯的“儿童乃成人之父”由此而来。儿童是成人（人类）之父这一说法，是要告诫人们向儿童学习，保持人性的真与善；而成人的社会则意味着有序、理性、虚伪，儿童总是与本真、无序、质朴联系在一起。

浪漫主义者们通过描写作为人性自然、天真未泯的儿童天使形象，抨击、批判了现实中被物欲熏染、道德沦丧的成人世界。英国前浪漫主义诗人威廉·布莱克以他的哲思诗学而闻名，同时人们也不会忘记他笔下儿童的天真。艾弗·埃文斯（Ifor Evans）在其著作中说：“布莱克作为一个诗人，最出色之处在于他的最简单的诗作，在于他早期的《天真和经验之歌》，在那里智慧是用一个小孩的声音来讲话的。”[①] 艾弗·埃文斯显然是就总体的诗歌精神倾向与诗艺特征而言的，从纯粹的儿童抒情视角来看，布莱克的抒情诗中颇有不少真正的儿童诗。他用儿童的眼睛来观察周围的世界，用儿童的心灵来感受万物的新奇，用儿童的口吻来歌唱那些新奇的发现、感受和梦想。在《天真之歌》的“序诗”

① 艾弗·埃文斯：《英国文学简史》，蔡文显译，人民文学出版社1984年版，第63页。

中诗人即表明自己为孩子们写下了“快乐的歌谣”。在诗人神奇的笔下，牧羊人的放牧生活美妙无比：“牧羊人的好运多么美妙！/从早到晚他到处游荡”。“他听到羔羊天真地叫，/他听到母羊纤柔地嚷”。这是儿童的感受和向往，儿童的注意和发现。《回音草坪》更是儿童欢快游戏的写生：“太阳升起，使天空欢喜；/钟声欢鸣/将春天欢迎；/云雀和鸫鸟，/灌木林中的小鸟，/到处高声唱——/和着欢欣的钟鸣；/我们就开始游戏/在那回音草坪。”《羔羊》一诗则以“小孩儿”对“羊羔儿”的询问和祝福，表现童真的纯洁。诗中“小羊羔儿，谁造了你?”“小羊羔儿，我来告诉你”，“小羊羔，上帝保佑你”等诗句重复出现，诗意更为婉转亲切，“羊羔羔儿”更是儿童语言，更生动地传达了儿童的率真和稚气。布莱克还特别关注儿童世界的生活，几乎忘情地抒写儿童世界的纯真、平和、安然、甜美，使我们感受到一种完全超越成人世界回归孩提时代的纯净：“当绿色的树林以欢快的声音笑着，/那微波荡漾的流水笑着跑过，/当大气以我们的欢声笑语笑着，/那绿色的山冈以它的喧声笑着，/当草地以它生动的绿色笑着，/蚱蜢在那欢乐的景象中笑着，/当草地以它生动的绿色笑着，蚱蜢在那欢乐的景象中笑着，/当玛丽，苏珊，还有爱弥丽她们/以甜蜜的小嘴唱着，‘哈哈—荷！’/当色彩瑰丽的鸟儿在林荫中笑着，/放着樱桃和栗子的餐桌已摆开，/来住下吧，高高兴兴，和我一块儿，/齐声欢唱那悦耳的，‘哈哈—荷！’”这里没有丝毫的尘俗气息，也没有一份成人的感觉，完全的儿童世界。这也正是《童稚的欢乐》《保姆之歌》《春》《小学生》等诗共同的诗境。

可能会有这样的观点，认为浪漫主义者力图以儿童为视角和童真作主题，通过将生活理想化来回避社会，因为在儿童的思维世界中无法拓展深刻的社会分析。以《天真之歌·扫烟囱的孩子》一诗为例，布莱克显然不同于写过同一题材的散文家查尔斯·兰姆（Charles Lamb）那样力在揭示贫民孩子的苦难辛酸，他那颗温柔、纯洁而又富有天国情怀的心灵使得他抒唱的是一曲抚慰和劝谕的“摇篮曲”：扫烟囱的孩子身世是可怜的——“我妈死去的时候我还很小，/我爸卖了我，那时我的小嘴/还叫不出‘扫，扫，扫，扫’”，生活也挺悲酸——“你的烟囱我扫，烟灰里我睡”，然而诗人送来了一个“带着亮钥匙的天使”，“天使告诉汤姆，只要是好孩子，/就会有上帝做父亲，再不缺欢娱”，结论是：“尽本分了，就不必怕受到伤害。”想象的天国、天使、上帝，在布莱克的诗中频频出现，他们带来的是幸运、安慰和导引，为儿童们展示了一份神秘而亲切的精神寄托。他的对于安然、和平和秩序、自由的向往，他的正义感与责任心，都不能不促使他关怀现实，注视生活中的苦难和不平。布莱克用童真的口吻，一方面回避了尖刻的社会问题，另一方面我们却发现其社会批判性作用并未见减少。

二　“平民文学”与“人的文学”：五四浪漫主义诗学理念

在中国，当清末第一批留洋归来的学子们比如黄遵宪高倡“我手写我心”的平民化写作时，正是中国社会新旧交替的前夜。特别是经历了五四运动的现代中国，平民意识体现在浪漫主义气质的诗人和作家身上，表现为郭沫若式“凤凰涅槃”的渴望、沈从文式湘西原始自然的膜拜、郁达夫式泄泻自我苦闷的狂热，其炽烈、其纯朴、其真、其切……这些纯然的感情表达是古典文学中所罕见的。茫茫浩宇，在诗人郭沫若看来，“莫一件不是自然流露出来的东西，莫一件不是公诸平民而听其自取的”。

与英国浪漫主义诗学中所表现出来的平民意识相比，中国五四新文化运动掀起的则是一场轰动一时的、有明确理论阐释的文学样态。“平民文学”“人的文学”理念被大张旗鼓地提出来：1917 年 1 月，胡适发表《文学改良刍议》，提出“文学改良”“八事”，后又改为“八不主义”，将“文学革命”概括为“唯一宗旨只有十个大字：‘国语的文学，文学的国语’”。同年 2 月，陈独秀发表《文学革命论》，提倡文学革命的“三大主义”，即推倒“贵族文学”“古典文学”“山林文学”，建设“国民文学”“写实文学”“社会文学”。一年之后，周作人发表《人的文学》，提出“平民文学”和“国民文学”的口号。这些都标志着五四新文学革命的一个重要转折：文学从“象牙塔”开始走向民间，文学的“平民意识”开始觉醒。他在《人的文学》中对“平民文学”下了定义。他认为，平民文学不单是通俗的文学。因为，首先平民文学不是专做给平民看的，乃是研究平民生活——人的生活——的文学。他的目的并非想要将人类的思想趣味竭力按下，使其同平民一样，而是想将平民的生活提高到适当的一个地位。其次平民文学不是慈善的文学。它不是单纯的慈善行为，而应是一种承认人的价值的行为文学。在《人的文学》中周作人清楚地表述他是极力推崇“真挚”与“普遍”两个原则的。“普遍”与“真挚”体现的正是人性化的“人”的特征。周作人认为，平民文学所记述的应是真挚普遍的思想与事情。只有这种普遍性才能更具有代表性。“所以愚忠愚孝，自不消说，即使世间男人多数喜欢说的殉节守节，也是全不合理，不应提倡的。世上既然只有一律平等的人类，自然也有一种一律平等的人的道德。”在道德中的“真挚”，不应该是奇怪地、不合理地恪守道德，应是普遍的、符合平民——人——的大众的需要。真挚的感情应是那些普通平凡的，容易引起共鸣，得“人”的认可的，才是真正的“真挚”。

细细推敲，周作人倡导的“人的文学”理念实质上是浪漫主义理想个性的表达，其实质是对人性的一种肯定，是一种充满人道主义的文学主张。他希望通过文学来改造人，而后改造社会，建立一种理想的生活状态。在当时的中国社会，流行主张以文学为手段拯救中国社会，但是均以失败而告终。因而促使知识分子认识到要先改造人，才能改造落后的社会。周作人所提倡的“人的文学”就是从最根本的基础——人——社会的主体——出发。在《新文学的要求》中他说：“这人道主义的文学，我们前面称他为人生的文学，又有称为了理想主义的文学，名称尽有异同，实质终是一样，就是个人以人类之一的资格，用艺术的方法表现个人的感情。代表人类的意志，有影响人间幸福的文学。”在这里，周作人以此肯定了“人的文学”的存在价值意义。他认为，“人的文学”是可以展现人的个人价值和存在意义的，能摆脱各种“非人”的压制，是可以“影响人间幸福的文学”。从这里可以看出，周作人对“人的文学”所寄予的希望——给动荡的中国社会中不幸的人民以“幸福”。周作人认为，文艺是以表现个人情思为主。“因其情思之纯与表现之精工，引起他人之感激与欣赏，乃是当然的结果而非第一目的。”他所讲的文艺第一重要是“个人的解放”，其余的主义可以随便。在这里，他把个人主义的文艺同人道主义画上等号。他用人道主义的文艺为他个人主义文艺进行掩饰，并且也是对其前期理想破灭的一种掩饰。此时，他所宣称的个人主义文艺虽与前面的人道主义有联系，但明显是一次重大的转变。1921 年他曾这样定义：创作不宜完全抹杀自己而去模仿别人；个性表现是自然的；个性是个人唯一能有的，而又与人类有根本联系的公共点；个性就是在可以保存范围内的国粹，有个性的新文学便是国民所有的真的国粹。在这里，“人的文学”从一个大范围的概念转变成了“纯文学”的小范畴概念，我们也看到了周作人文学观念的不断变化。或许是因为周作人仅仅只是一名浪漫主义的文人，他无法仅凭一支笔去改变整个社会的形势。理想的失败并不意味着理想的停止，平民文学、人的文学理念随着时代的发展，在今天演进为大众的文学，这也许就是对周作人文学理念的延伸和发展吧。

值得注意的是五四浪漫主义所提倡的“平民文学”“人的文学”与后来受俄国文学影响而产生的写实文学是有所不同的。茅盾在总结俄国文学时说：“俄国近代文学的特色是平民的呼吁和人道主义的鼓吹。从前做文学的人以为文学这东西总是‘浦皇典丽’、‘金相玉质’才好，所以浪漫派写女人一定是绝世的美人，写男子一定是旷世的英雄，尚不说古典主义专门模古这一层，然而他们都以为文学是贵族的、非平民的。”在这里，浪漫主义被归为贵族的、非平民的，但在无法否认五四浪漫主义文学对平民生活关注的前提下，我们又不得不承认包含平民意识的浪漫主义文学不等同于写实主义文学，五四浪漫主义文学的落脚点在于探寻生存现象之后的精神内涵、情感表白和理想的憧憬，它将平民生活作为出发点，从中扩散出个人意愿的情感气息和主观意志的精神浪花，其根本目的是在对平民生活的关注中，在平民意识的基础上，表达他们乌托邦式的理想，尽管他们也希望以此达到知识分子拯救平民的使命，但浪漫主义的理想和幻想与悲凉现实的巨大反差，最终使他们越来越濒临犹豫、彷徨的窘境，进而陷入苦闷、忧郁的泥塘。但是浪漫主义在平民的文化背景下，觉悟到了历史赋予的使命，并且使平民意识作为重要的精神文化传统，在其后的文学创作中得以继承和发扬，从这一点上看，是有积极意义的。

在民主主义、人道主义价值观的映照下，五四浪漫主义文学，作为新文化运动的重要组成，强有力地颠覆了封建等级制度的权威性与合法性，对个体的自我价值进行了重新确证。作为历史文化的敏感承受者，五四浪漫主义知识分子首次与处于社会另一端的平民阶层展开了力图消除隔阂的对话，对芸芸众生深切的同情和关怀成为当时知识分子文化思想人格系统、艺术精神的重要组成部分。从文学观念的倡导到大规模的创作实践，五四新文学逐渐深刻地表现着平民大众，平民大众的身影和感受第一次如此生动地跃然纸上。成仿吾在《新文学之使命》中说："文学由浪漫主义变为写实的，使我们从梦的王国中醒来复归到了自己。他们与现实面对面，我们要注视它，恢复它的真相，我们要赤裸裸地表达出来。"

三 主宰与毁灭之间：对科学主义的矛盾心理阐释

当中英浪漫主义在宣扬重视感性、宣泄情感的个性表达层面达成默契的同时，我们却发现他们对科学、技术甚至知识的态度表现出惊人的相似却又相去甚远。当中英浪漫主义同样为我们描绘出一幅人与自然和谐相处、水乳交融、诗意荡漾的画面的时候，我们却发现他们对城市和工业文明的批判立场产生了某种偏颇。如果说浪漫主义原本就是思想多样态的，甚至是理念矛盾的也可以作为一种解释，但不足以用来充分解释中英浪漫主义诗学对待科学主义的思想差异性。

1750—1780 年的英国工业革命正是这个时代最重大的事件，也是人类历史上的里程碑之一。英国工业革命是人类科学技术千年积累的一次大爆发，也正是从英国工业革命开始，科技以及科技所展示的舞台——工业，逐渐成为文学作品中的重要对象和主要背景。科学技术是人用于改变自然的主要凭据，可以说没有科学技术，人就是没有尖牙利爪的老虎。因此讨论自然、讨论人，就不能不讨论处于自然与人之间的科学技术。当今生态文学家和批评者对于英国浪漫主义时期的作品作出高度的评价，认为它们讴歌大自然、反对工业革命和使人异化的科学技术，并且创作了众多生态意义上的文学作品。

（一）布莱克的"红海沙粒"和"撒旦的黑暗制造厂"

事实上，即使是在同样讴歌大自然的英国浪漫主义作家中，对于科学技术和工业革命的态度都呈现出极大不同性和矛盾心理。一方面科学主义在理论上提供给人们对未来生活的美好想象和憧憬；另一方面在现实中，人们遭遇到的是技术革命所带来的失业率剧增，自然环境恶化，城市扩张拥挤异常，人与人的关系冷淡甚至机器化，人性遭到无情践踏……这一切都表明科学主义并没能使人类生活质量得到预想的那样提升，对科学主义的质疑和批判态度在浪漫主义诗作中有很多表达。威廉·布莱克不仅仅是卓越的诗人，他还是一个开启一代画风的画家，而且他把诗歌才华与绘画才能加以共同运用和展现——通常在画作旁题上相应的诗句。他的一幅画中，画的是科学家牛顿，“侧身坐在一块岩石上，左手拿着一个圆规，右手则按着一卷纸，在测算什么。牛顿身上肌肉隆起，眼睛虽只见侧面，却显得锐利”①。在画旁布莱克题写了诗句：“德谟克利特的原子/牛顿的光粒子，/都是红海岸边的沙子，/那里闪耀着以色列的帐篷。”在诗句中，作者运用了“沙粒”和“帐篷”两个对比鲜明的意象：沙粒不是别处的，而是红海岸边——宗教圣地耶路撒冷就坐落在它的右岸；帐篷不是普通的帐篷，而是以色列——这个犹太教和基督教诞生之地的帐篷，沙粒代表科学主义，帐篷象征宗教意义。因此，无论是德谟克利特原子科学还是牛顿代表的光粒子科学，在作者眼里都只不过是红海岸边毫无价值的沙粒而已，甚至像沙粒一样，迷不住别人，却被大自然的风吹回来遮迷了自己的眼睛；而代表宗教意义的“以色列帐篷”才是带给人类救赎的希望，因此更显光彩。布莱克关于想象（imagination）或“灵视”（vision）的理论，是他的美学、宗教和神话世界的核心，也是其诗歌创作的原动力。他之所以被后人认为是英国浪漫主义诗歌的先驱，是因为他把想象作为文艺创作的源泉和人类生活的原动力推到前所未有的重要地位。在《没有自然宗教》和《一切宗教皆为一体》中，布莱克宣称：诗的或曰创造的才赋——想象——是创世前永恒世界和我们生活的现实世界中生命的源泉和内在动力，因此也是人类一切活动的滥觞和生命力。布莱克的诗学、神话和宗教是融为一体的。在《弥尔顿》序言中，布莱克提到了“dark Satanic Mills”（“撒旦的黑暗制造厂”），根据达曼（Damon）在他的著作《一本布莱克的词典》中的解释，这些制造厂是撒旦的，是像撒旦一样黑暗邪恶的，它们是工业革命的象征与体现。画和诗相对照，我们不难看出布莱克对待科学技术和工业革命的态度：无用和邪恶。这与布莱克的宗教笃信有着直接关系。布莱克本来就是个富有神秘色彩的诗人，小时候就产

① 王佐良：《英国诗史》，译林出版社 1997 年版，第 221 页。

生了见到上帝和天使的幻觉，中年时又声称见到临终的弟弟的灵魂升天，晚年去世的时候他吟唱着所见到的天国景物……这些宗教思想贯穿着他的一生，也引领着他的诗学神秘取向。在布莱克的眼中，科学技术和工业革命是破坏我们生活中诗意的罪魁祸首，这与今天一些生态批评者的思想是一致的，这不得不说是浪漫主义诗人对科学主义、生态主义的超前思考，体现着浪漫主义诗学的前瞻性。

（二）华兹华斯对轮船、高架桥和铁路的“拥抱”与“微笑”

与布莱克对科学技术和工业革命的全盘否定不同，华兹华斯虽然被认为是“英国浪漫主义时期成就最大的生态诗人，也是欧美最杰出的生态作家之一，他厌恶毁坏自然环境的工业文明……”[①] 但华兹华斯1833年创作的《轮船、高架桥和铁路》这首诗却并不是表现对工业文明和科学技术的厌恶：“那飞驰的和飞驰的翅膀，在陆地和海洋/不要用老眼光看待，/诗人啊，不要看错。/无论你们的存在，/怎样破坏了自然的可爱，/你们不会成为心灵的栅栏，/阻挡人类预知未来的变化/那时你们的魂灵将得以展现。/尽管你们的外表简陋而不美观，/大自然仍然拥抱/人类科技的结晶，视你们为合法的后代，/而时间，将为你们战胜他的兄弟空间而快乐，/并向你们展示庄严的微笑，/从你们有力的双手中接过希望的桂冠。”[②] 句中“那飞驰的”指的正是工业革命的产物“轮船、高架桥和铁路”，作者旗帜鲜明地表明了诗人不应该认为“轮船、高架桥和铁路”这些工业革命的产物和科学技术的发明是错误的；紧接着显示出作者的态度：不论技术如何破坏自然，都不能阻止人的精神、心灵获得预知的能力。在最后几行里，作家更是认为时间将会为科学技术的胜利做出见证。整首诗显示着技术的胜利和诗人与工业革命理念的一致：技术的发展能够带来更高的效率、更快的速度以及更多的希望。显然，在华兹华斯这儿，科学技术创造了一种新的诗意。

（三）胡适与陈独秀的“赛先生”

在中国五四时期，“科学主义”作为五四精神的标记，对五四文学

---

① 王诺：《欧美生态文学》，北京大学出版社2003年版，第100页。

② William Wordsworth, *Steamboats*, *Viaducts*, *and Railways*. Available from http: / / www. bartleby. com/ 145/ww846. html, 2006.

思潮形成过巨大的推进作用。胡适在1923年这样论述道："这三十年来，有一个名词在国内几乎做到了无上尊严的地位，无论懂与不懂的人，无论守旧和维新的人，都不敢公然对他表示轻视或戏侮的态度。这个名词就是'科学'。"[①] 确实，这位"赛先生"与民主"德先生"一道取代了圣贤之师的地位，成为当时中国社会，尤其是知识分子的新偶像。胡适认为，科学可以提高人类的知识，把科学当成一种学术研究与拓展的方法，如假设、验证、演绎、归纳等，认为人们求知的方法越精密，评判的能力越进步，也就越接近真理。陈独秀对待科学民主的态度带有政治性和社会性价值信仰，并融入了强烈的感情色彩："这两位先生可以救治中国政治上道德上学术上思想上的一切黑暗，若因为拥有这两位先生，一切政府的压迫，社会的攻击笑骂，就是断头流血都不推辞。"[②] 俞兆平认为："科学已成为一种信仰、一种价值、一种主义，成为当时主流意识形态的一个重要组成部分。而作为意识形态的形式之一的文学及文学创作，也就必然地受到其影响和制约。"[③] 在"现代中国思想界第三次大交锋的'科学与人生观'论战，论战的客观状况是科学战胜了玄学"[④]，而"张君劢在1934年认为陈独秀当年不过是'借科学与玄学的讨论来提倡唯物史……今日之中国，正是崇拜西洋科学，又是大家向往革命的时候'，而唯物史观派本来就是论战时科学派的一个主要成分，它能征服中国思想界所依据的正是对中国历史和中国社会更科学的解释"[⑤]。

（四）郭沫若同火车"合而为一"

五四浪漫主义的代表郭沫若也表现出对科学的崇尚态度。王瑶先生曾这样评价道："代表了五四时期科学观而发展成为泛神论的世界观的，是郭沫若的诗。"[⑥] 郭沫若多次在文章中阐述对科学，尤其是自然科学的信仰，对科学研究方法的笃信："我研究科学正想养成我一种缜

① 胡适：《科学与人生观序》，《科学与人生观》，山东人民出版社1997年版，第10页。
② 陈独秀：《新青年罪案之答辩书》，《新青年》第6卷第1号。
③ 俞兆平：《中国三大文学思潮新论》，人民文学出版社2006年版，第130页。
④ 同上书，第232页。
⑤ 罗厚立：《赛先生与国学》，《读书》2001年第2期。
⑥ 王瑶：《中国新文学史稿》，上海文艺出版社1982年版，第52页。

密的客观性，使我的意志力渐渐坚强起来。我研究医学也更想对于人类社会直接尽我一点对于悲苦的人生之爱怜。”[①] 这句话足以表明在郭沫若的心目中，包括医学在内的科学，不仅是医救悲苦人生的实践性操作工具，也是锻炼自我意志力和训练理性思维能力的最佳方法。在《文学的本质》一文中，郭沫若写道：“科学的方法告诉我们：我们要研究一种对象总要先把那夹杂不纯的附加物除掉，然后才能得到它的真确的，或者近于真确的本来的性质。”[②] 与英国浪漫主义诗人的感性至上形成鲜明不同的是：郭沫若认为，“文学的本质是有节奏的情绪世界……一切两决断的主观说和客观说，唯美说和功利说，都可以沟通，可以统一了”[③]。在郭沫若这里，理性和科学同感性和诗学能够达成和谐与融洽。从另一角度看，在记载感性乃至潜意识的层面上，郭沫若更突出地表达了他对科学和技术的激情与热度：“火车在青翠的田畴中急行。好像个勇猛忱毅的少年向着希望弥漫的前途努力奋迈的一般。飞！飞！一切青翠的生命，灿烂的光波在我们眼前飞舞。飞！飞！飞！我的自我融化在这个磅礴雄浑的 Rhythm 中去了！我同火车全体，大自然全体，完全合而为一了！”[④] 这是 1920 年 2 月郭沫若与田汉一同乘火车时的感受，与华兹华斯的《轮船、高架桥和铁路》这首诗表达着极为相似的对科学和技术的笃信和憧憬，甚至有些痴迷。

（五）沈从文眼中的都市“病人”

在对城市工业文明的态度上，中国五四时期的另两位作家通过各自的笔端表露出截然不同的情感色彩。中国“最后一个浪漫派”作家沈从文在作品中描绘了远离尘嚣的田园风光，歌颂了原始淳朴的民风及下层劳动人民传统的人性美，反映了异域儿女历经磨难仍能勇敢面对、顽强生存的意志和毅力，展现了乡村青年男女野性的情爱生活，表达了对都市文明侵袭下传统美德沦落的哀叹，揭示了古楚文化的神秘、浪漫与激情。在沈从文生活和创作的 20 世纪二三十年代，现代、工厂、冷漠、异化等工业文明的产物已经充斥着各大都市。从乡下进入都市的沈从

---

① 郭沫若：《郭沫若全集·文学编》，人民文学出版社 1990 年版，第 226 页。

② 同上书，第 225 页。

③ 同上书，第 342 页。

④ 同上书，第 122 页。

文，尤其对这种与中国的乡土文明判然有别的现代都市文明具有敏锐的感受和深刻的体会。他以“乡下人”的眼光打量都市，发现“世界在变动中，人与人之间的各种关系如今都雇佣化了，整个世界普遍出现了异化和自我异化的现象”①。启蒙运动所信奉的民主、科学、进步、革新、理性等观念已经深入人心，并且备受推崇，已被迷信化、神圣化。沈从文在大多数中国知识分子对现代文明顶礼膜拜时，却以犀利的目光对它展开了反思和批判，使其小说呈现出浪漫主义的精神特质。沈从文对现代都市文明的批判，主要集中在对这些“文明人”病态的揭示上。在20世纪初，大都市的上流阶层、知识分子，是中国现代工业文明催生出的所谓“文明人”，是现代都市文明的代表。他们在“文明”的压抑下，在道德的羁绊中，犹如一群“阉人”，已完全丧失了正常的人性。都市生活着一群被文明异化的“病人”。在《八骏图》《绅士的太太》《薄寒》《有学问的人》等一批作品中，沈从文着力批判了都市上流阶层的变态。沈从文甚至认为，是“知识把这些人变成如此可怜，如此虚伪”的②。

（六）华兹华斯的劝导——“把书本丢掉”

沈从文这种对书本知识和启蒙理性的质疑和批判态度，同一个世纪前华兹华斯的某些思想有着惊人的相似。1798年五六月，华兹华斯同当时英国评论家赫兹里特展开了一场关于知识的争辩。赫兹里特在他的文章《我与诗人们的初交》中曾提到这次争辩，华兹华斯为此写下了数首诗歌，继续阐释他的观点，其中《劝导与回答》《转折》两首诗较为突出。《劝导与回答》以对话的形式真实而生动地把两个人的观点呈现出来，诗中的好朋友马修（就是指赫兹里特）这样劝导说：“为什么，威廉，在这块石头上，/你坐了整整半天工夫，/孤零零一个，把大好时光/在沉思幻想中虚度？/怎么不读书？书才是光明，/没有腿，人就会盲目绝望！/起来！读书吧！去吸收古人/留下的精神滋养。”接下来华兹华斯这样回答：“眼睛，他不能不看外界；/耳朵，也不能不听生息；/四肢百骸时时有感觉，不管有意或无意。/同时，我

---

① 《沈从文文集》第9卷，花城出版社1984年版，第94页。

② 《沈从文文集》第11卷，花城出版社1984年版，第95页。

相信，宇宙的威灵/也会留痕于我们心底，我们唯有明智的受领/用它来滋养心力。/我们置身于宇宙万物里，/它们都说个不休，对我们难道就是没有教益？/又何须苦苦寻求？”在作者看来，向大自然学习，与万物交谈，比读书本更能获得教益。如果说《劝导与回答》一诗，作者还处在被动的解释和委婉的回答的处境里，而《转折》一诗则代表着作者在争辩中已反守为攻。华兹华斯开篇便劝告读者：“起来！朋友，把书本丢掉，/当心会驼背弯腰；/起来！朋友，且开颜欢笑，/凭什么自寻苦恼？”他唤醒人们丢开书本，“走进事物的灵光里，让大自然做你的师长”，健康的智慧就能自然流露。“生命里散发出天然的智慧，/欢愉显示出真理。/春天树林的律动，胜过/一切圣贤的教导，/他能指引你识别善恶，/点拨你做人之道。……/大自然带来的学问何等甜美！/我们的理智智慧妨碍，/歪曲了事物的美丽形态，/解剖倒成了谋害。/够了！再不需科学和艺术，/把它们那贫乏的书本封住！/走出来吧，只需带一颗痴心，/让它观看，让它吸取。”[①] 华兹华斯和沈从文的上述作品，都表达了质疑科学的立场，对书本知识的鄙视和批判态度，劝诫人类丢掉书本，走进自然，还人性于原始和本真的理念。在这一点上，两个相去一个世纪的不同国度的作家——华兹华斯和沈从文真是灵犀相通。

（七）玛丽·雪莱笔下的“现代的普罗米修斯”

浪漫主义诗人雪莱的妻子玛丽·雪莱在丈夫的鼓励下，完成了她的代表作《弗兰肯斯坦——现代的普罗米修斯》。在这部被当今生态批评者认为“堪称人类最优秀的科技批判作品”里，玛丽·雪莱通过弗兰肯斯坦的悲剧，对人类在自然界中的地位，以及应该如何掌握和使用科学技术，做出了自己的解释：人类在自然界面前应该保持一种敬畏，保持一种有限性，而不能无限制地追求对自然的认识和征服。如果人类盲目地试图驾驭或凌驾于自然之上，而对自己的行为疏于理性的抑或伦理方面的周全考虑，不可预测的可怕后果将难以避免。玛丽·雪莱“警告人类：必须对科技发展进行反思、批判和监督；否则，小说所预言的

---

① 华兹华斯、柯勒律治：《华兹华斯柯勒律治诗选》，杨德豫译，人民文学出版社 2001 年版，第 226—229 页。

悲剧必将到来——人类企图以科技发明主宰自然却反过来被自己创造的科技怪物所主宰、所毁灭"[①]。但玛丽·雪莱为《弗兰肯斯坦》添加了一个副标题"现代的普罗米修斯"，此副标题有何寓意？在希腊神话中普罗米修斯从诸神所居的奥林匹亚山窃取了火种，为人类带来了光明，显然，这个副标题隐喻着科学家维克多·弗兰肯斯坦是一个类似于巨人普罗米修斯式的人物，不同于神话中普罗米修斯凭借着本身的理想和意志对抗上帝的旨意，在《弗兰肯斯坦》中科学技术是科学家弗兰肯斯坦用来与专横地夺走人的生命的大自然进行斗争的工具。然而，故事的悲剧性发展，显示出了作家对于工业革命时期科学技术所带来的巨大变革的一种深深的担忧。可以说《弗兰肯斯坦》反映了作家对科学技术两种矛盾感情并存的状态——既给予厚望、欢欣鼓舞，而又怀有恐惧、深深忧虑。

如何看待科学与技术呢？在《抒情歌谣集》再版序言中，华兹华斯在写出"诗歌是人和自然的图画"，"诗是第一等的以及所有的知识"仅仅几行后，又补充道："如果科学家的努力劳动，在我们现有的条件下，以我们习惯接受的方式，能够创造出一场物质革命，无论是间接的还是直接的，诗人不会比现在更沉默；他们会做好准备，紧跟科学家的脚步，不仅仅是在那些间接努力的方面，而且诗人会坚定地支持科学家，为科学这个东西灌输进激情、感觉。"[②] 事实上，对科学主义仅有激情和感觉是不够的。因为我们看到，科学和技术是一把双刃剑，对它进行恰当的利用是能够为人类造福的；而一不小心，就会酿成令人懊悔不迭的错误和灾难，犹如玛丽·雪莱笔下的弗兰肯斯坦这一怪物。人类应怎样主宰、利用科学之剑去创造更美好的生活，以免毁灭在科学主义的锋刃下，这对今天的世人而言仍然是一个值得深思的问题。

四　民主革命与民族革命：浪漫主义诗学的政治宣言

民主政治的崛起与发展，代表了当今现代化民主国家的一个方向，

① 玛丽·雪莱：《弗兰肯斯坦》，丁超译，中国人民大学出版社2004年版，第198页。

② William Wordsworth, *Preface to Lyrical Ballads*, Available from http://www.bartleby.com/39/36.html, 2006.

也是未来现代化民主法制社会的价值趋向。从政治现代化的角度来看，民主政治追求的是公平的、大众化的政治参与和政治决策，它看重的是公民对社会政治生活的广泛参与和对国家权力的制约与监督的积极作用。因此，相对于全民政治意识的勃兴，所谓的精英主流政治意识则只能属于过去了。所谓民主政治，就是一种以公民为主体对象，以公平政治参与为主要功能，并辅之以现代化传媒手段、经营和生产方式的现代文化。德国著名的哲学家哈贝马斯提出了“公共空间”（公共领域）这一重要概念，是在相对独立于国家政权之外的公民社会中，各种利益团体可以就关系自身利益的问题进行广泛的政治辩论、交流，从而影响政治进程。现代传媒的快速发展使其在社会影响力上起到了前所未有的感召力。在英国浪漫主义时期，即 18 世纪末 19 世纪初，英国报纸、期刊、杂志的最初形成与当时英国资本主义政党的政治目的有着直接关系；在中国五四时期，期刊、杂志等出版业的空前繁荣与中华民族反帝反封建的民族革命运动，和提倡“德先生”“赛先生”的民主科学运动紧密相连。如果说报纸、期刊、杂志为民主政治思想提供了必要的传播载体，中英浪漫主义作家的诗学理念则是现代民主思想的理论阐释和政治宣言。

（一）民主革命与英国浪漫主义诗学

只有经过革命，“民族的春天”才能指向未来，而即便是最热忱的乌托邦社会主义者也会发现，为没有先例的东西寻求先例是令人鼓舞的。在浪漫主义第二代之前，要为没有先例的东西寻找先例并非轻而易举的事，第二代浪漫主义时期产生的一批年轻诗人，对他们来说，法国大革命和拿破仑是历史事实而不是他们自传中痛苦的一章。在法国和德国，“浪漫主义者”一词可以说是 18 世纪 90 年代后期保守的反资产阶级分子（往往是幻想破灭的左翼分子）所创造出来的反革命口号，这可以说明何以在这些国家当中，许多按现代标准应被看作明显的浪漫主义者的思想家和艺术家，传统上却被排除在这个类别之外。然而，到拿破仑战争的后几年，新一代的年轻人开始成长，对他们来说，经过岁月的洗涤，他们眼中只看得到大革命的伟大解放之火，其过火行动和腐败灰烬都已从视线中消失了；而在拿破仑遭流放后，甚至像他那种冷漠无情的人物，也都成为半神话的长生鸟和解放者。随着欧洲年复一年向前推进，它越来越陷入了反动、审查制度和平庸而毫无特色的低洼旷野，以及贫穷、不幸和压迫的死亡沼泽之中，然而，解放革命的印象却愈来愈光辉灿烂。

1. 华兹华斯的革命诗学

1789 年几乎受到欧洲很多艺术家和知识分子的喝彩，尽管有些人能在革命、恐怖、资产阶级腐败和帝国的整个时期当中，一直保持着他们的热情，但他们的梦想已不是一个令人畅快或容易传播的梦想了。甚至在英国，布莱克、华兹华斯、柯勒律治、骚塞、坎贝尔（Campbell）和赫兹里特等第一代浪漫主义者全都是雅各宾派，到 1805 年，他们的幻想已经破灭，新保守主义开始占优势。尽管以华兹华斯为代表的第一代浪漫主义者对法国大革命的绝望，已被英国本国资本主义工业化过程中的弊端甚至恐怖冲淡不少，但不可否认，华兹华斯的浪漫诗学中充溢着革命思想和民主意识，以致一些评论家称他为“现代民主时代的第一位诗人”“诗坛上的乔治·华盛顿”“文学作为研究科目的创始人”。先不管这些说法是否合理，我们都能够在科学和客观的研究基础上得出结论：华兹华斯的思想状态并非以“逃避”或“遮掩”为特点，也不是一句“重归自然”就可以涵盖的。他的诗学思想中包含着他尝试过的各种观念，比如感伤文学中对生活的田园诗般的幻想，洛克式的英国经验主义认知方式，法国革命极端分子的狂人或早期社会主义的信仰，以及葛德文涉及社会福利、法规政治尤其是理性的话语。他对现代工业大都市状况有亲身体验，耳闻目睹了法国共和派的各种言行，身历欧洲国际战乱现场，并在此期间游历了遍布西欧各国的名胜古迹。所以丁宏为认为：“华氏既身在潮流之中，又在潮流之上。”①

应该说，华兹华斯浪漫主义诗歌的主题与视角无一不是他的心路历程与社会哲思的具体体现。英国学者 J. R. 沃特森（J. R. Watson）在英国浪漫时代的诗歌中谈到华兹华斯诗歌中所表现的现实生活中的快乐，但“这并不意味着华兹华斯的诗歌对生活中的邪恶或悲苦视而不见，实际上华兹华斯是最伟大的悲情诗人之一，他对人类的苦难有着强烈的

---

①　丁宏为：《理念与悲曲：华兹华斯后革命之变》，北京大学出版社 2002 年版，第 65 页。

义愤和深切的同情……”[①] 华兹华斯大学毕业后来到伦敦，他这样描述作为异乡人在伦敦大都市游荡的感觉：“不知多少次，在一天天涌动的街上，我加入人群之中，对着自己说‘从我身边掠过的每一张脸庞都是一团神秘。’……就在这时，一个盲人乞丐的形象突然使我震动。他靠墙站立，仰着脸庞，胸前那张纸上写出他的身世：他从哪里来，他是何人。这景象抓住我的内心，似乎逆动的洪波扭转了心灵的顺游。这一纸签恰似典型的象征，预示了我们所能知道的一切，无论涉及自身，还是整个宇宙。凝视着这默立的人形，那坚毅的面颊和失明的眼睛，我似乎在接受别世的训诫。”[②] 这瞬间的感悟融进了诗人在巨大对比中的迷失和困惑，奔波穷困的大众与静态迷茫的个体，政治革命的潜流与艺术表现的自然，这种种对比都流露在他诗歌和诗学思想中，也使他的浪漫主义诗学充满了政治性和革命性。

法国革命对华兹华斯的影响是巨大的，民主与革命的思想渗透了他的每一个细胞。包括雪莱拜伦等在内的英国作家艺术家，法国、德国、美国的文人艺术家无不卷入法国革命的激流中。从这个意义上讲，这场大众参与的民主革命又何尝不是文化艺术领域的大事件。华兹华斯的诗集中便有了相当一部分这样的诗歌：《为滑铁卢之战而作》《法国兵和西班牙游击队》《西班牙人的愤怒》《有感于蒂罗尔人的屈服》，赞扬奥地利农民起义领袖的《霍弗尔》，鼓舞英军反击拿破仑的《预卜》《一个英国人有感于瑞士的屈服》《伦敦，一八零二年》，等等。华兹华斯亲身体会到：“无论在这片土地的那个/角落，自由生命与死亡很快将/取决于都城统治者的决裁”[③]。当夜色降临巴黎时，他感到“过去的恐怖纠缠着我，就像他将要/发生……我不断自言自语/直至听到一个声音，似对/全城的人们呼叫：‘不要再沉睡了’”[④]。然而，法国大革命后，当拿破仑也成为侵略者和压迫者时，华兹华斯的精神世界全线崩

① J. R. Watson, *English Poetry of the Romantic Period, 1789-1830* (London: Longman, 1985), p. 3.

② W. Wordsworth, *Lyrical Ballads, and Other Poems, 1797-1800* (James Butler and Karen Green. Ithaca: Cornell UP, 1992), pp. 595-623.

③ Ibid., pp. 107-111.

④ Ibid., pp. 75-76.

溃，湖畔的疗伤，自然的抚慰终于使他归于灵魂稍许的“平静”中。“各种想法相互间/激烈冲突，每天每日增加着/分量，直到都簇拥我的心智/似乎变成他的生命本身。”[①] 民主与政治的理想并没有泯灭，“对于那些以世界的统治者/自居，将意志强加给良民百姓的/人们，我已看出他们的野心/愚蠢疯狂，不再感到奇怪；/即使他们有意于公共福利，/其计划都未经思考，或建筑在虚假的/思想和虚假的哲理之上。”[②] 在这里，华兹华斯剖析了法国革命激进分子所犯的错误和罪行，抨击了他们凌驾于人民生活之上，将疯狂的意志强加给人民的伪革命本质，提出了真正的民主秩序建立的思想。人民尽管无知，但华兹华斯仍然相信人民。

所以他的诗歌中就有了孤寂的老乞丐、孤独的割麦女、牧羊人迈克尔一家，吹口笛的男孩，怀抱羊羔的老汉等普通大众、穷苦平民的形象。肯尼斯·迈克林（Kenneth Maclean）在《农耕时代：华诗背景》一文中指出：“华兹华斯在很大程度上使农民的世界成为感情与激情的世界，一个可能产生悲剧的世界。通过用如此的方式阐释低微的乡间生活，华兹华斯创造了一种新的大众意义上的美学，它不是将激烈情感的世界置放于中世纪的城堡或文艺复兴的宫殿中，而是放在农舍中，在普通生活的土壤中。”[③] 尽管华兹华斯的《抒情歌谣集》的不同凡响之处，并不在于它有什么内在的革命性质，然而他的诗歌以单纯的低微民众为表现对象，却有着意想不到的“搅乱普通民众的人心”的作用，“也使人民成为1790年之后的各种政治事件的惧怕对象”[④]。因此我们可以认为，华兹华斯浪漫主义诗学的大众性正是他的革命性预示。

2. 雪莱诗学的革命性及其最高境界

在欧洲大陆，浪漫主义艺术和革命的结合在19世纪20年代已初见

① W. Wordsworth, *Lyrical Ballads, and Other Poems, 1797-1800* (James Butler and Karen Green. Ithaca: Cornell UP, 1992), pp. 801-804.

② Ibid., pp. 70-76.

③ Kenneth Maclean, *Agrarian Age: A Background for Wordsworth* (Archon Books, Yale UP Publication, 1970), p. 95.

④ Marilyn Butler, *Romantics, Rebels and Reactionaries* (Oxford University Press, 1981), p. 37.

端倪，但要到法国1830年革命之后才会充分发挥作用。同样真实的是，也许所谓的革命浪漫幻象和革命者的浪漫风格，已由德拉克洛瓦的《自由领导人民》做了最贴切的表达。在这幅画中，蓄着胡须和戴着高项黑色大礼帽的乖戾年轻人、穿着敞胸衬衫的工人们、发丝在帽下飘拂的人民权利捍卫者，在三色旗和弗里几亚呢帽的包围中，再现了1793年的革命盛况。英国第二代浪漫主义者——拜伦，不参加政治活动的济慈，特别是雪莱，他们是最早将浪漫主义和积极革命原则相结合的人。浪漫主义与一场更新且更激进的法国革命幻象结合的最显著后果，是1830—1848年政治艺术的压倒性胜利。在那个时期，即使最不具“意识形态”的艺术家，也都普遍隶属于某个党派，并将为政治服务当作他们的首要责任。有些艺术家甚至变成政治人物，而这种现象不仅出现在那些受到民族解放激荡的国家之中。在当时那些国家里，艺术家很容易被奉为民族的先知或象征：音乐家中有肖邦、李斯特，甚至意大利年轻的威尔第，当然还有海涅。特别值得一提的是雪莱为回击“彼得卢大屠杀”而写的一首诗《安其那假面》，在1820年，它也许是这类诗中最强有力的一篇。艺术家也承担着社会义务，这个理念来源于浪漫主义对精神力量的信念，是这种信念使雪莱将诗人形容成“未被承认的世界立法者”。

雪莱是抒情诗的巨匠，创作了大量出色的诗章。他虽以浪漫主义手法来抒发感情，却不失强烈的现实关注。他的一生都在同情弱小，反对旧事物，对新社会充满了无限憧憬。同拜伦一样，雪莱强调诗歌对于现实生活的介入和干预，强调诗歌的道德意义和教育作用。但雪莱与拜伦有着极大的不同。王佐良先生说：“拜伦的追求并不深远。……而对于人类的未来，他除了歌颂自由和人民大联合如在《但丁的预言》之内，并没有涉及过一个理性社会。雪莱则不同。一方面，他对于人世的苦难有着比拜伦更深切的感受，另一方面，他对于未来的社会、政治、人与人包括男人与女人的关系都有设想，他的探索更带哲学意味，触到更根本的问题。”① 这种积极乐观、不懈斗争的精神与其美学思想有着密切

① 王佐良：《英国浪漫主义诗歌的发展》，《外国文学研究集刊》第6期，中国社会科学出版社1982年版，第121页。

的联系。雪莱把诗提到了形而上的哲学高度，诗是理念的审美表现形式，因为至善是超越现实而永恒存在的，所以雪莱的社会理想是指向未来的。有了坚定的精神信仰，希望才不会破灭。雪莱把对社会改造的愿望寄托在人类德性的自我改造和完善上，而且号召人民大众起来反抗，通过革命形式以实现自由民主的理想，这也让他对未来社会的美好理想充满信心。

雪莱天生就具有反抗性，少年时代就读于伊顿公学时，他不满高年级学生欺凌低、弱学生的惯例，公然反抗却遭到迫害。他不容于现世，被人称为“疯子”。“他对一切卑劣、愚蠢、腐朽的事物有先天的反感。他对这种类型的人和事从不妥协。”[①] 他醉心于科学和哲学的探讨，尤其是葛德文的《政治正义论》和潘恩的《人权论》极大地影响了青年雪莱民主思想的形成。他看到社会的腐朽现状，思索社会罪恶的根源，产生了建立民主社会、解放全人类的伟大愿望。在他看来，人类未来的社会应该是自由平等的王国，在那里“人类从此不再有皇权统治，无拘无束自由自在，人类从此一律平等，没有阶级、氏族和国家的区别，也不再需要畏怕、崇拜、分别高低，每个人就是管理他自己的皇帝，每个人都是公平、温柔和聪明”[②]。在《解放了的普罗米修斯》中，雪莱描绘了人类社会的未来图景，那就是一个没有暴力和奴役，没有压迫和剥削，充满自由与友爱的王国，美、智慧和正义成了人们称颂和追求的德性，人类变得理性和善良。可以说，雪莱的很多作品都涉及人类社会未来的理想图景，尤其明显的是《麦布女王》《伊斯兰的反叛》《解放了的普罗米修斯》等诗作以及《告爱尔兰人民书》《权利宣言》《关于建立慈善家协会的倡议》等散文。雪莱把目光放在未来，因此，他的斗争变得更为乐观和坚强，马克思称他是“一个真正的革命家，而且永远是社会主义的急先锋”。在这众多的诗篇中，《西风颂》是他对生命发出礼赞的最强音。《西风颂》是秋天的歌，是时代的声音。19世纪初叶，科学社会主义还没有诞生，欧洲各国的工人运动还处在自发阶

---

① 勃兰兑斯：《雪莱评传》，《十九世纪文学主流》，人民文学出版社1997年版，第382页。

② 雪莱：《解放了的普罗米修斯》，《雪莱全集》第4卷，河北教育出版社2002年版，第202页。

段，封建贵族和资产阶级的反动势力还很强大，“神圣同盟”的魔影正到处游荡着。大地还没有苏醒，寒冬还在后头。所以，《西风颂》不免带有“婉转而忧愁”的调子。但作为民主革命思想的先驱，雪莱对革命前途和人类命运始终保持着乐观主义的坚定信念，他坚信正义必定战胜邪恶，光明必定代替黑暗。从总的倾向看，《西风颂》的旋律又是“猛烈、刚强”的。诗人以“天才的预言家”的姿态向全世界大声宣告：如果冬天来了，春天还会远吗？诗人以饱含激情的笔触抒写了“秋的呼吸——奔放的西风”，创造出既是破坏者又是保护者的西风形象。感情真挚磅礴，格调高昂激越。这首诗代表了雪莱诗歌的社会革命性和胜利预言性的一面，也是对永恒生命的讴歌。表达对自由的热烈渴望和追求是雪莱抒情诗永远的主题。在《致云雀》中，那“在歌声中翱翔，在翱翔中歌吟”的云雀，便是诗人对自由、欢乐热情向往的表达；在《云》中，雪莱借“云”的形象，这样深情地歌唱：“我是大地和水的女儿，也是天空的养子，我往来于海洋、陆地的一切孔隙——，我变化，但是不死。”此外还有《自由颂》《自由》等诗歌都是对“自由”的热情讴歌。王佐良认为，“从法国大革命的自由平等博爱思想到无限空间的最高境界，雪莱是作了怎样有力的一跳啊！”这便是雪莱的伟大和高超之处。狭隘的阶级意识和反抗革命并不是雪莱的终极理想，建立大众民主与人类各民族都平等，全人类皆兄弟的世界才是雪莱政治思想的最高境界，而这一切的实现靠什么？“除了爱，一切希望都渺茫。”①

（二）民族、民主革命与中国五四浪漫主义诗学

浪漫主义革命者并不是全新的产物，浪漫主义者将革命作为历史的推动力和实现理想的手段，不仅英国浪漫主义者是这样，在中国五四运动那个充满变革与民族矛盾的特殊历史时期，更有巨大的回响，且不用说在 1930 年之后以高尔基为代表的政治浪漫主义在中国的接受了。中国民族救亡背景下文学“革命宣传工具”的实际作用必然走向对浪漫主义诗学的政治解读。

---

① 雪莱：《解放了的普罗米修斯》，《雪莱全集》第 4 卷，河北教育出版社 2002 年版，第 834 页。

1．郭沫若浪漫诗学与革命情怀

尽管在郭沫若不断变动的诗学体系中不乏对立、冲突和前后矛盾之处，但浪漫的强劲气脉始终统贯其整个的思想发展历程。浪漫性是郭沫若诗学跳动的精魂，是郭沫若生命体验的触发点与原动力。早期郭沫若在公开发表的文章中从未亮出浪漫主义的旗号，甚至在 1926 年的《革命与文学》中，他还将浪漫主义文学作为与无产阶级文学对立的、政治上"反动"的文学形态加以讨伐。到 1936 年，郭沫若在日本时又谈到了浪漫主义，不过这时他在其前端加上一个"新"字："新浪漫主义是现实主义之侧重主观一方面的表现，新写实主义是侧重客观认识一方面的表现。"在这里，浪漫主义仅是隶属于苏联的社会主义现实主义创作原则的一个组成而已，与作为一个文学流派独立自存的浪漫主义已不是同一内质的东西了。但诗人自己对这些的有意回避，并不能表明郭沫若诗学就与浪漫主义没有什么纠葛，相反，如果我们不把浪漫主义仅仅视为只存在于十八九世纪作为历史形态存在的浪漫美学流派，而是将其看作潜藏在人类深处的一种特殊心态倾向，这种倾向就是罗素所说的孤独本能对社会束缚的反抗，它旨在把人的人格从社会习俗和社会道德的束缚中解放出来。那么，郭沫若诗学思想和人生历程与浪漫主义的精神品性便具有内在的相契感与共通性。不过，这种浪漫气质的获得不单纯来自于西方衍生于启蒙运动以降的浪漫派，也不只是源于中国古典老庄逍遥情怀的滋养，而是处身于热血沸腾、情绪激荡的五四时代的郭沫若立足于本民族现实土壤上，主动择取吸纳中西文化而熔铸自身个性的结晶。

《女神》中的自我是自由快意和充满豪情的，但这种高峰生命体验的获得必须经由对世俗生活中理性化的规范、信条和习俗束缚的冲决和摧毁。费希特说，自由意识的产生是纯粹自我的活动性与客体的自然的有限存在交互作用的产物，自我的自由精神是在与非我的冲突碰撞中彰显出来的。《女神》中的自我往往以某种与现实逆境和阴暗面形成鲜明对照的"秩序状态"作为自己精神追求的支点。正如郭沫若所切身体验的："一切逆己的境遇乃是储集 Energy 的好机会，Energy 愈充足，精神愈健全，文学愈有生命，愈真、愈善、愈美。"在《女神》汪洋恣肆的吟唱中，不断闪现出抒情主体内心明与暗、生与死、华美与衰败、净朗与污秽、新生命与旧皮囊等二元对抗的自由激情。在这种殊死对抗中，新生的自我永远展现为胜利者的面目，处于极度自信与自得的豪迈状态。诗人以其觉醒了的并且日益扩张着的自我意识，痛苦地“储集”和酝酿着对桎梏人的旧的僵死权威的愤懑能量。然而，他不是如鲁迅那样注重于对旧营垒杀回马枪，揭示其窒息人的惨毒；而是以火山喷发似的激情，灼热如铁水、决绝如出膛子弹似的宣言，呼唤人们去摧毁旧时代的偶像：“我崇拜创造的精神，崇拜力，崇拜血，崇拜心脏；/我崇拜炸弹，崇拜悲哀，崇拜破坏；/我崇拜偶像破坏者，崇拜我！/我又是一个偶像破坏者哟！”如同一切浪漫派诗人那样，郭沫若崇拜正直与纯粹，崇尚冲突、战争、自我牺牲，反对妥协、调和与忍耐，崇拜野性特质，反对驯化、教化、可敬的人们，但他最崇拜的还是用炸弹与生命力去摧毁旧偶像的“我”——自由的意志，偶像崇拜者。如此一来，那在这个既心绪紧绷又无限畅快的世界里，“还有什么你？/还有什么我？/还有什么古人？/还有什么异邦的名所？/一切的偶像都在我面前毁破！/破！破！破！”他笔下的女神在地震山崩天塌地陷的时刻，毅然唱道：“——天体终竟破了吗？/——那被驱逐在天外的黑暗不是都已逃回了吗？/——破了的天体怎么处置呀？/——再去炼些五色彩石来补好他罢？/——那样五色的东西此后莫中用了！/我们尽他破坏不用再补他了！”

在这里，旧权威的沦灭、旧偶像的摧毁、旧事物的溃败，都毫不可惜，因为只有冲决外在的障碍、限定与目的，主体才能依随自由意志创造自我理想的世界。郭沫若这种“唯自我”论哲学思想抛弃了叔本华唯意志论中的虚无主义、悲观主义的哀音，跳跃在他诗魂中的是尼采超人式的强劲节拍和柏格森的创造之声。面对赓续了几千年传统崩塌后的深渊，诗人毫无任何失落感与迷惘，反而显得异常亢奋和充满豪迈之情，因为他对主体的创造力量有充分的自信：“待我们新造的太阳出来，/要照彻天内的世界，天外的世界！”这种创造完全是诗化的、凭着意志自由发展的行云流水般的过程。诗人自觉“心中本有无量的涌泉，想同江河一样自由流泻”；“心中本有无限的潜热，想同火山一样任意飞腾”。只要充分自由地表现自己，就可以创造风雨雷电、大海流云、森林草木、日月星辰，乃至整个宇宙。于是，在郭沫若看来，“宇宙全体只是一部伟大的诗篇。未完成的、常在创造的、伟大的诗篇”。不过，这种创造由于建立在对历史、过去乃至现在的否定基础之上，总是体现出对未来理想的一种暗示，每一次创造活动都注定要被它自身的性质所毁灭。这就使得创造者不得不与破坏性力量照面，时时要做好失去所有东西的准备，为创造新事物必须破坏现存事物，他才能创造新东西。这种充满悖论性的动力秩序结构，成了早期郭沫若诗思中的关键性环节。死亡——人的肉身的败朽——在他的笔下，丝毫没有愁惨悲苦的气息，而总是放射出神圣诱人的光芒。因为死亡是旧体的破坏、新生的开始。著名的《凤凰涅槃》则对死而复生乃至不朽充满信心；长达15节的“凤凰和鸣”，把死亡——新生的价值高扬在极为热烈的欢畅之风中。

郭沫若的思想转换发生在“五四”退潮后的20年代初期。他归国后更多地看到现实政治的黑暗和混乱，国内阶级斗争的形势发展又促使他在个人与国家民族之间尽快做出抉择；同时，以尼采、柏格森和弗洛伊德为代表的非理性主义哲学美学思潮的影响，量子理论等自然科学的新成就，使郭沫若从人与自我、人与宇宙两方面重新认识“人”，产生了“对世界的神秘性和可疑性的意识”。种种困厄、失望、怀疑和孤独等情绪郁积于胸，使他借文学的“芦笛”“以鸣我的存在”。他在致宗白华的信中就表达了这层意思：“我们在日本留学，读的是西洋书，受的是东洋气。我真背时，真倒霉！我近来很想奋飞，很想逃到西洋去，可惜我没钱，我不自由，哎！……我还要谈一句心坎中的话，我很想弃了医学，专究文学。”郭沫若或许只有在激情横溢的文学世界里，才能任自我自由驰骋。在《创世工程之第七日》中就有这样的诗句：“上帝，我们是不甘于这样充满缺陷的人生，我们是要重新创造我们的自我。”这样一来，以《女神》等为代表的浪漫诗行所展现的乌托邦理想图景就不单减轻了现实逆境对诗人身心压抑所产生的挫折感和焦虑感，起到疗救自己苦痛灵魂的功效，从而让诗人度过了精神迷惘的危机。更重要的意义还在于，它所焕发的诗人的主体能动性、生命元气、原创性和行动意志，可以进而转变为按他自己的希望和理想去改变现状的精神动力和资源。从郭沫若积极创办创造社，投身北伐，申斥蒋介石到后来主管共产党的文化工作等履历中，可以明显感受到他身上充满着强烈人世精神的浪漫情怀。郭沫若早期诗歌中的乌托邦世界，具有较多的自由主义—人道主义特征。按卡尔·曼海姆对乌托邦类型的分析，自由主义—人道主义乌托邦主要产生于与现实秩序的冲突中，它根本不关注真实状况。因此，它必然为自己构思一个理想世界，不过，在这里人们不是在外部行动或革命中寻求进步之路，而是在人的内心构造及其变化中去寻求它。显然，郭沫若早期诗歌中的乌托邦就是这样，带有浓厚的主观色彩和内向性特征。到了后来，潜藏于郭沫若生命中的乌托邦冲动已转换成现实的革命行为，这就逐渐褪去了自由主义—人道主义色彩，从而抹上另一种乌托邦即以革命为标识的千禧年主义的颜容。

郭沫若一生始终表现出强劲的浪漫锐力，这跟20世纪苦难深重的中国现代化进程密不可分。浪漫化的政治实践与中国深重的历史重负相互作用，导致现代化变迁中极为严重的结构退化危机与脱序性危机，在新一代人眼中，这一苦难现实所刺激起的幻灭感、焦虑感和挫折感，又将成为下一轮浪漫思潮衍生的温床，而建立在新的“价值革命”基础上的信念、憧憬和梦想，又总会寻找新的投影对象。毫无疑问，在这个积极参与创造苦难现实的过程中，诗人郭沫若始终拥有触发其诗情梦幻灵感的丰富源泉，也始终拥有自己的表现场所和拥护者。在这样的历史环境中，拒绝世俗理性和经验事实的理想主义情怀，将始终会充当以郭沫若为代表的中国现代知识分子的精神支柱和新的宗教的替代物，这或许是浪漫化思潮之所以在20世纪以来的现代中国具有如此魔幻力量的原因所在吧。

早在20世纪初，鲁迅就在《摩罗诗力说》一文中详细介绍了西方浪漫主义文学运动，并对其思想艺术特征做了深入点评，希望能够“别求新声于异邦”，以一场中国的浪漫主义文学运动来改变中国文坛“污如死海”的沉闷现状。鲁迅认为，西方浪漫主义文学的精神实质在于“去其面具，诚心以思”，其“立意在反抗，旨归在动作”。浪漫主义作家具有强烈的反叛意识和先锋作用，他们“大都不为顺世和乐之音，动吭一呼，闻者兴起，争天拒俗，而精神复深感后世之心，绵延至于无已”，最终达到“以起其国人之新声，而大其国于天下”的社会变革目标。在西方，浪漫主义是欧洲传统社会解体和资本主义形成这一过渡时期各种社会矛盾的产物。五四时期也正是这样一个传统思想向现代思想的转型期，相似的历史背景使浪漫主义立刻引起倾心于西学的五四文艺先驱们的注意和借鉴。五四时期的新文学运动弥漫着浪漫主义气氛，包括鲁迅与文研会在内的现实主义风格的作家也不例外。郁达夫把这种风格称为以“写实主义为基础，更加上一层浪漫主义的新味和殉情主义的情调”①。因此，梁实秋把五四运动以来的中国新文学统一定义为“浪漫主义”文学也是有道理的。深究五四新文学运动的浪漫主义倾向，不难发现，作家们对浪漫主义的推崇仍出于实用功利目的，主要是看中了浪漫主义文学的社会政治功能而非审美功能，把浪漫主义等同于反叛、抗争、变革。如郭沫若就是从反叛精神的角度推崇西方浪漫主义文学运动的，他说：“文学是反抗精神的象征，是生命穷蹙时叫出来的一种精神。”② 他这一时期的文学创作也从内容和形式两方面实践了这种振臂呐喊的反叛精神。《女神》在内容上高度张扬个性，表现出对个体自我的崇尚：“一切的自然只是神的表现，自我也只是神的表现，我即是神，一切自然都是自我的表现。”在形式上抛弃温柔敦厚的中国古代美学标准，摒弃了一切传统的诗学规范，任炽热不羁的情感激流自由涌动。一方面，这一时期中国浪漫主义新文学普遍存在着情感泛滥的弊病，一位观察者在当时做了一项统计，“在中国目前流行的白话诗中，平均每 4 行就有一个惊叹号，或者说，平均每 1000 行就有 232 个。而在公认的优秀的外国诗作中，大约平均每 25 行才有一个惊叹号”③。这些矫枉过正的情感放任、感伤和个体意识的张扬，都可以视为对传统诗学“哀而不伤”“温柔敦厚”等美学原则的颠覆，中国现代浪漫主义文学运动走向了一条解构传统文学的颠覆之路。另一方面，建设是颠覆的反题，现代浪漫主义文学在用激情和个体意识颠覆旧文学的同时，也在以理想主义者的激情幻想勾勒着新文学的乌托邦。浪漫主义在中国现代浪漫主义文学运动中被改造为颠覆主义和理想主义。

以上从文学功利角度分别阐述了中英两国浪漫主义诗学的政治性和

① 《郁达夫文集》第 5 卷，花城出版社 1991 年版。

② 郭沫若：《少年维特之烦恼·序引》，《创造季刊》创刊号，1922 年第 5 期。

③ 李欧梵：《现代性的追求》，麦田出版社 1996 年版，第 14 页。

革命性特质，这也让我们看到了浪漫主义诗学的丰富内涵及诗学理念的矛盾性一面。其实，无论英国还是中国，文学作为民族文化的重要组成部分，无论如何都无法摆脱其历史叙事和社会话语的宿命。走向民主与大众的趋势在英国的18世纪末和中国的五四时期分别酝酿成熟并得以实现，但从表现上看还是有不同的。最大的不同在于中国五四文学运动的颠覆与幻想的主题最终被投诸到社会政治层面上的程度远远超过英国浪漫主义诗学，同时浪漫主义诗学在中国五四时期肩负着民族解放和民主运动两重使命，并且最终同共产主义思想相融合。因此中国五四的浪漫主义文学家往往同时也是激进的革命者，从某种意义上讲，二者都是理想主义者，他们都是在充满激情地描绘未来社会光明的理想蓝图。虽然实现理想的途径、形式不同，但是二者在理念和目标上具有相通之处，因此很容易产生融合。梁实秋就注意到这种倾向，指出："共产党的活动是否可以挽救中国大众的苦痛，姑且不论，不过这种运动足以震撼人心，尤其是知识分子及青年"，激发他们理想主义的想象力，"是不容违的事实"①。

① 梁实秋：《所谓"题材的积极性"》，《梁实秋批评文集》，珠海出版社1998年版，第87页。

第四章　女性的崛起与中英浪漫主义女性诗学构建

女性作为大众的重要一员，甚至也有西方的知识分子，“趋向于把大众看成与女性一样”[①]，在中西方文学史的相当一段时间里却是缺失和消隐的。女性大众从何时开始进入历史，从何时开始书写历史，从何时开始创造历史……这一系列的问题随着女权主义运动的展开而浮出水面，并受到关注。女性话语权的争取与女性受教育程度有着直接关系，而受教育权是中英两国女权运动的最初出发点和集中点。相比之下，在文艺复兴和资产阶级民主思想的观照下，英国的妇女阅读要早于中国。在英国，许多女性读者，尤其是那些来自缺乏教育的下层女性读者，多是以阅读宗教小说为其始，继而发展形成更为广泛的文学兴趣。于是，世俗小说和浪漫小说以流行的浪漫感情、世俗内容为主的虚构故事，吸引了一大批对婚姻、爱情充满幻想和寄托，对社会习俗、女性出路等充满好奇和探索的女性大众读者。女性读者日益涌动的阅读需求，是英国小说兴起的基本动因。在中国，维新变法派首先把女子教育和解放作为向西洋学习的社会生活层面的体现。1887年，梁启超以饱满的激情撰文《变法通议·论女学》[②]，从国、家、孩子需要的角度阐述了发展女学的必要性，高度肯定了女性自主解放对于“强国保种”的价值，并提出了“废缠足”“兴女学”的具体措施，从而开启了反对性别歧视和争取平等权利的妇女解放运动的序幕。20世纪初，身受“西学东渐”影响的中国女性作家，冲出禁忌，突破“诗词”的拘囿，以报刊为阵

① 约翰·凯里：《知识分子与大众》，吴庆宏译，译林出版社2008年版，第230页。

② 梁启超：《饮冰室合集》第1册，中华书局1989年版，第31页。

地，开始大量创作小说，女性大众渐渐浮现在历史语境中，并在五四时期形成一个高潮。我们看到浪漫主义的人文精神渗透和民主思想关爱为女性大众的崛起营造了必要的精神空间。

第一节　英国浪漫主义时期女性阅读与女性诗学

弗吉尼亚·伍尔夫在《一间自己的房间》中写道："在18世纪末出现了一场变革，倘若我能重写历史，我会把它说得比十字军东征或玫瑰战争更重要，中产阶级妇女开始写作了。"[①] 南希·阿姆斯特朗（Nancy Armstrong）认为："小说的兴起和女性权威的出现，正是同一桩历史事件的两个组成部分。"[②] 中产阶级妇女开始写作不仅表现了英国女性自我主体意识的觉醒，对话语权的争取与掌握，也刺激、推动了整个英国小说史的进程，并为其增添了另一性别所无法取代的内容与活力。回顾整个英国文学发展史，不难看到，从最早的盎格鲁—撒克逊时代到18世纪这漫长的两千多年中，英国女性是默默无闻、悄然无声的。直到18世纪中产阶级女性开始写作，再到被伊恩·瓦特（Ian Watt）称为"女性小说的时代"的19世纪，英国女性作家作品层出不穷，女性作家为英国小说的兴起与发展做出了不可估量的贡献。这与当时英国女性生活状况，尤其是受教育状况的改变，整个英国乃至欧洲大陆的思想启蒙，女性意识的觉醒以及女性主义思想和女性主义运动的蓬勃发展都有紧密联系。

一　女性失语的历史回顾

当我们回顾英国女性的历史地位时，我们不仅惊讶于这样的俗语："不幸有如土耳其的狗或是英国的妇女"，"每个人都知道英国不是属于女人的国家"[③]。在英国历史上女性一出生就意味着不幸。9世纪的一首名为"妻子的哀怨"的小诗这样写道："我做了这首悲哀的歌，/为我

---

① 弗吉尼亚·伍尔夫：《一间自己的房间》，人民文学出版社2003年版，第57页。

② Nancy Armstrong, "The Rise of Feminine Authority in the Novel," *Novel* 15, 1982: 129.

③ 英文俗语：Unhappy as a dog in Turkey or a woman in England. Everyone knows England isn't a women's country.

自己，为我的生活。/我是一个女人呐，/从出生就没有幸福过。”[①] 从中世纪到十七八世纪，英国女性的一生就是从父亲之手转入丈夫之手的过程。那时女性的结婚年龄同现在相比要早得多。中世纪文艺复兴时期，女性的结婚年龄为 12 岁。[②] 这就意味着英国妇女很早就要开始，却不知延续多久的漫长的生儿育女过程了。统计表明，到 19 世纪中期，平均每位英国已婚妇女至少生育 6 个孩子，而 35% 以上的妇女生育 8 个甚至更多的孩子。这不仅损害了她们的身体，也使她们陷于无休无止的繁重家务劳作中，同时还要忍受婴儿夭折所带来的精神打击。不仅如此，女人被认为是不成熟、缺乏控制力的，因此需要丈夫时刻管教。英国当时的教会法规允许甚至鼓励丈夫鞭打妻子，而准许丈夫囚禁锁闭妻子的法律条例一直持续到 1891 年才被废止。另外，在英国由于受到宗教，尤其是异教学说的影响，一直存在女巫在世的传说，认为某些女人是具有邪恶魔法的女巫，甚至认为黑死病等瘟疫的传播，英法百年战争等灾难都是女巫的巫术作祟。所以很早就有搜寻女巫的做法，到了 14—17 世纪则愈演愈烈，甚至伊丽莎白女王一世也曾一度被谋反者诬陷为女巫。据估计，“那段时期被以女巫的名义陷害受刑甚至死亡的妇女多达百万”[③]。

在教育方面，众所周知，在整个欧洲包括英国，文艺复兴之前尤其是中世纪，教育一直都是宗教阶层的特权，普通百姓更不消说妇女都被排除在受教育之外。15 世纪，一些贵族家庭的女孩作为其兄弟的陪读会受到些许教育，但多数还是神学宗教方面的指示。文艺复兴带来了古希腊古罗马文化，贵族女孩有机会受到人文思想的启迪，但所受教育也仅局限于音乐舞蹈、希腊文、拉丁文等方面。普通家庭的女孩，除非是进入教堂的修女，否则根本就没有机会也没有学校为她们提供教育。因此，

---

① Sandra M. Gilbert & Susan Gubar, *The Norton Anthology of Literature By Women* (Norton & Company, New York, 1985), p. 5. *The Wife's Lament*: “I make this song sadly about myself, / about my life. I a woman say/ I've been unhappy since I grew up.”

② 因此，我们在读到莎翁的《罗密欧与朱丽叶》中，朱丽叶的母亲劝朱丽叶结婚时说：“别的女人在你这个年龄都已经是几个孩子的妈了”（当时朱丽叶 14 岁），就不感到奇怪了。

③ Sandra M. Gilbert & Susan Gubar, *The Norton Anthology of Literature By Women* (Norton & Company, New York, 1985), p. 11.

女性受教育权利就成为女性主义运动的主要目标之一而被强烈地提出（女性运动第一次浪潮共有三个目标：第一个目标是争取选举权，在英国直到20世纪初女性才获得政治上的选举权，准确地说，1918年，英国30岁以上的女性获得了选举权，因此不在本节的讨论时间范围内；第二个目标是女性的受教育权，受教育程度直接影响了女性写作以及女性争取的第三个目标：工作权。所以本节着重探讨教育权问题）。女性主义思想的先驱人物玛丽·沃尔斯通克拉夫特（Mary Wollstonecraft）在她的《为女权而辩》一书中明确提出女孩应该享有同男孩一样的受教育机会。但当时的英国很少有招收女孩的学校，为此一些女性主义者如玛瑞·科比特（Marie Corbett）被迫在家中教育她的两个女儿。说到高等教育，我们不得不承认在20世纪初英国女子接受大学教育是一件很难的事情。英国的第一所女子学院是1870年由艾米利·戴维斯（Emily Davies）和巴巴拉·鲍迪肯（Barbara Bodichon）联合建立起来的“格顿学院”（Girton College），但这所学院在当时是不被权威机构承认的。而像牛津、剑桥这两所始建于十二三世纪的学术中心，直到19世纪七八十年代才建立女子学院（如1880年剑桥大学建立纽汉姆学院，招收女子接受高等教育）。据统计，到1910年止，在牛津剑桥上学的女大学生人数总共不过1000人，而且她们只被允许听课而不能得到任何学位。

从婚姻和教育两方面可以考察英国女性在家庭社会等相关方面的状况（因为这两方面直接影响女性的其他社会经济地位），我们不禁感叹：在18世纪的英国，无论是工人阶级家庭的女孩从小受训做童工，还是贵族家的小姐被父亲送去嫁人，实质上都是一场商业交易，在这场交易中两种女孩的命运都掌控在父权控制下的社会经济体系中。难怪莎翁要借哈姆雷特之口慨叹：“女人，你的名字是弱者。”

二 思想启蒙与女性声音

女性主义思想是在整个欧洲的人文精神得到解放，人性得到张扬的前提下逐渐萌发并日渐清晰的。14世纪从地中海沿岸的意大利吹来了人文主义思想之风，一时间反对神学，尊重人性，重视人的生活、人的利益的观念成为主流，大写的人终于站立起来。从此科学艺术乃至整个社会挣脱了封建与宗教神学的枷锁，开始大步走向现代文明。英国著名的人文主义思想家托马斯·摩尔（Thomas More）不仅设想并建立了理想的乌托邦，还提出“男女两性在通过学习知识来培养理性方面是同样适合的”①。在这一时期，多数贵族家的女孩开始接受少量教育。伊丽莎白女王一世就是突出的例子。桑德拉·吉尔伯特（Sandre Gilbert）和苏珊·古巴（Susan Gubar）认为，此时英国女性发出了“第一声”，即当时一些贵族女性开始以书面的形式抒发自己的宗教忏悔和冥想。当时比较著名的写作女性除了女王就要数菲利普·希德尼（Philip Sidney）爵士的妹妹玛丽·希德尼·赫伯特（Mary Sidney Herbert）了。作为翻译和诗人，她的作品已展示出她相当精湛的文学技巧。

17 世纪末 18 世纪初，英国经历了众多的政治风云，包括王位的易换及一度被废止。在社会思想领域同欧洲大陆几乎同时开启了理性的启蒙之门。从哥白尼、伽利略、笛卡尔到牛顿，科学上的进展和新发现改变了人们对世界的感受，理性作为“人之所以为人”的本质特征被推到了重要地位。英国科学家牛顿发现的机械力学原理为科学确立了不可动摇的位置，以弗朗西斯·培根（Frances Bacon）为代表的经验主义哲学思想提出“知识就是力量”的口号，并从方法论上阐述了实验实践以及个人经验的重要。如果说托马斯·潘恩（Thomas Paine）在《论人权》中提出的“天赋人权”的观点不仅成为法国大革命所倡导的“自由、平等、博爱”的思想基石，也成为女性主义争取政治平等的理论依据的话，英国另两位哲学家托马斯·霍布斯（Thomas Hobbes）和约翰·洛克（John Locke）的理论则为女性写作提供了理论支持和鼓励。霍布斯用格言方式表达了他的观点：“实践和教育乃经验之母；经验乃记忆之母；记忆乃判断与幻想之母；判断乃力量和结构之母；而幻想乃装点诗歌的缀饰之母。”② 在这里，霍布斯所要表达的思想有两重：一是诗人的个人经验是诗歌的源泉；二是诗人的各种智能（包括判断力和幻想力）在创作行为中有不同的作用。约翰·洛克则直接批判了父权的绝对权威，使女性权利作为人权的基本组成部分的思想昭然出世；

① Sandra M. Gilbert & Susan Gubar, *The Norton Anthology of Literature By Women* (Norton & Company, New York 1985), p. 13. “Both sexes were equally suited for the knowledge of learning by which reason is cultivated.”

② 霍布斯：《利维坦》，黎思复、黎廷弼译，商务印书馆 1985 年版，第 56 页。

同时指出，所有的知识都是感觉经验的结果，是对外界的直觉、感受和思考，而非先验观念。在《论政府》中，洛克尤其探讨了合理的个人利益及适度的个人自由与政府权力的关系；提出每个人对自己的安全和财产的合法关切乃是一切公共福利的起点。这就突出了个人权利及个人主义人性，并使之成为后来整个自由主义哲学的基础，成为“现代西方政治经济体系的思想基石”①，也为女性书写自己的生活，表达个人情感的主体性写作提供了理论依据。

在这一时期，西方女性主义思想的先驱人物玛丽·沃尔斯通克拉夫特出版了与法国大革命具有同样震撼力的著作《为女权而辩》（法国大革命的爆发与这本书的出版都在 1789 年）。玛丽首先批判了卢梭在《爱弥儿》中所表达的女性观，即认为男女两性的特质和能力是不同的，而这种生理上的差异决定了两性在社会中所扮演的角色的不同，女人就应该从小受训照顾男人、取悦男人。针对这一观点，玛丽阐述了四个主要论点：“首先，否认女性在理性和理智方面的能力低于男性；其次，提倡男女两性受同等的理性教育；再次，她认为男女两性的道德水准是相同的都可以对品德作出自由的理性选择；最后，她明确提出，理性的价值平等必然会导致良性的权利平等。她认为，理性是公民资格的基础，理性包含着克服或控制爱情与热情的能力。”② 这种在启蒙主义理念下强调女性拥有同男性一样的理性能力的观点成为早期自由女性主义理论的主要内容。因此女性也应被赋予政治投票权、受教育权和工作权。玛丽的重要地位不仅在政治领域，还体现在文学领域：她的写作的哲学宽度使她能够把激进主义、浪漫主义以及女性主义连在一起而具有持久的重要性。“我首先要说，在人性光辉的照耀下，同男性一样，女性被放置在这个地球以展露她们的能力。”③ 她们的能力当然也包括写

---

① C. B. Macpherson, *The Political Theory of Possessive Individualism* (Oxford U. P., 1989), p. 2.

② 李银河：《女性主义》，山东人民出版社 2005 年版，第 43 页。

③ Sandra M. Gilbert & Susan Gubar, *The Norton Anthology of Literature By Women* (Norton & Company, New York 1985), p. 140. Mary Wollstonecraft, *A Vindication of the Rights of Woman.* “I shall first consider women in the grand light of human creatures, whom in common with men, are placed on this earth to unfold their faculties…”

作能力。

三　女性的文学主体性表现与诗学发展

印度文豪泰戈尔在《文学的本质》一书中提出文学的本质就是心灵世界的表现的观点，他说："把内心感受幻化成外部图景，把情绪感触孵化为语言符号，把短暂事物转化成永久记忆，以及把自己的心灵真实变成人类的真实感受，这就是文学事业。"伊安·瓦特在《小说的兴起》中对英国18世纪的作家笛福、理查逊、菲尔丁等人作品的地位进行评价，认为他们的作品"确实最早并最典型地代表了现代小说的主要问题意识和艺术特征——对现代人的关注，以及有意识地采用'形式现实主义'的表现手法"①。瓦特把小说的兴起与个人主义思想的兴起联系在一起，认为小说表达了"特定个人在特定时间、地点的特有经验"。如果说笛福笔下的鲁滨逊是一个通过个人经历、拼搏奋斗而取得成功的资产阶级上升时期的代表，那么，当时女性作家在她们闲暇静坐之余，半遮半掩中写下的表现个人生活或者充满情感主义的虚构故事则是女性个人经验与时代气息相呼应的争取女性话语自主权的表现，或者可以理解为英国女性刚刚开始找到能够成为她们表达情感和思想的方式和场所。

18世纪末19世纪初，英国女性的文学主体性主要表现在两方面，即作为文学阅读的主体和作为文学写作的主体。按照哈贝马斯的对话理论，我们有理由认为，女性阅读作为一种思想文化的对话行为，对英国小说的兴起起到了一定的促进作用。美国当代马克思主义—女性主义批评家科拉·卡普兰认为："阅读是一项公民权利，支持并显示了基本的个人独立性。"② 玛丽·沃尔斯通克拉夫特在《为女权而辩》中表达了她的观点："一方面，她宁愿让妇女读小说，而不愿让她们无所事事；另一方面，她又在妇女与相向性叙事文本之间确立了一种性别分明而特征化了的相互作用，这种想象性文本最终使妇女成了接受性读者，通过

① 黄梅：《推敲自我：小说在18世纪的英国》，三联书店2003年版，第7页。

② 科拉·卡普兰：《潘多拉的盒子：社会主义女性主义批评中的主体性，阶级和性征》，弗朗西斯·马尔赫恩编：《当代马克思主义文学批评》，刘象愚等译，北京大学出版社2002年版，第90页。

虚构再现的性情节而极易做出不道德的行为。"[1] 当时由于流通图书馆（第一家出现于 1740 年）的设立和道路的改善，也由于廉价书、二手书和盗版书的出现，作为文化消费的阅读越来越普及。同时女性受教育的人数的增加以及闲暇时间的充裕，使得中产阶级女性读者群体日益扩大而成为当时文学消费的主力军。在 18 世纪的后 25 年中，阅读行为成为女性日常生活中的重要部分。女性书迷也开始成为文学作品中的人物形象，无论是男性作家的作品还是女性作家的作品都有所描写。理·布·谢立丹（Richard Sheridan）的戏剧《情敌》中就有位爵士批评读小说的女人想入非非，并恶狠狠地说："镇里出了个流通图书馆，就有了邪恶知识的常青树！"在简·奥斯汀（Jane Austin）的小说《诺桑觉寺》中有这样一段描写："小姐，你在读什么呢？""我，只不过是小说罢了"，那位年轻的女士一边答，一边假装毫不介意地把手中的书放下，多少还有点不好意思——"只不过是塞西丽娅、卡米拉或碧琳达"。事实上，无论是简·奥斯汀还是其他女性主义者都认为阅读具有自我主体的积极而非被动的功能，是理性和激情的心理作用与其社会表达之间的一种批评联系。但不得不回避的事实是，文学经典是男性中心的书写表达，把男性经验视为普遍经验，要求读者对男性认同。因此，对女性读者而言，阅读过程往往伴随着一个自我否定，甚至自我分裂的状态。长此以往，女性读者很容易对自身认知能力与经验有效性缺乏信心并产生怀疑。而男性作家的作品充斥着把女性形象妖魔化或者天使化的两极描写，因而茱迪丝·菲特莉（Judith Fetterley）把阅读男性作品的女性读者称为"抗拒性的读者"[2]。从中我们也可以看到，从阅读的主体向颠覆主流话语权到成为书写的主体便是自然而然的而且是必然的过程了。

南希·阿姆斯特朗（N. Armstrong）曾说："现代个人首先是个女人……新的女性理想的传播促成了英国中产阶级得势，而英国小说的历

① 弗朗西斯·马尔赫恩编：《当代马克思主义文学批评》，刘象愚等译，北京大学出版社 2002 年版，第 90 页。

② 宋素凤：《多重主体策略的自我命名：女性主义文学理论研究》，山东大学出版社 2002 年版，第 41 页。

史则与这两者都密切相关。"[1] 早期的女性作家发现，传统的诗文形式并不适合挖掘女性生活，而快速兴起的散文式记叙则较为理想。英国第一位职业女作家艾弗瑞·贝恩（Aphra Behn）就在这样的历史背景下实施了一个具有历史意义的举动——为赚钱而写作。她创作戏剧，发表书信和书信体作品，创立先锋式的文学形式：虚构散文故事（prose fiction），即后来发展形成的新的文学题材——小说。在贝恩创作的众多作品中，《奥鲁诺克》以第一人称自传色彩的描述，讲述了发生在西非的黑人奥鲁诺克和妻子富于传奇色彩的悲欢离合的英雄传奇。这个篇幅不长的故事不仅充满异域风情，而且它对种族主义的批判带有超时代的前沿性。"我们不能做白人的奴隶"这句铿锵话语使奥鲁诺克的形象近乎古希腊的悲剧英雄。

贝恩的成功使其他一些粗通文墨而又处于经济困境中的妇女敏锐地意识到一个乐于购买"贝恩式"作品的读者群的存在，意识到一种新的谋生手段的存在。于是一批"贝恩的后继者"开始写讽刺性秘史，写爱情"罗曼司"。被戏称为"蓝袜子"的自学成材的中、上层阶级妇女开始活跃于伦敦的文化沙龙，并大举介入翻译和写作活动中。其中弗朗西斯·伯尼（Frances Burney）无疑是女性作家的佼佼者而被写入了正史。她的书信体小说《伊芙琳娜》是关于一个灰姑娘的成长转变的故事。它不仅成为风靡一时的畅销书，也在写作风格、人物刻画以及表现主题等方面有很大突破。伊芙琳娜从一个天真冒失的乡下姑娘，在进城后渐渐转变为说话吞吞吐吐，甚至一语双关的上流淑女，这种转变与"从相对轻松幽默地描写转向比较生硬不和谐的闹剧化的讽刺性的记述"[2] 相呼应。从主题上看，它不仅仅是一部社会喜剧，伊芙琳娜的成长还包含着某种"堕落"——从天真状态坠落到世俗，因此世俗与天真的对比与城乡对比的主题是齐头并进的。

另一位女性作家伊莱莎·海伍德（Eliza Haywood）则是一个创作时间持久而多产的受人喜爱的小说家。尽管她的作品只被归为言情故事，还被瓦尔特·司各特（Walter Scott）批评为"依照古旧法国趣味写成

---

① 黄梅：《推敲自我：小说在18世纪的英国》，三联书店2003年版，第244页。
② 同上书，第404页。

的罗曼司而语言夸张生冷，理念荒诞不经”，但她为同时期男性作家的创作提供了许多素材以及视角。从丹尼尔·笛福（Denial Defoe）的《摩尔·弗兰德斯》《洛克珊娜》，塞穆尔·理查森（Samuel Richardson）的《帕米拉》《克莱丽莎》以及亨利·菲尔丁（Henry Fielding）的《莎米拉》等作品中都不难看到与这些女性作家言情故事似曾相识的角色和情节。

女性作家的创作经历不仅使他们获得了一些经济补偿，同时也成为对女性精神与肉体上遭受折磨压抑后的自我觉醒和自我意识的表达。在当时众多的女性作家的作品中已显露并明显形成一种哥特风格。黄梅在《推敲自我》一书中引用一位研究者对哥特小说的定义是强调“四分五裂的主体”，强调“把哥特文化的兴起纳入18世纪英国有关自我（即所谓现代主体）的漫长缤纷而意义深远的社会讨论这样一个更开阔的文化视野中”。18世纪，众多女性作品中充斥着古堡与暗道、恐惧与惊吓、噩梦与灾祸。一方面可以把这作为当时女性生存状况的真实再现，另一方面女性作家也通过描写恐惧书写现实中的主体意识。夏洛特·史密斯把她的小说《艾米丽》加上了“古堡孤女”的副标题，并在小说中直接描写古堡中的弱女子艾米丽的噩梦般的遭遇。书中充满哥特式的背景描写，那座阴森森的古堡使我们看到后来女性作家在她们的小说如《简·爱》中的阁楼与疯女人，《呼啸山庄》中的荒野与孤魂等都有更为深刻的表达，以致形成了一种传统。玛丽·雪莱（Mary Shelley）的《弗兰肯斯坦》则成为其中的经典。故事不仅描写了一个令人毛骨悚然的庞然怪物以及由它制造的一系列恐怖事件所形成的惊恐，而且小说从女性视角大胆挑战科学，表达了对人类母性的渴望、对人性回归的呼唤，表达了女性作为生存主体和社会主体的深刻哲学思考。

奥斯汀（1775—1817）是生于浪漫主义时代而立于浪漫主义之外的写实小说家，是一个时代的女权主义启蒙者和女性意识觉醒的鼓吹者。她出生于史提文顿村的一个牧师家里，家事之外，自学法文、音乐、跳舞；家务余暇，便写小说，写人叙事，笔调纤细，亲切动人。她通过对乡镇人物的观察，风趣幽默地反映了18世纪末19世纪初英格兰社会的风土人情，衬托了那个社会的没落与闭塞。在她的6部小说中，有许多场景是当时社会关系、风俗习惯和大众心理的生动反映。她对女性生活的讽刺性再现，对女性低人一等的依附性所作的嘲笑，像手术刀一样剖析了人们愚蠢、盲目和各种可笑的弱点；而对代表作《傲慢与偏见》中主人公伊丽莎白一类人物反抗性格的塑造，则表现了对“人”的深刻理解和探索。奥斯汀向社会打开了女性精神生活的窗口，为英国女性文学的觉醒开了先河。

据统计，“在1789年中，（英国）共有26位女性作家写出了28本小说，并呈上升趋势。到1796年时有33位女作家出版了39部小说。……在某些小说形式上，如书信体小说等已与男性作家等同甚至稍微超过男性小说家”。[①] 因此我们看到，在18世纪的英国，“女性写作已小有声势了，虽然她们所写的故事多有瑕疵，本身艺术成就不高，但它们却是极为重要的，因为它们使后一世纪中期经典小说的出现成为可能”[②]

科拉·卡普兰认为：“18世纪的主体性理论对早期女性主义关于妇女读者和作者的思想至关重要。”[③] 我们是否还可以将其理解为18世纪英国女性作为读者和作者的事实正是早期女性主义关于主体性理论的反映。“符号学和精神分析学的再现理论拒不认为有真正的模仿艺术。他们把文学文本视作一个建构而非反映意义，同时刻写了言说者和读者的主体性的符号系统。资产阶级女性作家所写的小说是从阶级分明的女性立场言说的。它通过文本的语言策略和过程把我们建构成与那种主体性相关的读者。”[④] 在女性文本中，文学性与意识形态性始终是一对孪生姐妹，同生死并相互依存。这在英国18世纪女性小说创作之初已表现出明显特征，再到后来的维多利亚现实主义小说时期和20世纪以意识流为主导的现代主义小说时期，女性自我主体意识则更加鲜明，更为突出了。

---

① 黄梅：《推敲自我：小说在18世纪的英国》，三联书店2003年版，第57页。

② Backscheider: “The Shadow of an Author: Eliza Haywood,” *Eighteenth Century Fiction*, Vol. 11, 1998: 82.

③ 科拉·卡普兰，《潘多拉的盒子：社会主义女性主义批评中的主体性，阶级和性征》，弗朗西斯·马尔赫恩编：《当代马克思主义文学批评》，刘象愚等译，北京大学出版社2002年版，第89页。

④ 同上。

第二节　中国五四时期女权运动与女性写作

中国女性几千年来一直遭受着封建宗法制度的严苛迫害和摧残，是世界上最悲惨的人。五四时期是社会大变革的时代，在经历了新文化运动的洗礼后，女权运动也以崭新的姿态出现在政治舞台上。从此，占人口半数的女性便成了中国政治、经济、文化、教育各领域中一支不可忽视的重要力量。中国五四女权运动成为当时反帝反封建的政治运动的有力组成部分，与中国的民族民主解放运动紧密结合。

一　五四时期女权运动与女性教育

中国近代的妇女解放运动从戊戌维新时期开始起步，经过了艰苦的实践和摸索，直到五四时期才找到真正的解放道路。维新变法时期，西方资产阶级革命中提出的天赋人权、自由、平等思想已被引进中国，男女平等观念开始冲击男尊女卑、三纲五常等传统的封建伦理观。康有为、梁启超、谭嗣同等维新志士开始把妇女解放和国家的强弱联系起来，认为解放妇女是救亡图存的重要方面，他们从解决与妇女密切相关的问题入手，提出并导演了禁缠足、兴女学、办女报，形成了中国近代妇女解放运动的第一次高潮。据不完全统计，至 1911 年涌现的女子团体达 40 多个，女子报刊 30 余份，女子创办的女学堂也有若干所。[①] 这种学会、学堂、学报三位一体的活动方式，不仅保证了妇女运动有比较正式的组织、宗旨、纲领，而且能够接受近代文化信息，发表自己的见解、主张，融入社会文化活动，得以同社会思潮息息相通。但由于广大的妇女群众尤其是劳动妇女还没有动员起来，也没有形成一支妇女活动家的队伍，因而此时的妇女解放运动仍处于摸索阶段。辛亥革命时期，妇女解放运动进一步扩展。以孙中山为首的资产阶级革命派进行了妇女解放的广泛宣传活动。在孙中山等资产阶级革命派的影响下，一些知识妇女勇敢地冲破封建牢笼，投身于辛亥革命的洪流。她们创办了女子报刊，既传播民主革命思想，也鼓吹争取女权。但由于辛亥革命时期的妇

① 薛海燕：《近代女性文学研究》，中国社会科学出版社 2004 年版，第 9 页。

女解放运动大多集中在上层资产阶级妇女当中，只有少数的知识妇女参加，并且斗争的主要目的是争取女权，因此，也没能找到真正的解放道路。但是我们不难看出，一些先进的妇女已产生了与男子共担救亡责任的意识，朦胧地认识到妇女解放必须同民族民主革命结合在一起，并且积极投身革命斗争的洪流中去，为五四时期中国妇女解放运动与中国革命紧密结合奠定了基础。

五四时期，马克思主义妇女解放思想取代了资产阶级的女权主义，成为妇女解放思想的主流。十月革命后，随着马克思主义在中国的传播，李大钊、陈独秀等人开始运用马克思主义的理论阐明妇女问题。李大钊一方面称赞女权运动对于男性法则的对抗，另一方面又尖锐地指出女权运动的阶级局限。李大钊明确指出，真正解放全体妇女，必须“一方面要合妇人全体的力量，去打破男子专断的社会制度，一方面还要合世界无产阶级妇人的力量，去打破那有产阶级专断的社会制度”①。陈独秀指出：“讨论女子问题，首要与社会主义有联络，否则离开了社会主义，女子问题断不会解决。”在“问题与主义”的论战中，胡适的论点遭到马克思主义者和先进妇女的反击，他们指出：“如果把妇女问题分得零零碎碎，如教育、职业、交际等去讨论，是不行的，必要把社会主义作为唯一的方针才好。”有的妇女刊物指出：“我们要站在无产阶级地位，找出一个根本的解决方法来，不要枝枝叶叶去做。”陈独秀曾明确宣称，要解决妇女问题，“非用阶级斗争的手段来改革社会制度不可”。李大钊、陈独秀等人为中国的妇女解放运动指明了正确的方向，即通过阶级斗争改变社会制度，实现社会主义，以求得妇女问题的根本解决与妇女的彻底解放。另外，五四时期的妇女运动已逐步发展成为以劳动妇女为主力，实现了知识妇女与劳动妇女的结合。最后，五四时期的妇女教育，促使中国妇女进一步觉醒，为妇女的彻底解放创造了重要的条件。五四运动以后，妇女解放的声浪越来越高，人们普遍认为，妇女“欲求达到真正解放的目的，须受高等教育。有教育，而后知识生；知识生，而后可以谋经济独立；经济独立，即可以脱离各种束缚”。他们把女子教育看成是女子解放的第一前提。那么，应如何进行

① 李大钊：《妇女解放与 Democracy》，《少年中国》1919 年第 1 期。

妇女教育呢？胡适曾这样指出："补救女子教育的失败，就是给她一点解放的教育。解放的教育是无论中学大学，男女同校，使他们受同等的预备，使他们有共同的生活。"① 这一主张颇能代表思想界进步人士包括部分进步妇女的思想，并很快得到广泛的响应。蔡元培曾在报上公开表示："大学之开女禁问题，则予以为不必有所表示。应教育部所定规程，对于大学学生，本无限于男子之规定。""故予以为，无开女禁与否之问题。即如北京大学每年招生时，尚有程度相合之女学生，尽可报考。如成绩及格，亦可录取。"从此，男女同校得到认可。然而五四时期的女子教育仍旧集中在中、上层家庭，广大的劳动妇女仍没有受教育的权利。经学校培养出来的新型知识女性仍占少数，但她们是妇女中最先觉醒的人，她们的出现和迅速增长，以及勇于为争取平等自由而奋斗的精神，标志着中国妇女素质和社会地位的空前提高，这为近代妇女运动的进一步发展提供了条件。

二　五四时期女性作家与女性诗学的拓展

由于五四新文化运动的爆发，封建父权意识形态受到了猛烈的冲击。第一批现代女作家陈衡哲、冰心、庐隐、冯沅君、石评梅、凌叔华、袁昌英、陆晶清、苏雪林等登上了现代文坛，发出了女性特有的声音。据笔者统计，在中国现代第一个女作家群里，冰心、庐隐、冯沅君和石评梅创作的书信体、日记体小说的数量相对集中。冰心在新中国成立前共创作小说48篇，其中书信体、日记体小说有7篇：《一个军官的笔记》（日记体小说）、《超人》（夹有书信的小说）、《离家的一年》（夹有书信的小说）、《烦闷》（夹有书信的小说）、《疯人笔记》（日记体小说）、《遗书》（书信体小说）、《悟》（书信体小说）。庐隐一生创作了81篇小说，其中运用书信体和日记体形式的作品29篇。其中影响较大的有：《或人的悲哀》（书信体小说）、《丽石的日记》（日记体小说并夹有书信）、《海滨故人》（夹有书信的小说）、《蓝田的忏悔录》（日记体小说）、《一个情妇的日记》（日记体小说夹有书信）、《归雁》（日记体小说夹有书信）、《象牙戒指》（夹有书信和日记的小说）。冯

① 乔以钢：《中国女性与文学》，南开大学出版社2004年版，第46页。

沅君在她的15篇小说作品中，运用书信体或运用书信体作为作品主体的就有8篇，并且几乎包括她的全部重要作品在内：《隔绝》（书信体小说）、《隔绝之后》（夹有书信的小说）、《误点》（夹有书信的小说）、《林先生的信》（书信体小说）、《我已在爱神前犯罪了》（书信体小说中夹有书信）、《潜悼》（夹有书信的小说）、《EPOCH MAKING…》（书信体小说）、《春痕》（书信体小说）。石评梅在短暂的一生中共创作小说20余篇，而运用书信体、日记体这种文学样式创作的书信体、日记体式的小说共10篇：《弃妇》（夹有书信的小说）、《祷告》（日记体小说夹有书信）、《余辉》（夹有书信的小说）、《被践踏的嫩芽》（书信体小说）、《流浪的歌者》（夹有书信的小说）、《匹马嘶风录》（夹有书信的小说）、《惆怅》（书信体小说）、《蕙娟的一封信》（书信体小说）、《忏悔》（夹有书信的小说）、《林楠的日记》（日记体小说）。

（一）五四新文化的思想启蒙

一个时代出现的文学样式有伫立其后的意识形态的原因，五四女作家书信体、日记体小说的创作自然是在五四整体的意识形态环境中产生的。五四新文化思想启蒙的精神成果是“人的发现”和“女性的发现”，在以民主、科学为旗帜的五四运动中，从封建意识形态的桎梏下解放人、解放个性成为一个时代的精神价值目标。对民族历史与现状有所反思的文人学者们，因此也顺理成章地提出了妇女解放的思想命题。人们意识到女性的身心被摧残、才智受到压抑的社会文明，是“偏枯的”“残缺的文明”，唤醒民族的活力不能不唤醒妇女，妇女解放的问题就这样同人的解放、个性的解放同时浮出了地表。周作人认为，“人的发现”的突出贡献是“女性的发现”。他在《人的文学》中倡导“辟人荒”“重新发现人”，以“人的文学”反对“非人的文学”。由此可推断出，“女性的发现”是“人的发现”的一个具体方面，它的理论支柱是尊重人的价值和个性独立、人格平等的人本主义思想。以这样的理论基点去审视中国人的生存境遇，妇女问题便进入了思想者的视野。在这一视野里，人们逐步认识到中国妇女解放从来都是从属于民族的、阶级的、文化的社会革命运动。中国女性文学的发生、发展是以较大规模的社会革命、思想文化革命为历史际遇悄然运行的，没有女性自己的妇女解放做后盾，没有成熟的妇女理论为指导，她们就犹如散落在夜空中的一个个星辰，虽有相互的辉映却无组织的联系，即使是五四女作家群的称谓也只不过是为方便研究而概言之的。五四女作家群便诞生于这样的思想文化环境和氛围里，而文学便成为她们自我言说、分辨和确认自己精神价值的一种方式。

（二）西方小说译介的影响

书信体、日记体小说在中国现代小说中的出现更直接源于西方小说的影响。对于日记书信体这种叙事方式，直到大量的西方小说被译介到中国后，五四作家才领悟到其中的精髓。"'新小说'家的注重意译，实际上是用'我'的口味来改造西洋小说；五四作家的注重直译，则是强调忠于西洋小说的原貌。但这并不等于说五四作家对西洋小说就没有误解，五四作家也是根据自己的'期待视野'来理解西洋小说的。"五四作家大多是从"心理化"和"诗化"这两个方面来解读西方小说的。莫泊桑很能表现小人物的"真实心理"；果戈理的《狂人日记》"开后来心理分析小说之先路"；阿尔志跋绥夫长于"细微的性欲描写和心理分析"……论者都把论述的焦点集中在心理描写上，不难看出这一代人的兴趣所在。从"诗化"的角度解读西方小说更带有民族特色。周作人评论科罗连柯的小说"诗与小说也几乎合而为一了"；郁达夫认为，施托姆的小说"篇篇有内热的、沉郁的、清新的诗味在那里"。把西洋小说"心理化""诗化"是为了促使"心理化""诗化"的中国现代小说的诞生。于是一大批"抒情诗的小说"便应运而生，其中包括大量女作家的书信体、日记体小说。

中国作家大量引书信入小说，直接得益于外国小说的熏陶。林纾赞赏《鱼雁抉微》（孟德斯鸠《波斯人信札》）的"幻为与书之体"；解弢则意欲作"从头至尾，为一长翰"的"书翰体小说"。在创作的内容与技巧上，中国作家明显地借鉴了德国书信体小说的创作手法，尤其以歌德的《少年维特的烦恼》为主要参照和模仿的蓝本，如庐隐的《或人的悲哀》即是以此为参照的短篇书信体小说。从形式上来说，独白式的书信体小说较多；从内容上来看，更注重人物的心理感受而较弱于表现外部世界。究其原因，可能是歌德书信体小说的风格比较适合那个时代人的口味，这种以书信形式创作的作品注重抒发个人的感情，宣扬个性解放，赞美真挚美好的爱情，歌唱充满生机活力的大自然，而且不乏感伤与悲壮，所有这些感受都会引起身处社会变革时期的作家们的呼应，所有这些抒写内容都可以在现代作家的小说中找到追摹的影样。冰心的《遗书》、冯沅君的《春痕》、庐隐的《或人的悲哀》，每一封书信都渗透着书信作者的伤痛与悲愤，涌动着对现实的不满和反抗的无力，最终，主人公只能选择维特式的死亡，以昭示自己与黑暗现实不肯苟合的决裂。直接促使中国日记体小说诞生的，自然是西洋小说译介的影响。日记体小说在西方历史悠久，18世纪末（1777）第一部完全以日记形式创作的长篇小说在欧洲诞生了（法国作家拉蒙·恰本尼尔《青年奥尔班历险记》），而在此之前作家就已采用了日记形式以增强作品的真实性（如《帕美拉》和《鲁滨逊漂流记》）。在中国，直到1899年林纾译《巴黎茶花女遗事》，才使中国作家意识到日记穿插于小说中的魅力。1901年，邱炜萲认识到《茶花女》“末附茶花女临殁扶病日记数页”的特点，此后介绍进来的外国日记体小说越来越多。民初的这批书信体、日记体小说的创作虽然只是模仿其表面的文体特征，尚未领悟到这类小说的精髓，但谁也不能否认它们为五四书信体、日记体小说的成熟所作的铺垫作用。

《狂人日记》的出现标志着中国现代文学史上日记体小说的真正出现。五四作家选用日记体形式，注重的是作家的审美独特性和人物的主观情绪的宣泄，正如剑三所说的日记体小说可能“无事实的可言”，不外是借人物之口“以抒写情感与思想”，而不只是形式上的需要，不是以情节而是以人物情感为结构中心。《狂人日记》作为中国现代小说的开山之作，在内容和形式方面都给中国日记体小说奠定了很高的基点，使这种小说样式一开始就以不同凡响的姿态跻身于五四文坛。在五四这个灵魂复苏、个性滋长的年代，女作家深受西方小说的影响。庐隐《海滨故人》里的露莎手里常常抱着《茶花女遗事》；《象牙戒指》中的沁珠则明确表示“尤其在表面上我要辛辣的生活，我喜欢像茶花女，——马格哩脱那样处置她的生命”；冯沅君笔下的主人公宣称“我们立志要实现 Ibsen Toltoy 所不敢实现的……”[①]（书信体小说《隔绝》）由于她们在为西方文学吸引的同时又更深地受着中国传统文学的熏陶，

① 柯灵主编：《冯沅君小说》，上海古籍出版社1998年版，第98页。

所以主要表现出对西方小说某个方面的吸收，即作品的主观性、抒情性，女作家喜欢采用的书信体、日记体的结构方式，也正适应着这种主观抒情的需要。五四女作家的这种文体选择客观上得益于书信、日记传统在中国的发展，五四新文化的思想启蒙为其提供了创作的契机，主观上又是受女作家生命经验、创作体验制约的结果。

（三）女性情感的个体表达

冰心这样说道："能表现自己的文学，是创造的、个性的、自然的、未经人道的，是充满了特别的感情和趣味的，是心灵里的笑语和泪珠……文学家！你要创造真的文学吗？请努力发挥个性，表现自己。"[①]五四女作家多写自己的亲身经历和感受，浓郁的"自叙传"和主观性色彩，构成了五四女作家创作的又一重大美学特征，这是女作家以自己的精神世界为表现对象的结果。一方面，她们将自我心灵世界的剖白作为她们文学创作的底色，在此背景上尽情宣泄内心被压抑的实现自我的欲望；另一方面，五四女作家几乎是将生活中的真实图景不加修饰地融入艺术世界中。在她们的许多小说中，人物的经历常与作家的生活相贴近，人物之所思就是作者之所思，人物之所忧亦是作者之所忧。这样，作品中的"我"在许多时候近乎作者的化身了。因此，不难得出这样的结论，五四女作家笔下的知识女性形象，在很大程度上是作者"自我"的写真。由此可见，只有"真"才能真正地"表现自我"。

第一位以昂扬的气度高唱把握命运之歌的现代女作家，是陈衡哲，她说："世上的人对于命运有三种态度，其一是安命，其二是怨命，其三是造命。"[②]"造命"与"安命""怨命"是一种截然不同的人生态度，是主体对自我的一种积极把握的形式，这种现代主义的人生观，彻底否定了男尊女卑的传统女性意识，使陈衡哲的创作获得了坚强的力度。此外，第一个反抗性的女性刊物——《中国女报》，第一批女留学生、女学者都汇集到了五四新文化运动的队伍里，从此，女性意识及她们的行为得到中国新的意识形态领域的认可，一个崭新的"女性"永远立足于我们的概念谱系中。

---

① 乐铄：《中国现代女性创作及其社会性别》，郑州大学出版社 2002 年版，第 78 页。

② 阎纯德：《中国现代女作家》，黑龙江人民出版社 1983 年版，第 125 页。

而日记书信体小说的最擅长者莫过于庐隐了。庐隐的一句“去过人类应过的生活，不仅仅作个女人，还要作人”[①]，道出了当时所有现代女性的心声。庐隐的作品“带着很浓厚的自叙传性质”，她将自己对社会的义愤，对生活的态度，对人生的体味都倾注在作品中。可以这样说，她的作品刻下了她一生的痕迹，记录了她本人悲苦的生命历程。从她的夹有书信的小说《海滨故人》中的露莎到长篇日记体小说《归雁》中的纫菁身上，我们看到了她交友、丧偶、追求和幻灭的身影。露莎的悲观、忧郁、彷徨无力；纫菁亡夫后对丈夫的悲悼，都是作者的自我情绪在创作中的宣泄。这些作品正如作者所说“真正是由我生活中体验出来的东西”[②]。冯沅君的中篇书信体小说《春痕》由50封信组成，其中或隐或显地留下了一条作者与男友相识相爱的心理痕迹。她自己曾说：“文学作品必须有作者的个性”，“至于书信，我以为应较其他体裁的作品更多含点作者个性的色彩”。她的文艺观由此可略见一斑。[③]

五四女作家如此重视“自我”的表现，是有其历史和个人创作情感原因的。除了她们囿于狭小的生活空间范围，多写亲见、亲历的感受这一原因外，更深层次的原因在于，她们追求个性解放、妇女解放，在文学创作中体现为以“自我”为中心，突出个性主义精神。这些作品在一定程度上体现了女作家在五四思潮的影响下，对“以自己的方式”寻求自身价值的积极探索。

（四）女性诗学的社会责任承载

五四女作家大都出身于官宦家庭、书香门第，她们中的多数人都进过正规学校，是中国官办高等学府中最早的一批女性。冰心是北京协和女子大学预科一年级的学生；庐隐是北京女子高等师范学校录取的国文部旁听生；而冯沅君、石评梅与庐隐同校。她们的外语水平、人文科学知识以及伴随着“新教育”所形成的自我意识和个性解放要求明显有别于传统文人。比较优裕的生活使她们不免与下层人民存在隔膜，但新鲜的现代文明的空气又使得她们敏锐地觉察到桎梏人性的黑暗社会对人

---

① 肖凤：《庐隐传》，北京师范大学出版社1982年版，第72页。

② 同上书，第102页。

③ 柯灵主编：《冯沅君小说》，上海古籍出版社1998年版，第67页。

生命自由的压制。随着女性“人”的价值的发现，五四女作家开始认识到女性的社会责任，并从自己的切身感受出发，对这个社会发出了责问、批判。陈衡哲、冰心、庐隐、冯沅君、石评梅等都是对文学的社会使命有着自觉体认的作家。冰心是深受宗教观念影响的女作家之一（庐隐、冯沅君、石评梅也受此影响），她的宗教观念是拒绝虚幻的出世思想的，她不愿意等待那虚无的来世——彼岸，而要用她手中的笔揭露社会不良现状，感化社会，促进社会的进步。也正是她，在“新潮”作家群和叶绍钧之后，把“问题小说”推向了一个新阶段。庐隐自喻为“悲哀的叹美者”，但她在“向‘文艺的园地’跨进第一步的时候，她是满身带着‘社会运动’的热气的”，“‘五四’时期的女作家能够注目在革命性的社会题材的，不能不推庐隐是第一人”①。

五四女性有着自我意识的觉醒，也满怀豪情地要为社会服务，然而传统家庭生活方式和黑暗的社会现实阻碍着她们踏进社会公共领域。冰心、庐隐、冯沅君、石评梅、丁玲等都以大量的书信体、日记体创作倾诉对社会黑暗的痛切感受。书信体、日记体是一种具有个人性、私密性的文学范式，她们通过这种属于“我”的文学工具抒发了生命不自由的形而上感受，庐隐的《或人的悲哀》《丽石的日记》《海滨故人》便是其中代表性的作品。但无论从觉醒者成长的历史来看，还是从个人成长的历史来看，这些女作家都略显稚嫩，她们的理性思辨能力都没能达到鲁迅等优秀思想家的理性高度。

第三节　来自她们的声音：女性诗学的浪漫书写

中英文学史有着很多相似性，比如女性作品的地位与价值问题，女性写作一直被看作是边缘和非主流，这与女性在两国历代社会生活中的地位是分不开的。中国自古就有“女人无才便是德”的女训，英国著名作家骚塞告诫女性“写作不是女人的营生”，因此在相当长的历史阶段中，中英女性都是失语与缺失的，女性诗学是空缺的。在男权主宰的价值体系中，女性是弱等的低劣的，女性的智力能力也是低级的，在很

① 肖凤：《庐隐传》，北京师范大学出版社1982年版，第15页。

长一段历史中，女性被排除在受教育的大门外；因此当女性终于能够书写表达时，她们对自己都缺乏信心，宁愿选择男性假名或匿名来争取发表和赢得社会的认可。然而女性对生活的敏锐感受，细腻入微的表达，构建出女性阴性书写的独特，它与传达另一性别感情和经历的文本共同组成了不可缺少的丰富多彩的文学世界，在英国浪漫主义时期和中国五四时期，女性作家作品构建出女性诗学的浪漫主义特色。

一　简·奥斯汀的爱情观与冰心爱的哲学

浪漫主义诗学重视情感的表达，浪漫主义作家尤其是诗人本身就是一个情感的熔炉，情感的源泉，情感的海洋，而世界在浪漫主义作家和诗人眼里也是充满着情感的世界，自然界的一花一草、山山水水、四季交替、斗转星移无不牵动着作家的心弦，无不体现着作家的爱恨情仇，更不要说人与人之爱、父母之爱、兄弟之爱、恋人之爱了。中英浪漫主义诗人歌颂爱的诗篇和作品数量多，感情至深。下面两位女性作家以她们各自独特的视角、清新的笔调描绘出爱的世界，表达着爱的真谛。

（一）简·奥斯汀的爱情观

18 世纪末 19 世纪初的英国，浪漫主义诗歌独领风骚，浪漫主义是诗歌的时代，但并不代表仅有诗歌，事实上浪漫主义诗学理念已经渗透到散文、戏剧和小说创作中。而刚刚兴起于 18 世纪末的小说文体，可以说是女性为自己找到的最适合书写的方式。在众多的小说家中，简·奥斯汀以她一反常态地展现当时尚未受到资本主义工业革命冲击的英国乡村中产阶级的日常生活和田园风光为特色的小说，成为迄今为止仅次于莎士比亚的最受英国大众喜爱的作家。奥斯汀总共为我们留下六部小说——《理智与情感》《傲慢与偏见》《诺桑觉寺》《曼斯菲尔德庄园》《爱玛》和《劝导》，每一部小说都好似英国 18 世纪乡村的社会风情画卷，每一部小说都阐释着奥斯汀对爱情、家庭、亲情的理解，爱情观成为其小说创作的重要主题。

1. 奥斯汀的爱情观是建立在人性自由基础上的

奥斯汀几乎每一部小说的中心都离不开爱情主题，离不开主人公对自由的精神追求。每一个人，男人或者女人都希望能选择他或她自己的行为。在她的笔下，她的女主角在面临危险的时候，通常不相信命运，而是相信自己是一个独立的生命个体。奥斯汀通过描写那些女主角赖以生存的准则和价值也让我们真切地感受到女主角的存在。和同时代其他的小说家不一样，奥斯汀把她的女主角都描写成完全独立的个体。她的女主角面临着社会上的很多问题。比方说，父权社会对她们对自己的看法的影响是无权、无安全感和无独立性的。她们最大的困难是如何实现自我期望与社会对她们期望的平衡。正如巴巴拉·哈迪评论说："《劝导》指出我们要做一个理智与情感平衡的人还会有个人和社会的问题。"[①] 此外，奥斯汀笔下年轻的女性们从不将自己完全淹没在男性的阴影之中，她们甚至还会在精神上深深地影响男性：率真坦诚的玛丽安永远能够打动布兰登上校那颗饱经沧桑的心；伊丽莎白的骄傲与自尊促使达西自我反省，真心诚意地想要获取她的欢心；芬妮·普莱斯虽然是由爱德蒙一手培养起来的，而且对他崇敬无比，但当爱德蒙被玛丽·克劳福的魅力所蒙骗，在原则问题上有所犹豫时，芬妮·普莱斯仍然坚定不移，反倒成了他的良心支柱；《劝导》中的安妮坚忍不屈，在压抑冷漠的生存环境中顽强地生存，她的坚毅性格终于使温特沃斯猛醒，甘心放下男性的骄傲，第二次向她求婚。奥斯汀的一系列小说都在孜孜不倦地体现其女性的视点，显示其清醒的意识。她笔下这些自强、自立的女性有力地批驳了当时英国社会所谓女性生来不如男的种种谬论，证明妇女完全应该在社会上享有与男子平等的权利。她的作品强烈地冲击着男性在文学领域的统治地位，标志着由男性作家一统天下的时代的结束，换言之，标志着奥斯汀女性文学王国的建立。

2. 奥斯汀的爱情观是建立在女性独立尊严基础上的

父权社会包含着一些错误的价值观念，比如说，占主导地位的丈夫，万事皆顺从的妻子，被偏袒的儿子，恭顺的女儿。所有的这些弊端在奥斯汀的小说里都能找到。在《诺桑觉寺》中，凯瑟琳·莫兰就是至高无上的父亲的受害者。在《理智与情感》《傲慢与偏见》《爱玛》中，或者因为父亲的逝世，或者因为父亲的无能，奥斯汀的女主角得以独立发展并且面对一些其他的问题。但是离开家庭这个圈子，她们却受到了那个父权社会的性别歧视。她们对安全、独立还有自我的追求就成

---

① Babara Hardy, *A Reading of Jane Austen* (London: Peter Owen, 1975), p. 121.

了一种心理的、经济的抗争。在奥斯汀的小说中，与她的女主角被动、顺从的一面相反的是，她描写了一种女性的潜力，这种潜力在性格的塑造中有着十分重要的作用。她通过“做女性”来解决女性问题的建议使得个人幸福与圆满，社会和谐，整个人类的和谐发展都很有可能实现。自由的问题是奥斯汀小说的中心。在奥斯汀看来，要自由，一个女性就必须具有知识、自尊、判断力，必须能在做判断的时候坚持自己，必须坚持被视为一个独立的个体而不是一个范式。尽管小说中的女主角都面临着很多问题，奥斯汀指出了克服这些问题的一种方法。第一步就是把女性看作是一个独立的个体，而且从她的视角来观察整个世界。第二步就是积极地看待女性，从女性本身的角度来看女性，而不是从男性的角度看女性。在她看来，心理健康的女性拥有强烈的独立的自我意识，这种意识多少有一部分是依赖于其他人的好感，但不是完全依赖于这些。在《傲慢与偏见》《爱玛》《劝导》中，她的女主角都是因为自己对自己负责，才使得她的男主角认为她们是负责的人。最重要的一步就是通过自我评价来培养自我意识和自我认识。奥斯汀的女主人公和男主人公经历都很丰富，尽管这些经历很痛苦，然而他们都从这些经历中获得了勇气和信念。

3. 奥斯汀的爱情观是建立在经济基础上的

在简·奥斯汀所生活的时代，财产由男人继承、掌握，妇女没有继承财产的权利，不仅女性工作的权利被社会无情剥夺，她们的财产即生活的保障只是她们出嫁时有限的嫁妆，这从小说中班纳特先生家产的继承问题上便可见一斑。仅因为他没有作为男性继承人的儿子，其财产只能旁落于远房的侄儿柯林斯之手。“自己的产业不能由五个亲生的女儿继承，却白白送给一个和她们毫不相关的人是太不合理了。”[①] 这是一个女性备受歧视、“损不足以奉有余”的社会，无怪乎班纳特太太每当提及此事便破口大骂，一向“智力贫乏、喜怒无常”的她在继承权这件堪称荒谬的事情上倒是个明白人，因为她的声音代表了一个弱者的愤懑和抗争。“妇女们再也没有比十八世纪那么不受尊重了”[②]，不仅如

① 朱虹：《傲慢与偏见》，王科一译，上海文艺出版社 1990 年版，第 45 页。
② 朱虹：《奥斯汀研究》，中国文联出版公司 1990 年版，第 333 页。

此，女性工作的权利也被社会无情剥夺，中产阶级小资产阶级的妇女不允许外出工作，家庭困难也只能教点书，还要被人看不起，可见寻找合适丈夫的重要性，所以为了保证婚后舒适的生活她们必须从实际出发，寻求能给她们相当财产的伴侣，她们不能为了浪漫而丧失生活的情趣。然而，在当时中产阶级小资产阶级家庭中，生存现实逼使女性把嫁人视为一种谋生的手段，以金钱的数量去衡量婚姻的质量。特别是大龄未婚女子，出路似乎只有结婚。当颖慧聪明的女人面对愚蠢势利、与自己没有任何共同语言的男人的求婚时，很可能会立即迫不及待地答应，令整个家庭和社会都感到说不出的震惊。这种情况出现的原因很简单，就是经济压力。换句话说，在那样一个男权社会里，妇女因没有独立的经济实力，必然会陷入依附男人的悲惨地位，特别是大龄未婚女子，出路似乎只有结婚，正如小说中分析的那样："大凡家境不好而未受过相当教育的青年女子，总是把结婚当做仅有的一条体面的退路，尽管结婚并不一定会叫人幸福，但总算给她自己安排了一个最可靠的储藏室，日后可以不致挨冻受饥，她现在就获得这样一个储藏室了。她今年 27 岁，人长得又不标致，这个储藏室当然会使她觉得无限幸运。"① 奥斯汀在这儿揭示了缺少嫁资的大龄未婚女子所承受的巨大压力。简·奥斯汀对当时社会上女子所承受的压力有着切身的体验，因而在小说中对做出这种选择的人能够理解、宽容。

奥斯汀前期作品《理智与情感》和《傲慢与偏见》创作主题的共同点是：当主人公用"理智"制约"情感"时，才能拥有美满的婚姻；而在后期作品《劝导》中，作者强调："谨慎、理性"只会带来痛苦，而对以后的幸福却毫无保障。《劝导》首次出现了感情战胜理智的结局，肯定了人物性格从理性到情感的演变，歌颂了人类情感力量的伟大，这充分说明了奥斯汀创作思想开始从理性主义向浪漫主义的转变，因为她已经醒悟到那种体现理性思想的谨慎是扭曲人的本性的，而只有发自内心的纯真感情才能使人获得真正的幸福。《劝导》是简·奥斯汀的最后一部作品，也是她最成熟的一部，被认为比以往的作品更有思想和感情深度。从这部作品中也能看出作者对婚姻的态度有突破的一面。

① 朱虹：《傲慢与偏见》，王科一译，上海文艺出版社 1990 年版，第 143 页。

正如弗吉尼亚·伍尔夫所说："我们也感到她已经打算尝试一下自己从来没有做过的事情，在《劝导》中已经有了某种新的因素、新的特点。"[①] 该作品讲述了一个曲折多磨的爱情故事。贵族小姐安妮·埃利奥特同青年军官温特沃斯倾心相爱，订下了婚约。可是温特沃斯既没有地位也没有财产，所以在父亲沃尔特爵士和教母拉塞尔夫人的"劝导"下安妮用"理智"抑制了"奔放的情感"，忍痛与意中人分手了。但是这一"理智"的行为使她承受了整整 8 年的痛苦。周围的一切都没让她忘却失恋的痛苦。尽管两年以后有一个经济条件比温特沃斯好的人向她求婚，但她终究无法忘记温特沃斯而去接受别人的求爱。8 年后的安妮是一位青春已逝，人生失意，沉浸在无言痛楚中的女子。当温特沃斯重新出现时，她又再次青春焕发。此时的她放下了"谨慎"而听任感情泛滥，用坚贞不渝的爱、高尚的品质和无私无畏的精神赢回了温特沃斯的感情，两个有情人终成眷属。《劝导》故事的结局无疑表现了作者晚年的婚姻观：面对婚姻，"情感"要超越"理智"，"浪漫"须战胜"现实"，主张婚姻要以真爱为基础。

简·奥斯汀生活的年代是英国文学从理性主义向浪漫主义转变的时代。奥斯汀本人受英国 18 世纪传统思想的影响很深，因而她的前期作品都反映了 18 世纪前期英国的时代精神——理性主义。因为她的作品全是在 19 世纪初出版的，所以人们把她的作品誉为"十八世纪精华荟萃的百花园中最后的也是最绚丽的鲜花"[②]。但生活在浪漫主义向理性主义挑战的时代，奥斯汀不能不受到浪漫主义的冲击，她对同一时期的浪漫主义作家拜伦、雪莱、济慈以及沃特·司各特的著作非常熟悉，浪漫主义的情感至上理念在奥斯汀小说里得到充分体现。另外，浪漫主义作家关注大众，反映普通民众生活，表达民主和平等的思想在奥斯汀小说里突出地体现在对女性生活尤其是女性情感生活的关照上。在女性角色中的地位始终是作者考虑的问题，她把这个问题看作是一个独立的问题。她不像其他的女权主义者一样被父权社会中女性的遭遇所激怒，尽管她感觉失落和失望（也许这就是她一生未结婚的原因之一），但她用

---

① 伍厚凯、王晓路等：《伍尔夫随笔》，四川人民出版社 2003 年版，第 65 页。
② 简·奥斯汀：《傲慢与偏见》，丁克南译，南海出版社 1997 年版，第 128 页。

女性少有的理性，用嘲讽而又不失幽默的语言把她对这一问题的看法真实而透彻地表达在小说里。她在小说中用叙述还有戏剧模型的方法来探索女性的地位这一社会问题，并对女性问题的解决充满希望。总之，奥斯汀不像传统上对她的描述那样，只是关注于乡间爱情故事的高雅的维多利亚女子，她也紧密地关注着社会，尤其是女性问题，她对这一直到现在都很热的社会问题有着强烈的关注和自己的见解。了解这一点，有助于我们对作者有个全面的认识。她们在作品中反映了资产阶级民主主义阶层的渴望，也表达了普通民众对于社会正义和理想的景慕和追求。

（二）冰心爱的哲学

高尔基曾说：“在伟大的艺术家们身上，现实主义和浪漫主义时常好像是结合在一起的。”[①] 这句话非常适合对冰心早期作品创作的评价，冰心早期创作颇丰：题材、体裁各异；艺术风格纷呈，或侧重于现实主义写实，如“问题小说”，或倾向于浪漫主义抒写，如她咏叹宇宙与生命的小诗、讴歌爱与美的小说及独抒性灵的散文；而其《疯人笔记》则又表现出象征主义特征。冰心前期浪漫主义创作的核心集中在她“爱的哲学”思想和表达上。

1. 爱的哲学与自然

冰心作品中最美最动人的文字，是她那些赞美优美的自然风光、讴歌纯真的人类感情的“爱的哲学”，而颂赞自然与人类美好性灵，历来是浪漫主义文学的重要题材和主题。欧洲浪漫主义运动之父卢梭，提出“回到大自然”的口号，由此形成西方浪漫主义文学的表现中心：颂赞自然。浪漫主义文学的这一倾向，在冰心“爱的哲学”中有深切的显现。对于自然，冰心似有慧心只眼，极善发现自然之美，其观察之细微，描摹之真切，体认之玄深，感悟之灵慧，都令人叹止。“平生爱与自然相对”“最难忘的是自然之美”“提笔就要赞美自然”，她每每如是说。于是她写湖光、山色、灯火、塔影、朝霞、暮霭、春花、秋树、星空、明月、雨夜、雪晨，笔端感情沛然。她着笔时每呈“醉态”，陶醉于自然，意态“迷狂”，这种精神状态下的文字，有极鲜明的迷恋自然的倾向。现实主义作家也描摹自然，但他们冷静客观，追求真实；自然

① 高尔基：《俄国文学史》，上海译文出版社1979年版，第70页。

风物在他们那里，只是环境的一部分，不是描写的中心与主要对象，而冰心，则完全把自然作为表现中心与主要内容，一面真切地摹状，一面倾注自己对它的情感与认知，使她那“自然的图画”染上热烈的主观情调和深妙的哲理灵光，成为诗化的自然。她最爱写、写得最多最美的是大海，她从不孤立地纯然描写大海的自然景观，总把诗笔深入海的精神域内，大海的温柔而沉静、超绝而威严、神秘而从容、虚怀而广博，是她“心灵深处”永远倾慕、依恋、赞叹、敬畏的。她在山陬海隅长大，大海是她的精神之父、情感之母，海“化育”了她——她彻底地把大海人化与神化了，大海成了她的人格神，而她是海的女儿——她就此成了“海化”的诗人。她与大海的关系就是如此，她与自然的关系也是这样！从她的写海可以看出：她的写自然，不只是表层地摹景状物，而且还深入情感与哲思的潜层，而恰恰是景、情、理三者的融合，显现了人与自然的相亲、相通、相容的和谐关系，冰心写自然，常与写人浑然一体，人与自然密切交融，自然有人的灵性，人有自然的真性，因此，她笔下的星、月、灯光、树影，时时带象征的意味，处处有泛神的情调，似写自然，又似写人与人情。而她也许是在不经意中，已表现了人与自然的和谐。

冰心对自然的颖悟、热爱、陶醉、崇拜，发展到极致，便是“归化”倾向。与自然相对，参透了宇宙的神秘。她认识到：自然给人类心灵以慰安和净化，而人心的净化又增添了自然之美。心灵美的人是天之骄子、自然之骄子。同时，全身心地体悟着宇宙之庄严、自然之玄妙、造化之无穷，她愈加感到个人之渺小，生命之有限，“天地何其大，人类何其小?”“无限的宇宙里，人和物质的山、水、远村、云树，又如何比得起?”这种哲学层次的人生慧悟，使她愈加迷恋与膜拜自然，甚至想超越“无限之生之界限”，投入自然之怀，以求与自然为一的永恒。于是，她奏起了“回到自然”之曲。这时，她已由热爱自然的诗人进而变为皈依自然的哲人了，而真正的诗人原应是哲学家。散文《往事》中，她写“精神之友”宛因对大海的至情，连死也要葬于海波深处。其中所写充满浪漫情调的海葬，令人油然想起庄子笔下天地为棺椁、日月为联璧、星辰为珠玑、万物为赍送的“归化”，从而悟及浪漫主义“回归自然”思想在冰心与庄子之间的潜在精神联系。小说《月光》更是写了一个崇拜自然的青年，在自然之庄严和神秘的感动与诱惑下，“百感填胸，神魂飞越”，达于“忘我忘自然的境界”，终于“打破自己”，投入月光下的湖心“和自然调和”。冰心的小诗里也常常出现这种“归于自然”的咏叹调。这种倾向自然的极端情绪和思想，在现实主义作品中是难于寻觅的。而冰心作品中这种发现自然、迷恋自然、回到自然的倾向，正是浪漫主义文学的突出倾向。罗素说：“浪漫主义运动的特征总的说来是用审美的标准代替功利的标准。”“浪漫主义者的道德都有原本属于审美上的动机。”这固然不错，但审美动机的深层意识又是什么呢？是浪漫主义的自然观。冰心热衷于自然题材，其意还在表现其关于自然的“宗教”。“我生平宗教的思想，完全从自然之美感中得来。”[①]“自然”在冰心那里有两重含义：一为形下意义，即指物质现象中的自然；一为形上意义，指哲学与心理学意义的自然。冰心常常交叉使用这两重意义，并不分清。她的“爱的哲学”的核心，就是歌颂自然。

2. 讴歌母爱与童心

“爱的哲学”体现在自然爱、母爱与儿童爱上。其实，母爱与童心之形上意义，都是一个“自然”。冰心就是把它们作为自然来讴歌的。“爱的哲学”包含主客观两方面内涵：主观方面，表现冰心对自然、母亲、儿童的爱；客观方面，显现“自然之爱”的客观存在状态，即自然、母爱、童心原初的“天性”——真性灵、真感情的自然状态与客观属性。自然，在冰心的心中不是无机、盲触、枯冷、死寂之物，而是有知有情物。它化育万物，在“这茫茫的世界上，竟随处留下了爱的痕迹！”“天地、山川、日月星辰、雪雨云霞、林木花草”，“造物者真切的……展开了一幅万全的‘宇宙之爱’的图画”，“这清极、秀极、灿烂极、庄严极的宇宙，量我们怎敢说天地是盲触的，没有丝毫造物的意旨？”同时，有知的自然又是无知的——它爱化万物却超越功利，无差等，无厚薄，一切出自天然本性，这就是冰心的自然观。母爱，在冰心笔下，与自然之爱一样，也是超功利、无差等的人的自然感情，与自然一样永恒而无处不在。母爱确乎是一种自然力了，母爱的本质，是与

---

① 乐砾：《中国现代女性创作及其社会性别》，郑州大学出版社2002年版，第121页。

现实社会中“人造的”文明相对立的“自然”。冰心写母爱，总与赞美自然之爱相映互彰：写到荷叶庇卫红莲，便思及母亲爱护女儿；写到母爱，又深悟了自然母亲对万物的爱；大自然之爱与人类之母爱融为一体。母爱纯然是一种自然之爱，它“不为什么”“不附带任何条件”“不因着万物毁灭而变更”“一般的长阔高深，分毫都不差减”，它是无为的。童心，在冰心书中更是一种“自然”了，“人间惟襁褓婴儿，初无罪恶”。小孩子“天真纯洁的国里”“受了社会的熏染的人”是不配入的。儿童的赤子之心作为虚伪文明的对立物，早已成为冰心心中的“自然”符号了。次之，“爱的哲学”之三爱，其实一也，即爱自然。这里我们看到，冰心找到了自然与人的相同点：真性。自然、母爱、童心都是无我、无为、无知、无欲、无差等、无涯涘的，同时又是有知有为的，这“知”与“为”就是无我无欲、纯然天真的“爱”，即“自然之爱”。正是这个人类与自然相同的“真性灵”，使人与自然取得了和谐一致。而这种和谐关系的本质，则是浪漫主义文学精神深处的生命形态的人道主义。

“浪漫主义运动的哲学、政治和情操的关键”，是“孤独本能对社会束缚的反抗”。“浪漫主义运动从本质上讲目的在于把人的人格从社会习俗和社会道德的束缚中解放出来。”① 正是这一人道主义动机，使浪漫主义文学把自然作为社会的对抗物来歌颂，表现人与自然的和谐以否定人与社会的荒谬关系。黑暗专制、虚伪道德构成非人的社会，对人类的正常生命进行束缚、扼杀、迫害使浪漫主义作家感受到这种社会存在与人的生命的对立，于是呼吁“回到自然”，实行他们对社会、对虚伪的“理性”与“文明”的“内心大抗拒”。浪漫主义文学这一反抗社会，“厌弃现实”的特点，也正是冰心“逞玄想，撇下人生，来赞美自然，讴歌孩子”“鼓吹着宇宙的爱”的出发点与本质。为五四新文化运动震醒而走入新文学队伍的冰心，并非不认识社会，恰恰因为她看到“社会污浊，人生烦闷”，才撇开社会，歌颂自然。她说：“人世的黑暗并非没见到，只是避免去写它。”“这社会上的罪恶已够了，又何必再让青年人尽看那些罪恶呢？人就怕那不健全心理的养成，认识了一种坏

① 乐砾：《中国现代女性创作及其社会性别》，郑州大学出版社2002年版，第16页。

处，便样样皆然，以致没有一点真诚了。”这就清楚地道出了她选择歌颂自然这一题材与主题的深刻的人道主义动机。“严肃！温柔！自然海中的遨游，诗人的生活，不应当这样么？在‘真理’和‘自然’里，抱着‘艺术’的婴儿，活泼自由的走光明的道路。”① 她要做光明的使者，唤醒人类纯真感情，发展他们的真生命。

3. 爱的幻想与现实

冰心对社会现实的态度用她自己的话概括就是：“纷乱的国家，黑暗的社会，萎靡的人心”“虚伪痛苦的世界”“尽是诈欺的事”，她看得很清楚，她也曾“预备和万恶的社会奋斗”②，她最初创作“问题小说”就是想解决社会问题，然而，她终究解决不了问题，只有另寻他途。她不愿再“写伤人心的东西”了。相信艺术“是一种情感和爱的使命”，是对于“理想的真实的追求”，于是她欣然接受了宇宙之神的“最后的使者”——希望。这希望就是理想，或曰幻想，她要用希望“模糊了过去，拒绝了现在，闪烁着将来，欢乐沉酣的向前走”。她找到了她的路，这便是讴歌“理想和爱的天国”，为痛苦的人们编织一个好梦，“安慰人心”“减轻他们的不幸”。——“第二部曲我又在弹奏，我唱着人世的欢娱”。在那冷酷无爱的人世，何尝有真正的欢娱？她只是写她的幻想罢了。冰心宣扬“爱的哲学”的作品，无论是小说《超人》《悟》《爱的实现》还是诗《春水》《繁星》，抑或散文《寄小读者》《往事》等，都有浓烈的浪漫主义的幻想性质。爱的实现，对冰心而言，是个理想，是她追求的“理想的真实”；而这理想在客观上的无法实现，则规定了它的空幻性。冰心对这理想，一方面是热烈追求，“按照我希望于人类的，按我相信人类所应当的”去歌颂它；另一方面，她对它的空幻性似有所觉，“诗人也只是空写罢了！/一点心灵/何曾安慰到/雨声里痛苦的征人？”因此，她的书中，“梦”“幻”“醉”等字样便俯拾即是了。“梦里采撷的天花/醒来不见了——/我的朋友！/人生原有些愿望！/只能永久的寄在幻想里！”“遨游于梦中罢！/

① 卓如编：《冰心全集》，海峡文艺出版社1985年版，第103页。

② 同上书，第78页。

在那里/只有自由的言笑/率真的心情”。“希望真境是梦，梦境是真。”[①]她也知道，梦不是真，可是她宁愿做那梦的导游人。

“各人心中有他的理想国，有他的乌托邦。”她的理想就在她的“梦”中，而她的梦又大多来自她的“往事”。“童年啊！是梦中的真，是真中的梦。”“儿时的朋友：海波呵，山影呵，灿烂的晚霞呵，悲壮的喇叭呵；我们如今是疏远了么?”“月明之夜的梦呵！远呢？近呢?”“父亲呵！出来坐在月明里，我要听你说你的海”[②]……她用她的现实生活素材，自然的美景为经，亲朋的至爱为纬，编织成宇宙人间爱的好梦。尽管所写所忆，是冰心亲历的真人真事，然而，这些材料作为作家理想与情感的载体，经过作家经心的过滤，幻想与想象等艺术加工、变异，已转换为艺术真实，成为艺术王国里冰心为我们创造的理想生活与理想人物。这个艺术真实的内蕴就不再像生活真实那样单一、黏滞，它丰富多彩，从表现自我角度看，它具有叙写的真实性、客观性，我们可把它看做冰心的“自叙传”（这一点下文将论及）；而从理想化角度看，它具有抒写的虚幻性、主观性，是一个桃源境界，我们何妨把它当作一部冬天的童话来读呢？小说《超人》《悟》等的童话般的幻想色彩甚至传奇情调，也都是一目了然的。关于梦，冰心有一段“绝妙好词”：“单调的生活中，梦是个更换；乱离的生活中，梦是个慰安；困苦的生活中，梦是个娱乐；劳瘁的生活中，梦是个休息——梦把人们从桎梏般的现实中，释放了出来，使他自由，使他在云中翱翔，使他在山峰上奔走，能做梦便是快乐，做的痛快，更是快乐。”在《胰皂泡》中，她也曾写道：“生来是个痴孩子，我从小就喜欢做昼梦，做惯了梦，常常从梦中得慰安、希望，越做越觉得有道理，简直不知道自己是在做梦，最后简直把昼梦当做最高的理想。”“只因常做梦，我所了解的人，都是梦中人物，所知道的事，都是梦中的事情。”这些夫子自道，把冰心的审美心态和创作心理及作品的理想化特点，说得再清楚不过了。

4. 爱的真诚与期待

波特莱尔说：“浪漫主义不在于题材的选择，也不在于准确、真

① 卓如编：《冰心全集》，海峡文艺出版社1985年版，第106页。

② 阎纯德：《中国现代女作家》，黑龙江人民出版社1983年版，第113页。

实；浪漫主义完全在于一种感情……浪漫主义只有从内在的方面才寻求得到。”高尔基在《俄国文学史》中也说过：“浪漫主义乃是一种情绪……它的基调是：对待新事物的期待。”① 他们一致指出了浪漫主义文学的精神特征：情绪性。讴歌理想必然要渗透作家的主观情感，何况冰心作品的主题又是“爱的讴歌，美的赞颂”呢？冰心在书中，倾注了她对人类全部的爱与真诚。这些情感的抒写不仅表现了她的信仰、思想和对理想的追求，而且同时袒露了她的整个心灵，让我们看到了一个思想纯洁、感情诚挚的人道主义者的宽阔胸怀和美丽心灵，一位五四新文学运动的青年女作家的全部才气、灵智、情绪、趣味、爱好及整个“自我”。如茅盾所言：“在所有‘五四’时期的作家中，只有冰心女士最最属于她自己。”“她把自己反映得再清楚也没有。”她热爱自然与人类，为“自然的深妙，宇宙的庄严，母亲的温情”而“做了人间的弱者”；她终日做着“白日梦”，憧憬“理想和爱的天国”；她总是“满蕴着温柔”歌唱她的理想，可又每每“微带着忧愁”叹息道：“诗人是世界幻想上最大的快乐，也是事实中最深的失望。”现实与理想之间深刻而无法调和的矛盾，宇宙与生命之神秘，使她的歌声里透出虚无来了。探索人生，“好辛苦的路途呵！”她倦了，“一切的心都淡了”，困惑、迷惘、惆怅、悲哀泛起了，神秘主义、感伤情调渗进了她的诗。

冰心人格的最本质最突出特点，是她的真诚，她真诚地热爱人类，真诚地追求理想，因而她的失望也是真诚的，她又真诚地把她的希望与失望都告诉人们。“自我告白”成了她的抒情特征。从这告白中，我们看到一位执着探索宇宙与人生意义的五四文学青年的精神历程，看到这位爱的女神的有力处和软弱处：一方面，她体现了五四时代精神给予她的力量，她敢于对现实说“不！”“弃现实而取幻想与梦想”；另一方面，她又体现了“没有历史内容的理想主义者”的软弱与孤独，她的自我抒写恰恰表现了“自我型”浪漫主义的精神与情绪特征。冰心为着她的“爱的哲学”，受过不少批评，其中要数蒋光赤的批评最为尖锐了：“冰心女士真是个小姐的代表！”“若说冰心女士是女性的代表，则所代表的是市侩性的女性，只是贵族性的女性！”“我们现在所需要的

① 高尔基：《俄国文学史》，上海译文出版社 1979 年版，第 89 页。

文学家不是这样的！”陈西滢则温和得多：冰心之作“一望而知是一个没有出过学校门的聪明女子的作品，人物和情节都离实际太远了。”①

当我们从题材与主题的选择和表现、艺术表现的主观色彩和感伤情调、美学风格等方面，对冰心早期部分创作进行粗略考察之后，我们看到，冰心的浪漫主义是东方古典式的自我抒情兼乌托邦理想式的浪漫主义，它不同于鲁迅直面人生的呐喊，它是诗人站在云端的超然微笑。鲁迅呼唤着惩恶、复仇、绝望的战斗以打碎人们的幻想，号召他们反抗；冰心则呢喃着爱与怜悯，编织梦境，慰藉现实中的苦人的灵魂。鲁迅崇拜“力”，选择了西方现代的摩罗精神，表现出作为一个伟大民族之魂的斗士风格；冰心则崇拜“情”，选择了东方古典的静穆，表现出一个独抒性灵的诗人的隐者风度。同是歌颂理想，冰心既不树起鲁迅式的“憎的大”，也不取郭沫若天狗式的破坏与创造的极端情绪，她只在自然中浅斟低吟，在爱的理想或幻境中徘徊流连，同时抒发性灵、表现自我。她既没有徐志摩式的丰富驳杂，也没有郁达夫式的“颓废”感伤，她只是天真地抒唱她纯真的情与爱，连她的感伤也是至纯至洁的。她的浪漫主义因此具有浓郁的东方情调：静穆；如她赞美泰戈尔的，具有“天然的美感”，一种澄澈的美。爱的哲学构成了冰心早期作品的浪漫主义文学精神，也成为她人生哲学的根本理念。

女性浪漫主义诗学的确立是建立在平等自由的启蒙思想上的，同时又显现出女性主义思想发展的历史渊源。表现情感与重视感性这一浪漫主义特质在中英女性作家的作品里得到淋漓尽致的体现。奥斯汀用幽默机智的笔调建立起自己理性务实的爱情王国，以表达对18世纪末19世纪初英国女性的关注，对质朴纯洁、独立自由的乡村女性予以赞赏和推崇，但我们也看到，奥斯汀对父权文化的叛逆表现得含蓄，对男权思想还存有相当的乐观和幻想，因而作品思想深度不够和批判意识不浓。冰心在表达女性情感方面则体现出女性特有的博大和深厚，并上升到一种爱的哲学体系，包括自然母爱和童心等更广阔的社会视域，尽管带有宗教乌托邦色彩，却代表着女性超越时代的爱的永恒魅力。

① 阎纯德：《中国现代女作家》，黑龙江人民出版社1983年版，第98页。

二　多萝西·华兹华斯的生活瞬间与林徽因的昼梦时分

在英国浪漫主义作家中威廉·华兹华斯声名显赫，可有谁知道他的妹妹多萝西·华兹华斯也是一位颇具文学才华的女性作家，她生前写就了大量日记、书信，不仅为哥哥威廉的诗歌创作提供了丰富的创作素材和创作灵感，同时她自己也创作诗歌作品，她对生活瞬间的描写和感受朴实而细腻。在中国被称为“现代才女”的林徽因在她的作品中呈现出“抓紧一时闪动的力量”的鲜明浪漫主义感性特征。中英浪漫主义诗学都把感性体验抬升到了前所未有的高度，而多萝西·华兹华斯和林徽因这两位女性作家则把感官感受的表达浓缩到生活的瞬间，深入了梦境。

（一）多萝西·华兹华斯的生活瞬间

1931 年，英国著名儿童文学家比阿特丽克斯·波特买下了鸽庐——浪漫主义诗人威廉·华兹华斯生前生活多年的家，在谷仓里，波特发现了一捆旧日记，正是这捆旧日记为文学批评家重新考察女性在文学中的作用提供了难得的资料，更重要的是它让文学界和世界的人们认识了一位被埋没多年的文学才女，她就是威廉·华兹华斯的妹妹多萝西·华兹华斯。那捆旧日记就是出自多萝西之手。但由于长期被哥哥的光环所遮盖，她的生平经历鲜为人知，她的文学地位和价值被淹没。

1. 兄妹情深

多萝西 1771 年 12 月 25 日出生于英国坎伯兰郡的考克茅斯。她是华兹华斯夫妇的第三个孩子，也是唯一的女儿。哥哥威廉只比她大 1 岁。父亲是一位律师，家境尚可。考克茅斯处于英国西北部的“湖区”内，该地区跨坎伯兰、威斯特摩兰和兰开夏三郡，以星罗棋布的湖泊和秀丽的山色而闻名。美丽的风光滋润了多萝西热爱自然的性情。然而，不幸接踵而至。7 岁那年，多萝西丧母。1783 年，她的父亲又突然去世。这让 5 个孩子陷入生活危机。孩子们被分配给不同的亲戚抚养。多萝西转学到哈利法克斯的女子学校。学校课程都是极其实用的，但多萝西还是阅读了包括弥尔顿、莎士比亚、理查生、菲尔丁、哥尔德史密斯等人的大量作品，包括荷马史诗《奥德赛》的译本。15 岁的时候，由于经济原因，多萝西投奔佩陵斯的外祖父母，在那里见到了她的兄弟们。这里的生活与哈利法克斯的生活有着天壤之别。外祖父身体不好，脾气暴躁，沉默寡言。外祖母严肃古板，经常冲着温和的多萝西大吼。她刚到这里不久，威廉就去剑桥大学了，其他几个兄弟也都先后离开，多萝西非常孤独。1788 年秋天，多萝西随舅舅威廉·顾克森牧师一家搬到诺福克居住。她读书、写作、学习法语、帮助照料舅舅日益扩大的家庭，但她一直拒绝考虑自己的婚姻问题。1794 年，多萝西与哥哥威廉一起去英国湖区旅行。此时，威廉由于对法国革命理想的幻灭，精神正处于崩溃的边缘。1795 年，这对兄妹终于在湖区的多塞特郡安顿下来。从这时起，多萝西一直同威廉生活在一起，终生未嫁。

多萝西同哥哥威廉感情深厚。威廉在很多诗里都提到了她，例如《写给我妹妹》《丁登寺》等，关于著名的《露西》组诗，也有研究者认为，露西其人就是多萝西。兄妹俩经常结伴在湖区漫游。他们喜欢做这样的游戏：并排在丛林中躺下，假装是在坟墓里。有的研究者认为，两人之间存在着强烈的吸引力，可能存在乱伦的关系，但威廉的诗歌并没有显露这一点。1802 年，威廉与玛丽·赫钦森结婚。尽管新娘是多萝西自幼相识的好朋友，但她还是受到了很大刺激，以致不能参加婚礼。威廉结婚以后，多萝西与他们生活在一起。英国作家德昆西 1807 年在格拉斯米尔见到多萝西，根据德昆西的说法，多萝西的脸庞是棕色的，有点像埃及人的脸色，这在英国血统的妇女中很少见，好像一个吉卜赛人。由于激情与羞怯发生冲突，她讲起话来有些口吃。但是，她总能控制住自己。不过她生性情感强烈、容易冲动，她的一双眼睛常常带着狂热而又惊讶的神情。他们在格拉斯米尔一直待到 1813 年，此后，搬到距离格拉斯米尔东南约 2 英里处的赖德尔山宅居住。

2. 敏锐的感官展现

多萝西聪慧体贴，观察力强而又善于描绘，不仅照料着哥哥的饮食起居，抚慰他带着伤痛的心灵，而且还是他热情的鼓励者和不知疲倦的助手。威廉成为划时代的诗人，多萝西起着不可忽视的作用。也是在 1795 年，华兹华斯兄妹首次遇见诗人兼评论家塞缪尔·柯勒律治。1797 年，华氏兄妹搬到距柯勒律治家很近的奥尔福克斯顿宅。他们的关系密切起来，有一段时间几乎天天见面。柯勒律治说："这里的三个人共有一个灵魂。"1798 年，威廉·华兹华斯与柯勒律治合作出版了

《抒情歌谣集》，这本薄薄的诗集一反古典主义诗歌的创作原则，揭开了浪漫主义诗歌的序幕。多萝西正是这场伟大的诗歌革新运动的亲历者和见证者。1798 年 1 月，多萝西开始记日记。《奥尔福克斯顿日记》是多萝西的第一本日记，主要记载家庭生活，同时也记载了她在湖区散步时所见到的景物，包括很多稀少而又极其美丽的动植物。她对大自然的观察极其敏锐，自然界的声音与色彩都逃不过她的感官。1800 年 5 月，她在格拉斯米尔开始写另一部日记，绘声绘色地描绘了她在湖区的日常生活。她在日记中记载，下雨后的一天，风和日丽，她在田野碰到一头奶牛。“那头奶牛望着我，我也望着它，我只要轻微动弹一下，那头奶牛便停止啃草。”虽然只是寻常小事，但随着记述的展开，这本日记与其他日记的区别逐渐显露出来。朴实无华的记述紧扣所描写的事物，读者只要直接朝它指示的方向看去，就会分毫不差地看见她当初见到的事物。“月光映照在山峦，如雪一般。”“空气一片澄明，湖面暗蓝生辉，山色渐次又暗下来，湾流冲向低低的黯淡的湖边。羊群在休息，万物寂静无声。”一幅幅完整的风景画在读者心目中展开。多萝西对挣扎在社会底层的人们寄予无限同情。她记载了很多乞丐、流浪者的故事。她不做道德上的评判，也没有表明政治观点，但是读者能够感受到当时战争连绵、农民破产、人情冷漠的残酷现实。这本日记也提到了很多 19 世纪早期的英国文学家，包括柯勒律治、司各特、兰姆等人，为他们刻画了一幅幅栩栩如生的肖像。

3. 浪漫诗歌灵感之源

多萝西的日记是威廉·华兹华斯作诗的灵感的源泉之一。威廉主张诗歌是“在宁静中的回忆”，因此，他常常在多萝西的日记中寻找材料。例如，他著名的诗歌《咏水仙》（又译《我如一朵流云孤独地飘》）并不是即兴之作，而是描述了他在两年前偶然见到的一片黄水仙花的美丽景色。多萝西在日记中早有记载，她用散文存储了思绪，然后威廉沉浸其中，再把它转化为诗歌。柯勒律治说，她是一位用散文写诗的诗人。她的日记对于威廉·华兹华斯、柯勒律治以及那些渴望考察英国诗歌复兴的研究者来说，价值是无法估量的。多萝西的日记不仅具有传记方面的价值，而且完全可以在英国散文史上占有独立的地位。早期的一些作家已经注意到了这一点。她没有其他的目的，只是为了捕捉生活中一闪而逝的瞬间。她对自然的描绘充满想象力，她的语言经过精确的选择，散文优美得像诗歌一样。多萝西在世的时候，没有出版任何东西。她对于成为一个像哥哥那样的著名作家没有兴趣。“我厌恶使自己成为一名作家的想法。”一次她写道：“这些东西只是为了给威廉添加乐趣而已。”

1803年，多萝西、威廉与柯勒律治一起游历了苏格兰，归来后她写了《苏格兰之旅的回忆》（1804），记录了她在苏格兰东南部的低地和西南部高地663英里的旅程，包括她的冒险经历、她的视野以及旅行中所见到的还没有被人工破坏的浪漫风景。1820年，多萝西、威廉、玛丽一起游历欧洲大陆，多萝西为此写下《欧洲大陆之行》，这本书包含了她所叙述的威廉对瑞士的看法。她的作品还包括《汉堡与哥斯拉纪行》《苏格兰旅行日记》《漫步厄尔斯沃特湖畔》《攀登斯科费尔峰》《马恩岛之行》等，以及大量书信和一些诗歌。1829年，多萝西患了严重的疾病，此后再也没有恢复健康。从1835年起，她患动脉硬化，在接下来的20年里，她饱受精神病折磨，经常玩肥皂沫，躲着不见客人。1850年，威廉去世。1855年1月25日，多萝西病逝于赖德尔山宅。

“春天过去，夏天到来，夏转入秋，接着是冬季，然后又是黑刺李含苞欲放，山楂树丛变青，春天来临。但这是北方的春季，这时多萝西同兄长在一起，住在格拉斯米尔山腰的一间小屋里。”① 这是英国女作家弗吉尼亚·伍尔夫在《普通读者》里对多萝西兄妹的生活充满诗意的描述。正如威廉在一首诗里所形容的那样：“她不被人知地活着，也几乎无人知她何时死去。”

（二）林徽因的昼梦时分

无独有偶，在中国有一位同样重视瞬间感受的女诗人，她就是林徽因。提起林徽因，人们首先称道的是她在建筑学上的成就，而文学创作似乎只是她的业余爱好而已。作为新月派的后期成员，受过良好的中西方教育的林徽因，在诗歌中浸透了中国古典诗学的幽雅哀婉，西方诗学

① 弗吉尼亚·伍尔夫：《普通读者》，贾辉丰译，人民文学出版社2003年版，第178页。

的灵巧哲思。在林徽因身上有着艺术家的独特气质，天资聪颖的她对事物有着广博而深邃的敏感：“她的神经犹如一架大钢琴的复杂的琴弦，对于琴键的每一触，不论是高音还是低音，重击还是轻弹，它都会做出反应。”①

1.“抓紧一时闪动的力量”

林徽因在《究竟怎么一回事》一文中，深入而细致地阐述了她的浪漫主义诗学思想，其中对感觉灵感的体味和感受既有女性诗人的阴柔细腻，又不乏天才的感受力理念。她说：“写诗，或可说是要抓紧一时闪动的力量，一面跟着潜意识浮沉，摸索自己内心所萦回，所着重的情感——喜悦、哀思、幽怨、恋情，或深或浅，或缠绵，或热烈，一面又顺着直觉、认识、辨味，在眼前或记忆里感官所触遇的意象——颜色、形体、声音、动静，或细致，或亲切，或雄伟，或诡异；再一面又追着理智探讨、剖析、理会这些不同的性质，不同分量，流转不定的情感意象所互相融会，交错策动而发生的感念；然后以语言文字（运用其声音意义）经营、描画、表达这内心意象、情绪，理解在同时间或不同时间里，适应或矛盾的所共起的波澜。”② 正是这种抓住“一时闪动的力量”的能力，才使她感受得到“一阵奇异的风吹过，或是一片澄清的月色，一个惊讶，一次心灵的振荡”，③ 这些“像风飘动琴弦一样震动诗人心灵的瞬息感觉”④ 都被她及时地捕捉，并使之诗化，使之物态化，使之美化。如《深夜里听到乐声》一诗中写到的：“这一定又是你的手指，/轻弹着，/在这深夜，稠密的悲思。/我不禁颊边泛上了红，/静听着，/这深夜里弦子的生动。/一声听从我心底穿过，/忒凄凉，/我懂得，但我怎能应和？”这种深夜里听到乐声内心世界微妙的颤动，已被诗人丝丝缕缕紧紧扣住，在一波一波，似有似无的起伏中撩拨着心域中似曾相识的一隅；而另一树在那“一颤动的微风里/她又留下，淡淡的，/在三月的薄唇边，/一瞥，一瞥多情

---

① 李学勇：《莲灯微光里的梦：林徽因的一生》，人民文学出版社 1992 年版，第 192 页。

② 《林徽因》，人民文学出版社 1992 年版，第 112 页。

③ 同上书，第 112 页。

④ 别林斯基：《诗的分类和分型》，新文艺出版社 1958 年版，第 67 页。

的痕迹”的“嫣红的桃花”（《一首桃花》）则像一曲唐宋小令在点滴事物上挖掘出了诗意。一片无声坠地的菩提叶，一条枯枝影，一把冬的回忆，一首诗似的寂寞……这些都能激起林徽因的灵感，使她的灵魂“舒展成条银河，长长流在天上一千首歌”（《灵感》）。在这些诗或是“歌”中出现的每事每物，都或多或少，或前或后地在人们的生活中出现过，在人们的记忆里掠过，但往往只成为随之即逝的生活泡沫，而林徽因把它们写了下来，她是用“自己的眼睛”去感觉的，诚如罗丹所说：“所谓大师，就是这样的人，他们用自己的眼睛去看别人见过的东西，在别人司空见惯的东西上能够发现出美来。”[①] 林徽因就用自己“艺术家的眼睛”，用敏锐的感觉，用“穿透熟悉的表面向未经人到的底里去”[②] 的触觉，在“一些颜色，一些声音，一些香气，一些味觉，一些触角”里，在“惊心悚目的生活”或“平淡的日常生活中”[③] 发现这些未发现的诗，在微细的琐屑事物里发现了美。

2. 朦胧的诗意

林徽因的诗歌从数量上来讲虽不是很多，一共 60 多首，但是几乎每首都经得起细细体味，也几乎每首都体现出诗人独特的创作风格和创作理念。在一首《昼梦》诗中，“昼梦，垂着纱”，在首句里诗人就为我们营造出一种模糊与朦胧的诗境，点了“梦”这一主旨，不仅将整首诗带入了朦胧的梦的状态，读诗的人也进入了一种朦胧的状态。“无从追踪那开始的情绪”，不知道从什么时候开始就进入了这样的过程，刚刚开始的时候，“还未曾开花”，仅仅是乳白色的茎缠住的纱帐下现着时有时无的银光，诗人用了一连串朦胧的意象，“乳白”“纱帐”“银光”，将人进入昼梦时的感觉形容得恰到好处。“盘盘丝络，一半失落在梦外。”那么多的思绪，犹如盘盘丝络一般，许多没有把握到，烟消云散般地失落了，就像不曾有过一般，这句恰当地形容了人的瞬间的思绪的逝去。接下来“花竟开了，开了”，把我们的思绪带出了刚才那种朦胧不清的世界，多少“零落”的游丝“攒集”在一起，并且“从容

① 谢文利：《诗歌美学》，中国青年出版社 1989 年版，第 143 页。

② 朱自清：《新诗杂话》，三联书店 1984 年版，第 16 页。

③ 同上书，第 16 页。

的舒展”开来，千百种微妙的瞬间感受凝聚成一种情怀，清晰却不可言喻，这种情怀涌聚在一起终于到了“峰顶”的状态，就如“旷碧”的“天空”下“一颗晕紫、深赤的星”，这是多重感受的结晶，“颜色同颜色浮溢，腾飞……深沉，又凝定”，这一句将人在神游沉思时大脑的背景感受用语言表达了出来，就在这一瞬间，顶峰的状态，“悄然香馥，袅娜一片静。”体验的高峰戛然而止。“昼梦”依旧“垂着纱”，从头到尾都“无从追踪的情绪”，现在终于“开了花”，体验的高峰过去了，只留下“四下的香深”且“低覆着禅寂”，一切都还是在静的状态中，人的主观情绪在体验了深思的高峰后的这种静伴着难以言说的“香深”和“禅寂”，留下的还有什么呢？“游丝似的摇移”与“悠忽一重影”。一切都过去了，“梦”醒之后，再去回味，刚刚经历过的一场情绪与感觉的游历不管是“悲哀或不悲哀，全是无名”的，只有“一闪娉婷”的美丽留了下来，而我们的情思不就是由一次又一次的瞬间的绚丽而构筑起来的，能够体会到这些多么美好。

诗人用具象的诗句为我们描述了这一难以言述的过程，体现出诗人敏锐地捕捉情思的能力。“她的神经犹如一架大钢琴的复杂的琴弦，对于琴键的每一触，不论是高音还是低音，重击还是轻弹，它都会做出反应。”生活中种种细微之处，都被她及时地捕捉到，并使之诗化。本诗所体现的“这诗意的前后，也就是相隔十几年的情绪的联络”正是理解林徽因诗歌乃至其全部文学创作的一个关键点。《昼梦》因全部写感觉，所以全诗都体现出林徽因诗歌情绪的流动与驰骋这一特点。此外，《灵感》《记忆》《冥思》也都是通篇用情绪去关联诗句。“记忆的梗上，谁不有两三朵娉婷，披着情绪的花无名的展开野荷的香馥，每一瓣静处的明月。”这几句在意象的选取、语言的组织上与《昼梦》很相似，都是在用诗语表现人的感觉体验的高峰。林徽因说过：“没有人的感觉，人的情感，即便有自然，也就没有自然的美。”生活中蕴含着诗的成分，但生活并不是诗。要把生活中的诗变成艺术中的诗，必须经过诗人感情的熔铸和选择。“选择是创造艺术的程序中最紧要的一层手续，自然的不都是美的，美不是现成的”①，因为“美都是从灵魂深处

① 闻一多：《论新诗》，武汉大学出版社 1985 年版，第 64 页。

发出的，因为大自然的景色不可能具有绝对的美，这美隐藏在创造或者观察它们的那个人的灵魂里”[①]，所以“没有选择便没有艺术”。林徽因的诗歌包含了诗人高尚的理想和优美的情绪，她的诗是“被热烈的情感蒸发了的水气之凝结，所以能将这种潜伏的美十足的充分的表现出来”[②]。

3. 唯真唯美的诗风

美的情绪是林徽因诗歌的生命，无论是对爱情和个人欢乐哀戚的吟咏，还是对各种自然美的描写与赞颂，她都注意表现内心的美的感情，并竭力把这种感情熔铸进尽可能完美的艺术形象之中。“美感的记忆是人生最可珍贵的产生，认识美的本能，是上帝给我们进天堂的一把秘钥。”[③] 诗人的眼睛和心智始终离不开具体的美，始终着眼于和归结于具体的美的愉悦、美的感受。《笑》《深笑》《一首桃花》《激昂》《雨后天》等这些诗人“记忆的梗上”“最美或最温柔的”“两三朵娉婷，披着情绪的花，无名的展开”（《记忆》），带着纯美的光彩坦诚地宣布了诗人对美的“膜拜”（《激昂》）。陈梦家说，《笑》“是一首难得的好诗”[④]：笑的是她的眼睛，口唇，/和唇边浑圆的漩涡。/艳丽如同露珠，/朵朵的笑向/贝齿的闪光里躲。/那是笑——神的笑，美的笑：/水的映影，风的轻歌。/笑的是她惺忪的卷发，/散乱的挨着她耳朵。/软软如同花影，/痒痒的甜蜜，/涌进了你的心窝，/那是笑——诗的笑，画的笑：/云的留痕，浪的柔波。这是一个少女高雅纯洁的笑，这笑“艳丽如同露珠”，是透明的、清新的，这笑向“贝齿里躲”，是轻巧的、温柔的，这笑连她“惺忪的卷发”也散乱了，笑得天真、自然，我们不禁为之吸引：“软软如同花影，/痒痒的甜蜜，/涌进了你的心窝”，在被深深吸引的同时，读者的精神也得到了净化：这是“神的笑，美的笑”，是“诗的笑，画的笑”，如同“云的留痕，浪的柔波”，将永伫人们心头。这首诗让人沉醉的是它所描写、渲染的美感，这种美

---

① 别林斯基：《诗的分类和分型》，新文艺出版社 1958 年版，第 183 页。

② 闻一多：《论新诗》，武汉大学出版社 1985 年版，第 24 页。

③ 徐志摩：《曼殊斐尔·新月的升起》，华东师范大学出版社 1993 年版，第 230 页。

④ 陈梦家：《新月诗选·序》，《新月派评论资料选》，华东师范大学出版社 1993 年版，第 29 页。

是不为世俗的情欲所羁绊的，就像济慈《希腊古瓮颂》中古瓮上的图画，是一种纯粹的美、崇高的美。

林徽因的诗是形式与内在情绪契合的典范，语言与意象都饱含诗人独特的情绪感受。强劲的捕捉细微、感受情绪的能力成就了林徽因的独特的“唯真唯美”诗风。很多评论都讲林诗走不出自己的生活，只会表现一己的悲欢离合，给人留下“一个总走不出闺阁深院的，在粉红抑或枯黄的诗笺上低低倾诉的女诗人”的深刻印象。人类从诞生至今，从未停止过探寻真与美的脚步，林徽因诗歌里对于真与美的追求早已经超越了个人而感染他人，使读者感受到美的享受。她说过：“对于我来说，‘读者’并不是‘公众’，而是一些比我周围的亲戚朋友更能理解和同情我的个人，他们急于要听我所要说的，并因我之所说的而变得更为悲伤或更快乐。”那么林徽因诗歌中能够让人渴望与感动的，便应该是其诗歌最本质的特色，即真与美。这里的“真”是指作者忠于自己真实的感受。总的来讲，表现个人情绪的起伏变化、展现深邃复杂的内心世界是林徽因诗歌的主体和主要脉络，这样的表现内容自然决定了林诗的“真”的特色。以本诗为例，整首诗都是诗人最真实与细微的体验，只有基于真实的感受才可能成功地用诗语去捕捉那稍纵即逝的感触。林徽因的诗歌中处处透露出热爱自然、热爱生活的真情实感，她“没有适合时代的语言”，她说她的作品必须是从她心坎儿里爆发出来的，是她所发觉或熟知的。这一特点是显见于她的文学作品之中的，这里不再列举其他的例子。林徽因的文学态度可以归结为真诚，这在她的虽少但精的几篇文学评论中有着频繁且充分的阐释。她说写诗要“忠于情感，又忠于意象，更忠于那一串刹那间内心整体闪动的感悟”，她强调创作要“剖示贴己生活的矛盾”，“作品最主要处是诚实”，等等。

生活是个万花筒，而人的感觉器官像桥梁一样，沟通了意识与外部世界的联系。“诗只能用狂放淋漓的兴会来解释，它只遵守感觉的判决。”[1] 浪漫主义强调感觉与感受，强调诗人的艺术感觉是诗人通过感觉器官，以及内心感觉和感觉想象等心理活动对事物的个别属性的反

① 谢文利：《诗歌美学》，中国青年出版社1989年版，第7页。

映，是审美感觉所赖以产生的基础，是感情所赖以发酵的原料。而浪漫主义女性诗学更凸显感觉与情感的内在联系。虽然感觉不一定都能酿成感情，但凡是感情的产生，却一定以感觉为根据，而且艺术感觉也是诗人发现美、发现诗的唯一渠道。总之，中英浪漫主义女性作家将现实存在作为客体对象，在与之交流中感知自我的存在，认证自我的存在价值，并在思索和追问中丰富、发展了整个人类文化诗学的层面和深度，在体现女性主体的独立精神和构造自我的生命轨迹的同时也构建起女性诗学的独特和亮丽。

结　语

浪漫主义在中国：走向现代的五四浪漫主义诗学

托马斯·B. 萧说："浪漫主义是公众趣味和审美情感的一次巨大革命，这种浪漫的类型代替了那种冷漠的、清晰的、虚假的古典精神。"① 让·贝西埃说："浪漫主义是欧洲感知史和趣味史上的重大颠覆运动之一。"② 以赛亚·柏林说："浪漫主义的重要性在于它是西方世界近代以来改变人们生活方式和思维模式的最大一个运动。"③ 波德莱尔说："浪漫主义恰恰既不在题材的选择，也不在准确的真实，而在感受的方式。"④ 白璧德说："只有当一件东西是奇异的、出乎意料的、强烈的、夸张的、极端的、独特的时候，他才是浪漫的。"⑤ ……由此可见浪漫主义内涵之丰富，地位之显赫，影响之深远。浪漫是人类追求奇特梦想的精神意境；浪漫是每个人心里对于美好与理想的诉求。浪漫主义的魅力在于，它超越现实却又如此贴近你我的生活。

当我们回望中国五四时期浪漫主义诗学的发展历程时，总能看到中国浪漫主义诗学与西方话语，尤其是英国浪漫主义思想的紧密联系。英国浪漫主义和其他西方话语，始终是中国五四时期浪漫主义诗学视野中的主要理论资源，是构成中国诗学由古典走向现代建构的重要知识背景。英国浪漫主义诗学具有超越时空的震撼，它把平等、自由、情感、

---

① Aidan Day, *Romanticism* (Routledge, Chatto & Windus, 1996), p. 85.

② 让·贝西埃：《诗学史》，百花文艺出版社 2002 年版，第 512 页。

③ Isaiah Berlin, *The Roots of Romanticism* (Routledge, Chatto & Windus, 1999), p. 1.

④ 《波德莱尔美学论文选》，郭宏安译，人民文学出版社 1987 年版，第 218 页。

⑤ 欧文·白璧德：《卢梭与浪漫主义》，孙宜学译，河北教育出版社 2003 年版，第 3 页。

个性的理念深深植入西方现代人的价值观念中，使得200年后的西方社会仍处于它的思想体系框架下；它的影响超越了时空距离，在100年后的中国五四时期得到了巨大回响。相比之下，中国五四浪漫主义诗学在规模上不及英国浪漫主义诗学；在诗学理论上，它是在英国浪漫主义诗学的影响启发下建立起来的；在文学创作上，中国浪漫主义诗学是通过对英国浪漫主义作品的译介并与中国古典诗学理论相结合而形成自己特色的。但影响不会创造任何东西，它只能触动，在这种触动下，中国五四浪漫主义诗学呈现出同英国浪漫主义诗学的诸多共同或相似的特质和样态。同时我们也看到，包含着本国传统文化典范的“潜在倾向”事实上制约着对外来文明的解读，进而规定了接受外来文化的重点、范围，也规定了外来文化的影响所能达到的深度。正如卢卡契所说：“任何一个真正深刻重大的影响是不可能由任何一个外国文学作品造成的。国家同时存在一个极为相似的文学倾向——至少是一种潜在的倾向。这种潜在的倾向促成外国文学影响成熟。因为真正的影响永远是一种潜力的解放”[①]。“五四”是“收纳新潮、脱离旧套”和“循思想自由原则，采兼容并包主义”的时代，西方各种思想、思潮、流派、技巧、主义、原则纷至沓来，新文学兼容并包，综合创新，形成了文学体式、内容的革新与演变。在这个运动中，西方文学两大主导倾向——现实主义和浪漫主义被处于摸索、试验中的新文学作家加以重点推介，因而蔓延成势。浪漫主义的主情、想象、推崇自我、解放个性的本质特征决定了它最适于表现人的灵魂和内心世界，人的心灵的隐秘生活的表达具有极大的艺术感染力。五四浪漫主义作家大都从个人内心体验出发，或倾诉个性被压抑、气吞宇宙的主体人格，向不合理的社会提出控诉和抗议，因而浪漫主义的思想理念和艺术表现方式应和了他们的这种需要和渴求。历史为浪漫主义破土而出提供了一定的社会、文化、心理土壤，使浪漫主义以创造社前期的文学活动为主要事件，在中国新文学的幼年就得到了极大的张扬，形成了一股强劲的创作潮流。

正确理解英国浪漫主义与中国五四浪漫主义的关系是中西诗学比较研究的首要突破点。中国五四浪漫主义诗学的发展，是接受英国和其他

① 《卢卡契文学论文集》（二），中国社会科学出版社1981年版，第387页。

西方话语改建中国诗学话语，实现中国诗学现代化的过程。在这影响与接受的过程中，英国浪漫主义西方话语不仅作为一种体现了某种先在的强势理论话语形态而成为中国现代诗学颠覆古典诗学的内在动力，而且随着西方话语在中国现代诗学领域的逐渐深入，这种强势话语也成为中国现代浪漫主义诗学自觉建构的体系化结构中的躯体和血肉。需要注意的是，中国五四浪漫主义不是英国浪漫主义的附庸，也不是英国浪漫主义的克隆；它是中国现代文学和诗学理论自身发展演变的必然结果，是中国古典诗学浪漫因素在特定的历史机遇下得到激发和促动的体现，包括英国浪漫主义在内的西方各种文学思潮的译介和影响所起的是加速演化的作用——具有西方民主思想的中国现代学者和文人，把西方浪漫主义同肩负的民族解放历史使命相结合，催生了具有本土性和民族性的中国现代浪漫主义诗学。中国五四浪漫主义诗学的革命性或功利性更突出地受到意识形态和历史政治风云的影响，中国五四浪漫主义在受到苏联高尔基和列宁文学理论的影响后，与中华民族革命使命相结合，产生出具有无产阶级特色的“革命的浪漫蒂克”，这不能不说是中国现代诗学的一大特色，当然，它存在着许多缺陷、弊端和不尽如人意的地方。与英国浪漫主义相比，中国五四浪漫主义运动“更多地传达出民族文化的焦虑：文化焦虑的结果是热烈地寻求着文化自救的途径”[①]。

站在中国五四运动的历史坐标上，我们看到淹没在反帝反封建民族革命大潮中的五四新文化运动在文化思想和社会意识方面都极大地推进了中国现代化的步伐。波德莱尔认为：“现代性就是过渡、短暂和偶然；它是艺术的一半，另一半则是永恒与不变。”[②] 这个说法点出了艺术中美的二元性：永恒不变与过渡、短暂和偶然。而这后一半作为现代性的特质，凸显了现代变动的时尚的不确定一面。文学现代性在西方伴随着 17 世纪社会生活或组织模式发展成为一个复杂的结构系统而出现，它是文学的现代化的集中体现。按照马克思的观点，近代资本主义的大工业和世界市场，消除了以往历史所形成的各民族、各个国家的孤立封闭状态，日益在经济上把世界联成一个整体，首次开创了世界历史的概

---

① 朱寿桐：《中国现代浪漫主义思潮的潜隐性》，《河北学刊》2001 年第 5 期。

② 《波德莱尔美学论文选》，郭宏安译，人民文学出版社 1987 年版，第 485 页。

念。在这种情况下，各民族的精神产品成了公共的财产，民族的片面性和局限性日益成为不可能，也使这些多个民族和地域的文学共同构成了一种属于全世界的文学。各民族文学的世界性交流的历史进程，导致现代意义的世界文学诞生。现代化从欧洲开始，并随着海外殖民扩张弥散到全世界，正因为如此，现代化在中国语境中通常又被称为欧化或西化。中国文学的现代化就是在西方列强的入侵而逐渐加剧的西方文化冲击下引发生成的。它萌发了中国诗人和作家的世界意识和开放意识，以黄遵宪、梁启超等所提倡的"诗界革命"为标志，真正站在世界意识的高度传播欧洲文艺思想的哲人则是鲁迅，他的《摩罗诗力说》着重介绍了一批"立意在反抗，指归在动作"，"以起其国人之新生，而大其国于天下"的诗人和作家。1915 年，胡适在美国尝试白话诗运动之初就明确地宣告："新潮之来不止，文学革命其时也！"正是在这种背景下，中国文人诗人开始从各个不同角度探索中国诗歌革新的道路。可以说，中国五四浪漫主义诗学的发生正是诗歌真正冲破几千年古典模式，开始现代化进程的重要组成。中国五四浪漫主义诗学在中国文学现代化进程中起到了标志性的作用。

一　作为现代性标志的主体性确立

浪漫主义文学的主体性主要体现在"作家在结构作品时，强调主体对客体的能动作用，特别是主体意志、情感、想象、灵感等心理因素的自我实现，不同于现实主义的理智、感知、经验等，追求的是一种实现自我的'生活诗意'"[①]。以创造社为代表的浪漫主义文学作家群在理论上提出，浪漫主义文学的本质是感情；郁达夫也认为，浪漫主义文学的本质要素是感情，如"总之诗的实质，重在感情思想在诗里所占的位置，就看它能否激发情感而后定。若思想不能酿成情绪，不能激动我们人类内在的感情全部，那么这种思想，只可以称它为启发人智的科学，不能称它为文学，更不能称之为诗。"[②] 创造社以感情作为文学的

① 刘忠、杨金梅：《新时期文学中的浪漫主义及其走向》，《当代文艺理论与思潮探索》2001 年第 1 期。

② 郁达夫：《诗论》，《郁达夫文集》（五），人民文学出版社 2001 年版，第 209 页。

本质，在文学创作方法的问题上，郭沫若也有鲜明的主张，他在《印象与表现》的专题演讲中指出："艺术是我的表现，是艺术家的一种内在冲动的不得不尔的表现。……自然不过供给艺术家以种种的素材，使这种种素材融合成一个新的生命，融合成一个完整的新的世界，这才是艺术家高贵的自我。"郭沫若明确肯定了浪漫主义是艺术的必由之路，同时指出了浪漫主义的一个根本内容是自我表现。可以看到，以郭沫若为代表的浪漫主义文学作家以感情为文学本质，在具体的创作方法上贯穿以情感，以自我表现为内容，突出了个人性主体。

二　作为现代性标志的先锋性代表

浪漫主义革命者并不是全新的产物，浪漫主义者将革命作为历史的推动力和实现理想的手段，不仅英国浪漫主义者是这样，在中国五四运动那个充满变革与民族矛盾的特殊历史时期，更有巨大的回响，且不说1930年之后以高尔基为代表的政治学浪漫主义在中国的接受了。在中国民族救亡背景下，文学"革命宣传工具"的实际作用必然走向对浪漫主义诗学的政治解读。郭沫若浪漫主义诗学的先锋革命性尤为突出。《女神》体现了先锋意识的自我—自由快意和充满豪情，但这种先锋生命体验的获得必须经由对世俗生活中理性化的规范、信条和习俗束缚的冲决和摧毁。费希特说，自由意识的产生是纯粹自我的活动性与客体的自然的有限存在交互作用的产物，自我的自由精神是在与非我的冲突碰撞中彰显出来的。《女神》中的自我往往以某种与现实逆境和阴暗面形成鲜明对照的"秩序状态"作为自己精神追求的支点。正如郭沫若所切身体验的："一切逆己的境遇乃是储集 Energy 的好机会，Energy 愈充足，精神愈健全，文学愈有生命，愈真、愈善、愈美。"[①] 在《女神》汪洋恣肆的吟唱中，不断闪现出抒情主体内心明与暗、生与死、华美与衰败、净朗与污秽、新生命与旧皮囊等二元对抗的自由激情。在这种殊死对抗中，新生的自我永远展现为胜利者的面目，处于极度自信与自得的豪迈状态。诗人以其觉醒了的并且日益扩张着的先锋自我意识，痛苦地"储集"和酝酿着对桎梏人的旧的僵死权威的愤懑能量。在《我们

① 郭沫若：《三叶集》，亚东图书馆1920年版，第145页。

的文学新运动》一文中，郭沫若大声疾呼："我们的精神为反抗的烈火烧得透明，我们反抗资本主义的毒龙，我们反抗不以个性为根底的既成道德，我们反抗藩篱人生的一切不合理的畛域……我们的运动要在文学之中爆发出无产阶级的精神，精赤裸裸的人性。"① 这些标举他的反抗精神和文学理想的呼喊，使得他的浪漫主义更富于狂飙突进的气势而成为五四浪漫主义诗学先锋性的代表。

三　作为现代性标志的民族性构建

中国五四时期是西方文学作品译介最集中，数量最多的时期。在世界文学意识的萌动中，在西方话语的冲击下，具有深厚中国古典文化传统的中国诗人和作家仍然把文学创作和理论深深地植根于本民族的土壤里。在西化和民族化相互对峙、相互融合的过程中，构建起中国新诗现代化的民族性特色。"在有效的激进（西化）与有效的保守（民族化）的强力中，中国诗歌才能在中西新旧合理配置的基础上实现创造性转化。"② 中国五四浪漫主义文学是受西方，尤其是英国浪漫主义的影响而产生的，但五四浪漫主义诗人和作家在对西方浪漫主义的接受过程中，站在本民族传统的立场上和社会时代要求相吻合，有所选择，有所取舍。尽管在面对传统时常常表现出鲜明的反叛姿态，但他们在创作中又不能不受到传统文化情结和民族审美心理的牵制，构建出具有民族性、不同于西方的中国现代文学特征。朱光潜当年曾指出："我们的新诗运动正在开始，我们必须郑重谨慎，不能让他流产。当前有两大问题须特别研究，一是固有传统究竟有几分可以沿袭，一是外来影响究竟有几分可以接收。这是诗学者所应虚心探讨的。"③ 因此影响与接受问题一直伴随着中国诗歌，乃至整个文学现代化的全过程，五四浪漫主义诗学是其突出表征。

如果从西方浪漫主义的观念体系出发，站在西方文化传统的背景上

---

① 郭沫若：《文艺论集续集·我们的文学新运动》，《沫若文集》第10卷，人民文学出版社1959年版，第285页。

② 龙泉明：《中国新诗的现代性》，武汉大学出版社2006年版，第32页。

③ 朱光潜：《诗论·抗战版序》，《朱光潜全集》第3卷，安徽教育出版社1987年版，第4页。

看，我们不得不承认浪漫主义传统和影响在现代中国远不如英国的浪漫主义。有学者认为，中国现代文学史对浪漫主义理论和作品的译介存在着“误读”，即“按照时代的要求从反抗和个性主义的角度理解、把握浪漫主义，致使浪漫主义在尚未进入中国文坛的途中便失落了它最基本的特性”①。从我们中国文化的角度出发，站在中国文化的传统和发展背景上看，如果西方浪漫主义在进入中国的时候存在误读现象的话，那也多半是一种有意的“误读”；而“从反抗性和个性主义角度理解、把握浪漫主义”不仅不是中国文坛“失落”浪漫主义的“最基本的特性”，而是中国现代诗学在浪漫主义思想上的中国特色表现。正因为中英浪漫主义诗学之间差异性的存在，中英浪漫主义诗学比较研究才更具学术意义、社会意义和时代意义。在今天这样一个全球化的语境中，中英浪漫主义诗学比较研究引发我们进一步思考文学乃至文化的民族性传承和发展问题，对异域文化的影响和接受问题，等等。

文化传统连同其思想精神不会像断代史那样有明确的建立之日，也不会像机械运动那样可以戛然而止。21世纪的人们还对发生在史前的传奇英雄贝奥武夫感兴趣，经典作品还在一遍又一遍翻印，帝王将相的故事还在不断挖掘演绎，罗密欧与朱丽叶的爱情悲剧依旧触人心弦……这其中有很多原因，但一个不容忽视的解释就是，文化的历史元素和精髓不仅藕断丝连，而且还在传承发展。从古典主义到浪漫主义，现代主义到后现代主义，每一种文化思潮不仅充满着对前者的批判反动，也包含着对前者的延续和继承。而浪漫主义以它强烈的人文关怀理念、主体性征和情感抒怀，使得人性与个性张扬达到空前程度，这是浪漫主义生命力绵延不绝的终极原因；浪漫主义的包容性、多样性甚至矛盾性都成为文化思想历史语境中营养最丰富的土壤和资源。

① 丁亚芳：《“鹜远性”的失落与中国现代浪漫主义的歧路》，《河北学刊》2001年第5期。

参考文献

Abrams, M. H. *The Mirror and the Lamp: Romantic Theory and the Critical Tradition*. New York: Oxford University Press, 1953.

Abrams, M. H. *English Romanticism: The Spirit of the Age*. New York: Norton, 1984.

Adams, Hazard, ed. *Critical Theory Since Plato*. New York: Harcourt, 1971.

Deane, Seamus. *The French Revolution and Enlightenment in England, 1789-1832*. Cambridge: Harvard University Press, 1988.

Woodring, Carl. *Politics in English Romantic Poetry*. Cambridge: Harvard University Press, 1970.

Adams, Hazard & Searle Leroy, eds. *Critical Theory Since 1965*. Tallassee: Florida State University Press, 1990.

Arnold, M. *Culture and Anarchy*. Cambridge University Press, 1960.

Atkins, J. W. H. *English Literary Criticism: 17th and 18th Centuries*. London: Methuen, 1951.

Bate, W. Jackson. *From Classic to Romantic: Premises of Taste in Eighteenth Century England*. Cambridge, Mass.: Harvard University Press, 1946.

Blake, William. *Poetry and Prose—The Complete Poetry and Prose of William Blake*. David V. Erdman ed., Los Angeles: University of California Press, 1982.

Bertens, H. *The Idea of the Postmodern: A History*. London, Routledge, 1995.

Best, S. and Kellner, D. *Postmodern Theory: Critical Interrogations*, London: Macmillan, 1991.

Blake, William. *Poems and Prophecies by William Blake.* Dent, 1939.

Blamires, Harry. *A History of Literary Criticism.* New York: St Martin's Press, Inc., 1991.

Bloom, H. *The Anxiety of Influence: A Theory of Poetry.* New York: Oxford University Press, 1975.

Brailsford, H. N. *Shelley, Godwin and Their Circle.* O. U. P., 1954.

Brandes, G. M. C. *Main Currents in Nineteenth-Century Literature.* London: Heinemann, 1905.

Butcher, S. H. *Aristotle's Theory of Poetry and Fine Art.* London: Macmillan, 1902.

Byron, George Gordon. *The Poems of Byron.* O. U. P., 1964.

Burns, Robert. *Letters—The Letters of Robert Burns.* Oxford: Clarendon Press, 1985.

Coleridge, Samuel Taylor. *Biographia—Biographia Literaria.* Princeton University Press, 1983.

Connor, Steven. *Postmodern Culture.* New York, Basil Blackwell, 1989.

Connor, S. *Postmodern Culture: An Introduction to Theories of the Contemporary.* Oxford, Blackwell, 1997.

Crook, S., Pakulski, J. and Waters, M. *Postmodernization: Change in Advanced Society.* London: Sage, 1992.

Curran, Stuart. *The Cambridge Companion to British Romanticism.* Cambridge: Cambridge University Press, 2001.

Deutscher, Penelope. *Yielding Gender: Feminism, Deconstruction and the History of Philosophy.* London: Routledge, 1997.

Eagleton, Terry. *Literary Theory: An Introduction.* Oxford: Blackwell, 1983.

Ecker, Gisela ed. *Feminist Aesthetics*, Boston: Beacon Press, 1986.

Egendorf, Laura. *Literary Movements and Genres: English Romanticism.* San Diego, Greenhaven Press, Inc., 1997.

Eliot, T. S. *Selected Essays.* London: Faber, 1973.

Fausset, H. I. ed. *Letters of John Keats.* Nelson, 1938.

Fay, Elizabeth A. *Feminist Introduction to Romanticism.* New York: Blackwell Publishers, 1998.

Fokkema, D. W. & Kunne-Ibsch, E. *The Theories of Literature in the Twentieth Century: Structuralism, Marxism, Aesthetics of Reception, Semiotics.* London: C. Hurst, 1977.

Franta, Andrew. *Romanticism and the Rise of the Mass Public.* London: Cambridge University Press, 2007.

Fricker, Miranda & Hornsby, Jennifer. *The Cambridge Companion to Feminism in Philosophy.* London: Cambridge University Press, 2000.

Gaull, Marilyn. *English Romanticism: The Human Context.* New York: W. W. Norton & Company, Inc., 1988.

Gaunt, William. *The Aesthetic Adventure.* Harmondsworth: Penguin Books, 1975.

Gilbert, Sandra M. & Susan Gubar. *The Madwoman in the Attic: The Woman Writer and the Nineteenth-century Literary Imagination.* New Haven, Conn: Yale University Press, 1979.

Gingerich, Solomon Francis. *Essays in the Romantic Poets.* New York, Octagon Books, 1969.

Glover, A. S. B. ed. *Shelley: Selected Poetry, Prose and Letters.* Nonesuch Press, 1951.

Graft, G. *The Myth of the Postmodern Breakthrough, Literature against Itself: Literary Ideas in Modern Society.* Chicago: University of Chicago Press, 1979.

Haber, H. F. *Beyond Postmodern Politics.* London: Routledge, 1994.

Hall, D. *Modern China and the Postmodern West.* In E. Deutsch, ed., *Culture and Modernity: East-West Philosophic Perspectives.* Honolulu: University of Hawaii Press, 1991.

Hamilton, Paul. *Coleridge's Poetics.* Oxford: Blackwell, 1983.

Hazilitt, William. *Lectures on the English Poets and the Spirit of the Age.* London: Dent, Everyman's Library, 1910.

Heidegger, M. *Poetry, Language, Thought.* New York: Harper and Row, 1971.

Hill, John Spencer, ed. *The Romantic Imagination: A Casebook.* London: Macmillan, 1977.

Homans, Margaret. *Women Writers and Poetic Identity: Dorothy Wordsworth, Emily Bronte, and Emily Dickinson.* Princeton University Press, 1980.

Howe, I. "*Mass Society and Postmodern Fiction.*" In R. Waugh, ed. *Postmodernism: A Reader*, London, Edward Arnold, 1992.

Jameson, Fredric. *Postmodernism, or the Cultural Logic of Late Capitalism.* Duke University Press, 1991.

Jameson, F. *Postmodernism and Consumer Society.* Hal Foster ed. 1983.

Johnson, R. B. ed., *Letters of Shelley.* Bodley Head, 1929.

Jung, C. G. *Modern Man in Search of a Soul.* London: Cox & Wyman, 1993.

Keats, John. *The Poems and Verses of John Keats*, Eyre and Spottiswoode, 1949.

Lane Cooper. *The Poetics of Aristotle: Its Meaning and Influence.* London: Harrap, 1983.

Lemert, C. *Postmodernism is Not What You Think It Is.* Oxford, Blackwell, 1997.

Lodge, Rupert C. *Plato's Theory of Art.* London: Routledge 1953.

McGann, Jerome J. *The Romantic Ideology: A Critical Investigation.* Chicago and London: Chicago University Press, 1983.

Mellor, Anne K. *Romanticism and Feminism.* Bloomington, Ind., Indiana University Press, 1988.

Nicholson, Londa, ed. *Feminism/Postmodernism.* London: Routledge, 1990.

Owen, W. J. B. *Wordsworth as Critic.* Toronto and Buffalo: Toronto University Press, 1971.

Peacock, T. L. *Memoirs of Shelley*, Hart-Davis, 1970.

Richards, I. A. *Coleridge on Imagination.* London: Hegan Paul, 1934.

Richter, David, ed. *The Critical Tradition, Classic Texts and Contemporary Trends.* Boston: Bedford Books, 1998.

Schulze, Earl J. *Shelley's Theory of Poetry: A Reappraisal.* The Hague and Paris, 1966.

Selden, Raman, ed. *The Theory of Criticism from Plato to the Present.* Longman Group UK Limited, 1988.

Shanley, M. L. *Reconstructing Political Theory: Feminist Perspectives.* Cambridge: Polity Press, 1997.

Shelley, Percy Bysshe. *The Poems of Shelley.* O. U P. , 1961.

Shelley, Percy Bysshe. *Poetical Works.* Thomas Hutchinson ed. , Oxford University Press, 1970.

Shelley, Percy Bysshe. *Poetry and Prose-Shelley's Poetry and Prose.* Donald H. Reiman ed. New York: Norton, 1977.

Showalter, Elaine. *A Literature of Their Own: British Women Novelists from Bronte to Lessing*, Princeton University Press, 1977.

Spanos, W. V. *Repetitions: The Postmodern Occasion in Literature and Culture.* Louisiana State University Press, 1985.

Spingarn, J. E. *History of Literary Criticism in the Renaissance.* New York: Columbia University Press, 1985.

Stone P. W. K. *The Art of Poetry 1750-1820: The Theories of Poetic Composition and Style.* London: Routledge & Kegan Paul, 1967.

Thompson, J. B. *The Media and Modernity: A Social Theory of the Media*, Cambridge: Polity Press, 1995.

Tompkings, J. P. ed. *Reader Response Criticism from Formalism to Post-Structuralism.* Baltimore: Johns Hopkins University Press, 1980.

Ward, J. K. , ed. *Feminism and Ancient Philosophy.* London: Routledge, 1996.

White, Stephen K. *Political Theory and Postmodernism.* Cambridge University Press, 1991.

Wollstonecraft, Mary. *Vindication of the Rights of Woman*, ed. Miriam Kramnick. Penguin. 1975.

Wordsworth, William & Coleridge, S. T. *Lyrical Ballads*, ed. R. L. Brett and A. R. Jones. New York, 1981.

Wordsworth, William. *The Poetical Works of Wordsworth*, O. U. P. , 1956.
Wordsworth, William. *The Prelude*, 1799, 1800, 1805, 1850. Jonathan Wordsworth. New York: Norton, 1979.

周炳琳：《开放大学与妇女解放》，《中国少年》1919 年第 1（4）期。
李大钊：《战后之妇人问题》，《新青年》1919 年第 6（2）期。
李大钊：《现代的女权运动》，《劳动与妇女》1922 年第 1 期。
陈独秀：《孔子之道与现代生活》，《新青年》1916 年第 2（4）期。
田汉：《第四阶段的妇人运动》，《中国少年》1919 年第 1（4）期。
许德邻：《分类白话诗选》，上海崇文书局 1920 年版。
北社：《新诗年选》，上海亚东书局 1921 年版。
赵景深：《现代诗选》，上海北新书局 1934 年版。
朱自清：《中国新文学大系诗集》，上海良友图书公司 1935 年版。
郑振铎：《中国新文学大系文学论争集》，上海良友图书公司 1935 年版。
胡适：《中国新文学大系建设理论集》，上海良友图书公司 1935 年版。
阿英：《中国新文学大系史料索引集》，上海良友图书公司 1935 年版。
姜义华编：《胡适学术文集》，北京中华书局 1993 年版。
胡适：《白话文的意义》，姜义华编：《中国文艺复兴运动》，中华书局 1954 年版。
陈独秀：《文学革命论》，姜义华编：《新青年》第 2 卷，中华书局 1935 年版。
周作人：《人的文学》，《新青年》，中州古籍出版社 1995 年版。
周作人：《扬鞭集序》，《语丝》1926 年。
闻一多：《中国新文学大系建设理论集》，上海良友图书公司 1935 年版。
《闻一多全集》，湖北人民文学出版社 1993 年版。
《沫若文集》，人民文学出版社 1979 年版。
郭沫若：《革命与文学》，《创造月刊》1926 年第 1（3）期。
《郭沫若论创作》，《诗作谈》，上海文艺出版社 1983 年版。
《郭沫若诗词选》，人民文学出版社 1977 年版。

沈从文：《论刘半农的扬鞭集》，《文艺月刊》1931 年第 2（2）期。
沈从文：《长河题记》，《沈从文文集》第 7 卷，花城出版社 1983 年版。
沈从文：《篱下集题记》，《沈从文文集》第 11 卷，花城出版社 1984 年版。
《徐志摩全集》第 4 卷，广西民族出版社 1991 年版。
徐志摩：《猛虎集序》，上海新月书店 1931 年版。
阿瓜编：《徐志摩抒情诗》，作家出版社 1988 年版。
《林徽因文存》（三卷本），四川文艺出版社 1997 年版。
废名：《莫须有先生坐飞机以后》，冯文炳选集，人民文学出版社 1985 年版。
朱光潜：《诗论》，民国图书出版社 1943 年版。
李广田：《诗的艺术》，开明书店 1944 年版。
王建开：《五四以来我国英美文学作品译介史》，上海外语教育出版社 2003 年版。
孙郁：《鲁迅与胡适——影响 20 世纪中国文化的两位智者》，辽宁人民出版社 2000 年版。
赵毅衡：《诗神的远游》，四川人民出版社 1985 年版。
高旭东：《五四文学与中国文学传统》，山东大学出版社 2000 年版。
龙泉明：《中国新诗流变论》，人民文学出版社 1999 年版。
龙泉明：《中国新诗名作导读》，长江文艺出版社 2003 年版。
罗振亚：《中国现代主义诗歌流派史》，北方文艺出版社 1993 年版。
罗振亚：《中国现代主义诗歌史论》，社会科学文献出版社 2002 年版。
罗振亚：《中国新诗的历史与文化透视》，黑龙江教育出版社 2002 年版。
张德明：《翻译文学与中国现代文学现代性》，《人文杂志》2004 年第 2 期。
刘扬烈：《中国新诗发展史》，重庆出版社 2000 年版。
孔慧怡：《翻译文学文化》，北京大学出版社 1999 年版。
陈万雄：《五四新文化的源流》，三联书店 1997 年版。
谢天振：《翻译的理论建构与文化透视》，上海外语教育出版社 2000 年版。

孙玉石：《中国现代主义诗潮史论》，北京大学出版社 1999 年版。
孙玉石：《中国现代史导读 1917—1938》，北京大学出版社 1990 年版。
殷国明：《20 世纪中西文艺理论交流史》，华东师范大学出版社 1999 年版。
吕进：《文化转型与中国新诗》，重庆出版社 2000 年版。
郭延礼：《中国近代翻译文学概论》，湖北教育出版社 1998 年版。
卞之琳：《英国诗选》，湖南人民出版社 1983 年版。
卞之琳：《雕虫纪历》，人民文学出版社 1984 年版。
卞之琳：《人与诗：忆旧说新》，三联书店 1984 年版。
陈良运：《中国诗学批评史》，江西人民出版社 1995 年版。
丰华瞻：《中西诗歌比较》，三联书店 1987 年版。
王佐良：《英国诗史》，译林出版社 1993 年版。
王佐良：《英国诗文选译集》，外语教学与研究出版社 1982 年版。
王佐良：《英诗的境界》，三联书店 1991 年版。
王佐良：《英国浪漫主义诗歌史》，人民文学出版社 1991 年版。
杨德豫：《拜伦抒情诗七十首》，湖南人民出版社 1988 年版。
杨德豫：《湖畔诗魂》，人民文学出版社 1990 年版。
杨德豫：《华兹华斯抒情诗选》（英汉对照），湖南人民出版社 1988 年版。
《雪莱抒情诗选》，杨熙译，上海译文出版社 1982 年版。
杨宪益：《近代英国诗钞》，人民文学出版社 1983 年版。
袁可嘉：《叶芝抒情诗精选》，太白文艺出版社 1997 年版。
《半个世纪的脚印——袁可嘉诗文选》，人民文学出版社 1994 年版。
袁可嘉：《论新诗现代化》，三联书店 1988 年版。
罗　钢：《浪漫主义文艺思想研究》，陕西人民出版社 1986 年版。
陈国恩：《浪漫主义与 20 世纪中国文学》，安徽教育出版社 2002 年版。
朱寿桐：《中国现代浪漫主义文学史论》，北京文化艺术出版社 2002 年版。
赖干坚：《中国现当代文论与外国诗学》，厦门大学出版社 2003 年版。
孙宜学：《泰戈尔与中国》，广西师范大学出版社 2005 年版。
陈太胜：《象征主义与中国现代诗学》，北京大学出版社 2005 年版。

叶维廉:《中国诗学》,三联书店 1992 年版。
《济慈诗选》,屠岸译,人民文学出版社 1997 年版。
朱自清:《新诗杂话》,三联书店 1984 年版。
刘小枫:《现代性社会理论绪论》,上海三联书店 1998 年版。
刘小枫:《诗化哲学》,山东文艺出版社 1986 年版。
李欧梵:《现代性的追求》,三联书店 2000 年版。
阿瓜:《徐志摩抒情诗》,作家出版社 1988 年版。
周良沛:《中国新诗库》(1—10 卷),长江文艺出版社 2000 年版。
俞兆平:《闻一多美学思想论稿》,上海文艺出版社 1988 年版。
俞兆平:《中国现代三大文学思潮新论》,人民文学出版社 2006 年版。
祝宽:《五四新诗史》,陕西师范大学出版社 1987 年版。
朱光潜:《朱光潜全集》,安徽教育出版社 1987 年版。
朱光潜:《西方美学史》,中国人民大学出版社 1980 年版。
朱光潜:《诗论》,安徽教育出版社 2006 年版。
顾永棣:《徐志摩诗全集》,上海学林出版社 1992 年版。
刘若端:《十九世纪英国诗人论诗》,中国人民大学出版社 1984 年版。
中国社会科学院外国文学研究所:《欧美古典作家论现实主义和浪漫主义》,中国社会科学出版社 1980 年版。
钱仓水、周仲器:《中国新格律诗选》,江苏人民出版社 1985 年版。
方平、李文俊:《英美桂冠诗人诗选》,上海文艺出版社 1994 年版。
杨匡汉:《中国新诗学》,人民文学出版社 2004 年版。
陈福康:《中国译学理论史稿》,上海外语教育出版社 2005 年版。
江怡:《理性与启蒙——后现代经典文选》,东方出版社 2004 年版。
陆扬、王毅:《大众文化研究》,上海三联书店 2001 年版。
周小仪:《唯美主义与消费文化》,北京大学出版社 2002 年版。
周宪:《文化现代性与美学问题》,中国人民大学出版社 2005 年版。
周宪:《文化现代性精粹读本》,中国人民大学出版社 2006 年版。
阎嘉:《文学理论精粹读本》,中国人民大学出版社 2006 年版。
姚大志:《现代之后——20 世纪晚期西方哲学》,东方出版社 2000 年版。
王岳川:《中国后现代话语》,中山大学出版社 2004 年版。

王岳川：《后现代主义文化研究》，北京大学出版社 1992 年版。
包亚明：《二十世纪西方美学经典文本》（第 4 卷 · 后现代景观），复旦大学出版社 2000 年版。
张卫平：《西方作家理论研究》，中国人民大学出版社 2005 年版。
冯毓云：《文艺学与方法论》，社会科学文献出版社 2002 年版。
姜哲军：《西方马克思主义艺术与美学理论批评》，社会科学文献出版社 2002 年版。
张弘：《比较文学的理论与实践》，华东师范大学出版社 2004 年版。
陈跃红：《比较诗学导论》，北京大学出版社 2005 年版。
[古希腊] 亚里士多德：《诗学》，罗年生译，人民文学出版社 1982 年版。
[古希腊] 亚里士多德：《诗学》，陈中梅译，商务印书馆 1996 年版。
江枫主编：《雪莱全集》（8 卷本），河北教育出版社 2000 年版。
《雪莱政治论文选》，杨熙龄译，商务印书馆 1982 年版。
[英] 雪莱：《爱的哲学》，查良铮译，人民文学出版社 1987 年版。
《雪莱诗选》，邵洵美译，湖南人民出版社 1982 年版。
《拜伦诗学》，查良铮译，上海译文出版社 1984 年版。
《雪莱抒情诗选》，查良铮译，人民文学出版社 1989 年版。
《济慈诗选》，查良铮译，上海译文出版社 1983 年版。
《济慈书信选》，王昕若译，百花文艺出版社 2003 年版。
[英] 玛 · 布尔顿：《诗歌解剖》，三联书店 1992 年版。
《艾略特文学论文集》，百花洲文艺出版社 1994 年版。
《艾略特诗学文集》，王恩衷译，国际文化出版社 1989 年版。
[英] T. S. 艾略特：《新批评文集》，赵毅衡编，百花文艺出版社 2001 年版。
《华兹华斯柯勒律治诗歌选》，杨德豫译，人民文学出版社 2001 年版。
[英] 斯图尔德 · 科伦：《英国浪漫主义》，上海外语教育出版社 2001 年版。
[英] 拉曼 · 塞尔登：《文学批评理论——从柏拉图到现在》，刘象愚、陈永国译，北京大学出版社 2000 年版。
[英] 麦克 · 费瑟斯通：《消费文化与后现代主义》，刘精明译，译林出

版社 2000 年版。
[英] 齐格蒙特·鲍曼：《现代性与矛盾性》，周宪编，商务印书馆 2003 年版。
[英] 齐格蒙特·鲍曼：《后现代性及其缺憾》，李静韬译，学林出版社 2002 年版。
[英] 凯文·奥顿奈尔：《黄昏后的契机：后现代主义》，王萍丽译，北京大学出版社 2004 年版。
[波兰] 罗曼·英伽登：《对文学的艺术作品的认识》，中国文联出版公司 1988 年版。
[法] 雅克·马利坦：《艺术与诗中的创造性直觉》，三联书店 1991 年版。
[美] M. H. 艾布拉姆斯：《镜与灯——浪漫主义文论及批评传统》，郦稚牛、张照进、童庆生译，北京大学出版社 2004 年版。
[美] 欧文·白璧德：《卢梭与浪漫主义》，河北教育出版社 2002 年版。
[美] 苏珊·朗格：《情感与形式》，中国社会科学出版社 1986 年版。
[美] 斯蒂芬·贝斯特、道格拉斯·科尔纳：《后现代转向》，陈刚译，南京大学出版社 2000 年版。
[美] 马泰·卡林内斯库：《现代性的五副面孔：现代主义、先锋派、颓废、媚俗艺术、后现代主义》，顾爱彬、李瑞华译，商务印书馆 2003 年版。
[美] 多诺万：《女权主义的知识分子传统》，赵育春译，江苏人民出版社 2002 年版。
[德] 康德：《判断力批判》，宗白华译，商务印书馆 1982 年版。
[德] 席勒：《审美教育书简》，冯玉范大灿译，北京大学出版社 1985 年版。
[德] 本雅明：《发达资本主义时代的抒情诗人》，三联书店 1989 年版。
《海德格尔诗学文集》，成穷等译，华中师范大学出版社 1992 年版。
[德] 海德格尔：《人，诗意地安居》，郜元宝译，广西师范大学出版社 2002 年版。
[德] 施莱格尔：《浪漫派风格施莱格尔批评文集》，李伯杰译，华夏出版社 2000 年版。

致　谢

此书是我在博士论文基础上修改定稿的。我很庆幸，在几近不惑之年、心中仍充满许多困惑之时，返回课堂、返回经典。追踪先哲的思想轨迹，如同身临历史的源流中。几年的学习之路，笑与泪、苦与甜在此刻——论文驻笔的瞬间都没有了痕迹。时间停滞了，世界寂静了。

其实，在刚刚开始博士学习的第一天，我就为自己确立了中西方比较文学研究的学术方向。这一想法也得到导师罗振亚教授的支持。原有的英语语言文学专业基础，使我在西方文学以及文论方面还能支撑片刻，但中国文学以及诗学领域对我来说是汪洋大海。在我窘于不知如何下手、从何下手之时，导师似乎洞穿了我的焦虑，第二天就发给我长长的、分类明确的阅读书目，我像迷途的孩子找到了方向一样，在诗学的书海中吸吮着、探索着、搜寻着。论文题目的选定源于 2007 年初的黑龙江省教育厅青年学术骨干支持项目的课题申报工作，中英浪漫主义诗学比较研究首先得到了曹峻峰教授的鼓励和资料帮助。我在加拿大卡尔加里大学学习期间，在同导师进行电子邮件交流时，中英浪漫主义诗学比较这一课题研究也得到了罗振亚教授的认可，并最终敲定为博士论文题目。自此，这个博士论文的写作到完成便有了种水到渠成的感觉。

我要感谢导师罗振亚教授，是他把我领入中国现代诗学的大门，使我有机会细细咀嚼诗歌文字的味道，感受诗之思的奇妙，体味人之诗意生存的哲理。他的学识同他的做人都令我敬慕，以致我不敢把自己早早完成的论文草率地拿给他看，但终于柳暗花明，我能感受到当他读到我修改得令人比较满意的论文时的欣慰。尽管“感谢”二字在这里苍白得说不出口，但我还是要对导师说：“真诚地感谢您！”我也要感谢曹峻峰教授，他对浪漫主义的研究给我很多启发和鼓励，他的一丝不苟的治学态度和教学精神也感染着我。我要感谢冯毓云教授，从她身上我理解了学术研究“痛，并快乐”的含义，她能把学术研究和生活内容协调到最佳状态，这是令我最为折服的。还要感谢于弗教授、姜哲军教授和傅道彬教授的诚恳指教，使我受益良多。也要感谢西语学院姜涛院长，他的支持和鞭策使我有信心完成博士学习任务。同时也要感谢我的师兄吴井泉博士在学术上给予的支持和帮助，让我的内心充满感动。感谢加拿大政府提供的奖学金，使我有机会在卡尔加里大学（University of Calgary, Canada）进行一年的博士学习交流，为本论文的顺利完成提供了宝贵的资料和信息。感谢杨晓杰主任、黄舒宁博士、蔡薇博士等在加拿大给予我在生活和工作上的关怀。

我的博士论文和此书稿能够顺利完成，离不开我的先生张兴的全力支持和自我牺牲。我在加拿大学习的一整年时间里，他承担了做父亲和母亲的双重角色，同时还担负着单位领导和科研工作。其间又逢孩子升中学考试，公公做开颅手术，家里房子装修等大事，他很辛苦却没抱怨半句，还以乐观的态度安慰我。还要感谢我的儿子东东，他似乎在一夜间长大懂事了，没有妈妈在身边的日子里，他学会了自己动手做饭，还成了爸爸的好帮手。真的谢谢你们，我的亲人。

时间的脚步永远不会停留，人生的旅程就是从一个目的地走向另一个目的地。在博士论文刚刚辍笔的时候，我知道我又将启程。

最后感谢哈尔滨师范大学人文社科处的博士科研资助，感谢哈尔滨师范大学西语学院的专业建设资助，为本书的顺利出版提供资金保障。